Vergiss mich nicht

Rick Mofina

Vergiss mich nicht

Aus dem Kanadischen von
Alfons Winkelmann

Weltbild

Die kanadische Originalausgabe erschien 2015 unter dem
Titel *Full Tilt* bei Harlequin, USA.

Besuchen Sie uns im Internet:
www.weltbild.de

Genehmigte Lizenzausgabe für Weltbild GmbH & Co. KG,
Werner-von-Siemens-Straße 1, 86159 Augsburg

Übersetzung: Alfons Winkelmann
Umschlaggestaltung: Johannes Frick, Neusäß
Umschlagmotiv: Arcangel Images (© Dave Wall);
www.shutterstock.com (© Steve Collender)
Satz: Datagroup int. SRL, Timisoara
Druck und Bindung: CPI Moravia Books s.r.o., Pohorelice
Printed in the EU
ISBN 978-3-95973-646-6

2020 2019 2018 2017
Die letzte Jahreszahl gibt die aktuelle Lizenzausgabe an.

Er heilt die gebrochenen Herzen und verbindet ihre schmerzenden Wunden.

Psalm 147:3

Dieses Buch ist für Sie, die Leser.

1

Rampart, New York

Der alte Friedhof.

Da geht nie jemand raus.

Chrissie war nicht recht wohl beim Geburtstagswunsch ihres Freundes, »es« dort draußen zu machen.

»Da draußen krieg ich ne Gänsehaut, Robbie.«

»Komm schon, Baby. Betrachte es als dein erstes Mal mit einem achtzehnjährigen Mann und unser erstes Mal auf einem Friedhof. Das ist doch echt cool, oder?« Robbie saugte den letzten Rest Limo durch seinen Strohhalm auf und rülpste dann. »Abgesehen davon haben wir es sonst schon überall in dieser gottverlassenen Stadt getan.«

Traurig, aber wahr. Es gab wenig, was man hier sonst tun konnte.

Rampart war ein verschlafenes, kleines Nest im County Riverview, an der Nordgrenze von New York. Hier war die Heimat des kleinstädtischen Amerikas – Patrioten mit Flagge auf der Veranda, Tante-Emma-Läden, ein Callcenter für eine große Kreditkartengesellschaft, eine kleine Amish-Gemeinde und ein Gefängnis.

In Chrissies Augen taten die Leute in Rampart nichts anderes als arbeiten, sich betrinken, Sex haben, übers Leben meckern und davon träumen, die Stadt zu verlassen.

Abgesehen vielleicht von den Amish, dachte sie – die waren anscheinend zufrieden.

Chrissie und Robbie waren seit zweieinhalb Jahren zusammen. Während sie jetzt also im Ford Taurus seines Vaters saßen und auf Grün warteten, sann sie über das ihnen bevorstehende Dilemma nach.

Sie war an einem College in Florida angenommen worden. Robbie wollte nicht, dass sie ging. Er bekam einen Job im Gefängnis und sprach von Heirat. Chrissie liebte Robbie, erklärte ihm jedoch, sie wolle nicht hierbleiben und die Ehefrau eines Gefängniswärters in Rampart werden, im Einkaufszentrum arbeiten, ihre Kinder überall hinbringen und dabei darauf achten, nicht die Kutschen der Amish über den Haufen zu fahren.

Chrissie würde erst in einigen Monaten weggehen, aber Robbie vermied jedes Gespräch darüber. Er lebte im Augenblick. Das war in Ordnung, aber früher oder später müsste sie mit ihm Schluss machen.

Aber nicht heute Nacht. Nicht an seinem Geburtstag.

Es wurde grün, und sie fuhren am Riverview-Zentrum vorbei. Dessen riesiger Parkplatz lag verlassen und dunkel da.

»Also, bist du für den Friedhof bereit, Baby?«

Robbie lenkte den Taurus bereits über den Highway aus der Stadt hinaus. Während die weißen Linien unter ihnen dahinhuschten, machte sie einen Vorschlag.

»Warum fahren wir nicht nach Rose Hill?«

»Nö, da gehen wir die ganze Zeit hin.«

Chrissie spürte Robbies Hand auf ihrem Bein.

»Komm schon. Ist mein Geburtstag.«

»Aber das ist so verflucht unheimlich. Niemand geht da raus.«

»Deswegen macht es ja solchen Spaß.« Er rieb die Innenseite ihres Schenkels. »Ich habe den Schlafsack im Kofferraum.«

Seufzend blickte Chrissie auf ihrer Seite aus dem Fenster in die Sommernacht.

»Okay.«

Sie hatten die Stadtgrenze jetzt überquert, und das Licht der Scheinwerfer reichte weit in die Dunkelheit. Entlang der einsamen Fahrbahn glänzten die Augen von Tieren in den Wäldern im Schein der hoch stehenden Lichtkegel des Fords.

Nach mehreren Kilometern wurde Robbie langsamer, hielt an und bog dann von der Straße auf einen überwucherten Weg ab.

Ein altes, verwittertes Schild, das leicht zu übersehen war, wies auf ihn hin. Ein Wort stand darauf: Friedhof.

Das Auto schwankte und ging auf und nieder, während er langsam über ausgefahrene Spurrillen lenkte, bis sie schließlich an einem »Durchfahrt-verboten«-Schild stehen blieben. Es war mit Draht an einem Tor befestigt, das mit Kette und Schloss gesichert war.

»Da, sieh mal.« Chrissie zeigte hin. »Wir können nicht rein.«

Robbie stellte den Schalthebel in den Parkmodus.

»Doch, können wir.«

Er stieg aus und ging zum Tor, wobei sein T-Shirt in der Schwärze glänzte. Nachtfalter umflatterten die Scheinwerfer, während er sich am Schloss zu schaffen machte, und das einzige Geräusch war das Zirpen der Grillen.

Chrissie kannte die Geschichte dieses Geländes. In der neunten Klasse hatte sie ein Referat darüber gehalten.

Ende des 19. Jahrhunderts hatte der Staat ein großes Irrenhaus in Rampart errichtet. Es hatte seinen eigenen Friedhof, weil die Einheimischen nicht wollten, dass Patienten gleich neben ihren Angehörigen beerdigt wurden. Als das Irrenhaus vor vierzig Jahren geschlossen wurde, hatte man sämtliche Grabsteine entfernt, und die Lage der Grabstätten wurde geheim gehalten, um die Privatsphäre der Familien zu schützen. Jetzt gab es da bloß noch eine große Wiese, begrenzt von üppigem Baumbestand.

Robbie öffnete das Schloss, und die Kette klirrte, als er sie entfernte und das Tor aufzog. Nachdem er den Wagen vorsichtig hindurchgefahren hatte, schloss er es wieder.

»Wie hast du das Schloss aufbekommen?«

»Trevs Dad arbeitet bei DOT, und er hat mir gesagt, wenn man bei diesen alten Schlössern den richtigen Dreh raushat, dann gehen sie auf.«

Robbie fuhr langsam an der bewaldeten Grenze des Friedhofs entlang und schaltete Motor und Scheinwerfer aus.

Über ihnen funkelten hell die Sterne.

Im Licht von Robbies Handy gingen sie zu einem abgelegenen Teil des Geländes, wo das Gras dick wie ein Teppich war. Sie entrollten den Schlafsack.

»Nichts hier, außer den verrückten Toten unter uns.«

»Pscht, Geburtstagsjunge.«

Robbie ließ die Hände um Chrissies Hüfte gleiten, dann unter ihre Bluse und Jeans. Sie küssten sich, und als ihre Finger seinen Reißverschluss fanden, erstarrte sie, wich zurück und blickte in den pechschwarzen Wald hinein.

»Was ist?«

»Da draußen ist etwas!«

Robbie folgte ihrem Blick zu Flammen hinüber, die tief im Wald flackerten.

»Was ist das?« Chrissie hielt Robbie fester.

»Ich weiß es nicht. Da gibt's meilenweit überhaupt nichts.«

»Doch, eine alte Scheune, die die Anstalt vor Jahren benutzt hat, aber ...«

Ein schwaches, fernes Schreien – das Schreien einer Frau – kam vom Feuer herüber.

»Oh, mein Gott, Robbie!«

»Was ist da los, zum Teufel?«

Weitere Schreie, diesmal lauter, durchstachen die Nacht, und Chrissie bekam eine Gänsehaut.

»Helft mir! Bitte! Helft mir!«

Robbie packte Chrissies Hand und wollte in den Wald laufen, der zum Feuer führte – aber sie riss ihn zurück.

»Nehmen wir den Wagen!«

»Ich weiß nicht, ob wir da durchkommen.«

»Im Wagen sind wir sicherer, Robbie!«

Sie rannten zum Auto, wobei sie den Schlafsack hinter sich herzogen.

Robbie tastete nach den Schlüsseln, startete den Motor und lenkte den Wagen den Pfad hinab, der in den Wäldern vor ihnen verschwand.

Die Flammen wurden größer.

Chrissie wählte den Notruf.

»Ich möchte ein Feuer melden und eine Frau, die um Hilfe schreit!«

Sie fuhren weiter den Weg entlang und durchschnitten dabei eine dichte Mauer aus Bäumen und Unterholz. Chrissie schätzte, dass sie etwa einhundert Meter vom Feuer entfernt waren. Sie gab der Leitstelle die Richtung an und erhielt die Bestätigung, dass Feuerwehr, Krankenwagen und Polizei unterwegs seien.

Zweige voller Blätter kratzten an den Fenstern entlang und schlugen unentwegt auf den Wagen ein. Robbie lenkte vorsichtig über den holprigen Pfad.

»Mein alter Herr wird mich umbringen, wenn ich den Taurus zerkratze!«

Sträucher und Steine prallten gegen den Unterboden. Sie erreichten eine Lichtung und holten angesichts dessen, was sie vor sich sahen, erschrocken Luft.

Die alte Scheune war in Flammen gehüllt, und das wütende Feuer zeichnete sich hell vor dem Nachthimmel ab.

Eine Frau rannte kreischend davon weg. Sie zog Rauch und Funken hinter sich her, und die Flammen verschlangen ihren ganzen Leib und schlugen wie entsetzliche Fahnen. Dann stolperte sie und brach brennend vor dem Wagen zusammen.

Chrissie schrie.

Robbie griff sich den Schlafsack, eilte zu der Frau und erstickte die Flammen. Während das Inferno an der Scheune weiter knisterte und brüllte, wurden Chrissies Schreie bald von den herannahenden Sirenen übertönt.

Die Frau stöhnte vor Qual.

Als Robbie ihre Hand nehmen wollte, die jetzt nur ein schwärzlicher Haken war, sahen sie die verbrannten Stricke um ihre Handgelenke.

2

Rampart, New York

Sauerstoff strömte in einem sanften, abgemessenen Rhythmus durch den Schlauch am Beatmungsgerät, das mit dem Brandopfer auf der Intensivstation des Allgemeinkrankenhauses vom Rampart verbunden war.

Der kleine Überwachungsmonitor über ihrem Bett zeigte ihren Herzschlag, ihren Blutdruck und ihre anderen Vitalzeichen an.

Aus einem Beutel am Ständer neben ihrem Bett tropfte Flüssigkeit über einen intravenösen Zugang in ihre Adern.

Sie war von Kopf bis Fuß in Verbände gehüllt und hatte schwere Betäubungsmittel erhalten, um die mörderischen Schmerzen der Verbrennungen dritten Grades auszuschalten, die über 85 Prozent ihres Körpers bedeckten.

Sie hatte Haare, Ohren, Gesicht und fast die gesamte Haut verloren.

Ihre Füße waren verkohlte Stümpfe, ihre Hände verkohlte Klauen.

Ihre Verletzungen waren tödlich. Sie würde die Nacht nicht überleben, hatte der Arzt Detective Ed Brennan von der Polizeidienststelle Rampart gesagt.

Seitdem hatte Brennen zusammen mit der Intensivschwester am Bett der Frau gewartet und es nicht ein einziges Mal verlassen.

Er war zuhause gewesen, als der Anruf gekommen war.

Seine Frau hatte ihren Sohn zu Bett gebracht. Er hatte Popcorn gemacht, und sie hatten gerade den Schluss von *The Searchers* gesehen, da hatte sein Telefon geklingelt.

»Weiße Frau, Mitte zwanzig«, hatte Officer Martin ihm über

die heulenden Sirenen hinweg gesagt. »Aufgefunden nahe alter Friedhof. Schwere Verbrennungen. Sie bringen sie ins General – sie glauben nicht, dass sie durchkommt. Sieht aus, als wäre sie gefesselt gewesen, Ed.«

Brennan eilte in der Hoffnung auf ein paar letzte Worte des Opfers ins Krankenhaus.

Nachdem das Notfallteam alles getan hatte, was es für sie tun konnte, hatte der Arzt Brennan beiseitegenommen.

»Ich kann nicht garantieren, dass sie das Bewusstsein wiedererlangen wird.«

Brennan brauchte ihre Hilfe, um das aufzuklären, was offenbar bald der Mord an ihr sein würde.

In den Stunden des Wartens hatte er sich an den Geruch im Zimmer gewöhnt. Sie konnten ihr keine Identität zuordnen. Es gab keine Chance, ihr Fingerabdrücke abzunehmen, und keinen Hinweis auf irgendwelche Kleidung oder Schmuck. Allerdings wäre das sowieso alles verbrannt. Sie mussten die lokalen, bundesstaatlichen und nationalen Fälle von Vermissten überprüfen.

Der beunruhigendste Aspekt waren die Stricke.

Erneut warf Brennan einen Blick auf die Fotos auf seinem Handy, die Martin ihm vom Tatort geschickt hatte.

Erneut zuckte er zusammen.

Dann konzentrierte er sich auf die verkohlten Stricke.

Anscheinend war die Frau mit Stricken gefesselt gewesen.

Das Feuer hätte ihr ermöglichen können, aus dem Gebäude zu fliehen.

Fliehen vor was und vor wem?

Sobald sie das Feuer gelöscht hatten und sich alles abgekühlt hatte, mussten sie die Kriminaltechniker dort hineinschicken.

»Detective Brennan?«, sagte die Krankenschwester.

Die verkohlten Überreste dessen, was einmal die rechte Hand der Frau gewesen war, bewegten sich.

Die Krankenschwester drückte auf einen Knopf oberhalb des Betts, und der Arzt kam, warf einen prüfenden Blick auf den Monitor und beugte sich über die Frau.

»Sie kommt wieder zu Bewusstsein«, sagte der Arzt. »Wir entfernen den Tubus, damit sie sprechen kann, aber vergessen Sie nicht, dass ihre Kehle und ihre Lungen geschädigt sind.«

Brennan verstand.

Das könnte seine einzige Gelegenheit sein.

Sobald der Tubus entfernt war, begann der Monitor zu piepen, und die Frau keuchte. Sie kümmerten sich einen Moment lang um sie, und das Piepen wurde langsamer. Dann nickte der Arzt Brennan zu. Er trat heran und bereitete eine Videoaufzeichnung mit seinem Smartphone vor.

»Ma'am, ich bin Ed Brennan von der Mordkommission. Können Sie mir sagen, wie Sie heißen?«

Ein langer Augenblick der Stille verstrich, durchsetzt von einem Gurgeln.

Brennan holte tief Luft und sah den Arzt an, bevor er weitermachte.

»Ma'am, können Sie mir einen Namen nennen oder mir sagen, wo Sie wohnen?«

Ein Krächzen, dann nichts.

»Ma'am, können Sie mir irgendetwas sagen?«

Ein flüssiges, heiseres Gestammel folgte, und ein Wort formte sich.

»Teil ... R ...«

»Entschuldigen Sie, Ma'am. Versuchen Sie's noch mal.«

»Da ... sind ...«

Brennan blickte zum Arzt und zur Krankenschwester hinüber und versuchte, sich zu konzentrieren, und die Frau versuchte, ihre geschwärzte rechte Hand zu heben, wie um Brennan zu sich zu ziehen.

»Da sind ... da sind andere ...«

Die Frau senkte den Arm.

Von den Monitoren ertönten Alarmsignale, und dann wurde aus den Kurven für die Vitalzeichen eine flache Linie.

3

Rampart, New York

Brennan schoss mit seinem Impala aus dem McDonald's und machte sich zum Tatort auf.

Er trank seinen schwarzen Kaffee, bekam jedoch nur einen kleinen Bissen des Blaubeer-Muffins hinunter. Sein Magen war noch immer verkrampft – vom Krankenhaus, vom Opfer und von dessen letzten Worten: *Da sind andere.*

Was haben wir hier vor uns?

Er hatte seinen Sergeant und Lieutenant alarmiert. Sie hatten eindeutig einen verdächtigen Todesfall vor sich. Die Identität des Opfers zu bestätigen wäre entscheidend. Ein forensischer Odontologe aus Syracuse war bereits unterwegs, um das Zahnschema des Opfers zu erfassen. Sie würden alle Charakteristika angeben – Größe, Gewicht, geschätztes Alter, Röntgenbilder, DNA – und mit sämtlichen regionalen und bundesstaatlichen Datenbanken und Vermisstenfällen ebenso abgleichen wie ihr Zahnschema mit Zahnarztverbänden und der New York State Police.

Früher oder später werden wir ihr eine Identität zuordnen. Dann werde ich ihrer Familie die schlimmstmögliche Nachricht überbringen müssen, die sie je hören werden.

Er hasste diesen Teil seines Jobs.

Während der Fahrt über den Highway konzentrierte sich Brennan auf seinen Fall. Sie mussten andere Beamte aus Rampart zu Hilfe heranziehen. Die Sonne ging auf, was gut war, weil sie diesen Tatort absuchen mussten. Er überlegte, dass die Kriminaltechniker der State Police bereits dort sein würden.

Die Polizeidienststelle von Rampart nahm oft die Ressourcen der New York State Police oder des FBI in Anspruch, weil

Rampart, als kleiner Bezirk, nicht viele Morde pro Jahr aufzuweisen hatte, vielleicht fünf oder sechs.

Du brauchst schwierige Fälle, damit du ein besserer Bulle wirst. Brennan betrachtete den Wald, der an ihm vorüberzog. *Wie mein Leben.*

Er war vierunddreißig und seit zehn Jahren bei der Abteilung, davon die letzten fünf Jahre als Detective bei den Ermittlern.

Es gab Zeiten, da wollte er unbedingt zum FBI, zur Drogenfahndung oder zum Verfassungsschutz, zu etwas Größerem. Aber seine Frau Marie, eine Lehrerin, liebte das Leben in der Kleinstadt und sagte, es wäre gut für Cody. Ihr Sohn war fünf und litt unter epileptischen Anfällen, wenn er Fieber bekam oder zu viel auf ihn einstürzte.

Es geschah nicht häufig, aber wenn, dann war es erschreckend.

Neulich waren sie alle zum Einkaufen bei Walmart gewesen, und da war Brennan aufgegangen, dass das, was er hier hatte, gut war. Aber wenn er sich überlegte, dass es bei seinem letzten größeren Fall um Betrug beim Bingo gegangen war, dann hatte er die Nase vom Kleinstadtleben gestrichen voll. Insbesondere nach einem Anruf seines Kumpels von der High School am Wochenende, der beim Geheimdienst war.

Wie geht's dort so, Ed? Ich bin nächste Woche zum Schutz des Vizepräsidenten nach Paris abkommandiert. Jagst du noch immer die Amish in Ram Town?

Brennan wusste, dass Cody die Ruhe einer Kleinstadt brauchte, aber dieses Gespräch hatte ihn ins Grübeln gebracht.

Ein Haufen Fahrzeuge der örtlichen Medien hatte sich an der Zufahrt zum Friedhof versammelt, die von einem Streifenwagen versperrt wurde. Der Polizist erkannte Brennan und winkte ihn durch. Brennan ignorierte die Fragen, die ihm Reporter durch das geschlossene Wagenfenster zuriefen.

Sein Chevy rollte am Friedhof entlang, und nachdem er in den Wald und auf den alten Pfad abgebogen war, den der zunehmende Verkehr erweitert hatte, ging es reichlich holprig weiter. Als er den Tatort erreichte, roch die Luft nach verkohltem Holz. Rauch stieg wirbelnd aus den Ruinen und trieb in Wolken, die im Schein des Blaulichts der Feuerwehr- und Polizeiwagen pulsierten, über die Lichtung. Brennan stellte seinen Wagen ab und ging zu Paul Dickson, einem Officer aus Rampart, und Rob Martin, dem ersten Polizisten, der auf den Alarm reagiert hatte. Sie standen eng zusammen mit den Leuten vom Staat und der Feuerwehr. Brennan, der in diesem Fall die Leitung hatte, kannte die meisten von ihnen und schüttelte der Reihe nach Hände.

»Hallo, Ed«, sagte Dickson. »Wie wir gehört haben, hat sie's nicht geschafft.«

»Nein«, bestätigte Brennan, bevor er zur Sache kam. »Was haben wir bislang?«

Dickson und Martin brachten ihn auf den neuesten Stand, wobei sie ihre Notizen zu Rate zogen. Das Feuer hatte sich genügend abgekühlt, dass die Kriminaltechniker sich ihre Arbeitskleidung überstreifen konnten. Gleichzeitig vernahm Brennan ein Jaulen und sah den Leichenspürhund und seinen Führer, in weißen Overalls und Schuhschutz, vorsichtig in die Verwüstung hineingehen, während über ihnen ein kleines Flugzeug kreiste. Die State Police machte Luftaufnahmen des Tatorts und kartografierte ihn.

»Die Jugendlichen, die sie gefunden haben, schlafen in meinem Wagen und warten darauf, mit dir zu sprechen«, sagte Martin zu Brennan.

»Okay, ich gehe gleich für die formelle Befragung zu ihnen.«

Die Scheune war Staatseigentum, errichtet 1901 als Teil der Farm, die Getreide für die Anstalt anbaute, bevor sie 1975 geschlossen wurde und die Gebäude aufgelassen worden waren.

Brennan nahm die Schutthaufen und das steinerne Fundament in sich auf und beobachtete Hundeführer Dan Larco, der mit Sheba, einer deutschen Schäferhündin, den Tatort absuchte. Während sie mit der Schnauze in dem schwarzen Schutt wühlte, wedelte sie fröhlich mit dem Schwanz, ein völliger Kontrast zu der hässlichen Aufgabe.

Sheba bellte und verschwand in einem Haufen Holz an einer Ecke. Larco folgte ihr und bückte sich, um sich ihre Entdeckung genauer anzusehen.

»He, Ed!«, rief er. »Wir haben etwas! Wirfst besser einen Blick drauf.«

Brennan streifte sich Overalls und Schuhschutz über und betrat dann vorsichtig den Schutthaufen.

Das verkohlte Opfer lag auf dem Rücken zwischen einem Wirrwarr verbrannter Dachbalken. Der größte Teil der Haut und der Kleidung war verschwunden. Die Arme waren zur »Fechterstellung« gehoben. Das Gesicht war weggebrannt, sodass sich die Zähne zeigten, ein grinsender Totenschädel. Aus den Überresten von Jeans und Boots am unteren Körperteil ließ sich schließen, dass es sich bei dem Toten um einen Mann handelte.

Brennan machte sich Notizen, fertigte eine Skizze des Tatorts an und fotografierte. Die Kriminaltechniker würden alles wesentlich gründlicher bearbeiten. Vielleicht fänden sie einen Hinweis, der zur Identifizierung führte. Auf jeden Fall gäbe es eine weitere Autopsie.

Jetzt haben wir zwei Tote. Hat das erste Opfer das gemeint, als sie sagte: »Da sind andere«?

Larcos Funkgerät knisterte. Es war eine Mitteilung des Officers im Flugzeug.

»Etwa fünfzig oder sechzig Meter nordöstlich des Tatorts steht ein Fahrzeug in einem Busch. Ein Pickup. Habt ihr das verstanden?«

Eine rasche Überprüfung ergab, dass niemandem hier das Fahrzeug aufgefallen war. Zwei Streifenwagen fuhren hin, um ihm den Weg zu versperren. Brennan, Dickson, Martin und einige andere der Polizisten gingen zu Fuß. Sie nahmen mit gezogenen Waffen Aufstellung und riefen, dass alle Fahrzeuginsassen mit erhobenen Händen aussteigen sollten.

Keine Reaktion.

Sie überprüften das Nummernschild. Der Pickup war das neueste Modell eines Ford F-150, zugelassen auf Carl Nelson aus Rampart. Er wurde nicht gesucht. Eine rasche, vorsichtige Überprüfung ergab, dass der Truck leer war. Brennan bemerkte einen Parkschein im Rückfenster für das MRKT DataFlow Call Center.

Er streifte sich Latexhandschuhe über und probierte die Fahrertür.

Sie war offen.

Ein zusammengefaltetes einzelnes Blatt Papier wartete auf dem Sitz.

Brennan las es:

Ich wollte in meinem Leben nur jemanden haben, den ich lieben konnte.

Es ist besser, dem Schmerz aller ein Ende zu bereiten.

Gott vergebe mir für das, was ich getan habe.

Carl Nelson

4

Rampart, New York

»Ja, das ist Carls Truck. Was ist damit?«

Robert Vanders Augen zuckten von den Fotos hoch, die Brennan ihm auf seinem Smartphone gezeigt hatte, und er ließ die Kaugummiblase knallen.

»Carl hat sich krankgemeldet. Warum fragen Sie nach ihm?«

Vander warf rasch einen Blick auf seinen Computermonitor, ein Reflex, weil gerade neue Nachrichten eingetroffen waren. Er war der IT-Chef im MRKT DataFlow Call Center, das Millionen von Zugriffen für mehrere Kreditkartengesellschaften abfertigte. Mit fünfhundert Angestellten war es Ramparts größter Arbeitgeber.

Vander war Carl Nelsons Vorgesetzter.

»Worum geht es hier?« Vander sah Brennan an, der vor ihm am Schreibtisch saß, dann Paul Dickson, der neben Brennan saß und sich Notizen machte.

»Wir überprüfen seinen Gesundheitszustand«, erwiderte Brennan.

Vander hielt mit dem Kauen inne.

»Seinen Gesundheitszustand? Er hat sich vor zwei Tagen krankgemeldet, hat gesagt, er habe einen Virusinfekt. Was ist los?«

Brennan ließ einen Augenblick verstreichen, ohne zu antworten.

»Mr Vander, können Sie uns etwas über Mr Nelson sagen? Was er hier tut, seinen Charakter?«

»Seinen Charakter? Sie machen mich nervös.«

»Können Sie uns weiterhelfen?«

»Carl ist seit etwa zehn Jahren bei MRKT. Er ist ein leitender

Systemtechniker, ein Genie, was Computer betrifft. Er hat beim Upgrade unseres Sicherheitsprogramms mitgewirkt. Er ist ein ausgezeichneter Angestellter, sehr ruhig, zurückhaltend. Ich kann nur Gutes über ihn berichten. Allmählich mache ich mir ein wenig Sorgen.«

»Hat er in letzter Zeit unter Stress gestanden?«

»Nein, nicht über das übliche Arbeitspensum hinaus.«

»Seine Beziehungen? Verheiratet, geschieden, Freundin, Freund?«

»Er ist nicht verheiratet. Ich glaube nicht, dass er eine Freundin oder einen Partner hat, in keiner Richtung.«

Vander rutschte im Bürostuhl hin und her.

»Wissen Sie, ob er Schulden hat?«

»Nicht, dass ich wüsste.«

»Spielt er? Nimmt er Drogen oder ist er sonst irgendwie süchtig?«

»Nein, ich glaube nicht ... Also, allmählich gefällt mir das gar nicht mehr.«

»Würden Sie uns eine Kopie seiner Personalakte zur Verfügung stellen?«

»Erst nach Rücksprache mit unserer Personal- und Rechtsabteilung.« Vanders Maus klickte. »Ich glaube, Sie brauchen einen richterlichen Bescheid.«

»Schon gut. Vielen Dank für Ihre Hilfe.«

Brennan und Dickson standen auf und wandten sich zum Gehen.

»Warten Sie.« Auch Vander erhob sich, ganz weiß im Gesicht. »Hat das etwas mit dieser Geschichte von dem Feuer auf dem alten Friedhof zu tun, bei dem zwei Leute umgekommen sind?«

Brennan ließ einen Augenblick verstreichen.

»Mr Vander, wir können nichts bestätigen, und wir empfehlen Ihnen dringend, unsere Befragung vertraulich zu behandeln.«

Als Brennan später mit Dickson vom Center davonfuhr, war er frustriert darüber, wie wenig weit die Dinge in den sechsunddreißig Stunden seit der Entdeckung des Feuers gediehen waren.

Sie hatten mit Robbie und Chrissie gesprochen, den beiden Jugendlichen, die angerufen hatten, und eine Wiederholung dessen erhalten, was sie bereits wussten.

»Wir wissen nach wie vor nichts über unsere Unbekannte. Nichts weiter über unseren Unbekannten – Schrägstrich, Carl Nelson. Wir haben seinen Abschiedsbrief, seinen Truck. In seiner Wohnung gibt es keinerlei Aktivität, und er ist nicht auf der Arbeit. Wir wissen, dass er es ist. Dies ist eindeutig Mord-Selbstmord, Ed. Wie wär's, wenn wir uns eine Anordnung besorgen und seine Wohnung nach etwas durchsuchen, das uns dabei hilft, die Frau zu identifizieren und den Fall abzuschließen?«

Brennan überprüfte sein Telefon auf Nachrichten.

»Wir holen uns eine Anordnung, sobald wir seine Identität bestätigt haben. Gehen wir zum Krankenhaus. Morten möchte uns sprechen, vielleicht hat er irgendetwas.«

Morten Compton, Ramparts Gerichtsmediziner, war ein großer Mann mit einem Van Dyke-Bart und einer Vorliebe für Hosenträger und Schleifen.

Bei Brennans und Dicksons Eintreffen zog er sich gerade das Jackett an. Sein Untersuchungsraum im Untergeschoss des Krankenhauses roch nach Antiseptika und Formalin.

»Tut mir leid, Jungs, aber ich muss nach Ogdensburg.« Compton warf Ordner in seine Aktentasche. »Ich unterstütze das County bei der Schießerei in der Bar dort, und ich habe die beiden Toten vom Unfall mit dem Van der Kirche und dem Schwerlaster in Potsdam.«

»Warum hast du uns dann herbestellt, Mort?«, fragte Brennan. »Hast du irgendwelche Fortschritte bei den beiden Opfern in meinem Fall gemacht?«

»Ein paar, aber zunächst müsst ihr hinnehmen, dass die Feststellung einer Identität angesichts des Zustands der Leichen und dem Rückstand, dem sich mein Büro gegenübersieht, so seine Zeit braucht. Mein Assistent ist in Vermont auf einer Beerdigung. Ich sorge für Unterstützung aus Watertown.«

»Wo stehen wir also mit unserem Doppelmord?«

»Wir haben sowohl das Zahnschema der Frau als auch des Mannes an lokale und regionale Zahnärzte sowie Labore geschickt. Die toxikologische Untersuchung ist nach Syracuse gegangen, und wir haben DNA-Proben an die Datenbanken des FBI geschickt.«

»Mehr nicht?«

»Na ja, ich glaube, der Mann ist nicht im Feuer umgekommen.«

»Das ist was Neues. Welche Todesursache liegt bei ihm vor?«

»Wahrscheinlich ein Schuss in den Kopf. Ich habe gerade eine Hülse entdeckt. Sieht aus wie eine 9 Millimeter. Ihr müsst eine Waffe am Tatort suchen, Ed.«

Auf der Fahrt zum Tatort warf Dickson weitere Fragen auf.

»Wie hat ein toter Mann also ein Feuer gelegt, Ed?«

»Vielleicht hat er es nicht gelegt. Oder er hat sie vielleicht gefesselt, es gelegt und sich dann vor ihr erschossen und sie dem Feuertod überlassen.«

»Wenn er die Dinge zu Ende bringen wollte, wie in dem Brief stand, warum hat er dann die Frau nicht zuerst erschossen? Sich vergewissert, dass sie tot ist?«

»Vielleicht hat er's getan und danebengeschossen, und wir haben die Geschosse noch nicht entdeckt. Mein Bauchgefühl sagt mir, dass wir hier gerade erst die Oberfläche angekratzt haben, Paul.«

Während Dickson verwirrt den Kopf schüttelte, kehrte Brennan zu den Worten der Sterbenden zurück.

Da sind andere.

Das leuchtend gelbe Kunststoffband um die geschwärzten Überreste der Scheune flatterte in der mittäglichen Brise. Kriminaltechniker von Abteilung B in weißen Overalls und Gesichtsmasken durchsuchten weiterhin methodisch die Ruinen.

Mitch Komerick, der Leiter der Abteilung, wischte sich Asche von der Wange, als er seine Maske herabzog, um Brennan und Dickson an der südwestlichen Ecke zu begrüßen.

»Habe deine Nachricht über den neuesten Stand der Dinge erhalten, Ed«, sagte Komerick.

»Eine Waffe gefunden?«

Komerick wischte sich die verschwitzten Rußstreifen vom Gesicht und schüttelte dann den Kopf.

»Keine Waffen und keine Patronen oder Hülsen bislang.«

Brennan nickte und sah enttäuscht ins Weite.

»An der Stelle, wo wir den Mann gefunden haben, gibt es tiefe Risse«, sagte Komerick, »groß genug, dass eine Waffe leicht darin verschwinden kann. Mein Bauch sagt mir, dass sie da zu finden ist. Wir werden eine Kanalkamera runterschicken. Wir sind bei weitem noch nicht fertig.«

»Na schön.«

»Meine Leute haben den Tatort in Sektionen eingeteilt, und wir durchsuchen jeden Quadratzentimeter des Grundstücks. Wir haben den Pickup ins Labor in Ray Brook zur Untersuchung geschickt. Die Brandermittler sagen, dass ein Beschleuniger, wahrscheinlich unverbleites Benzin, verwendet wurde, also ist der Brand absichtlich gelegt worden.«

»Okay.«

»Aber wir müssen dir etwas zeigen, etwas Beunruhigendes. Wirf dich in Schale.«

Nachdem Brennan einen Overall übergestreift hatte, folgte er Komerick, und als es in die Verwüstung hineinging, hielt er sich genau an dessen Anweisungen, wo er hintreten durfte. Der Geruch nach angekohltem Holz und verbrannter Erde lag schwer in der Luft. Einige der angesengten Dachbalken hatte man entfernt und ordentlich an einer Seite gestapelt, und es waren bereits bearbeitete Abschnitte zu erkennen. Bei einem weiteren Haufen handelte es sich um kleine Apparate, jetzt allerdings bloß noch angekohltes Metall. Komerick zeigte auf die Überreste. »Das hier waren Viehställe, die jemand in kleine Räume umgebaut hat, in Zellen.«

»Woher kannst du das wissen? In diesem Durcheinander?«

»Wir haben schwere Türen mit Schlössern, metallene Handschellen und in der Mauer und im Fußboden verankerte Eisengeräte gefunden, dazu Überreste von Matratzen. Wenigstens ein halbes Dutzend Zellen bisher. Jemand hat diesen Ort ganz bestimmt genutzt, wahrscheinlich für Pornofilme, für Bondage, für Folterungen. Für Gott weiß was, Ed.«

Brennan spürte, wie sich die Härchen in seinem Nacken aufrichteten.

»Mitch, hier herüber!«

Einer der Techniker war auf den Knien und staubte den Boden mit der Sorgfalt eines Archäologen ab. Ein weiterer nahm den Vorgang auf.

»Seht mal«, sagte der Techniker, während er das kleine Ding säuberte, »das können wir durch die Datenbanken und das ViCAP für Vermisste laufen lassen.«

In dem Grab aus verrußter Erde und Asche zeigte sich eine feine Kette mit einem Anhänger, einem stilisierten Schutzengel.

5

New York City

Kate Page, Reporterin bei Newslead, der weltweiten Nachrichtenagentur, blinzelte Tränen zurück, während sie den aufgebrachten Vater tröstete, den sie auf seinem Handy in Oregon erreicht hatte.

Der Mann in der Leitung war Sam Rutlidge. Sein elfjähriger Sohn Jordan war vor sechs Jahren auf dem Weg zu einem kleinen Laden, der zwei Blocks entfernt von seiner Wohnung in Eugene, Oregon, lag, verschwunden. Kate verfasste gerade ein Feature über verschwundene Personen im ganzen Land und welchen Tribut diese ungeklärten Fälle bei den Familien forderten.

»Ich akzeptiere, dass er verschwunden ist«, sagte Sam, »und bevor meine Frau an Krebs gestorben ist, hat sie mir gesagt, sie würde es auch akzeptieren, dass sie unseren Jungen im Himmel wiedersehen würde. Aber ich muss unbedingt wissen, was ihm zugestoßen ist. Das Nicht-Wissen schmerzt einen jeden Tag wie eine offene Wunde, die nicht heilen will, wissen Sie?«

Kate wusste es.

Sie unterstrich seine Worte in ihrem Notizbuch, weil sie sie in ihrem Artikel zitieren würde. Sie empfand denselben Schmerz wie Sam, ein schmerzgepeinigter LKW-Fahrer, und stellte ihm ein paar weitere Fragen, bevor sie ihm für das Gespräch dankte.

Anschließend legte Kate die Hände vors Gesicht und stieß einen langen Atemzug aus. Dann ging sie von ihrem Schreibtisch durch die Redaktion zu den bodenlangen Fenstern und betrachtete von dort aus die Skyline Manhattans.

Es wird nie leichter.

Ein Teil ihrer selbst starb jedes Mal, wenn sie mit einer trauernden Mutter oder einem trauernden Vater sprach. Es holte immer ihren eigenen Schmerz hoch. Als Kate sieben Jahre alt gewesen war, waren ihre Mutter und ihr Vater bei einem Hotelbrand ums Leben gekommen. Nach der Tragödie hatten Kate und ihre kleine Schwester Vanessa bei Verwandten gelebt, dann bei Pflegeeltern. Zwei Jahre nach dem Tod ihrer Eltern hatten Kates und Vanessas Pflegeeltern die beiden mit in die Ferien genommen. Auf einer Fahrt durch die kanadischen Rocky Mountains hatte sich ihr Auto überschlagen und war in einen Fluss gestürzt.

Die Bilder – Teufel, dieser Moment in ihrem Leben – waren ihr in die DNA eingebrannt.

Das versinkende Auto ... alles bewegt sich in Zeitlupe ... die zersplitterten Fenster ... das eiskalte Wasser ... Vanessas Hand packen ... sie herausziehen ... ihre Finger verlieren den Halt ... die eisige Strömung betäubt sie ... verschwinden ... Warum habe ich dich nicht festhalten können? Es tut mir so, so leid.

Kate war die einzige Überlebende gewesen.

Der Leichnam ihrer Schwester war nie gefunden worden. Die Sucher hatten das so erklärt, dass er sich wohl weiter flussabwärts in den Felsen verkeilt hatte. Dennoch hatte Kate im Herzen nie den Glauben daran verloren, dass Vanessa irgendwie aus dem Fluss herausgekommen war.

Über die Jahre hinweg hatte Kate Fotos einer älter gewordenen Vanessa anfertigen lassen und sie mit weiteren Details an Gruppen weitergegeben, die nach Vermissten suchten. Sie hatte ihre Kontakte bei der Polizei und der Presse genutzt, und sie hatte einen Blick in offene Fälle geworfen. Aber jede Spur hatte immer in einer Sackgasse geendet.

Es war ihre ureigenste Besessenheit geworden.

Warum war ich diejenige aus unserer Familie, die überlebt hat?

Wohin Kate auch ging, sie blickte heimlich Fremden ins Gesicht, die ihrer Schwester ähneln mochten. Zwanzig Jahre lang war Kates Leben eine Suche nach Vergebung gewesen.

Ich weiß, es ist irrational. Ich weiß, es ist verrückt, und ich sollte einfach loslassen.

Aber sie konnte es nicht. Es war der Grund, weswegen sie Reporterin geworden war.

»Kate, bekommen wir Ihr Feature heute zu sehen?«

Sie drehte sich um und hatte Reeka Beck vor sich, Newsleads stellvertretende Chefredakteurin für Features und ihre unmittelbare Vorgesetzte.

Reeka war sechsundzwanzig, mit messerscharfem Verstand und Examina von Harvard und Yale. Ein aufsteigender Stern. Sie hatte in Newsleads Büro in Boston gearbeitet und war Teil des Teams, dessen Gemeinschaftsarbeit Finalist beim Pulitzerpreis gewesen war.

Mit fliegendem Daumen tippte sie eine Nachricht auf ihr Smartphone, dann starrte sie Kate an. Reekas Covergirl-Gesicht war kühl und geschäftsmäßig, während sie auf eine Antwort wartete.

»Ja. Es wird heute fertig.«

»Es steht nicht auf der Budgetliste.«

»Es steht da. Ich hab's gestern draufgesetzt.«

»Bringt es einen neuen Aspekt?«

»Es ist ein Feature. Wir haben darüber mit ...«

»Ich weiß, dass wir darüber gesprochen haben, aber wir haben mehr Leser, wenn es etwas Neues bringt.«

»Ich füge gerade die letzten ungelös...«

»Vielleicht könnten Sie einen Fall finden, bei dem die Polizei kurz vor dem Abschluss steht.«

»Ich weiß, wie man Nachrichten ...«

»Haben Sie an die Illustrationen zu Ihrer Story gedacht?«

Kate ließ das angespannte Schweigen, das zwischen ihnen lag, ihre Kränkung über Reekas herablassenden Tonfall hinausschreien. Reeka war immerzu schroff, barsch und einfach nur grob. Sie schnitt Reportern das Wort ab, wenn sie ihr Antwort gaben, oder tat ihre Fragen ab. Jeder Austausch mit ihr grenzte an eine Konfrontation. Nicht weil Reeka ehrgeizig war und sich und ihre Fähigkeiten für überlegen hielt, sondern weil, wie die Nachtschicht verlauten ließ, einer von Newsleads Aufsichtsräten ihr Onkel war und sie damit durchkommen konnte. In jeder Redaktion, bei der Kate bislang gearbeitet hatte, hatte es mindestens einen unerträglichen Redakteur gegeben.

»Ja, Reeka, es gibt Illustrationen. Die Story ist auf der Budgetliste. Ich lade sie heute hoch, wie im Budget vermerkt, und ich füge die neuen Statistiken ein.«

»Danke sehr.« Reeka machte auf dem Absatz kehrt, während sie eine SMS schrieb, und ging. Kates Blick bohrte sich in ihren Hinterkopf.

Sei vorsichtig bei ihr! Jetzt ist keine Zeit, sich Feinde zu machen. Kate kehrte an ihren Schreibtisch inmitten der vielen Boxen im Redaktionsbüro zurück. Ein Teil dieser Schreibtische war unbesetzt, eine unerbittliche Mahnung daran, dass die Zahl der Angestellten in den letzten Jahren drastisch reduziert worden war, nachdem die Gewinne der Nachrichtenindustrie geschrumpft waren.

Es ging das Gerücht, dass Newslead etwas einführen würde, das die Zahl der von den Reportern produzierten Berichte sowie die Zahl der Abonnenten ihrer Arbeit im Vergleich zu Wettbewerbern wie AP, Reuters oder Bloomberg messen konnte.

Ruhig her damit! Kate konnte locker mit allen mithalten.

Bei einem brutalen Jobwettstreit im letzten Jahr im Dallas-Büro von Newslead hatte sie das bewiesen. Sie hatte eine Story über ein Baby gebracht, das während eines Killer-Tornados verloren gegangen war. Deswegen hatte Chuck Laneer, ein Chefredakteur in Dallas, ihr später, nach seiner Versetzung hierher nach Manhattan, einen Job im Hauptquartier von Newslead angeboten.

Seitdem hatte Kate Reportagen für Newslead verfasst und oft den Wettbewerb in der Berichterstattung über Serienmorde, Schießereien in Malls, Korruption, Entführungen und was sich sonst noch an möglichem Chaos im ganzen Land oder in der ganzen Welt ereignet hatte, für sich entschieden.

Reporter zu sein lag Kate im Blut.

Und so lange sie zurückdenken konnte, war sie stets bis an die Grenzen gegangen.

Ihr Leben war von Anfang an ein Kampf ums Überleben gewesen. Sie war von einer Pflegefamilie zur nächsten weitergereicht worden, hatte ihre Jahre als Teenager auf der Straße verbracht und jeden Job angenommen, den sie bekommen konnte, um sich durchs College zu bringen. Sie hatte in Redaktionen im ganzen Land gearbeitet, und sie hatte ein Kind von einem Mann, der sie angelogen und sie sitzengelassen hatte. Jetzt war sie also hier als alleinerziehende Mutter, die gerade die Dreißig überschritten hatte, und eine nationale Korrespondentin für eine der größten Nachrichtenagenturen der Welt.

Sie setzte sich wieder an ihren Schreibtisch, und ihr wurde warm ums Herz, als sie Grace anblickte, ihre siebenjährige Tochter, die sie aus der gerahmten Fotografie gleich neben ihrem Bildschirm anlächelte.

Wir haben's weit gebracht, meine Kleine. Wir sind Überlebende.

Keine Stunde später hatte sie ihr Feature beendet und schickte es an den Chefredakteur.

Als sie gerade ihre Sachen zusammensammelte und gehen wollte, klingelte ihr Telefon.

»Newslead, Kate Page.«

»Kate, Anne Kelly hier, vom New Yorker Büro des Children's Searchlight Network. Haben Sie einen Augenblick Zeit?«

»Aber sicher.«

»Fred Byfield, einer unserer Ermittler, hat gesagt, ich solle Sie anrufen. Sie hatten darum gebeten, dass wir Ihnen bei jeder Nachfrage Bescheid geben, die mit der Sache Ihrer Schwester zu tun hat, ganz gleich, wie dürftig?«

Kates Puls schlug rascher. »Ja, sprechen Sie weiter.«

»Wir möchten Sie hinsichtlich einer Anfrage vorwarnen, die uns kürzlich von Seiten der Polizei erreicht hat.«

Es klang so, als würde die Frau etwas von einem Zettel ablesen.

»Na schön«, sagte Kate.

»Man hat uns gebeten, in unseren Akten nach einem Schmuckstück zu forschen, bei dem es um verschwundene weiße Frauen Mitte zwanzig geht.«

»Aber das ist Routine.«

»Allerdings, aber in diesem Fall, hat Fred gesagt, haben sie nach einem Halskettchen mit einem Schutzengel als Anhänger gefragt.«

Kate erstarrte.

Kurz vor ihrem Tod hatte Kates Mutter ihr und Vanessa ein Halskettchen mit einem Schutzengel geschenkt. Kate hatte das Kettchen in dem Ordner beschrieben, den sie den Organisationen, die sich um Vermisste kümmerten, zur Verfügung gestellt hatte.

»Steht da irgendetwas über eine Gravur oder eine Inschrift?«

»Nein.«

»Können Sie mir weitere Details nennen, Anne?«

»Ich kann jemandem Ihre Nummer geben, der Sie dann anruft.«

»Okay, aber können Sie mir im Augenblick etwas mehr sagen?«

»Nun ja, wir sind gerade benachrichtigt worden, dass die Anfrage an unser nationales Büro in Washington gegangen ist, wo eine Suche nach dem Stück durchgeführt werden soll, und Kate, tut mir leid, es geht dabei um einen Mordfall.«

Kate sackte auf ihren Stuhl.

6

New York City

Kates Schnellbahn schoss Richtung Norden aus der Penn Station.

Sie starrte hinaus in die Dunkelheit, während ihre Gedanken rasten und sie den Anruf wegen des Halskettchens verarbeitete.

Könnte es Vanessas sein?

Während sie mit den Folgerungen und den Fragen rang, die sich daraus ergaben, spürte sie ein Pochen in ihrem Herzen, das sich in Anspannung verwandelte.

Hör auf!

Vanessa ist tot. Sie ist vor zwanzig Jahren gestorben. Warum will ich so etwas durchmachen? Warum klammere ich mich an die Hoffnung, dass sie überlebt hat? Und jetzt das: ein Mordfall.

Die Bahnsteige der U-Bahn huschten vorüber, bis Kate ihr Ziel erreichte. Da klingelte ihr Handy. Es war Nancy Clark, ihre Nachbarin, die auf ihre Tochter aufpasste.

»Hallo, Kate, ist es gerade ungünstig?«

»Nein. Ich bin nur auf dem Weg nach Hause. Alles in Ordnung?«

»Oh, ja, Grace möchte nur dringend mit dir reden.«

»Na gut, hol sie her.«

Dem Geräusch, wie das Telefon weitergereicht wurde, folgte Grace' Stimme. »Hey, Mom?«

»Hey, Schatz. Was gibt's?«

»Mom, kann ich mein eigenes Handy kriegen?«

»Oh, Süße.«

»Aber alle meine Freundinnen haben ein Handy.«

»Ich überleg's mir. Ich bin bald zu Hause. Dann sprechen wir darüber.«

»Okay, Mom. Hab dich lieb.«

»Ich dich auch.«

Kate nahm ihr Handy an die Lippen und lächelte.

Was für ein Kind!

Grace war Sonne, Mond und Sterne in ihrem Leben. Sie hatte sich in New York City eingelebt, als wäre sie hier geboren worden. Sie liebte ihre Schule, ihre neuen Freundinnen, Central Park, die Museen, alles an der Stadt.

Kate wusste ihren Job bei Newslead zu schätzen. Der Weg hierher war lang gewesen und hatte etwas Glück und viel harte Arbeit erfordert, aber sie hatte berufsmäßig und finanziell eine Hürde überwunden.

Wir haben hier ein gutes Leben. Sie wohnten in Morningside Heights in einem viktorianischen Gebäude, wo sie eine bezahlbare Zwei-Zimmer-Wohnung von einem Professor der Columbia-Universität übernommen hatte, der gerade ein Sabbatjahr in Europa absolvierte. Während sie die paar Straßen von der Station nach Hause ging, sah Kate nach, ob es irgendwelche neuen Nachrichten von Anne Kelly beim Children's Searchlight Network gab.

Nichts.

In der Eingangshalle nahm Kate ihre Post mit. Hier waren sie und Grace zum ersten Mal Nancy Clark begegnet, einer verwitweten Krankenschwester im Ruhestand, die allein in der Etage über ihnen wohnte.

Sie war so freundlich und warmherzig und hatte Kate und Grace praktisch adoptiert. Sie luden einander auf einen Kaffee ein, und Nancy bestand rasch darauf, sich um Grace zu kümmern, wenn Kate bei der Arbeit oder auf Reisen war. Jetzt, draußen vor Nancys Wohnung, bemerkte Kate den Duft nach frischem Gebäck, und da öffnete auch schon Grace die Tür.

»Hey, Mom! Wir machen Cookies!« Grace umarmte Kate, dann ging sie zum Küchentisch zurück und nahm eine kleine Metalldose und ihren Rucksack. »Nancy sagt, ich kann sie mitnehmen.«

»Okay«, sagte Kate. »Vielen Dank dafür, Nancy.«

»Gern geschehen. Wir hatten viel Spaß. Bis morgen, dann.«

In ihrer Wohnung zurück machten Kate und Grace es sich vor dem Abendessen gemütlich, und jeder aß einen Cookie. Wie üblich leerte Grace ihren Schulrucksack auf den Beistelltisch. Kate legte die Post beiseite, fuhr ihren Laptop hoch, um die E-Mails zu überprüfen, streifte Jeans über und bereitete dann Hähnchentacos, Reis und Salat zu. Bevor sie sich an den Tisch setzte, überprüfte sie erneut ihr Handy.

Nichts vom Searchlight Network.

»Mom, hast du noch mal wegen meinem Handy nachgedacht?«, fragte Grace und biss in das Taco.

»Überlege noch immer, Schatz.«

»Vielleicht könnten wir auf deinem Computer nach einem guten suchen?«

»Nicht so rasch, mein Kind.« Kate lächelte.

Nach dem Abendessen half Kate Grace bei ihrer Buchbesprechung von *Horton hört ein Hu!*.

»Mom, was magst du lieber: *Ein Kater macht Theater* oder *Horton hört ein Hu!*?«

»Na ja, der Kater richtet viel Unheil an, während Horton Menschen helfen möchte, also ja, aus diesem Grund Horton.«

»Obwohl der Kater sehr lustig ist.«

»Ja, aber er hinterlässt ein ziemliches Chaos.«

Nachdem Kate später Grace in die Wanne gesteckt hatte, klingelte ihr Telefon. Die Nummer war unterdrückt. Kate ließ die Badtür offen und hielt ein Auge auf Grace gerichtet, die vor sich hin sang und planschte. Kate ging den Flur hinab, um außer Hörweite zu kommen.

»Hallo?«

»Kate Page?«

Sie erkannte die Stimme des Mannes nicht.

»Ja, wer ist da, bitte?«

»Ed Brennan, Detective bei der Polizei in Rampart, New York. Ich habe Ihren Namen und Ihre Nummer vom Children's Searchlight Network.«

Kate vergaß zu atmen und packte das Handy fester.

»Ja.«

»Ich rufe an, weil Sie ein Halskettchen aufgelistet haben, das Ihrer sechsjährigen Schwester gehört hatte, als sie nach einem Autounfall in Kanada vor zwanzig Jahren vermutlich ertrunken ist.«

»Ja.«

»Könnten Sie mir weitere Details zu dem Halskettchen liefern?«

»Jetzt?«

»Ja.«

Kate räusperte sich.

»Einen Monat, bevor unsere Mutter starb, hat sie Vanessa und mir jeweils ein Halskettchen mit einem winzigen Schutzengel geschenkt, und auf dem Anhänger waren unsere Namen eingraviert. Vanessa wollte sie tauschen, also trug sie das Kettchen mit meinem Namen, und ich habe den Engel mit ihrem Namen behalten.«

»Also sind sie, bis auf die Gravur, identisch?«

»Ja.«

»Haben Sie das andere Kettchen noch?«

»Ja, allerdings.«

»Wenn ich es recht sehe, wohnen Sie in New York City.«

»Das stimmt.«

Brennan hielt inne, wie um seine Worte sorgfältig zu wählen.

»Ich weiß, das wäre sehr schwierig, und ich entschuldige mich für die Unannehmlichkeiten, aber wären Sie gewillt, das Kettchen nach Rampart zu bringen und es uns zu zeigen? Es könnte bei einer laufenden Ermittlung hilfreich sein.«

»Könnte ich Ihnen nicht einfach ein Foto schicken?«

»Wir würden lieber das richtige Kettchen sehen – vielleicht haben wir weitere Fragen.«

Kate zog sich der Magen zusammen.

»Können Sie mir mehr über den Fall mitteilen, Detective Brennan?«

Ein paar Augenblicke verstrichen.

»Das ist vertraulich«, sagte Brennan schließlich.

»Natürlich.«

»Wir haben am Tatort ein Halskettchen gefunden, das zu der Beschreibung passt, die Sie gegeben haben. Allerdings ist die Gravur zu diesem Zeitpunkt schwer erkennbar. Ich brauche eine weitere Analyse, weil es stark verkohlt war.«

»Verkohlt?«

»Leider ist es in den Überresten eines Brands an einem Tatort gefunden worden, an dem offenbar ein Mord samt Selbstmord geschehen ist. Wir haben eine Tote Mitte zwanzig, die so stark verbrannt ist, dass sie nicht mehr zu erkennen war. Wir tun alles, um ihre Identität zu bestätigen.«

Kate legte sich die Hand vor den Mund, dann erhaschte sie einen Blick auf ihre Tochter, die fröhlich in der Wanne spielte.

»Sie sagen, es handele sich um Mord-Selbstmord. Was ... was können Sie mir sonst noch mitteilen?«

»Die Identität des Mannes ist ebenfalls ungeklärt. Wir haben bis jetzt nicht viele Details an die Öffentlichkeit gegeben. Es tut mir sehr leid, dass ich Ihnen das zumuten muss. Aber wir hätten es nicht getan, wenn wir nicht Grund zu der Annahme hätten, dass Ihre Kooperation uns helfen könnte. Können Sie das Kettchen nach Rampart bringen?«

»Ja. Ja, ich bin morgen mit dem Halskettchen bei Ihnen.«

Nachdem sie aufgelegt hatte, brachte sie Grace ins Bett, dann rief sie Chuck Laneer auf seinem Handy an. Obwohl Reeka Beck ihre unmittelbare Chefin war und es Spannungen geben würde, wenn sie über ihren Kopf hinweg handelte, wollte Kate lieber mit Chuck über diese Sache sprechen. Sie hatten eine gute Beziehung zueinander, die bis in die Tage von Dallas zurückreichte, als sie ihm die Tragödie mit Vanessa erzählt hatte.

»Das ist eine unglaubliche Entwicklung für dich, Kate«, sagte er, als sie ihm die Neuigkeit berichtete. »Ich sehe kein Problem, dass du dir deswegen ein paar Tage freinimmst. Aber um jeden möglichen Konflikt zu vermeiden, wirst du nicht als Reporterin von Newslead da hinauffahren.«

»Alles klar.«

»Du fährst auf eigene Kosten hin, um einer privaten Angelegenheit nachzugehen. Ich gebe Reeka Bescheid, dass du wegen persönlicher Angelegenheiten ein paar Tag weg bist.«

»Danke.«

»Viel Glück dabei, Kate. Das wird bestimmt nicht einfach.«

Daraufhin sorgte Kate dafür, dass sich Nancy um Grace kümmerte. Sie benutzte ihre Bonusmeilen, um einen Flug und einen Wagen zu buchen, und machte sich ans Packen.

Dann ging sie zum ihrem Schmuckkästchen und holte die Halskette mit dem winzigen Schutzengel hervor, auf dem der Name »Vanessa« eingraviert war. Sie hielt es in der Hand, bis ihr die Tränen das Gesicht herabliefen.

Ich habe versucht, dich festzuhalten. Ich hab mir so viel Mühe gegeben.

7

Rampart, New York

Das ruhige Hufgeklapper eines vorüberkommenden Amish-Pferds samt Wagen tönte durch das Fenster der Polizeidienststelle von Rampart und stand völlig im Widerspruch zu Kate Pages Unbehagen.

Nachdem ihr Flugzeug in Syracuse gelandet war, hatte sie die zweistündige Fahrt in einem gemieteten Chevrolet Cruze zurückgelegt. Kilometer um Kilometer hatte sie das Lenkrad so fest umklammert gehalten, dass ihre Fingerknöchel weiß geworden waren, bis sie den Stadtrand erreicht hatte, wo das Ortseingangsschild von Rampart sie in der Heimat des »Battle of the High School Bands« begrüßte.

Dem Navigationsgerät folgend fuhr sie schnurstracks zu dem Kalksteinbau, der die Dienststelle der Polizei beherbergte. Am Empfang wies man ihr eine quietschende Bank mit harter Lehne zu, wo sie auf Detective Brennan wartete. Noch immer aufgekratzt von ihrer Tour sah Kate auf ihrem Tablet nach, wie die hiesigen Medien über die Sache berichteten.

Geheimnis um zwei Tote. Die Schlagzeile des Rampart Examiner erstreckte sich über einer Luftaufnahme vom Tatort. Der verkohlte Klecks der zerstörten Scheune war dem üppigen Baumbewuchs wie eine Wunde eingebrannt.

Ist dort meine Schwester gestorben?

Den größten Teil ihres Lebens hatte sich Kate an die entfernte Hoffnung geklammert, dass Vanessa lebte, und jetzt zu erfahren, dass sie vielleicht hier gestorben war, überwältigte sie fast. Aber Kate wahrte ihre Fassung, indem sie sich auf die Berichte konzentrierte.

Ein neuer Bericht auf der Seite einer Rundfunkstation besagte, dass die Polizei die Opfer immer noch nicht identifiziert hatte. Gewisse Quellen hatten der Station jedoch mitgeteilt, dass es sich bei dem Mann um Carl Nelson handeln sollte, einen IT-Techniker beim MRKT DataFlow Call Center. Sie beschrieben ihn als zurückhaltenden, »fast einsiedlerischen« Mann, dessen Truck in der Nähe des Friedhofs aufgefunden worden war, am Ort des Brands. Geheimnisse umwitterten Gerüchte, dass ein Abschiedsbrief in dem mutmaßlichen Mörderfahrzeug gefunden worden sei. Die Polizei hielt sich hinsichtlich der Untersuchung sehr zurück, hieß es im Bericht.

Kate speicherte diesen Artikel zusammen mit einigen anderen ab.

Sie überlegte, wer Carl Nelson sein konnte, und sah auf, als jemand ihren Namen nannte.

Zwei Männer in Sportjacketts standen vor ihr.

»Ich bin Ed Brennan, das ist Paul Dickson. Wir sind froh, dass Sie den ganzen Weg hergekommen sind. Wie war Ihre Reise?«

»So weit ganz in Ordnung.«

»Schön. Wir gehen hier rein zum Reden.«

Sie betraten einen fensterlosen Konferenzraum, wo Brennan Kate etwas zu trinken anbot.

»Vielen Dank. Wasser wäre schön.«

»Wenn ich mich nicht irre, sind Sie Reporterin in New York bei Newslead, der Nachrichtenagentur.«

»Ja.«

Ein Schatten der Besorgnis huschte über Brennans Gesicht, und Dickson warf ihm verstohlen einen Blick zu.

»Aber Sie sind nicht hier, um über diesen Fall zu berichten. Das ist eine persönliche Sache.«

»Ja.«

»Was wir hier besprechen, muss unter uns bleiben, haben Sie verstanden?«

»Ja, habe ich.«

»Gut.«

Brennan stellte Kate einen Stuhl hin und reichte ihr eine Flasche Wasser. Sie trank ein wenig, holte das Halskettchen aus ihrer Tasche und legte es auf den Tisch. Brennan betrachtete es und öffnete dann sein Notizbuch auf einer neuen Seite.

»Um unseretwillen, Kate, würden Sie uns bitte einen Überblick über Ihren Familienhintergrund verschaffen?«

Erneut erzählte Kate die Geschichte des Halskettchens.

»Wären Sie bereit, uns Ihre Halskette für einen Vergleich zu überlassen?«, fragte Brennan.

»Natürlich. Darf ich die sehen, die Sie gefunden haben?«

Einen Moment lang schwieg Brennan.

»Nein, tut mir leid, das ist ein Beweisstück. Aber wir zeigen Ihnen das hier.«

Er schob Kate einen Schnellhefter zu. Angesichts einer gestochen scharfen vergrößerten Farbfotografie einer Halskette mit einem Engel hielt sie den Atem an. Das Kettchen war beschädigt, die Gravur unleserlich. Es war geschwärzt, lag auf einem weißen Hintergrund unmittelbar neben einem Etikett, auf dem »Beweismittel« stand, und einem Lineal, um den Maßstab zu verdeutlichen.

»Sie sind ähnlich«, sagte Brennan. »Wir geben Ihres an die Kriminaltechniker weiter.«

Ganz in Anspruch genommen von dem verkohlten Halskettchen auf dem Foto schossen Kates Gedanken zu Vanessa, dem Scheunenbrand und der Qual, die sie erlitten haben musste.

»Ich versteh's einfach nicht«, sagte Kate.

»Was?«

Sie hob den Kopf. »Wenn dies die Halskette meiner Schwester ist, wie ist sie dann von unserer Unfallstelle in Kanada hierher geraten?«

»Wenn es ihr gehört, gibt es eine Vielzahl von Möglichkeiten. Es könnte ans Ufer gespült worden sein. Ein Tier hätte es wegtragen können. Jemand hätte es finden können. Dann hätte es über die Jahre hinweg seinen Weg über Flohmärkte, Hinterhofverkäufe und Juweliere, Leihhäuser und wer weiß was genommen, bis es hier gelandet ist. Wir haben viele Theorien und Fragen.«

»Also verwerfen Sie die Möglichkeit, dass meine Schwester überlebt hat und irgendwie hier aufgetaucht ist?«

»Wir haben nichts bestätigt, also verwerfen wir auch nichts. Tatsächlich haben wir einige Nachfragen bei der Royal Canadian Mounted Police angestellt.«

»Hinsichtlich des Falls meiner Schwester?«

»Hören Sie, wir gehen lieber nicht so ins Detail. Es gibt andere Aspekte.«

»Welche Aspekte? Das wüsste ich gern.«

»Ich weiß, wie sich das anhört, aber wir können nicht über unsere laufenden Ermittlungen sprechen.«

»Ich habe gelesen, dass es einen Abschiedsbrief gegeben hat – was stand darauf?«

»Wir reden besser nicht über irgendwelche anderen Aspekte.«

»Nun gut, dann möchte ich sie gern sehen, die Frau, die ums Leben gekommen ist.«

Brennan wechselte einen Blick mit Dickson und rückte in seinem Stuhl zurecht.

»Unter den gegebenen Umständen halte ich das nicht für hilfreich.«

Kate saß da und wusste nicht, was sie denken oder sagen sollte, während lange Zeit Schweigen herrschte.

»Wir tun alles, was wir können, um die Identität zu bestätigen«, sagte Brennan schließlich. »Ich frage das ja nur sehr ungern, aber besteht die Möglichkeit, dass Sie nach wie vor die Haarbürste Ihrer Schwester oder Zugang zu ihren zahnärztlichen Befunden haben?«

Kate starrte ihn an.

»Nein, natürlich nicht.«

Einen Augenblick lang sah sie beiseite.

»Kate, würden Sie freiwillig eine DNA-Probe abgeben?«

»Sicher, wenn's hilft.«

»Allerdings«, sagte er. »Sobald wir fertig sind, holen wir jemanden von der Kriminaltechnik her, der eine Speichelprobe nimmt.«

Die Zeit verstrich. Brennan konsultierte seine Notizen und stellte Kate weitere Fragen über ihre Familiengeschichte und ob sie sich an irgendeine Verbindung zu Rampart oder Carl Nelson erinnerte.

»Nein, nicht die geringste. Bis heute bin ich nie hier gewesen.«

»Fällt Ihnen zu diesem Mann irgendetwas ein, Kate?«

Brennan zeigte ihr ein vergrößertes Farbfoto, das von einem in New York ausgestellten Führerschein stammte. Eisige Augen starrten sie aus dem Gesicht eines vollbärtigen Mannes von Ende vierzig an und erweckten in ihr den Eindruck, eine Kreuzung aus dem Unabomber und Charles Manson vor sich zu haben. Kate lief es kalt den Rücken runter, und sie spürte etwas, das knapp unter der Oberfläche brodelte.

Ist dies das letzte Gesicht, das Vanessa sah?

Kate prägte sich seine Anschrift ein: 57 Knox Lane, Rampart.

»Nein, ich habe ihn nie zuvor gesehen. Er ist mir in keinster Weise vertraut«, sagte sie. »Ist das der Mann, der in den Flammen umgekommen ist?«

»Da sind wir uns ziemlich sicher, aber wir warten noch auf eine positive Bestätigung durch den Pathologen.«

»Worin bestand Ihrer Ansicht nach die Beziehung zwischen Carl Nelson und meiner Schw… der Frau, die im Feuer umgekommen ist?«

»Daran arbeiten wir.«

Nachdem die Beamten das Gespräch beendet hatten, sahen sie zu, wie ein Mitarbeiter der Kriminaltechnik mit einem Wattebausch eine Probe von der Innenseite von Kates Wange nahm. Dann unterschrieb Kate einige Papiere hinsichtlich ihrer DNA-Probe und des Halskettchens. Bevor sie ging, bat sie die Beamten, ihr den Weg zum Tatort zu beschreiben.

»Dort wird immer noch gearbeitet«, sagte Brennan.

»Also?«

»Wäre es uns lieber, Sie würden nicht dorthin gehen – vom Highway aus können Sie nichts erkennen.«

»Können Sie mich dorthin bringen?«

»Tut uns leid, das geht nicht«, erwiderte Brennan.

»Warum nicht? Habe ich Ihnen nicht geholfen?«

»Wir müssen die Integrität der Ermittlung wahren, und wir ersuchen Sie, unser Gespräch vertraulich zu behandeln. Dafür haben Sie gewiss Verständnis.«

»Natürlich, habe verstanden. Sie haben mich hierher geholt, nur damit ich Ihnen helfe.«

»Nein, so ist das nicht. Wir wissen, wie schwer es für Sie sein muss, aber als Reporterin werden Sie verstehen, dass wir sorgfältig darauf achten müssen, wie sich die Dinge entwickeln.«

»Kapiert.« Kate nahm ihre Tasche und tauschte Visitenkarten mit Brennan und Dickson aus. »Wie lange dauert es, bis Sie die Identität der Frau feststellen können?«

»Lässt sich überhaupt nicht sagen«, entgegnete Dickson. »Das Problem ist der Zustand und die Tatsache, dass das Labor des Rechtsmediziners noch andere Fälle zu bearbeiten hat.«

»Kate«, sagte Brennan. »Fahren Sie nach Hause. Wir wissen Ihre Hilfe zu schätzen und verstehen, was Sie durchmachen.«

»Das glaube ich nicht, Ed. Meine Schwester ist entweder vor zwanzig Jahren gestorben, oder sie hat zwei Jahrzehnte gelebt, ohne dass ich es gewusst habe, bevor sie vor zwei Tagen starb. Das mache ich durch.«

8

Rampart, New York

Mit Hilfe der Luftaufnahmen aus den Nachrichten und des Navigationsgeräts im Chevy fand Kate den Friedhof am Stadtrand.

Sie *musste* den Schauplatz des Verbrechens sehen.

So viel hätten Brennan und Dickson ihr zugestehen müssen.

Auf Grund ihrer jahrelangen Zeit als Reporterin wusste Kate, dass Kriminalbeamte grimmig entschlossen waren, nichts über ihre Ermittlungen preiszugeben. Sie mussten so sein, damit ihre Fälle nicht vor Gericht zerpflückt wurden.

Aber das ist mein Leben.

Brennan hätte sie zum Tatort bringen können. Sie hatte ihm geholfen, und er hätte dasselbe für sie tun können. Sie hatte für das Recht zu erfahren, was ihrer Schwester zugestoßen war, bezahlt – sie hatte dafür in dem Moment bezahlt, da Vanessas Hand der ihren in diesem kalten Bergbach entglitten war.

Scheiß auf Brennan!

Kate hatte zu viel durchgemacht und war zu weit gekommen, um nicht die Wahrheit herauszufinden, insbesondere jetzt, wo sie so nahe dran war. Sie würde weiter auf eigene Faust nachforschen, wie sie es den größten Teil ihres Lebens sowieso schon getan hatte. Brennan und Dickson hatten lediglich von ihr die Halskette und ihre DNA haben wollen. Dann sollte sie nach Hause gehen.

Sie sah zu der Luftbildaufnahme des Tatorts auf ihrem Tablet hinüber, das auf dem Beifahrersitz lag.

Es wäre uns lieber, Sie würden nicht dorthin gehen.

Versucht doch, mich daran zu hindern! Sie lenkte ihren Mietwagen über eine leere Strecke des Highways, der sich durch eine dunkle, bewaldete Landschaft wand. Nach ein paar Kilometern stieß sie auf einen Streifenwagen des New York State, der die überwachsene Zufahrt zum Friedhof versperrte. Über dem Eingangstor hing ein Streifen gelbes Absperrband.

Kate hatte eine Idee.

Sie parkte in der Nähe, stieg aus und ging auf den einsamen Polizisten zu, der am Steuer saß. Er nahm sie kühl zur Kenntnis und sah ihr genau auf die Hand, die sie in ihre Handtasche schob.

»Hallo«, sagte sie. »Kate Page. Ich bin Reporterin von Newslead.« Sie zeigte ihm ihren Presseausweis. »Wie geht's Ihnen?«

»Gut, gut. Kann ich Ihnen helfen?«

»Können Sie mir zeigen, wo der Pressezugang zum Tatort liegt?«

»Bis hierher können Sie gehen«, sagte er.

»Echt?«

»Ja, die anderen waren heute Morgen hier. Sie können das Neueste von der Dienststelle in Rampart erfahren. Ich kann Ihnen eine Nummer geben.«

»Ich muss Fotos vom Tatort machen – kann ich etwas näher heran?«

»Bis hierher kann ich Sie heranlassen. Sie sind dort immer noch bei der Arbeit. Der Tatort ist noch nicht freigegeben.«

Kate klopfte mit ihrem Notizbuch gegen ihr Bein. So viel für diese Idee. Wesentlich mehr konnte sie hier nicht mehr tun. Sie hatte sich sowieso schon auf dünnes Eis begeben, weil sie ihren Job bei Newslead entgegen Chucks Warnung mit ins Spiel gebracht hatte.

»Okay, danke sehr.« Kate kehrte zu ihrem Wagen zurück.

Sie fuhr im Gefühl, geschlagen zu sein, davon.

Wie könnte sie einfach nach Hause fahren? Es war, als würde sie Vanessa erneut verlieren. Sie musste etwas unternehmen.

Was? Was kann ich tun?

Während sie sich noch abmühte, eine Lösung zu finden, kam die Antwort in Gestalt eines Rastplatzes hinter der nächsten

Kurve auf sie zu. Kate fuhr von der Straße ab und parkte am äußersten Rand, fast außer Sicht. Sie überprüfte ihr Handy. Hier war immer noch Empfang. Das Signal war gut. Sie zog ihre Karte zurate, die Luftaufnahme, dann koordinierte sie alles mit der Kompass-App auf ihrem Smartphone. Der Tatort lag keinen Viertelkilometer nordöstlich, hinter dichtem Baumbestand.

Kate schloss ihren Wagen ab, drehte ihre Handtasche auf den Rücken, suchte sich einen geraden Stock, den sie als Wanderstock benutzen konnte, und machte sich auf den Weg in den Wald. Das Terrain war tückisch. Dichtes Unterholz verbarg den unebenen Grund. Tief hängende belaubte Zweige zogen und zerrten an ihr. Sie suchte einen umgestürzten Baum, um einen Bach zu überqueren. Mehrmals war sie überzeugt, in die falsche Richtung zu gehen, aber sie hielt sich stur an die nordöstliche Richtung, die ihr der Kompass anzeigte.

Etwa dreißig Minuten später war sie draußen. Sie hörte ferne Stimmen und sah durch die Bäume etwas Gelbes und Weißes aufblitzen. Dann erreichte sie die Lichtung und die geschwärzten Ruinen der Scheune. Der Tatort war mit gelbem Band abgesperrt. Leute von der Spurensicherung in weißen Overalls stocherten darin umher und siebten den Schutt.

Eine Anzahl Fahrzeuge der Polizei und der Feuerwehr von Rampart sowie der Polizei des Countys und des Bundesstaates parkten auf der anderen Seite. Kate hielt sich am Waldrand, während sie darauf zuging, denn so konnte sie näher herankommen, ohne dass jemand sie bemerkte.

In der Luft lag der Geruch nach Holzkohle und der Erinnerung an den Tod.

Während die Kriminaltechniker ihrer Arbeit mit düsterer Sorgfalt nachgingen, traf die Realität Kate mit voller Wucht.

Ist Vanessa hier gestorben?

Zorn stieg in ihrer Kehle hoch, als sie ein Bild vor sich sah:

Vanessa ist noch klein, und sie überqueren die Straße. Kate hält sie an der Hand. Die Erde bebt, als ein riesiger Sattelschlepper vor-

beidonnert. Furcht zeigt sich auf Vanessas kleinem Gesicht, aber sie vertraut ihrer großen Schwester. Sie liebt sie, bewundert sie, und ihre kleinen Finger packen Kates Hand fester.

Sie musste unbedingt näher an die Ruinen heran und holte die kleine digitale Kompaktkamera aus ihrer Tasche. Die Kamera verfügte über erstklassige Optik, und Kate zoomte das abgerissene schwarze Gewirr aus Balken und Trägern heran. Bei jedem Foto trat sie näher, und bei jedem Foto brach ihr das Herz ein wenig mehr. Sie durchsuchte den verbrannten Schutt, und ihre Kamera bot ihr weitere Einzelheiten, je dichter sie herankam. Sie konzentrierte sich auf eine Reihe verbrannter Balken, die aus dem Haufen hervorragten. Etiketten klebten darauf, Zeichen dafür, dass sie bereits bearbeitet waren. Auf Stellen im Holz, die nicht verbrannt waren, entdeckte Kate grobe, in die Oberfläche eingeritzte Zeichen. Um sie besser erkennen zu können, musste sie noch näher heran – sie musste das Undenkbare tun.

Kate hob das Absperrband, um den Tatort zu betreten, zögerte jedoch.

Sie würde das Gesetz brechen.

Aber das könnte das Letzte sein, was meine Schwester berührt hat.

Ihr Puls raste.

Sie würde vielleicht nie mehr so nahe herankommen.

Kate betrat den Tatort und machte weitere Fotos. Sie ging immer tiefer hinein, blickte über die Balken hinaus, bemerkte Nischen innerhalb der Verwüstung, die anscheinend kartografiert, gesäubert und etikettiert waren. Sie konzentrierte sich auf diese Bereiche, zoomte sie heran, machte ...

»He!« Schlüssel klirrten, und ein uniformierter Polizist kam von einem der Fahrzeuge zu ihr getrabt. »Gehen Sie sofort da raus! Sie sind festgenommen.«

9

Rampart, New York

Kate hörte ihren Pulsschlag in ihren Ohren hämmern.

Darüber hinaus hörte sie den Polizeifunk.

Sie saß auf dem Rücksitz von Len Reddicks Streifenwagen. Er saß vorn und ließ sich gerade ihren Presseausweis von Newslead, den er in der Hand hielt, bestätigen. Sie roch sein Rasierwasser und das Pfefferminzkaugummi. Sein Kinn arbeitete nach wie vor, woran sie erkannte, dass er nach wie vor verärgert war.

»Genau, Kate Page«, kaute Reddick in sein Mikrofon. »Page. Paula, Anton, Gustav, Emil. Arbeitnehmernummer Sieben-Zwei-Sechs-Sechs.«

Kates Puls am Handgelenk pochte, was sie an den metallenen Handschellen spürte. Diese Handschellen waren eine Überreaktion, weil Reddick wütend darüber war, dass er sie nicht entdeckt hatte. Sie hatte die Illustrierte mit den Sportbikinis auf dem Vordersitz gesehen, als er sie in seinen Wagen gesetzt hatte.

Er hatte ihr die Kamera, das Smartphone und ihre Handtasche abgenommen, danach hatte er ihr ihre Rechte vorgelesen.

Als sein Funkgerät knisterte, blickte sie aus dem Fenster.

Heute Morgen hatte sie Grace zum Abschied einen Kuss gegeben. Jetzt saß sie in Handschellen da und sah einer Anklage entgegen. Sie wusste, dass es ein Gesetzesverstoß war, einen Tatort zu betreten, aber sie war von dem rohen Gefühl getrieben worden, dass ihre Schwester hier gewesen war.

Ich kann's spüren, ich kann's einfach spüren.

Während Reddick ihre Sachen durchsuchte, fühlte sie sich gedemütigt, und als er die Karte des Kriminalbeamten Brennan fand, wappnete sie sich gegen das Kommende.

Reddicks Anfragen an die Leitstelle hatten einen Rattenschwanz an Problemen zur Folge. Anrufe bei Newslead alarmierten ihre Chefredakteure. Brennan wurde angerufen und war unterwegs. Er hatte darauf bestanden, sie zu befragen, da es sein Fall war. Inzwischen hatte Reddick die Kriminaltechniker herangewunken, um Kates Kamera und Smartphone zu untersuchen und sich die von ihr aufgenommenen Fotos anzusehen.

Kates Herz raste. Bislang hatte Reddick sie noch nicht abgetastet.

Sie hatte Vorsichtsmaßnahmen getroffen, um ihre Fotos zu retten. In dem Augenblick, da Reddick sie am Tatort entdeckt hatte, hatte sie sofort die Karte aus ihrer Kamera herausgeholt, sie in ihren Socken gleiten lassen und dann, so rasch sie nur konnte, eine neue Karte eingelegt und weitere Fotos gemacht. Wenn die Polizei ihre versteckte Karte nicht fand, könnte sie sich die Aufnahmen später ansehen.

In diesem Moment klingelte Reddicks Handy.

»Ihre Leute in New York.«

Kate hob ihre gefesselten Hände, und Reddick reichte ihr das Handy. Er stieg aus dem Wagen, um dem Kriminaltechniker Kates Smartphone zu zeigen, und gestattete ihr somit etwas Privatsphäre.

»Reeka hier. Was ist passiert?«

Kate zog sich der Magen zusammen.

»Ich glaube, ich sollte mit Chuck sprechen, Reeka.«

»Er musste zu einem dringenden Treffen nach Chicago. Ich bin Ihre Vorgesetzte. Sprechen Sie mit mir.«

»Hat Chuck Ihnen gesagt, warum ich hier bin?«

»Er hat mir gar nichts gesagt. Sie hätten mich fragen sollen, wenn Sie an Ihrem freien Tag eine Aufgabe erledigen sollten. Warum hat man Sie in Rampart festgenommen?«

Kate erklärte ihr alles, darunter auch die Tatsache, dass sie sich über ihren Kopf hinweg an Chuck gewandt hatte.

»Also, dem nach zu schließen, was die Polizei mir gerade gesagt hat«, fuhr Reeka fort, und ihre Stimme wurde eisig wie die eines Anklägers, »und aus dem, was Sie mir sagen, sind Sie dort in ihrer Freizeit aus persönlichen Gründen hinaufgefahren, haben sich dann als Reporterin von Newslead ausgegeben und versucht, sich Zutritt zu einem Tatort zu verschaffen. Das ist Ihnen verweigert worden, woraufhin Sie später unberechtigt den Tatort betreten haben und sich jetzt einer Anklage gegenübersehen.«

Kate gab zu, dass das korrekt war.

»Sie kennen die Anweisungen von Newslead genau, wie unsere Reporter die Organisation repräsentieren und sich verhalten sollen, insbesondere an Tatorten? Sie kennen sie, Kate?«

»Natürlich.«

»Dennoch haben Sie eindeutig dagegen verstoßen.«

Kate schwieg.

»Ich werde Ihre Situation mit dem leitenden Management besprechen. Bis dahin schlage ich vor, dass Sie sich einen Anwalt besorgen.«

Der Anruf endete.

Das alles war Kates Schuld, und sie machte sich heftige Vorwürfe beim Gedanken an Grace. Was würde mit ihr passieren, wenn man sie einsperrte? Würde das Jugendamt eingeschaltet?

Warum habe ich die Sache nicht durchdacht?

Wiederum blickte sie prüfend über den Tatort und konnte nicht leugnen, emotional von ihm angezogen zu werden. Jahrzehnte des Schuldgefühls, Jahrzehnte, in denen Vanessas Geist sie heimgesucht hatte, hatten ihr Urteilsvermögen getrübt.

Brennan war eingetroffen und stand in der Nähe des Wagens mit Reddick und dem Kriminaltechniker zusammen. Sie beugten sich über Kates Kamera und Smartphone, während Reddick weiterhin den Inhalt ihrer Handtasche durchwühlte. Hin und wieder zeigte er auf den Tatort, und der Techniker nickte, bevor Brennan zum Wagen kam und Kate beim Aussteigen half.

»Ich habe Sie gebeten, nicht hierherzukommen, Kate. Sie wissen sehr gut, dass wir den Tatort absperren müssen. Alles und jedes wird als Beweismittel erachtet.« Er schüttelte den Kopf. »Sie haben dem Polizisten dahinten falsche Angaben gemacht, Sie haben rechtswidrig den Tatort betreten und sind hindurchgetrampelt, haben ihn kontaminiert, möglicherweise Beweise zerstört. Sie sehen sich vielleicht einer Anklage wegen Behinderung der Ermittlungen und widerrechtlicher Durchquerung gegenüber. Ich verstehe nicht, warum Sie das getan haben.«

»Warum?« Adrenalin und Wut kreisten in ihr, und sie ließ beides heraus. »Ich kann's nicht fassen, dass Sie mich so etwas fragen müssen! Sie haben das Halskettchen meiner Schwester da draußen gefunden, in diesem ... diesem Schlachtfeld, und sie ist ...«

»Wir haben noch nicht bestätigt, dass sie es ist.«

»Sie und ich wissen, dass sie es ist!«

»Nein, wissen wir nicht. Kate, alles, was wir bis zu diesem Augenblick haben, ist vage. Nichts ist schlüssig.«

»Sie haben ihr Halskettchen da draußen gefunden! Mein Gott, sie sollte vor zwanzig Jahren in Kanada ertrunken sein! Sagen Sie mir also, wie es dorthin gekommen ist!«

»Wir wissen es nicht, und wir wissen nicht, ob es Ihrer Schwester gehört. Gerade Sie sollten die gewaltigen emotionalen und legalen Konsequenzen verstehen, wenn man Annahmen trifft, die in einer falschen Identifikation enden.«

»Dann sagen Sie mir, weswegen Sie die kanadische Polizei kontaktiert haben!«

»Ich diskutiere diesen Fall nicht mit Ihnen.«

»Klar. Vergessen Sie nicht, Ed, Sie haben mich um Hilfe gebeten! Deswegen bin ich hier. Ich lebe seit zwanzig Jahren damit! Ich verdiene, die Wahrheit zu erfahren! Deswegen habe ich getan, was ich getan habe.«

Einige Sekunden der Anspannung verstrichen.

»Haben Sie etwas mitgenommen, berührt oder zurückgelassen, Kate?«

»Nein. Ich habe bloß ein paar Aufnahmen mit meiner Kamera gemacht. Das ist alles.«

Brennan kehrte für eine lange Debatte zu den anderen zurück, dann kam er mit ihren Sachen und Reddick wieder, der ihre Handschellen löste.

»Ich hab's Ihnen gesagt, ich habe keine Fotos mit meinem Smartphone gemacht.«

»Wir behalten die Speicherkarte Ihrer Kamera und die zusätzlichen Speicherkarten, die wir in Ihrer Handtasche gefunden haben. Der Techniker sagte mir, dass Ihre Kamera eine drahtlose Verbindung ermöglicht, dass Sie aber keine Fotos irgendwohin geschickt haben.«

»Habe ich auch nicht. Sind wir fertig? Oder werden Sie jetzt voll den Bullen heraushängen lassen und mich einer körperlichen Untersuchung unterziehen?«

Brennan ließ ihre Bemerkung durchgehen.

»Nein. Zum einen habe ich keinen weiblichen Polizisten in Dienstbereitschaft. Ich werde hier eine Ermessensentscheidung treffen, aber ich glaube, wir sind unter den gegebenen Umständen und der gegebenen Lage fertig.«

»Also kann ich gehen?«

»Noch nicht. Sie werden mir jetzt ihren Weg hierher zum Tatort zeigen, damit wir ihn markieren können«, sagte Brennan. »Dann benötigen wir Ihre Schuhabdrücke, und wir müssen Ihre Fingerabdrücke nehmen. Wenn wir damit fertig sind, wird Sie der Beamte Reddick zu Ihrem Wagen bringen.«

»Werde ich angeklagt?«

»Nein, aber wenn Sie sich wieder einmischen, werden wir von der Anklage nicht mehr absehen. Verstanden?«

Kate begegnete Brennans Blick und nickte.

»Ich weiß Ihre Hilfe zu schätzen«, sagte er, »und was Sie durchmachen. Fahren Sie nach Hause, Kate, und überlassen Sie uns die Arbeit.«

10

Rampart, New York

Der Kühlergrill von Reddicks Streifenwagen füllte Kates Innenspiegel mehrere Kilometer weit, nachdem sie den Rastplatz verlassen hatte.

Auf der Fahrt in die Stadt unterdrückte sie ihre Tränen und ihren Ärger über die Polizei von Rampart, aber größtenteils über sich selbst. Sie kochte vor Wut und einem darunterliegenden Schmerz, weil sie Vanessa nie so nahe gewesen war.

Ich muss klare Gedanken fassen.

Kate sah auf die Uhr.

Selbst mit der Fahrt nach Syracuse blieben ihr noch einige Stunden bis zu ihrem Rückflug am frühen Abend. Ausreichend Zeit, sich einen anderen Teil des Falls anzusehen.

Carl Nelson.

Sie war so von dem Halskettchen vereinnahmt gewesen, dass sie Nelsons Rolle völlig übersehen hatte. Sie wusste nichts von ihm, dem Mann, den die Lokalpresse als zweites Todesopfer des Brands bezeichnet hatte, dem einsiedlerischen Computerexperten. Bei der Erinnerung an das lange Haar und den Bart auf dem Foto des Führerscheins, das Brennan ihr gezeigt hatte, dachte Kate, dass Nelson dem Bild eines unheimlichen Exzentrikers genau entsprach. Welche Rolle hatte er hier gespielt? Worin bestand Vanessas Beziehung zu ihm? Und was hatten die Gerüchte über einen Abschiedsbrief zu besagen?

Kate musste mit Nelsons Familie, seinen Nachbarn und Mitarbeitern sprechen.

Sie hielt an einer Ampel und war froh zu sehen, dass Reddick umgedreht hatte. Kate konzentrierte sich auf ihr Navigationsgerät und gab Carl Nelsons Adresse ein – 57 Knox Lane –, die sie von seinem Führerschein behalten hatte.

Ist es nach den Ereignissen am Tatort schlau, dorthin zu fahren?

Dies ist eine Demokratie, und Leute haben jedes Recht, mit anderen Leuten zu sprechen, dachte sie und suchte im Rückspiegel nach einem Anzeichen, dass Reddick sie nach wie vor verfolgte.

Nichts.

Sie machte sich zu Nelsons Nachbarschaft auf und erreichte sein bescheidenes Haus im Ranch-Stil, mit einem sauberen Hof und einer frei stehenden Garage.

Und einem Streifenwagen aus Rampart davor.

Kate fluchte in sich hinein und stieß einen langen Atemzug aus.

Sie wollte an der Tür klopfen, mit jedem sprechen, der dort war, dazu mit Nelsons Nachbarn. Sie wollte auf eigene Faust nach Antworten graben, aber nicht unter den Augen eines Polizisten, der die stille Straße beobachtete.

Kate biss sich auf die Lippe und betrachtete das Haus, während sie langsam und im Wissen daran vorüberfuhr, dass der Polizist wahrscheinlich ihr Kennzeichen erfasste. Nein, das würde nicht funktionieren. Kate fuhr die Straße ein weiteres Stück hinab und erreichte eine Tankstelle.

Vielleicht kann mir jemand in der Tankstelle etwas über Nelson sagen und mir Leute nennen, mit denen er im Callcenter gearbeitet hat.

Als Kate anhielt und an der Kreuzung blinkte, entdeckte sie einen weiteren Streifenwagen, der auf der Straße parkte.

Wieder Reddick.

Er hatte sie beobachtet.

Ein-fach un-glaub-lich. Okay. Sie hatte die Nachricht verstanden.

Kate fuhr zum Highway und weiter nach Syracuse.

Sie ließ Rampart hinter sich zurück, wollte sich aber um keinen Preis geschlagen geben. Es gab andere Möglichkeiten, wie sie der Sache nachgehen konnte. Sie benötigte etwa sechzig

Kilometer, um sich zu beruhigen. Sie hielt in Watertown an einer Tankstelle, tankte und betrat dann einen Burger King für einen Kaffee und einen Muffin. Sie schrieb Reeka und Chuck eine SMS:

Alles erledigt mit der Polizei von Rampart. Keine Anklage. Komme zurück.

Kate schickte sie ab und betrachtete dann Graces Gesicht, das Hintergrundbild auf ihrem Smartphone, und sah auf die Uhr. Ihre Tochter sollte zuhause und bei Nancy sein.

Sie drückte die Nummer.

»Hi, Nancy, Kate hier.«

»Hi, wie geht's da oben? Hattest du Erfolg?«

Nancy kannte Kates Tragödie und ihre lebenslange Suche nach Antworten.

»Etwas, aber es ist kompliziert. Ich werd's dir nach meiner Rückkehr erzählen.«

»Möchtest du mit Grace sprechen – sie sitzt gleich neben mir.«

»Ja, danke. Und, Nancy, danke dafür, dass du das alles tust.«

»Musst mir nicht danken. Hier ist sie.«

»Hi, Mom!«

»Hi, Süße, wie war's heute in der Schule?«

»Hat Spaß gemacht. Wir haben etwas über Schmetterlinge gelernt, das war so cool.«

Kate war eine einsame Gestalt in der Ecke des Restaurants. Ihrer Tochter zuzuhören, die ihr von ihrem Tag erzählte, war Balsam für ihre Seele und lenkte ihre Gedanken kurzfristig von Rampart, dem Tatort und den Fragen ab, die sie beunruhigten.

Der Flug nach La Guardia hatte Verspätung.

Kate wartete im Pre-Boarding-Bereich, zu müde, um an etwas anderes zu denken oder etwas anderes zu tun, als sich in ihrem Smartphone ältere Fotos von ihr und Vanessa als Kinder anzuschauen. Eines zeigte sie beide, die Schwestern, wie sie sich Weihnachten in die Arme nahmen. Dort, Vanessa auf dem Sofa. Wie klein sie aussah und wie riesig ihr Lächeln war! Ihr neues Halskettchen mit dem Schutzengel glitzerte im Blitzlicht. Kate musste bei den Erinnerungen blinzeln, bevor sie den Ordner mit den Bildern schloss.

Als der Jet schließlich abgehoben hatte, kämpfte Kate mit den Nachwirkungen des Selbstmitleids, weil sie alles vermasselt hatte. Dann dachte sie an Brennan und seine Weigerung, sie zum Tatort zu begleiten.

Warum wollte er das nicht tun?

Erfahrene Kriminalbeamte, die sie gekannt hatte, wären ihrer Bitte ohne Weiteres nachgekommen, was für sie ein Hinweis darauf war, dass Brennan entweder ein Neuling oder übervorsichtig war oder dass da etwas mehr ablief.

Na ja, da werde ich auf jeden Fall dranbleiben.

Nachdem das Flugzeug Reiseflughöhe erreicht hatte, schloss sie die Augen für ein paar friedliche Minuten.

Als Kate daheim eintraf, schlief Grace bereits in Nancys Gästezimmer, in dem es nach Lavendel und Einsamkeit roch.

»Du kannst sie heute Nacht hierlassen, wenn du magst.«

»Vielen Dank, Nancy, aber du hast sie schon den ganzen Tag über gehabt.«

Kate streichelte Graces Wange und küsste sie leicht. Dann nahm sie ihre Tochter in die Arme, und Grace regte sich und stöhnte: »Hi, Mommy … hab dich lieb.«

»Oh, du wirst allmählich schwer.«

Nancy kam mit zur Tür. Sie trug Graces Rucksack und folgte Kate zurück in ihre Wohnung. Nachdem sie ihre Tochter zu Bett gebracht hatte, kehrte sie in ihr Wohnzimmer zurück und drückte Nancy fünf zerknüllte Zwanzig-Dollar-Scheine in die Hand.

»Was tust du da, Kate? Ich kann doch von dir kein Geld annehmen.«

»Du hilfst mir immer. Nimm es. Bitte.«

»Jetzt hör mir mal zu.« Nancy legte Kate das Geld in die Hand, schloss sie und legte ihre Hände fest darum. »Seitdem mein Burt gestorben ist, war ich nicht mehr so ganz da. Wir haben keine Kinder, keine Familie, nun – du weißt schon. Du und Grace, ihr seid wie ein erhörtes Gebet in mein Leben getreten. Ich bin hier, um euch zu helfen, wann immer es nötig ist. Du bedeutest mir mehr, als du jemals ahnen kannst.«

Kate entdeckte eine tiefe Wärme und Liebe in Nancys freundlichem Gesicht, die einer Mutter so nahe kamen, wie sie es je erlebt hatte. Kate umarmte die ältere Frau und hielt sie einen Moment lang fest.

»Vielen Dank. Ohne dich wäre ich auch verloren.«

»Okay, gute Nacht. Jetzt ruh dich etwas aus und sag mir Bescheid, wenn ich dir mit irgendetwas helfen kann.«

Kate nahm eine heiße Dusche und machte sich einen Becher Himbeertee, froh darüber, dass sie noch einen Tag frei hatte, um sich erholen zu können. Dennoch nagte etwas an ihr.

Ich habe etwas vergessen.

Bevor sie zu Bett ging, sah sie ihre ungeöffneten E-Mails durch. Die meisten waren Routinesachen und konnten warten. Dann stieß sie auf eine von Reeka, die nur wenige Minuten zuvor abgeschickt worden war.

Kommen Sie morgen um 10.00 Uhr für eine wichtige Besprechung ins Büro.

11

New York City

Das Hauptquartier von Newslead beanspruchte eine gesamte Etage ziemlich weit oben in einem fünfzigstöckigen Büroturm auf Manhattans West Side.

Kate wartete allein in einer Ecke des Besprechungsraums. Er bot wunderbare Aussichten auf die Midtown, das Empire State und das Chrysler Building, aber Kate sah bloß Probleme vor sich. Nach den gestrigen Ereignissen so herbeizitiert zu werden, und das auch noch an einem freien Tag, war kein gutes Zeichen.

Zumindest hatte sie Grace noch zur Schule bringen können, bevor sie hergekommen war.

In dem großen Raum war es kalt. Kate sah auf ihrem Smartphone nach, ob es irgendwelche Neuigkeiten in Rampart gab. *Nichts.* Sie hörte den Verkehrslärm unten von der Straße und das Summen der Lüftung, bis die Tür sich öffnete.

Drei Leute kamen nacheinander herein.

Zuerst Chuck. Er hatte die Krawatte bereits gelockert, die Hemdsärmel aufgekrempelt, und sein Haar war zerzaust. Er ließ einen Schnellhefter auf den Tisch fallen und setzte sich, ohne Kate anzusehen.

Der Nächste war Morris Chambers vom Personalbüro. Er war das genaue Gegenstück zu Chuck. Er trug einen Anzug, ein Hemd und eine Fliege. Er schlug ein ledergebundenes Notizbuch auf und ließ seinen Kugelschreiber klicken.

Reeka folgte, aufgetakelt ohne Ende mit einem dunklen Blazer, der sich gut auf einer Beerdigung gemacht hätte. Die Nase hatte sie in ihrem Smartphone stecken, und die Daumen hielten nur inne, um die Tür zu schließen und die Befragung anzufangen.

»Kate, dieses Treffen ist Ergebnis dessen, was gestern geschehen ist.«

Kate warf jedem der Drei einen fragenden Blick zu. Sie war davon ausgegangen, dass diese Sache erledigt war, dass Reeka Chuck bei seiner Rückkehr auf den neuesten Stand gebracht hatte.

»Ich gebe zu, dass das, was ich getan habe, eine Dummheit war, aber ich bin nicht angeklagt worden.«

»Hier geht es um die Verletzung der Politik von Newslead.«

»Aber ich habe das mit der Polizei von Rampart erledigt – es war eine persönliche Angelegenheit.«

»Ja, Chuck hat uns über die Tragödie mit Ihrer Schwester informiert. Herzzerreißend. Dennoch entschuldigt das nicht Ihre Übertretung, Kate.«

Reeka wandte sich an Morris und gab ihm den Einsatz.

»Ja ...« Morris räusperte sich. »Die Geschäftsordnung verbietet Angestellten von Newslead, ihre Position zu irgendeinem persönlichen Nutzen einzusetzen.«

»Aber ich hatte keinen Nutzen.«

»Sie sind in einer persönlichen Angelegenheit nach Rampart gefahren«, las Morris von seinem Notizbuch ab. »Sie haben sich jedoch dem New Yorker Polizisten Len Reddick gegenüber als Reporter von Newslead mit einem Auftrag ausgegeben, um sich Zutritt zu einem Tatort zu verschaffen. Nachdem man Ihnen den Zutritt verweigert hat, sind Sie dort eingedrungen.«

»Was eine mögliche Anklage zur Folge hätte haben können.« Reeka starrte sie an.

Da Kate spürte, wie sich eine Schlinge zuzog, wandte sie sich an Chuck, der einfach nur dasaß. Sie konnte es nicht fassen. Sie und Chuck waren gemeinsam durch die Hölle gegangen. Er hatte sie angebettelt, nach New York zu kommen und für ihn bei Newslead zu arbeiten. Er wusste von ihrer Schwester und hatte sie immer unterstützt. Er war der mächtigste Mann im Raum und, wie sie geglaubt hatte, ihr Freund. Aber er saß bloß dort und starrte die Skyline an. Ließ Kate im Stich.

»Ganz offen gesagt, Kate«, meinte Reeka und musterte ihre glänzenden Fingernägel, »fehlt mir jedes Verständnis, warum Sie dort hinaufgefahren sind und getan haben, was Sie getan haben.«

»Wie bitte?«

»Wie ich das verstanden habe, ist das eine regionale Geschichte, eine vom Land, ein Mord mit Selbstmord. Haben Sie Ihre Schwester nicht im westlichen Kanada verloren?«

»Was zum Teufel meinen ...«

»Kate«, ging Chuck dazwischen.

»Ich bin von der Polizei in Rampart angerufen worden«, sagte Kate. »Sie haben mich um Hilfe gebeten, und ich habe kooperiert. Es gibt starke Hinweise darauf, dass meine Schwester, die seit zwanzig Jahren für tot gehalten wird, ein Opfer war!«

»Kate, mäßige dich«, warnte Chuck.

»Aber die Identitäten in Rampart sind noch nicht bestätigt, oder?« Reeka hob ihre Augenbrauen, um ihre Bemerkung zu unterstreichen.

»Wie bitte? Reeka, wie können Sie dort sitzen und ...«

»Kate, lass gut sein«, sagte Chuck. »Das ist eine schwierige, komplizierte Situation. Sie hat dich in Stress versetzt und dein Urteilsvermögen überbeansprucht. Es ist am besten, wenn du dir zwei Wochen freinimmst, Kate, und zwar von jetzt an.«

»Suspendierst du mich?«

»Nein, du nimmst dir bezahlten Urlaub. Ich habe ihn genehmigt.«

Chuck gab Zeichen, dass das Treffen beendet war.

»Wir verfügen über Rechtshilfe, falls Sie so etwas benötigen.« Morris klickte wieder mit seinem Kugelschreiber und schloss sein Notizbuch.

»Ich schlage vor, Sie prüfen das, Kate. Ist am besten so«, sagte Reeka.

Sie verließen den Raum, und Kate blieb allein mit Chuck zurück.

Mehrere Herzschläge, nachdem die Tür sich geschlossen hatte, wandte sie sich ihm zu.

»Was ist passiert?«

»Du hast in Rampart die Beherrschung verloren, Kate. Das wird die Agentur nicht hinnehmen. Ich habe dich gewarnt, bevor du dort hingefahren bist, dass du jede Auseinandersetzung vermeiden solltest. Du warst auf dich selbst gestellt und konntest dich nicht als Reporterin von Newslead vorstellen.«

»Ja, aber die Hinweise, dass meine Schwester dort gewesen ist, waren so stark.«

»Du bist über die Jahre hinweg ähnlichen Spuren gefolgt, und leider hat sich jede als Sackgasse erwiesen. Hast du mir das nicht selbst gesagt, Kate?«

»Ich weiß, Chuck, aber diesmal ist es etwas anderes.«

»Ich kann nachvollziehen, was du durchmachst. Nimm dir Urlaub, um deines eigenen geistigen Friedens willen. Sieh, worauf deine Spur in Rampart hinausläuft, aber wenn du ihr nachgehst, tu's auf dich selbst gestellt, um Gottes willen. Hast du das verstanden?«

Kate nickte.

»Hör mal«, fügte Chuck hinzu, »die Gerüchte über weitere Kündigungen könnten sich als zutreffend erweisen. Wir bringen keine großen Storys. Wir verlieren Abonnenten. Alle sind furchtbar kribbelig.« Er strich sich mit der Hand übers Gesicht. »Kate, du bist eine gute Reporterin, eine Bereicherung für das Unternehmen.«

»Danke sehr.«

»Morris hatte deine Kündigung in seinem Ordner. Reeka wollte dich feuern lassen. Das habe ich verhindert.«

12

New York City

Immer noch völlig verunsichert kehrte sie in ihre leere Wohnung zurück.

Sie spritzte sich warmes Wasser übers Gesicht und begrub es dann in einem Handtuch, während Millionen von Fragen in ihrem Kopf herumwirbelten.

Ich war so nahe daran, gefeuert zu werden.

Sie schloss fest die Augen und öffnete sie dann wieder.

Gottseidank hat Chuck mir den Rücken gestärkt.

Und die Gerüchte über Kündigungen stimmten.

Wenn ich meinen Job verloren hätte ... Beruhige dich.

Sie hatte eine Rücklage aus den Artikeln, die sie freiberuflich geschrieben hatte, wie den großen Artikel für *Vanity Fair* über die Dallas-Story. Und wegen ihres Untermietverhältnisses und weil sie den Wagen verkauft hatte, hatte sie weiteres Geld gespart.

Grace und ich hatten zuvor schon harte Zeiten überstanden – wir werden's schaffen.

Alles überschattend war die Realität, dass Kate nie so nahe daran gewesen war herauszufinden, was ihrer Schwester zugestoßen war. Sie musste diese kommenden zwei Wochen dazu nutzen, sich mit Vollgas auf die Suche nach der Wahrheit zu begeben.

Ich habe etwas vergessen. Was habe ich vergessen?

Ihr Telefon klingelte. Sie ging ins Schlafzimmer und nahm den Hörer ab.

»Kate, Ed Brennan aus Rampart.«

Ihr Ärger kochte hoch, bevor sie überlegen konnte.

»Ich möchte meine Halskette zurück, Ed. Und wenn Sie mit der meiner Schwester fertig sind, möchte ich die auch.«

»Einen Augenblick – wir sind nach wie vor bei der Untersuchung. Ich rufe an, um Sie auf den neusten Stand zu bringen und weil Sie unter den Ersten sein sollten, die es erfahren müssen.«

»Die Erste bei was?«

»Wir haben die Identität der Verstorbenen bestätigt.«

Kates Magen zog sich zusammen, und sie packte das Telefon fester.

»Ist es Vanessa?«

»Nein. Tut mir leid. Der Name des Opfers ist Bethany Ann Wynn aus Hartford, Connecticut. Die Identität wurde durch das Zahnschema bestätigt. Sie wurde seit drei Jahren vermisst. Sie war bei ihrem Tod zweiundzwanzig Jahre alt.«

Vanessa wäre jetzt sechsundzwanzig.

Einen langen Augenblick wusste Kate nicht, was sie sagen sollte.

»Tut mir leid um Bethany Wynns Familie. Wissen sie es bereits?«

»Sie wurden informiert, und wir haben gerade eine neue Pressemitteilung herausgegeben.«

»Was hat das für die Situation mit meiner Schwester zu bedeuten?«

»Das kann ich momentan nicht beantworten.«

»Aber wie ist Bethany in diese Scheune gekommen, Ed?«

»Darauf werde ich keine Antwort geben, und ich werde auch nicht spekulieren.«

»Und wie ist das Halskettchen meiner Schwester an den Tatort gekommen?«

»Wir haben immer noch nicht bestätigt, dass die Halskette Ihrer Schwester gehörte.«

»Nun kommen Sie schon!«

»Wir arbeiten daran. Sehen Sie, wir haben immer noch jede Menge zu tun.«

»Nun gut. Wer ist Carl Nelson?«

»Wir haben immer noch nicht die Identität der männlichen Leiche bestätigt.«

»Was ist Ihrer Ansicht nach in der Scheune abgelaufen?«

»Kate.«

»Was ist die Ursache des Feuers? Wurde es absichtlich gelegt?«

»Kate, ich werde mich auf nichts weiter einlassen. Ich habe Ihnen gesagt, und zwar mit allem Respekt, Sie sollen sich da raushalten und uns unsere Arbeit machen lassen. Weil Sie uns geholfen haben, bringe ich Sie auf den neusten Stand, mehr nicht. Ich muss los.«

Kate saß auf der Bettkante.

Ihr Blick schweifte übers Schlafzimmer, während sie die Entwicklung verarbeitete. Die Nachricht hatte sie traurig gestimmt, und sie fühlte mit der Familie des Opfers, aber was geschehen war, warf bloß weitere Fragen auf.

Wer war Bethany Ann Wynn, und wie war sie von Hartford, Connecticut, nach Upstate New York gekommen? Mehr noch, wer war Carl Nelson?

Das Beste, was sie jetzt tun konnte, war, sich an die Arbeit zu machen.

Kate schaltete ihr Tablet ein und suchte auf der Website der Polizei von Rampart nach der Pressemitteilung. Sie war kurz und konzentrierte sich auf die wesentlichen Fakten zu Bethany.

Mit neunzehn wurde sie von der Tumbling Hills Mall in der Hartford-Vorstadt Upper North Meadows als vermisst gemeldet, nachdem sie ihre Abendschicht als Teilzeitverkäuferin beim New England Cookie Emporium beendet hatte. Zur Zeit ihres Verschwindens wurde sie zuletzt gesehen, wie sie die Mall verließ, um den Bus nach Hause zu nehmen.

Kate sammelte diese Fakten und grub dann wie ein Goldgräber im Internet nach weiteren Informationen über Bethanys Hintergrund.

Nach Durchsicht älterer Zeitungsmeldungen und Jahresrückblicke kam Bethany Anns kurzes Leben zum Vorschein. Sie war Tochter von James und Rachel Wynn. James war Inhaber eines Abschleppunternehmens. Rachel war Krankenschwester an einer Schule. Bethany studierte am Albert River College Veterinärmedizin im ersten Semester. Sie hatte eine jüngere Schwester, Polly, und besaß zum Zeitpunkt ihres Verschwindens einen deutschen Schäferhund mit Namen Tex.

Bethany hatte ein glückliches, stabiles Leben in einer liebenden Familie geführt. Kein Anzeichen für Depression, Drogenmissbrauch, Mobbing, Problemen mit einem Freund oder irgendeinen anderen Grund, um wegzulaufen. Keine Erwähnung von Carl Nelson oder eine Verbindung zu Rampart. Es wurde über eine Entführung spekuliert. Allerdings hatten die Überwachungskameras an der Bushaltestelle, zu der Bethany ging, nicht funktioniert, und Zeugen hatten sich auch nicht gemeldet.

Fotos von Bethany zeigten ein hübsches Mädchen mit einem strahlenden Lächeln und hoffnungsfrohen Augen. Kate musterte jedes Foto genau auf irgendwelche Schmuckstücke, die sie trug, fand jedoch nichts, was dem Kettchen mit dem Engel ähnlich gewesen wäre.

Sie überlegte einen Moment, dann entdeckte sie die Telefonnummer der Familie Wynn.

Vielleicht hatte die Polizei von Rampart oder die örtliche Polizei den Wynns etwas über den Fall berichtet? Vielleicht wussten sie etwas über Carl Nelson, das Kettchen, ihre Schwester? Kate griff nach ihrem Telefon. Sie war in vollem Reportermodus, als sie die Nummer wählte und für sich argumentierte, dass die Familie gewiss Anrufe von Journalisten erhielt, seitdem die Pressemitteilung heraus war. Während es klingelte, standen Kate TV-Übertragungswagen vor Augen, die vor dem vorstädtischen Haus der Wynns anrollten.

Sie hasste Telefonieren. Es war ein Teil ihres Jobs, den sie verachtete. Ins Leben von Menschen eindringen, die ihre schlimmste Zeit erlebten. Über die Jahre hinweg hatten Menschen sie verflucht, aufgelegt oder ihr Türen vor der Nase zugeknallt.

Dennoch bemühte sich die Mehrheit, über ihren Verlust zu sprechen. In den meisten Fällen würden sie schluchzend dem Vater, der Mutter, der Tochter, dem Sohn, dem Ehemann, der Ehefrau, der Schwester, dem Bruder oder dem Freund ihren Tribut zollen. Oder sie schickten Kate eine herzzerreißende E-Mail oder ließen ihr eine tränennasse Notiz zukommen. Wenn sie sie zuhause aufsuchte, zeigten sie ihr die Zimmer der Verstorbenen und die letzten Dinge, die sie berührt hatten.

Es zerriss sie jedes Mal, und sie hasste es.

Aber es gehörte zum Job.

Sie nahm ihre Reaktionen niemals persönlich. In solchen Situationen hatten Menschen alles Recht, um sich zu schlagen. Kate bemühte sich bei jedem Fall darum, sich von der professionellsten, respektvollsten, mitfühlendsten Seite zu zeigen.

Weniger verdienten die Familien nicht.

In der Leitung klickte es, und Kate stählte sich.

Ein Mann war am Apparat. Seine Stimme war tief, jedoch sanft.

»Hallo?«

»Ist dort das Haus von James und Rachel Wynn, Bethanys Eltern?«

»Ja.«

»Entschuldigen Sie bitte, dass ich zu dieser Zeit anrufe, und herzliches Beileid.«

»Danke sehr.«

»Sir, mein Name ist Kate Page, und ich bin ...« Kate hielt mitten im Wort inne. Sie war kurz davor gewesen, sich als Reporterin von Newslead zu melden, ein Reflex, der jetzt ein Grund war, sie zu feuern. Sie war nicht im Dienst. »Tut mir leid. Mein Name ist Kate Page, und ich rufe an wegen der Pressemitteilung zu Bethany Ann Wynns Fall, den die Polizei von Rampart in New York gerade ins Internet gestellt hat.«

»Ja.«

»Ich habe mich gefragt, ob ich vielleicht mit ihrer Mutter oder ihrem Vater sprechen könnte. Sind Sie ihr Vater?«

»Nein. Beths Dad ist letztes Jahr verstorben. Krebs. Ich bin ihr Onkel – Rachel ist meine Schwägerin. Sie ist gerade weg, beim Beerdigungsinstitut, um alles zu arrangieren. Ich empfange hier bis zu ihrer Rückkehr die Leute.«

»Oh, verstehe.«

»Worüber müssen Sie sprechen?«

Kate wog zwischen Anstand und eigener Qual ab. Der Onkel wirkte ruhig, aufgeschlossen und freundlich, also ergriff sie die Gelegenheit.

»Meine kleine Schwester, Vanessa Page, wird seit langer Zeit vermisst, und ich habe Grund zu der Annahme, dass ihr Fall irgendwie mit dem von Bethany in Verbindung steht. Sagt der Familie dieser Name etwas?«

»Vanessa Page? Nein, nie gehört. Tut mir leid.«

»Hat Bethany jemals eine Halskette mit einem Anhänger in Gestalt eines Schutzengels besessen?

»Mein Gott, woher soll ich das wissen! Ihre Mutter müsste es wissen.«

»Entschuldigen Sie bitte, dass ich so viele Fragen stelle.«

»Ist schon in Ordnung.«

»Ich habe mich nur gefragt, ob Bethanys Familie viel mehr über die Geschehnisse in Rampart weiß.«

»Alles, was wir von der Polizei gehört haben, war, dass dieser Carl Nelson so etwas wie ein Computerexperte und ein einsiedlerischer Bekloppter war und dass er einen Abschiedsbrief hinterlassen hat ... dass es sich vielleicht um einen Mord mit Selbstmord gehandelt hat. Wir dachten uns, dass er derjenige gewesen sein muss, der Beth vor drei Jahren entführt und sie gefangen gehalten hat, bevor er ...«

»Hat die Polizei Ihnen noch mehr erzählt?«

»Nein, tut mir leid. Es ist alles ziemlich schnell passiert. Ich glaube, neulich hat ein Detective Rachel gesagt, dass die Polizei in New York Beths Zahnschema überprüft habe. Da hatten wir die Hoffnung, dass man sie vielleicht gefunden hatte ...« Seine Stimme brach. »Und dass sie vielleicht irgendwie noch am Leben war. Aber tief im Innern haben wir es gewusst. Tut mir leid. Ich kann nicht richtig klar denken. Es ist echt schwer für uns alle gewesen. Mein Gott, ich erinnere mich noch, wie ich sie als Baby in den Armen gehalten habe. Ich bin ihr Patenonkel. Diese Familie hat viel Schmerz in den letzten Jahren gesehen, sehr, sehr viel Schmerz.«

»Sir, tut mir leid, dass ich so in Ihr Leben eingedrungen bin. Ich überlasse Sie jetzt wieder dem, was Sie zu tun haben.«

»Warten Sie, da ist etwas. Ich erinnere mich genau, dass Rachel gesagt hat, einer unserer Beamten hier, der an Beths Fall gearbeitet hat, habe gesagt, die Burschen in Rampart hätten Angst, dass es vielleicht andere Opfer gäbe.«

»Andere Opfer?«

»Ja, und dass sie die vielleicht einfach noch nicht gefunden hätten.«

13

New York City

Kate stand in ihrer Küche und fühlte sich schrecklich, weil sie so in das Privatleben von Bethanys trauernder Familie eindringen musste.

Aber sie hatte dort anrufen müssen. So viel stand auf dem Spiel.

Ranken von Dampf stiegen von ihrem Wasserkessel auf, und sie suchte darin nach Antworten. Bethanys Onkel – *mein Gott, ich weiß nicht einmal seinen Namen* – war nett zu ihr gewesen, und sie wog ab, was er über den Fall gesagt hatte.

Es gibt vielleicht andere Opfer ... sie hatten sie bloß noch nicht alle gefunden.

Andere Opfer.

Das änderte alles.

Kate war davon ausgegangen, dass es nur ein weibliches Opfer gab. Jetzt hatte sie eine Erklärung dafür, warum Brennan so zugeknöpft war. In seinem Fall ging es um mehr als Mord und Selbstmord.

Was ist wirklich in dieser Scheune am Friedhof geschehen? Wer war Carl Nelson?

Das Pfeifen des Kessels durchschnitt die Luft wie ein Schrei.

Kate machte sich Himbeertee und kehrte mit der Absicht an ihren Schreibtisch und ihre Internet-Recherche zurück, mehr über Nelson herauszufinden. Sie bedauerte, dass ihr die Gelegenheit entgangen war, mit den Menschen in Rampart über ihn zu sprechen, und erwog zurückzukehren.

Vielleicht musste sie etwas herumtelefonieren?

Zunächst würde sie die Nachrichtenseiten aus Rampart auf Neuigkeiten überprüfen. Der neuste Artikel des *Rampart*

Examiner war kurz und nannte Bethany Ann Wynn als das weibliche Opfer, bestätigte jedoch nicht die Identität des männlichen Toten. Die Untersuchungen waren im Gange. Die Fernseh- und Rundfunkstationen der Region berichteten dasselbe, ebenso die Nachrichtenseiten in Hartford.

Daraufhin überprüfte Kate ihre E-Mails.

Sie hatte ein Alert erstellt, dass alles, was im Netz über den Fall gepostet wurde, ihr zugeschickt werden sollte. Sie hatte weitere Berichte aus Rampart und Hartford erhalten, aber darin stand nichts, was sie nicht bereits wusste.

Ich habe etwas vergessen – was denn? Warte mal – die Fotos!

Plötzlich fiel ihr ein, dass sie die winzige Speicherkarte mit den Fotos vom Tatort in Rampart in ihre Socke geschoben hatte. Sie eilte zum Wäschekorb im Bad, durchwühlte die Kleider, entdeckte die Socken, die sie getragen hatte, und schüttelte sie, bis das kleine Quadrat zu Boden fiel.

Wie konnte ich das vergessen?

Kate kehrte in die Küche zurück, steckte die Karte in ihre Kamera, verband sie daraufhin mit dem Kabel an ihren Computer, lud die Fotos herunter und öffnete sie. Sie zeigten das Wirrwarr aus verkohltem Holz, etlichen Stützbalken und Stämmen. Auf Abschnitten, die nicht verbrannt waren, bemerkte sie Markierungen, wie ins Holz geschnitzte Botschaften.

Sie vergrößerte das Bild, aber der Bereich war zu verschwommen. Sie öffnete ein anderes Foto, eines, das schärfer war. Als sie heranzoomte, wurden eingeschnitzte Worte sichtbar, und sie las: »Ich bin Tara Dawn Mae. Mein Name war einmal ...«

Hier hörte es auf.

Was ist das?

Nachdem sie die Worte mehrere Sekunden lang studiert hatte, übertrug sie sie in ihr Notizbuch. Waren sie früher ins Holz geschnitzt worden, vor den Todesfällen, und zwar von jemandem, der sich einen Spaß machen wollte, so eine Art Graffiti? Aber es handelte sich nicht um die üblichen Obszönitäten oder Beleidigungen.

War es ein Beweisstück?

Es war von der Spurensicherung für die weitere Untersuchung markiert worden.

Ich bin Tara Dawn Mae. Mein Name war einmal …

War es eine unvollendete Botschaft von einem der Opfer?

Sogleich suchte Kate den Namen im Internet.

Binnen Sekunden erschienen die Ergebnisse zu ihrer Anfrage. Sie zeigten Seiten mit Schlagzeilen und Auszügen aus Artikeln an, die sie verblüfften:

Kanadas Verzeichnis ungelöster Fälle …

Tara Dawn Mae war zuletzt in einer Fernfahrerraststätte gesehen worden … danach nie wieder …

Royal Canadian Mounted Police – VERMISST … Tara Dawn Mae war bei ihrem Verschwinden 10 Jahre alt …

Brooks Prairie Journal – Geheimnisvolles Verschwinden verfolgt …

Zwölf Jahre sind seit dem Verschwinden von Tara Dawn Mae vergangen, und die Nachbarn in dem winzigen Bauerndorf versuchen sich zu erinnern …

SUCHE NACH VERMISSTEN KINDERN

Tara Dawn Mae. Alter zum Zeitpunkt des Verschwindens: 10. Augenfarbe: Braun …

Kate setzte die Suche fort und entdeckte eine Zusammenfassung der Polizei über den Fall:

Tara Dawn MAE, Verzeichnis ungelöste Fälle

Ort: Brooks, Alberta, Kanada

Am 7. Juli 2000 war Tara Dawn MAE zehn Jahre alt und lebte bei ihren Eltern, Barton Mae und Fiona Mae, auf ihrer Farm in der Nähe von Brooks, Alberta. Nach einem Lebensmitteleinkauf in Brooks machte die Familie am Grand Horizon Plaza Halt, einer großen und vielbesuchten Raststätte für Fernfahrer am Trans-Canada-Highway.

Während Barton den Familien-Pickup betankte, betraten Fiona und Tara die Einrichtung, weil sie zur Toilette wollten. Während sie durch den Gastronomiebereich und die Geschenkeshops bummelten, wurde Tara von ihrer Mutter getrennt und nie mehr wiedergesehen.

Eine umfassende Untersuchung hat zu keinen Spuren hinsichtlich Tara Dawn MAEs Aufenthaltsort oder Einzelheiten zu ihrem Verschwinden geführt.

Daraufhin entdeckte Kate eine Webseite mit mehreren Fotos von Tara. Das eine war das Porträt des lächelnden Mädchens. Das nächste eines im Passfotoformat und dann eine lachende Tara mit einem Welpen.

Tara ähnelt Vanessa so sehr.

Tief in einem Winkel von Kates Herzen brach etwas auf, und ein dünner Hoffnungsschimmer drang hervor, und sie blinzelte ihre Tränen zurück. Sie musste mehr über diesen Fall erfahren und welchen Zusammenhang er mit Rampart hatte.

Kate griff nach ihrem Telefon und rief Anne Kelly an, vom New Yorker Büro des Children's Searchlight Network. Anne alarmierte Fred Byfiel, einen der Ermittler der Gruppe.

»Ich nehme Kontakt zu unserem Schwesternetzwerk in Kanada auf«, sagte Fred, nachdem er Kate zugehört hatte. »Ich melde mich so bald wie möglich wieder bei Ihnen.«

Kate setzte ihre Recherche fort. Wieder und wieder kehrte sie zu den Fotos zurück, denn das süße, scheue Lächeln des kleinen Mädchens, die dunklen Augen, die wie Meteore glänzten, ließen sie nicht los.

Könnte dies Vanessa sein?

Kate schaute auf Landkarten nach und stellte einige Berechnungen an. Ihr Unfall war etwa zehn Kilometer östlich von Golden, British Columbia passiert. Dort war ihr Wagen vom

Highway abgekommen und in den Kicking Horse River gestürzt. Das war etwa 300 Kilometer westlich von Brooks, Alberta, eine fünfstündige Fahrt durch die Prärie und die Rocky Mountains.

Vanessa wäre jetzt sechsundzwanzig. Wenn Tara Dawn Mae noch am Leben war, wie die Botschaft in Rampart nahelegte, wäre sie jetzt ebenfalls um die fünfundzwanzig oder sechsundzwanzig.

War das alles Zufall?

Kate kehrte zu den Tatortfotos zurück.

Mein Name war einmal …

Wie lautete ihr anderer Name?

War Tara Dawn das biologische Kind der Maes oder ein Adoptivkind? Kate konnte auf öffentlichen Webseiten keine Aufzeichnungen über eine Scheidung finden. Vielleicht war Tara Dawn ein Straßenkind, das weggelaufen war und seinen Namen geändert hatte? Das war nicht ungewöhnlich, wie Kate von ihrer Zeit auf der Straße her wusste. Kinder liefen immer vor irgendetwas davon.

Sie blieb den ganzen Tag über an der Sache dran und stieß auf einen ausführlichen Artikel anlässlich des dritten Jahrestags des Falls, der sie erstarren ließ. Darin hieß es, dass Barton und Fiona Mea das Kind Tara Dawn etwa drei oder vier Jahre vor ihrem Verschwinden adoptiert hatten.

Adoptiert?

Kates Gedanken rasten.

Sie versuchte, Unterlagen vom Gericht zu finden, obwohl sie wusste, dass diese normalerweise nicht öffentlich zugänglich waren, was bei einem Anruf beim Familiengericht von Alberta in Edmonton, der Hauptstadt, durch den dortigen Sachbearbeiter bestätigt wurde. Kate überlegte, einen kanadischen Privatdetektiv anzuheuern, der ihr helfen sollte, tiefer in den Fall einzudringen, da fiel ihr Blick auf die Uhr.

Sie musste Grace von der Schule abholen.

Sie verbrachten den restlichen Nachmittag damit, dass Grace eine Projektarbeit über die Ozeane der Welt anmalte und dabei erzählte, was sie den Tag über so getan hatte, während Kate das Abendessen zubereitete. Bei jeder sich bietenden Gelegenheit dachte sie an den Fall. An diesem Abend schauten sie sich gerade den *Zauberer von Oz* an, als Fred Byfield anrief.

»Kate, ich habe mit unseren Leuten in Calgary gesprochen, die an unser Netzwerk angeschlossen sind, und ich habe nicht viel mehr hinzuzufügen.«

»Ich nehme alles, selbst einen Ratschlag.«

Kate tätschelte Grace das Bein und stand vom Sofa auf, um den Anruf in der Küche entgegenzunehmen.

»Die kanadische Polizei hat die Sache nach wie vor als ungelösten Fall aufgelistet.«

»Ja.«

»Keine echten Spuren, überhaupt nichts, und beide Elternteile sind inzwischen verstorben.«

»Das mit den Eltern habe ich nicht gewusst. Wie sind sie gestorben?«

»Unfälle, vielleicht, wir wissen es nicht genau, wussten Sie, das Tara Dawn adoptiert war?«

»Ja, ich habe in einer Zeitschrift einen Artikel gefunden, der das erwähnt hat. Irgendwelche Einzelheiten dahingehend?«

»Ich weiß nichts weiter und unsere Quelle in Calgary auch nicht.«

Kate wägte diese Informationen ab.

»Was halten Sie also von diesen Faktoren? Ist es Vanessa, Fred?«

»Wenn Sie alles zusammenzählen – das Halskettchen am Tatort, die eingeritzte Botschaft von Tara Dawn Mae, die Daten, Lebensalter und die Tatsache, dass man Vanessas Leichnam nie gefunden hat –, das alles ergibt ein schlagendes Argument dafür, dass Ihre Schwester am Tatort in Rampart war.«

»Aber? Ich höre da ein ›Aber‹ aus Ihren Worten heraus?«

»Aber, und das wissen Sie so gut wie alle anderen auch, das wirkliche Leben ist nicht wie diese Mystery-Romane und Thriller, wo sich alles hübsch zusammenfügt. Das wirkliche Leben ist kompliziert, und Fälle von Vermissten können kompliziert sein. Für einfache Faktoren, die scheinbar miteinander in Verbindung stehen, finden sich oft Erklärungen, die beweisen, dass keinerlei Verbindung besteht.«

»Ja, ich weiß.«

»Und es gibt im Fall Tara Dawn keine DNA, um sie mit der Ihren zu vergleichen, zumindest unseres Wissens nach. Und wir wissen nicht, was die Polizei von Rampart weiß oder was sie vielleicht der kanadischen Polizei in Alberta über ihren Fall mitteilt. Jetzt müssen Sie entscheiden, was Sie als Nächstes tun wollen. Ich glaube, die Sache lohnt weitere Untersuchungen, und wir helfen Ihnen, so gut wir können.«

»Danke, Fred.«

Kate kehrte zum Film zurück und setzte sich neben Grace. Während Dorothy der gelben Ziegelsteinstraße auf ihrer Suche nach einem Weg zurück nach Kansas folgte, suchte Kate nach dem richtigen Weg, den sie nehmen musste.

»Du hast am Telefon über Tante Vanessa gesprochen«, sagte Grace. »Ich habe gehört, wie du ihren Namen gesagt hast.«

»Ja, das habe ich.«

»Bist du deshalb neulich weg gewesen, um wieder nach ihr zu suchen?«

Kate sah sie an und lächelte. Grace war ein cleveres kleines Mädchen. Letztes Jahr, an ihrem sechsten Geburtstag, als sie im selben Alter war wie Vanessa bei ihrem Verschwinden, hatte Kate Grace von dem Unfall erzählt und wie ihr Vanessas Hand aus der ihren gerutscht war, dass man sie nie gefunden hatte und dass sie nach wie vor überall nach ihr suchte. Grace hatte es verstanden oder hatte zumindest den Eindruck erweckt, sie würde es verstehen, und für Kate war es völlig in Ordnung, mit ihr darüber zu reden.

»Ja, Schatz, deswegen bin ich neulich weggefahren.«

Als Kate sie nach dem Film ins Bett brachte, stellte Grace ihr eine Frage.

»Wirst du wieder wegfahren, um nach Tante Vanessa zu suchen, Mom?«

»Ich weiß es nicht genau. Im Augenblick habe ich ein paar Tage frei, also weiß ich es nicht genau.«

»Vielleicht findest du sie eines Tages, Mom, genau wie Dorothy ihren Weg zurück nach Hause in Kansas gefunden hat.«

Kate lächelte.

»Vielleicht.«

Später an diesem Abend setzte Kate ihre Recherche fort und musste dabei einfach immer wieder daran denken, wie ihre Jagd nach der Wahrheit über Vanessa sich in ihre eigene gelbe Ziegelsteinstraße des Zweifels und der Niederlage bei jeder Sackgasse verwandelt hatte. Sie war Reporterin und benötigte Fakten, wie ein Polizist. Was sie jetzt hatte, waren Puzzleteilchen, und was sie tun musste, war, nach weiteren Teilchen zu graben, um zu sehen, ob sie alle passten. Kate ertappte sich dabei, sich auf Websites von Fluglinien Flüge nach Calgary anzusehen.

Sie rief Nancy an.

Nachdem sie ihr alles erzählt hatte, nachdem sie ihr ihre Situation erklärt hatte, wusste sie immer noch nicht genau, ob sie Grace verlassen sollte, ob die ganze Idee, nach Kanada zu fahren, angesichts ihrer Jobsituation und allem anderen sinnvoll war.

»Das ist keine Frage. Du musst fahren«, sagte Nancy. »Die Sache ist Teil deines Lebensinhalts, Teil dessen, was du bist. Wie könntest du mit dir selbst leben, wenn du nach allem, was geschehen ist, nicht alles getan hättest, was du tun konntest, um die Wahrheit über deine Schwester herauszufinden, bloß weil du einen Stein nicht umgedreht hast? Fahr los! Ich kümmere mich um Grace.«

Fünf Minuten später buchte Kate einen Flug nach Calgary.

14

Rampart, New York

Gerichtsmediziner Morten Compton saß an seinem Schreibtisch in seinem Büro im Untergeschoss des General Hospitals von Rampart und sah sich seine Notizen über die beiden Toten vom alten Friedhof nochmals durch.

Wir müssen die Identität der männlichen Leiche bestätigen. Und die Todesursache.

Es war spät, und als Compton sich an die Arbeit machte, begann er wieder zu schnaufen. Seine Frau hatte ihn gewarnt, er solle seine Mahlzeiten mit den Fleischbällchen bei Sally's Diner zurückfahren und ein paar Kilo loswerden. Der Stress im Job half da nicht gerade.

Comptons Assistentin, Marsha Fisher, die vorübergehend bei ihm arbeitete und für heute Schluss gemacht hatte, hatte ihm eine Zusammenfassung hinterlassen.

Detective Brennan ist wild darauf, etwas Neues zu hören.

Wie Sie wissen, hat Dr. Hunt Zahnschemata abgenommen, die wir bislang ohne Ergebnis herumgeschickt haben. Wenn das männliche Opfer einen Zahnarzt hatte, hat er ihn anscheinend kürzlich nicht aufgesucht. Vielleicht ist es auch keiner von hier.

Ein möglicherweise positiver neuer Befund: Die Spurensicherung am Tatort hat eine Militär-Hundemarke in der Nähe des Fundorts der männlichen Leiche gefunden. Ich habe ein Foto angefügt. Ich habe sie dem militärischen National Personnel Records Center in St. Louis mit der dringenden Bitte geschickt, unsere Zahnschemata mit den Informationen der Hundemarke zu vergleichen. Sie sollten jeden Augenblick eine Rückmeldung erhalten.

Compton klickte das Foto an.

Die Hundemarke war angekohlt und verdreht, aber die Information war deutlich zu erkennen. Der Name lautete: Pollard, J.C., Blutgruppe o positiv. Es folgten die Sozialversicherungsnummer und andere Informationen.

Compton strich sich über sein Bärtchen.

Gab es weitere Opfer?

Die Blutgruppe war dieselbe wie bei dem mutmaßlichen Opfer, Carl Nelson, aber o positiv war sehr weit verbreitet. Die Hundemarke hätte bereits dort liegen und nicht vom Opfer getragen werden können. Dann wiederum könnte sie ein Beweisstück sein.

Die Identifikation eines stark verbrannten Leichnams war immer eine Herausforderung. Das Gesicht war verschwunden, also wäre eine Identifizierung durch einen Verwandten oder Freund nicht möglich. Die Hände waren verschwunden, also war die Abnahme von Fingerabdrücken nicht möglich.

Die Kleidung war vernichtet. Kein besonderes Schmuckstück war für den Mann geborgen worden.

Compton hatte die Überreste geröntgt und dabei gehofft, irgendwelche Implantate oder Schrauben von einem gebrochenen Bein oder so etwas zu finden. Er hätte sie an die Ärzte der Region weitergegeben. Bislang vergebens. Und was die DNA betraf, so wusste er nicht genau, ob angesichts der starken Schädigung des Leichnams die Probe des Körpergewebes, die er an verschiedene Datenbanken weitergeschickt hatte, darunter auch an CODIS, der nationalen DNA-Bank des FBI, von Wert war.

Was ihn auf die Todesursache brachte, die alle Anzeichen einer selbst herbeigeführten Schussverletzung zeigte. Die Eintrittsstelle war die rechte Schläfe. Der Schusskanal verlief von rechts nach links und leicht nach vorn zur linken Schläfe, wo er die 9-mm-Patrone geborgen hatte, aber es gab auch einen signifikanten Schädelbruch durch ein Schlagtrauma. Die Verletzung konnte Ergebnis eines Schlags durch die Trümmer sein, wie zum Beispiel durch einen großen Balken, der vom brennenden Gebäude herabgefallen war. Das Problem für Compton bestand darin, dass er angesichts der Schwere der Schädigung des Leichnams die Reihenfolge der Ereignisse nicht endgültig bestimmen konnte. Er neigte zu dem Schluss, dass der Tod Ergebnis einer selbst herbeigeführten Schussverletzung und der Schädelbruch post mortem erfolgt war, wenn man die unterstützenden Faktoren mit hinzunahm: Carl Nelsons Abschiedsbrief, sein Fahrzeug und seine Abwesenheit von der Arbeitsstelle.

Das Telefon läutete.

»Gerichtsmedizin, Compton.«

»Dr. Compton, hier spricht Major Robert Ellis vom Büro des Chefs des zahnärztlichen Dienstes der amerikanischen Armee. Ich rufe wegen Ihrer Anfrage an hinsichtlich der Zahnschemata von Sergeant Pollard.«

»Ja, Major, danke für Ihren Anruf.« Compton griff nach einem Stift.

»Wir können bestätigen, dass der Abdruck, den Sie uns zum Vergleich geschickt haben, mit den Daten von Sergeant John Charles Pollard übereinstimmt, ehemals Mitglied der US Army Special Forces. Er war im Irak und in Afghanistan und wurde vor sieben Jahren ehrenvoll entlassen.«

»Sie sind sich hinsichtlich des Abdrucks sicher?«

»Ja, Sir. Er ist eindeutig, wenn man das Muster und die Lage mehrerer großer Amalgamfüllungen berücksichtigt.«

»Das nenne ich mal einen Volltreffer.«

»Wir werden Ihnen eine schriftliche Bestätigung zukommen lassen und können Ihnen eingescannte und ausgedruckte Kopien von Sergeant Pollards gesamten militärischen Akten und Fotos schicken, um ihre Ermittlung zu unterstützen.«

»Vielen Dank, Major Ellis.«

Compton legte auf.

Sein Atem ging rascher.

Er starrte seinen Computermonitor und die verkohlte, verdrehte Hundemarke an, die dem ehemaligen US Army Sergeant gehörte. Bevor Compton eine weitere Notiz machte und bevor er Brennan anrief, verdaute er erst einmal die neue Information.

Wenn der Leichnam von Pollard stammt, wo ist dann Carl Nelson?

Und warum sollte Nelson einen Abschiedsbrief hinterlassen, in dem er um Vergebung darum bittet, was er getan hat?

Was zum Teufel haben wir hier vor uns?

15

Buffalo, New York

Die Speisepläne an den Wänden des Speisesaals der Mission in Buffalo waren mit vergilbtem Klebeband befestigt.

Auch die Regeln hingen dort: »Keine Waffen, keine Drogen, keine alkoholischen Getränke und keine Schlägereien. Wir bieten: Liebe, Respekt, Verständnis und Heilung.« Dickson las sie und schüttelte den Kopf.

»Mir wird übel beim Gedanken, dass irgendein Veteran hier endet, nachdem er alles unserem Land geopfert hat.«

Ed durchblätterte seine Notizen. Die beiden Detectives aus Rampart saßen an einem Tisch und warteten darauf, dass die Mitarbeiter ihr Frühstück beendeten, damit sie die Leute über den ehemaligen Sergeanten John Charles Pollard befragen konnten.

Dass Pollard, nicht Carl Nelson, als das männliche Opfer identifiziert worden war, hatte die ganze Angelegenheit auf eine neue Ebene gehoben. Sie mussten herausfinden, welche Verbindung er zu Nelson, zu Bethany Ann Wynn und zu sämtlichen anderen Aspekten des Falls hatte.

Nachdem der Gerichtsmediziner ihnen gestern über Pollards Identität Bescheid gegeben hatte, hatten Brennan und Dickson über seinen militärischen Aufzeichnungen gesessen, hatten herumtelefoniert und seinen letzten bekannten Aufenthaltsort nach Buffalo zurückverfolgt.

Pollard, Alter neununddreißig, stammte aus Toledo, Ohio, und war im Jahr 1998 als Artillerist zur US Army gegangen. Er gehörte zum dritten Bataillon, 319tes Feldartillerieregiment, und hatte mehrere Einsätze im Irak und dann in Afghanistan gehabt. 2009 war er mit den Special Forces in Kandahars Zhari-

Distrikt stationiert gewesen. Später, in einem Feldlager in der Provinz Paktia, war seine Einheit eine ganze Woche lang in ein Feuergefecht verwickelt gewesen. Pollard hatte mit ansehen müssen, wie die meisten seiner Regimentskameraden gefallen waren.

Er kehrte nach Toledo zurück, litt an posttraumatischem Stress und verfiel dem Alkohol und anderen Drogen. Er verlor seinen Job als LKW-Fahrer, seine Frau verließ ihn. Er machte Schulden, trieb dann ziellos durchs Land, endete auf der Straße und schließlich in diesem Obdachlosenheim.

Brennan war der Polizei von Buffalo dankbar, dass sie die ersten Nachfragen bei den örtlichen Heimen angestellt hatte. Dadurch hatten sie ihm den Weg freigeräumt, so dass er heute Morgen um vier Uhr aufgestanden war und sich auf die vierstündige Fahrt nach Buffalo gemacht hatte, um dort zusammen mit Dickson die Ermittlungen fortzusetzen. Sie hatten Pollards Namen noch nicht an die Presse weitergegeben. Sie arbeiteten mit dem Militär zusammen, um seine Familie zu finden.

»Wird dir nicht übel beim Gedanken daran, dass Veterane obdachlos werden, wo sie doch wie Helden behandelt werden sollten?«

»Es ist entwürdigend.« Brennan trank einen Schluck Kaffee und blickte über den Tassenrand zu Tim Scott hinüber, dem Leiter des Heims, der sich mit einem Handtuch auf die Hände schlug, während er zu ihnen kam.

»Danke, dass Sie gewartet haben.« Scott setzte sich zu ihnen an den Tisch, dann winkte er der Angestellten hinter der Theke zu. »Sie können doch gewiss etwas zu essen vertragen, nach der langen Fahrt.«

»Der Kaffee reicht, danke«, sagte Brennan. »Was können Sie uns über John Charles Pollard sagen?«

»Ich kann's nicht glauben, dass er tot ist. Bei einem Brand ... vielleicht hat er in der Scheune Schutz gesucht?«

»Vielleicht.«

»Es tut immer weh, wenn wir einen Bewohner verlieren.«

Scott schüttelte den Kopf. »Die Leute kommen mit völlig leeren Händen zu uns. Wir geben ihnen eine Mahlzeit, ein Bett und Hoffnung in Gestalt von Beratung und kleinen Aufgaben. John Charles war fünf Monate bei uns gewesen und zeigte vielversprechende Ansätze. Er war sauber und nüchtern geworden. Er hatte seinen Führerschein zurückerhalten und war so weit, sich für Jobs als Fahrer zu bewerben.«

»Also bestanden gute Aussichten?«

»Ja, trotz allem, was er durchgemacht hatte, kam er allmählich wieder auf die Füße. Aber einige haben ihre Rückfälle, und sie verschwinden. Das habe ich bei ihm gedacht.«

»Dass er einen Rückfall hatte?«

»Das habe ich geglaubt. Die anderen, die ihn besser kannten, haben nach ihm gefragt, weil er sich etwa eine Woche nicht mehr gezeigt hat. Reggie und Delmar. Sie haben eine Zeitlang mit ihm zusammen übernachtet und waren wahrscheinlich am ehesten noch als enge Freunde zu bezeichnen. Sie sind gleich da drüben.«

Der erste Mann war Mitte dreißig. Seine Kleider hingen lose an seiner dürren Gestalt. Sein Gesicht zeigte frische Schürfwunden, als wäre er mit dem Bürgersteig kollidiert.

»Stimmt das? J.C. ist tot?« Der Mann namens Reggie schniefte und setzte sich.

»Fürchte ja. Mein Beileid.«

Reggie nickte traurig.

»Darf ich fragen, was passiert ist?« Brennan zeigte auf die Schrammen des Mannes.

»War betrunken, bin auf der Straße hingefallen.«

»Reggie, würden Sie mir bitte Ihren Nachnamen und Ihr Geburtsdatum sagen, und könnten Sie mir bitte Ihre Sozialversicherungskarte zeigen? Ist Routine.«

Brennan schlug eine unbeschriebene Seite in seinem Notizbuch auf, schrieb Reggies Informationen nieder und tat dann Gleiches mit Delmar, dem Größeren der beiden. Delmar trug einen zotteligen Vollbart, der mit Krümeln gesprenkelt war.

»Also ist er in einem Feuer in Rampart umgekommen?« Delmar sah sich am Tisch um.

»So ähnlich. Leute, könnt ihr euch daran erinnern, ob John …«

»Oh, wir nennen ihn J.C., niemand hat ihn John genannt«, sagte Reggie.

»Entschuldigung. Könnt ihr euch daran erinnern, ob J.C. irgendeine Verbindung zu Rampart hatte?«

Die drei Männer schüttelten den Kopf.

»Meistens nach Ohio, wo er herkam«, sagte Reggie.

»Sagen Ihnen die Namen Carl Nelson oder Bethany Ann Wynn irgendetwas in Beziehung zu J.C.?«

»Glaube nicht.« Delmar sah die anderen an, die nickten.

»Was ist mit Kanada? Hat er je davon gesprochen?«

Weiteres Kopfschütteln.

Dickson rief die Fotos auf seinem Tablet auf.

»Erkennen Sie etwas auf diesen Fotos wieder, überhaupt irgendeine Verbindung?«

Zuerst kamen mehrere Fotos von Bethany Ann Wynn.

Keines der Fotos löste etwas bei den Männern aus.

Als Nächstes folgten Fotos von Tara Dawn Mae aus der Vermisstenakte von Alberta.

Wiederum nichts.

Dann zeigten sie ihnen Vergrößerungen des Halskettchens mit dem Schutzengel.

Nichts.

»Worum geht's hier eigentlich?« Scott war eindeutig besorgt. »Ich bekomme das Gefühl, dass da etwas Ernsteres abgeht. Glauben Sie, J.C. hatte etwas mit diesen Leuten zu tun?«

»Zu diesem Zeitpunkt wissen wir nicht so recht, was wir glauben sollen«, gab Brennan zu.

Dann kamen Fotos von Carl Nelson.

»Der da.« Delmar tippte mit dem Finger auf Nelsons Gesicht.

»Er ist immer hergekommen und hat mit J.C. gesprochen«, sagte Reggie und nickte.

»Wann hat das angefangen?« Brennan starrte die Männer hart an.

»Vor etwa einem Monat, vielleicht auch zwei«, erwiderte Reggie. »Wir waren im Park, haben eine Flasche Thunderbird rumgereicht. J.C. wollte nichts, er war auf Entzug, hat sich gut gemacht, aber uns nicht gepredigt. Da ist dieser Typ …« Reggie zeigte auf Nelson. »… aufgetaucht und hat uns einfach Geld gegeben. Jedem fünfzig Eier. Hat gesagt, er hätte sich daran erinnert, als es seiner Familie dreckig ging. Manchmal läuft das so.«

»Hat er euch seinen Namen gesagt?«

»Jones, Adam Jones, glaube ich«, antwortete Reggie.

»Dann ist der Typ häufiger hergekommen«, sagte Delmar. »Hat uns Mittagessen spendiert und Interesse an J.C. gezeigt, an seiner Zeit beim Militär, und er hat J.C. gesagt, wie dankbar und geehrt er war.« Delmar stach mit seinem Zeigefinger auf die Tischplatte. »Ich sag Ihnen was, Sir, das bedeutete die gottverdammte Welt für J.C., weil er immer noch die Geister der Männer um sich spürte, die er verloren hat.«

Reggie nickte.

»J.C. war ein waschechter Soldat. Wissen Sie, er hatte immer noch seine Hundemarken. Hat sie in seine Schuhe gesteckt, damit sie ihm niemand vom Hals reißen konnte, wenn er überfallen wurde. Ich glaube, wir waren die Einzigen, die das wussten.«

»Fallen Ihnen noch irgendwelche weiteren Einzelheiten zum Interesse des Mannes an J.C. ein?«

»Er hat angefangen, ihm Kleidung zu bringen, Hosen, Schuhe, Jacken, Klamotten, die er nicht mehr brauchte, hat er gesagt, oder nie getragen hat«, erwiderte Delmar.

»Ja«, ergänzte Reggie. »Gute Klamotten, weil sie praktisch von gleicher Größe, gleichem Körperbau, Alter, von allem gleich waren. Der Typ hat J.C. gesagt, die Sachen würden ihm gehören und er bräuchte sie nicht mehr.«

Brennan und Dickson wechselten einen Blick.

»Fällt Ihnen noch etwas ein?«

»Sie sind dicke Kumpel geworden«, entgegnete Delmar. »Ich erinnere mich, etwa zwei Wochen, bevor wir J.C. zuletzt gesehen haben, da hat er gesagt, dass er vielleicht einen guten Job in Aussicht hätte, aber der wäre am anderen Ende des Bundesstaats.«

»In Rampart?«, fragte Brennan.

Delmar schüttelte den Kopf. »Hat er nichts zu gesagt, aber er hatte ein echt gutes Gefühl dabei, das hat man ihm am Gesicht und an seinen Sachen angesehen.«

»Dann war's das gewesen«, sagte Reggie. »Danach haben wir J.C. nie mehr wiedergesehen.«

Auf der langen Fahrt zurück nach Rampart tauschten Brennan und Dickson ihre Theorien über den Fall aus.

»Was meinst du, Ed? Nelson hat Bondagepornos in dieser Scheune hergestellt, Pollard vielleicht eingeladen, daran teilzunehmen?«

»Vielleicht, aber überleg mal, was in seinem Abschiedsbrief stand.«

Dickson las ihn laut vor. »›Ich wollte nur jemanden im Leben haben, den ich lieben konnte. Es ist besser, sämtlichen Schmerzen ein Ende zu setzen. Gott möge mir für das vergeben, was ich getan habe. Carl Nelson.‹ Okay, also ist da noch etwas anderes vor sich gegangen. Wo passt Pollard da hinein?«

»Wir müssen uns einen Durchsuchungsbefehl für Nelsons Haus besorgen, Zugriff auf seine Bankvorgänge, Kreditkarte und seinen Computer.«

»Warte, wie hat Nelson Pollard benutzt?«

»Betrachte mal ihre körperliche Erscheinung. Beide sind weiße Männer, beide sind knapp zwei Meter groß. Nelson ist Mitte Vierzig und Pollard ist neununddreißig, fast dasselbe Alter, und beide haben denselben Körperbau.«

»Was willst du also damit sagen?«

»Ich glaube, Nelson hat Pollard ausgesucht, um seinen eigenen Selbstmord vorzutäuschen.«

16

Calgary, Alberta

Das Hauptquartier des Southern Alberta District der kanadischen Abteilung des RCMP im nordöstlichen Calgary befand sich in einem Glas- und Ziegelsteingebäude, das den Deerfront Trail überblickte, die größere Schnellstraße der Stadt.

Zum Glück lag es auch in der Nähe des Flughafens, dachte Kate, als sie ihren gemieteten Toyota auf den Parkplatz lenkte.

Kate hatte ein Treffen mit Corporal Jared Fortin für neun Uhr morgens arrangiert, um Tara Dawn Maes Verschwinden und Vanessas Fall zu besprechen.

Bis zum Treffen waren es noch zehn Minuten, und sie sah auf ihrem Smartphone nach, ob es neue Nachrichten gab. Nichts. Sie lächelte das Gesicht ihrer Tochter an und dachte daran, was Grace gesagt hatte, bevor sie sie gestern zigmal umarmt hatte.

»Ich hoffe, du findest heraus, was mit Tante Vanessa geschehen ist, Mom.«

Kate betrat das Gebäude und ging zum Empfangsschalter.

»Ich bin Kate Page. Ich habe einen Termin bei Corporal Jared Fortin, der, glaube ich, bei der Abteilung für Kapitalverbrechen ist.«

»Ja, einen Augenblick, bitte.«

Während die Tastatur der Empfangsdame klickte, sah Kate auf die Wandkarte hinter ihr. Der Distrikt südliches Alberta hatte über dreißig Dienststellen und deckte das gesamte südliche Gebiet der Provinz ab: den Westen von Calgary bis nach British Columbia, den Osten bis Saskatchewan und den Süden bis Montana. Insgesamt ein Gebiet, das größer als die meisten Bundesstaaten war.

Die Empfangsdame hielt inne und blickte Kate an.

»Kate Page aus New York City?«

»Ja.«

»Ist Corporal Fortin wegen des Termins heute nicht mit Ihnen in Verbindung getreten?«

»Nein. Gibt's ein Problem?«

Die Frau konzentrierte sich wieder auf ihren Monitor, fand dann etwas, und ihr Ausdruck veränderte sich und zeigte jetzt an, dass alles in Ordnung war.

»Nein, schon gut. Entschuldigen Sie bitte.« Dann sollte Kate einen Lichtbildausweis gegen einen Besucherausweis tauschen und ein Formblatt unterschreiben. »Danke sehr. Nehmen Sie bitte Platz. Gleich wird jemand zu Ihnen kommen.«

Kate ging zum Wartebereich und überlegte, ob die Empfangsdame versehentlich ein Problem signalisiert hatte. Sie saß auf einem Stuhl und warf einen Blick auf die Zeitschriften auf dem Tisch. Etwas ging hier vor. Sie holte ihr Handy hervor. Sie hatte keine neuen Nachrichten erhalten. Sie scrollte durch die Nachrichtenseiten aus Rampart und überflog die Berichte auf Neuigkeiten.

Sie fand nichts Neues.

»Ms Page?«

Ein Mann in einem dunkelblauen Anzug war aufgetaucht. Er war knapp zwei Meter groß, stämmig gebaut, hatte kurzes braunes Haar und einen dicken Schnauzbart. Er sah aus wie Ende vierzig.

»Staff Sergeant Ian Owen.« Er streckte die Hand aus. »Ich bin Corporal Fortins Vorgesetzter. Bitte, hier entlang.«

Er führte sie in sein Büro. Durch die großen Fenster sah Kate Jets, die den Flughafen anflogen. Sergeant Owen lenkte sie zu einem Stuhl vor seinem Schreibtisch.

»Möchten Sie einen Kaffee oder etwas anderes?«

»Nein, danke. Ich brauche nichts.«

Owen setzte sich, hob seinen Federhalter auf, beugte sich vor und starrte ihn einen Augenblick lang an.

»Ms Page, ich komme gleich zur Sache. Ich weiß, weshalb Sie hier sind. Leider können wir nicht viel für Sie tun.«

»Aber Corporal Fortin hat mir versichert, dass er den Fall meiner Schwester und den ungelösten Fall von Tara Dawn Mae mit mir besprechen wollte.«

»Er hat mir von Ihrem Anruf berichtet. Ich kann dazu bloß sagen, dass wir eine laufende Ermittlung in einer anderen Jurisdiktion unterstützen.«

»Aber der Fall in Rampart, New York, und der Fall in Brooks, Alberta, sind miteinander verbunden, und die Möglichkeit ist groß, dass er mit meiner Schwester verbunden ist.«

»Das verstehe ich, und ich kann mir nur vorstellen, wie schrecklich sich das für Sie anhören muss, insbesondere, nachdem Sie extra von New York hierhergeflogen sind.«

Kate sank das Herz, und sie wurde wütend. Wütend auf sich selbst, weil sie geglaubt hatte, die Polizei hier würde ihr helfen, wo sie doch im Hinterkopf genau wusste, dass die Bullen alle gleich waren. Während ihr Zorn anschwoll, wurde ihr klar, was gerade geschehen war.

»Sie haben mit Ed Brennan über mich gesprochen, nicht wahr?«

»Wie gesagt, wir unterstützen eine andere Jurisdiktion in einer laufenden Ermittlung.«

»Das habe ich kapiert. Entschuldigen Sie, dass ich so gerade heraus bin, Staff Sergeant, aber ich bin kein Idiot. Ich will Ihnen einige Zusammenhänge erläutern, die Sie gewiss aus dem Gespräch mit Rampart kennen. Ed Brennan hat mich angerufen und mich um Hilfe gebeten. Er hat mich gefragt, ob ich ihm meine Halskette bringen könnte, damit er sie mit derjenigen vergleichen könne, die er am Tatort gefunden hat, und die wiederum ähnelt der Halskette meiner Schwester.«

Owen schwieg und ließ Kate weiterreden.

»Gleichzeitig gibt es ein Indiz am Tatort in Rampart, das mit dem Verschwinden von Tara Dawn Mae zusammenhängt, die in Ihre Zuständigkeit fällt. Jetzt sitzen wir hier, etwa zweihundert Kilometer von der Stelle entfernt, wo ich meine Schwester im Kicking Horse River verloren habe.«

»Das war vor zwanzig Jahren in der Nähe von Golden, BC. Das fällt in die Jurisdiktion der Abteilung E.«

»Halt. Hören Sie doch mit diesem polizeibürokratischen Mist auf, bitte! Ich habe nach dem Unfall unseres Autos im Wasser dieses Flusses gelegen. Ich habe die Hand meiner Schwester gehalten ...«

»Ms Page, ich verstehe, aber ...«

»Nein, tut mir leid, Sie verstehen nicht. Seit zwanzig Jahren wird mir erzählt, dass meine Schwester tot war. Aber ihr Leichnam ist nie gefunden worden, und ich habe mich geweigert, die Hoffnung aufzugeben, dass sie irgendwie überlebt hat. Und jetzt taucht ihre Halskette an einem Tatort in New York mit einer Verbindung zum ungelösten Fall eines vermissten Mädchens Ihrer Jurisdiktion auf. Ich habe mit euch kooperiert. Ich habe euch meine Halskette, meine DNA gegeben, dennoch werfen Sie, wie Brennan, die Hände in die Höhe und argumentieren: *Ich kann diesen Fall nicht besprechen, es ist eine laufende Ermittlung,* wo wir alle doch wissen, dass es der Geist meiner Schwester ist, der das alles für Sie miteinander verknüpft!«

Owen legte seinen Federhalter zurück, und sein Kinn bebte.

»Da wir ja so offen sind, gestatten Sie mir, Ihnen etwas Kontext zu vermitteln, Ms Page. Wenn ich es recht verstehe, droht eine Anklage gegen Sie, weil sie in Rampart einen Tatort betreten, vielleicht sogar Beweise zertrampelt haben, richtig?«

»Oh, um Gottes willen, ich habe Beweise weder zertrampelt noch hingelegt.«

Owen beugte sich vor.

»Mag sein, aber angesichts dessen, was für Sie persönlich auf dem Spiel steht, könnte ein guter Verteidiger leicht ein Gericht davon überzeugen, dass Sie es getan und einen Fall zerstört haben, sodass ein Schuldiger freikommt. Was meinen Sie, wie das bei der Familie von Bethany Ann Wynn ankommt?«

Kate stieß einen langen Atemzug der Anspannung aus und warf der 747 einen Blick zu, die sich dem Flughafen näherte.

»Ms Page, Sie sehen gewiss ein, dass es ungeheuer wichtig für

Ermittler ist, nicht das Risiko einzugehen, dass auch nur ein Bruchteil des Falles eine Schwachstelle aufweist, damit er hieb- und stichfest ist, wenn es zur Verhandlung kommt.«

Kate schwieg und ließ ein paar Augenblicke verstreichen.

»Ich glaube, es ist am besten, wenn Sie uns unseren Job erledigen lassen.« Owen stand auf, ein Zeichen, dass das Treffen beendet war. »Geben Sie mir Ihre Telefonnummer, und wenn es weitere Entwicklungen gibt, die ich Ihnen mitteilen kann, so werde ich es tun. Darauf haben Sie mein Wort.«

Kate holte ihr Portemonnaie aus der Handtasche und reichte ihm eine ihrer Geschäftskarten. Daraufhin begleitete Owen sie zum Empfangsschalter, wo sie ihren Besucherausweis gegen ihren Personalausweis eintauschte.

»Gute Reise, Ms Page.« Owen schüttelte ihr die Hand.

In ihrem Wagen kochte Kate immer noch vor Wut über das Gespräch.

Vor ihrem Aufbruch von New York nach Alberta hatte sie ein paar weitere Anrufe erledigt. Sie blätterte durch ihre Notizen und suchte andere Leute, die mit ihr sprechen wollten.

Sheri Young war eine Nachbarin von Barton und Fiona Mae zur Zeit von Tara Dawns Verschwinden gewesen. Dann waren da noch Eileen und Norbert Ingram, die jetzt Maes altes Haus besaßen. Und das Children's Searchlight Network war weiter auf der Suche nach Menschen, die mit dem Fall Mae vertraut waren. Mit röhrendem Motor verließ sie den Parkplatz. Als sie das Gebäude der RCMP im Rückspiegel sah, brannte ein Bild in ihren Gedanken.

Eine winzige Hand ragte aus dem kalten dunklen Wasser …

Kate drückte die Hände fest aufs Lenkrad. Unmöglich würde sie zurückweichen.

Jetzt nicht.

Niemals.

17

Tilley, Alberta

Unverdrossen fuhr Kate auf den Horizont zu.

Der Trans-Canada-Highway östlich von Calgary durchschnitt eine Landschaft aus sanften Hügeln, die bald, so weit das Auge reichte, in eine Ebene übergingen. Das Treffen bei der RCMP brannte immer noch in ihr, und sie zählte jetzt darauf, dass ihr die Leute in Süd-Alberta helfen würden.

»Sicher werden wir mit Ihnen reden«, hatte Eileen Ingram bei ihrem Anruf gesagt. Eileen und ihr Mann Norbert waren die gegenwärtigen Besitzer des Hauses der Maes.

Zwei Stunden nach dem Verlassen Calgarys hatte Kate Brooks erreicht, eine kleine Präriestadt, die für Landwirtschaft, Gas, Öl und Fleischverarbeitung bekannt war. Sie blieb auf dem Trans Canada und kam am Grand Horizon Plaza vorüber.

Die Raststätte, wo Tara Dawn Mae vor fünfzehn Jahren zuletzt gesehen worden war.

Kate fuhr nach Osten zum Örtchen Tilley, dann folgte sie weitere fünfzehn Minuten einem schmalen Highway nach Süden, bevor sie das abseits gelegene Haus inmitten der endlos weiten baumlosen Ebene erreichte. Es war ein bescheidenes zweigeschossiges Holzhaus, etwas zurück gelegen. Der Kies knirschte unter ihren Reifen, als sie die Zufahrt zum Haus hinauffuhr. Zwei Frauen und ein Mann traten auf die Veranda, um sie zu begrüßen.

»Ich bin Eileen, das ist mein Mann Norbert, und das ist unsere Nachbarin, Sheri Young. Sie hat für Fiona und Barton auf Tara Dawn aufgepasst.«

»Sie waren recht flott«, sagt Norbert, während Kate allen die

Hand schüttelte, wobei sie bemerkte, dass er eine unangezündete Pfeife in der Hand hielt.

»Danke sehr, dass Sie damit einverstanden waren, sich mit mir zu treffen.«

Im Haus roch es nach Seife und frischer Erde. Sie führten sie in die Küche und zu einem Tisch, auf dem ein Tischtuch mit Schachbrettmuster lag. Alle setzten sich, während Eileen Tee und Kaffee zubereitete, dann eine Platte mit Plätzchen hinstellte.

»Eileen hat uns von Ihrem Unfall in BC erzählt, als Sie ein Kind waren.« Norbert sah in den Kopf der unangezündeten Pfeife. »Wie schrecklich!«

»Meinen Sie wirklich, dass Tara Dawns Verschwinden mit dem Fall Ihrer Schwester in Verbindung steht?« Sheri löffelte Zucker in ihren Kaffee.

»Ja, da sind bei einem kürzlichen Mord und Selbstmord im Staat New York viele neue Fakten aufgetaucht.«

»Was für Fakten?« Eileen reichte Kate einen Becher.

Kate gab ihnen eine Zusammenfassung dessen, was am Tatort von Rampart gefunden worden war, und wie das alles, eingeschlossen die Daten, mit Vanessas und Tara Dawns Fällen zusammenhing.

»Klingt allerdings beunruhigend«, sagte Eileen.

»Könnte etwas dran sein.« Norbert nickte.

»Obwohl ich nicht so recht weiß, wie wir da helfen können«, sagte Eileen. »Wir haben die Familie Mae nie kennengelernt. Wir sind aus Manitoba und haben dieses Haus im Frühjahr vor zehn Jahren gekauft, nachdem Norbert von der Eisenbahn in Rente gegangen ist. Sheri kannte die Familie besser als alle anderen.«

»Allerdings«, bestätigte Sheri. »Was möchten Sie denn gern wissen?«

»Erzählen Sie mir alles, was Sie können, über die Maes, über Tara Dawns Adoption und ihr Verschwinden.«

»Nun ja ...« Sheri ging im Geiste die vielen Jahre zurück.

»Barton und Fiona sind nicht viel unter Leute gegangen. Sie haben für sich gelebt, waren tiefgläubig. Man sah sie lediglich in der Kirche oder im Laden. Sie haben einfach nur auf ihrer Farm gearbeitet. Dann hatte Fiona ein Baby, ein Mädchen, aber das ist nach einem Jahr gestorben.«

»Was ist passiert?«

»Das wusste niemand im Ort so richtig. Eines Tages haben wir den Krankenwagen und den Streifenwagen vom Haus kommen sehen. Später machte es die Runde, dass ihr Baby gestorben war. Meine Mutter glaubte, es wäre plötzlicher Kindstod oder eine Krankheit gewesen. Dann hat mein Vater erzählt, es wären Gerüchte im Umlauf, dass Barton sie fallen gelassen habe. Aber niemand kannte die Wahrheit.«

»Wie lange ist das her?«

»Oh, das war vor über zweiundzwanzig, dreiundzwanzig Jahren. Wie dem auch sei, beide hat es schwer getroffen, wie Sie sich vorstellen können. Die Leute haben noch weniger von ihnen zu sehen bekommen. Es war, als wären Barton und Fiona davon heimgesucht gewesen. Dann, etwa zwei oder drei Jahre später, sind sie mit Tara Dawn, die etwa fünf oder sechs Jahre alt war, zur Kirche gekommen. Zunächst haben die Leute sie für eine Nichte auf Besuch gehalten. Dann machte es die Runde, dass Tara Dawn ihre Adoptivtochter war.«

Kate zeigte Sheri ein Foto von Vanessa auf ihrem Handy.

»Hat sie so ausgesehen?«

Sheri studierte das Foto ein paar Sekunden.

»Es ist lange her, aber ich würde sagen, sie sieht ihr sehr ähnlich.«

»Erzählen Sie mir mehr von ihr!«

»Schließlich hatten wir gehört, dass Tara das Kind einer entfernten Verwandten in den USA sei und von ihnen adoptiert worden war, und das war's dann auch. Nicht allzu lange danach sagte meine Mutter, dass Fiona sie gefragt habe, ob ich hin und wieder babysitten wolle. Es kam nicht oft vor, aber manchmal gingen Barton und Fiona zu Hanna oder nach Medicine Hat, wegen eines Traktors oder so etwas. Ich weiß nicht, warum sie Tara nicht mitgenommen haben, aber ich habe sie gern beobachtet.«

»Wie war sie so?«

»Sehr still, schüchtern. Ich erinnere mich, dass ich sie einmal danach gefragt habe, wo sie früher gelebt hat, was geschehen war, und sie hat bloß geweint. Ich habe sie in die Arme genommen, und dann sind wir in die Scheune gegangen und haben mit den Kätzchen gespielt. Das hat sie wieder aufgemuntert. Aber ich hatte ein so schlechtes Gefühl, dass ich sie nie wieder nach so etwas gefragt habe, weil sie nicht darüber sprechen wollte. An einigen Tagen habe ich von unserem Haus übers Feld zu ihnen geschaut und Tara ganz für sich allein mit ihrem Hund spielen sehen. Sie wirkte einsam, war anscheinend jedoch glücklich. Sie hat mir stets zugelächelt und Hallo gesagt, wenn ich sie mit Fiona im Laden getroffen habe.

Dann, ein paar Jahre später, hat sie jemand an der Raststätte gestohlen. Oh, es war so schrecklich! Die ganze Stadt stand unter Schock. Ich habe nie so viele Streifenwagen gesehen. Sie hatten Hunde, Hubschrauber, Suchmannschaften, Straßensperren. Es kam alles in den Nachrichten. Menschen beteten in den Kirchen für ein Wunder, für ein glückliches Ende. Reporter kamen von überallher. Es war eine große Sache, aber im Lauf der Zeit beruhigte sich alles ein wenig, und schließlich kam es nicht mehr so häufig in den Nachrichten.

Barton und Fiona waren am Boden zerstört. Niemand hat sie gesehen ... sie sind nicht mehr zur Kirche gekommen. Sie waren wie Geister. Etwa ein Jahr nach Tara Dawns Verschwinden ist Bartons Traktor über ihn hinweggerollt. Er lag eine Woche im Koma, dann ist er gestorben. Vielleicht ein weiteres Jahr später sind zwei Frauen von der Kirche zu Fiona gegangen, nachsehen, wie es ihr geht, und haben sie tot in ihrem Schlafzimmer gefunden. Sie hatte eine Überdosis Schlaftabletten genommen.«

Eileen reichte Sheri Papiertaschentücher, und sie betupfte sich die Augen damit.

»Zum Jahrestag von Tara Dawns Verschwinden gab es Artikel, aber ihre Geschichte verblasste, bis sie schließlich praktisch vergessen war. Natürlich wurde das Haus zum Verkauf angeboten«, sagte Sheri.

»Wir kannten die Vorgeschichte«, warf Norbert ein. »Ebenso wie viele andere Leute, aber die waren nicht interessiert, also haben wir es zu einem guten Preis bekommen und einen Teil des Grundstücks abgeteilt und verpachtet.«

Eileen blickte nachdenklich aus dem Fenster auf das flache Land. »Jeden Morgen nach dem Aufstehen spreche ich ein kleines Gebet zu ihrem Gedächtnis.« Sie wandte sich wieder Kate zu. »Wir können Ihnen Taras Zimmer zeigen, wenn Sie möchten.«

Kate legte die Hand aufs Geländer, und die Stufen knarrten, als sie hinter Eileen die Treppe hinaufstieg, gefolgt von Sheri und Norbert. Ein Doppelbett und ein Kleiderschrank mit Spiegeltüren nahmen den größten Teil des Zimmers ein, das nach Nadelholz und Mottenkugeln roch. Weiß auf Weiß gestreifte Tapete bedeckte die Wände.

Ein Fenster mit Vorhängen öffnete sich auf den ewigen Himmel.

Kate fuhr mit dem Finger über den Rahmen und stellte sich dabei Tara Dawn – *oder Vanessa* – vor, wie sie an eben dieser Stelle stand und den Horizont absuchte.

So allein.

»Wir benutzen es als Gästezimmer, wenn unser Sohn mit seinen Kindern zu Besuch kommt«, sagte Eileen. »Ich habe die Wände neu tapeziert, und die Möbel sind von uns. Tut mir leid, von den Maes ist nichts mehr vorhanden. Ist alles versteigert worden.«

Während Kate den Blick über das Zimmer schweifen ließ, richtete Norbert, der am Türrahmen lehnte, sich auf, als wäre ihm plötzlich etwas eingefallen.

»Warte, wir haben immer noch diese Koffer von Doug Clovis' Sohn.«

»Welche Koffer?«

»Letztes Jahr, Eileen. An dem Tag warst du in Calgary.« Norbert wandte sich an Kate. »Doug Clovis, der Auktionator, hat sein Geschäft verkauft, und sein Sohn hat die beiden Koffer in ihrem Lager gefunden, Überreste der Mae-Auktion. Sie sollten eigentlich zur Wohlfahrt gehen, aber sie haben sie hier deponiert. Ich habe gesagt, sie können sie ebenso gut hier lassen. Unser Sohn könnte sie zuerst durchsehen.« Norbert zeigte irgendwo mit seiner Pfeife hin. »Sie sind in der Scheune. Wenn Sie einen Blick hineinwerfen möchten?«

Bei der Scheune handelte es sich um eine rostige Nissenhütte etwas entfernt hinter dem Haus. Das alte Gebäude war in Pferche und Ställe unterteilt worden, in denen einmal das Vieh untergebracht war.

»Wir halten keine Tiere. Wir lagern hier unsere Vorräte«, erklärte Norbert.

In der Luft lag immer noch starker Geruch, schal und muffig. Staubwölkchen wirbelten im Sonnenlicht umher und schossen durch die Reihe von Dachventilatoren. Sie begaben sich zu einem Bereich mit einem kleinen Traktor, Schubkarren und anderen Gebrauchsgegenständen. Norbert zog eine schwere Plane zurück, wobei erneut Staubflocken umherwirbelten, und es zeigten sich zwei abgenutzte dunkelgrüne Schiffskoffer mit Ledergriffen und Scharnieren, die quietschten, als er sie öffnete.

Beide Koffer waren vollgestopft mit Kleidern, Pappkartons und verschiedenen anderen Sachen. Kate, Eileen und Sheri wühlten durch Karohemden, Jeans, Socken, Frauenkleidung, Unterwäsche, Mäntel, Stiefel, Schuhe, Hüte, Schals, Fingerhandschuhe und Fäustlinge.

Eileen legte die Hand auf den Mund, als sie Babysachen entdeckte, Lätzchen, Schühchen, kleine Strampler.

Sie stießen auf Teller, die in Zeitungspapier eingewickelt waren, ein Teegeschirr, eine Lampe, Kerzenhalter und eine Uhr.

»Wonach genau suchen wir eigentlich?« Sheri hielt das gerahmte Bild eines tropischen Sonnenuntergangs hoch.

»Ich weiß es nicht.« Kate stellte einen Schuhkarton voller Papiere beiseite, größtenteils Rechnungen. »Aufzeichnungen von der Adoption, jedes Beweisstück, das Tara mit meiner Schwester in Verbindung bringen könnte.«

»Seht mal.« Eileen hielt ein Fotoalbum hoch, schlug es auf und zeigte auf das Farbfoto einer Frau mit einem Baby. »Ich und Charlotte« stand darunter geschrieben.

»Das ist Fiona mit ihrem Töchterchen«, sagte Sheri.

Die Albumseiten knisterten, als Eileen sich weitere Fotos ansah: Barton neben seinem Traktor, Barton, der einen Truck reparierte, ein lachender Barton mit Charlotte auf dem Knie.

Diesen Fotos folgten leere Albumseiten. Eileen blätterte weiter durch die knisternden Seiten, bis neue Fotos auftauchten. »Unser Wunder, Tara Dawn«, stand unter dem ersten Foto.

Kate stockte der Atem.

Sie verkrampfte sich, während ihr schrille Laute durch die Gedanken fuhren und wie Flammen über Jahre des Verlusts, Jahre des Schuldgefühls, Jahre der sinnlosen Hoffnung und Gebete hinwegrasten. Jahre des Unglaubens, Jahre, in denen sie sich dennoch dem Unglauben verweigerte. Jahre des Kampfs der Vernunft, um das Irrationale von sich zu weisen und es doch nicht zu können.

»Alles in Ordnung mit Ihnen, Kate?« Eileen berührte sie an der Schulter.

»Das ist meine Schwester Vanessa!«

»Ganz sicher?« Eileen reichte ihr das Album, so dass sie sich das Foto näher ansehen konnte.

»Ja!« Kate blätterte durch die Seiten, und ihre Stimme brach. »Ich verstehe nicht, wie sie hierher hatte kommen können.« Sie stieß auf den Schnappschuss eines Mädchens, das zaghaft lächelte. Sie trug ein Halskettchen.

Kate fuhr zart mit den Fingerspitzen über das Foto.

Ich habe dich gefunden! Ich habe dich gefunden!

Gegen die Tränen ankämpfend, mit zitternder Hand, griff Kate nach ihrem Handy und holte rasch das Foto ihres Kettchens herauf, das dazugehörige, das sie Detective Brennan in Rampart gegeben hatte.

»Sehen Sie, es hat denselben Schutzengelanhänger, sehen Sie? Es ist das Halskettchen, das unsere Mutter jeder von uns geschenkt hat.«

»Oh, mein Gott, das ist es!«, sagte Sheri.

»Das ist eine verteufelte Sache!« Norbert schüttelte den Kopf. »Einfach eine verteufelte Sache!«

In diesem Augenblick leuchtete Kates Handy auf, und es läutete.

»Kate Page.«

»Hallo, Kate, Carmen Pearson aus Calgary hier. Ich bin Privatdetektivin und arbeite freiwillig für das Children's Searchlight Network. Sie haben mir Ihre Nummer gegeben.«

»Oh, ja.«

»Fred Byfield hat gesagt, ich solle Sie direkt anrufen, wenn ich auf etwas stoße, das Ihnen vielleicht in Alberta weiterhelfen könnte.«

»Ja, okay.«

»Ich habe Elliott Searle ausfindig gemacht, und er hat sich einverstanden erklärt, mit Ihnen über den Fall Tara Dawn Mae zu sprechen.«

»Elliott Searle? Wer ist das?«

Sheris Augen wurden groß, weil es ihr wieder einfiel, als Carmen antwortete: »Er ist ein pensionierter Detective von der RCMP. Kate, er ist der Mountie, der die Untersuchung im Fall von Tara Dawns Verschwinden geleitet hat.«

17

Bragg Creek, Alberta

Ist Vanessa am Leben?

Das war eine von einer Unzahl Fragen, die Kate auf ihrer Fahrt zum Treffen mit dem pensionierten Kriminalbeamten quälten, der die Ermittlung zu Tara Dawns Verschwinden geleitet hatte.

Vielleicht irre ich mich?

Vielleicht schenke ich Zufällen und Ähnlichkeiten zu großen Glauben? Vielleicht bin ich über die Jahre hinweg blind gegenüber der Vernunft geworden?

Kate fand das Sweet Pines Café, ein kleiner Holzbau in Bragg Creek, einer Postkartenidylle im südwestlichsten Zipfel Calgarys, mitten in den dichten Wäldern der Vorgebirge zu den Rocky Mountains.

Der pensionierte Beamte Elliott Searle saß genau dort, wo er gesagt hatte: in einer Ecke, Zeitung lesend.

»Detective Searle?«

»Ja.« Er stand auf.

»Kate Page. Danke, dass Sie sich mit mir treffen wollen, Sir.«

»Nennen Sie mich Elliott. Kein Problem.« Er schüttelte ihr die Hand. »Setzen Sie sich doch.«

Er war von imposanter Gestalt in verblassten Jeans und einem Navy-T-Shirt, das sein kurzes silberweißes Haar und die durchdringenden Augen akzentuierte. Er hatte eine raue Stimme, die zu einem fähigen Mann passte, der gewohnt war, das Sagen zu haben.

»Ich habe mit Gruppierungen zusammengearbeitet, die sich um Vermisste kümmern«, sagte Elliott. »Sie haben mir von Ihrem Fall berichtet. Ich weiß um die laufenden Ermittlungen und Ihre Verstrickung darin. Die Polizeikreise sind eng, Kate, und kein Polizist würde etwas tun, das einen Fall gefährdet. Das wissen Sie bestimmt bereits.«

»Das weiß ich sehr wohl.«

Beide bestellten Kaffee. Bevor er eintraf, kam Kate gleich zur Sache.

»Ich glaube, Tara Dawn Mae ist meine Schwester.«

Das Pokergesicht des alten Mounties verriet nichts, während Kate die ganze Geschichte erzählte. Sie zog das Familienalbum der Maes aus ihrer Tasche. Die Ingrams hatten darauf bestanden, sie solle es behalten. Sie blätterte durch die Seiten und zeigte Elliott dann Fotos des Halskettchens, während sie Fragen über Fragen über ihren Unfall in BC, Tara Dawn und den Fall in Upstate New York aufwarf.

»Die Adoptionsunterlagen waren unvollständig«, sagte Elliott.

»Unvollständig? Verstehe ich nicht.«

»Vor unserem Treffen habe ich mir zur Auffrischung meines Gedächtnisses nochmals meine persönlichen Notizen durchgesehen. Nach Tara Dawns Verschwinden bestand ein Teil unserer Ermittlungen darin, die Familiengeschichte zu untersuchen, ihren Hintergrund. Da haben wir entdeckt, dass die Adoptionsunterlagen unvollständig waren. Die Maes hatten angegeben, eine entfernte Verwandte, eine Kusine, die heroinabhängig war und wegen eines Raubs in South Dakota im Gefängnis saß, sei Tara Dawns Mutter. Sie habe das Sorgerecht für das Mädchen verloren und den Sozialdienst angebettelt, sie zu einem Familienmitglied zu geben.

Wir sind dieser Aussage nachgegangen und haben entdeckt, dass in der Tat eine Verwandte Bartons Selbstmord in einem Gefängnis in South Dakota begangen hat. Aber wenn es dort irgendeine Adoption gegeben hat, so gab es darüber keine Unterlagen. Ein Feuer im Amtsgericht hat viele der staatlichen Unterlagen vernichtet, also wäre alles, was diese Adoption enthielt, dabei verloren gegangen. Das Familiengericht in Alberta hat von dem Brand gewusst, ebenso, dass die Unterlagen unvollständig waren, hat die Adoption aber dennoch zugelassen.«

»Warum?«

»Sie haben die Aussage des Anwalts der Maes akzeptiert, und es ist zudem niemand aufgetaucht, der sie angefochten hat.«

»Was halten Sie davon im Licht dessen, was wir jetzt wissen?«

»Die Geschichte um die Adoption ist fragwürdig, aber hinsichtlich der Entführung erschienen mir die Maes als rechtschaffene Leute.«

»Warum?«

»Wir haben alle beide zweimal einem Lügendetektortest unterzogen, einmal mit unserem Ermittler und einmal mit einem von der Polizei in Calgary. Die Tests kamen zum Schluss, dass die Maes die Wahrheit über Tara Dawns Verschwinden gesagt hatten. Wir haben ihrer Aussage geglaubt, was in der Raststätte geschehen ist. Wir hatten Zeugenaussagen, die sie unterstützten, und wir haben anhand von Kreditkartenaufzeichnungen und Rechnungen so viele Leute zurückverfolgt, die zu dieser Zeit dort waren, wie wir konnten. Leider hat nur eine Überwachungskamera richtig funktioniert, also konnten wir nicht sämtliche Nummernschilder ermitteln.«

»Hatten Sie Verdächtige?«

»Zwei auf Bewährung entlassene Häftlinge waren durchgekommen, aber wir konnten mühelos ihre Unschuld beweisen. Es gab ebenfalls einen Bus voller Kinder von einer Kirchengruppe. Wir haben überlegt, dass Tara vielleicht irrtümlich mit in diesen Bus geraten ist, aber wir haben ihn aufgefunden und die Sache geklärt.«

»Also dann wirklich niemand?«

»Nein. Zu dieser Zeit war dort sehr viel los. Viel Verkehr, aber nein, nichts ist herausgekommen. Wir glauben, dass sie entführt wurde, und wir haben alles getan und untersucht, was möglich war. Als es passierte, haben wir rasch gehandelt und sind keine Risiken eingegangen. Wir haben Straßensperren errichtet, um Fahrzeuge zu durchsuchen, und die Grenzkontrollen alarmiert, aber wir hatten nicht die Ressourcen, um sofort jeden Punkt abzudecken.«

»Was ist aber mit der Adoption – Sie sagen, die sei fragwürdig?«

»Entweder ist alles so gewesen, wie die Maes sagten, oder eben nicht.«

»Wenn nicht, wie kamen die Maes dann an Tara Dawn? Und wie ist sie fünfzehn Jahre später nach Rampart gekommen und hat eine kryptische Botschaft hinterlassen?«

»Darauf weiß nur eine einzige Person die Antworten, Kate, und das ist Tara Dawn.«

Searle lehnte die Nachfrage der Kellnerin, ob er noch etwas Kaffee wünsche, ab und zeigte damit an, dass ihre gemeinsame Zeit sich dem Ende näherte. Kate sah nochmals ihre Notizen durch.

»Bei meiner Recherche habe ich diverse Artikel gelesen, in denen es hieß, dass Sie über einhundertfünfzig Hinweise erhalten hätten. Hat irgendeiner davon etwas ergeben?«

»Wir sind ihnen allen nachgegangen. Nichts.«

Kate ließ einen langen Augenblick verstreichen und entfaltete dann die Fotokopie eines Zeitungsausschnitts von der *Medicine Hat News.*

»Was ist damit? Ich habe diesen alten Artikel ausgegraben.«

Elliott sah ihn sich durch. Darin stand, dass am Tag, bevor Tara Dawn verschwand, die Polizei von Medicine Hat City den Bericht über einen Mann erhalten habe, der versucht habe, ein Mädchen in seinen Wagen zu locken.

»Medicine Hat liegt etwa hundert Kilometer östlich von der Raststätte, nicht wahr?«, fragte Kate.

»Das stimmt.« Elliott tippte auf den Ausschnitt. »Das ist der einzige Vorfall, der bis heute an mir nagt.«

»War etwas daran?«

»Wir sind ihm mit der Polizei von Medicine Hat nachgegangen. Anscheinend hatten Kinder in der Nähe die Nummer eines Autokennzeichens, aber sie waren nicht sicher, ob es ein Kennzeichen aus Alberta oder Saskatchewan, North Dakota, BC oder Montana war.«

»Wenn Sie also das Kennzeichen hatten, wären es nur etwa sechzig Möglichkeiten gewesen, denen Sie nachzugehen hatten?«

»Na ja, dann wiederum waren die Kinder nicht sicher, was passiert war. Schließlich hat ein anderes Kind gesagt, der Fremde habe nur den Weg wissen wollen und dass es kein Versuch einer Entführung gewesen sei. Dennoch verfolgt mich das noch immer, weil der Van aus Medicine Hat der gleiche wie der war, der zur Zeit der Entführung an der Raststätte gesehen wurde. Wir haben diese Spur verfolgt, aber sie hat nirgendwohin geführt.«

»Würden Sie mir die Kennzeichennummer sagen?«

»Ich bin nicht mehr in dem Fall drin, und so ist es nicht an mir, Ihnen die Nummer zu sagen, Kate.«

»Verstehe.«

Sie schloss ihr Notizbuch und steckte es in ihre Tasche.

»Ich wünschte, es wäre anders«, fügte Elliott hinzu.

»Schon okay. Ich verstehe. Sie waren sehr hilfreich.«

19

Rampart, New York

Gesichter der Toten und Vermissten.

Vergrößerte Fotos von Carl Nelson, John Charles Pollard, Bethany Ann Wynn und Tara Dawn Mae an der Pinnwand starrten die Männer und Frauen an, die sich im Hauptquartier der Polizei von Rampart versammelt hatten.

Ermittler aus dem Büro des Sheriffs vom Riverview County, der New York State Police und des FBI unterstützten jetzt den Fall.

Alles in allem saßen etwa zwei Dutzend Polizeibeamte um den Tisch und studierten die dreiseitige Zusammenfassung, die Ed vorbereitet hatte.

Er überprüfte die Fernbedienung seines Laptops, der mit dem großen Bildschirm am Ende des Raums verbunden war, und trank einen Schluck Kaffee.

»Okay, legen wir los.« Brennan räusperte sich. »Der Zweck dieser Versammlung liegt darin, Sie auf den neuesten Stand dessen zu bringen, was wir wissen, was wir getan haben, was wir gerade tun und was wir tun müssen. Dann können Sie uns Ihre Rückmeldung geben.«

Während er die Fotos der Schlüsselfiguren, des Tatorts und der Beweismittel projizierte, erläuterte Brennan, dass die Ermittlung sich an das folgende Szenario hielt: Carl Nelson aus Rampart, ein Mann ohne Vorstrafenregister, hatte Bethany Ann Wynn aus Hartford, Connecticut, entführt und drei Jahre lang in einer abgelegenen Scheune gefangen gehalten. Danach hatte er die Absicht, sie zu töten und mit einer List seinen eigenen Selbstmord dadurch zu inszenieren, dass er die Scheune anzündete, nachdem er den Ex-Sergeanten John Charles Pollard ermordet hatte, den er aus einem Obdachlosenzentrum in Buffalo dorthin gelockt oder entführt hatte.

Auf Grund der Schwere der Verbrennungen an Pollards Leichnam waren die Autopsieergebnisse unvollständig. Es konnte jedoch eine 9-mm-Patrone aus Pollards Schädel geborgen werden. Die Ballistik bestätigte, dass sie aus einer Glock 17 abgefeuert worden war, die auf Nelson registriert und am Tatort aufgefunden worden war. Die Autopsie ergab jedoch ebenfalls eine bedeutende Schädelfraktur durch einen heftigen Schlag.

»Wir glauben, dass Nelson Pollard ermordet und dann das Feuer in der Scheune gelegt hat, um Bethany Ann Wynn zu töten, die mit einem Strick in einem Verschlag gefesselt war. Wir glauben, dass sich durch das Feuer der Strick löste und es ihr so erlaubte, im letzten Augenblick zu entkommen.«

Brennan erläuterte, dass Nelson in einem Ford F-150 Pickup einen Abschiedsbrief hinterlassen hatte. Der Wagen war auf ihn zugelassen und in der Nähe des Tatorts aufgefunden worden. »Der Brief war mit einem Laserdrucker ausgedruckt worden, der mit einem Drucker übereinstimmte, der heute Morgen in Nelsons Wohnung gefunden wurde. Durchsuchungsbefehle wurden heute früh für Nelsons Wohnung und Arbeitsplatz ausgestellt. Er war leitender Systemtechniker beim MRKT DataFlow Call Center.

Nelson hatte sich zwei Tage vor dem Brand krankgemeldet, vor einem Wochenende, was ihm ausreichend Zeit für die Vorbereitung gelassen hätte.« Brennan klickte auf das Foto einer lächelnden Bethany Ann Wynn weiter. »Vor ihrem Tod auf Grund ihrer Verbrennungen hat Bethany Ann Wynn angedeutet, dass es ›andere‹ gab.« Brennan klickte zu der verkohlten Ruine der Scheune zurück. »Die Kriminaltechniker von Team B arbeiten weiter am Tatort, haben aber in der Scheune bereits Hinweise auf grob konstruierte Verschläge, die Installation eines Generators sowie des ausgefuchsten Gebrauchs einer Spule entdeckt, um unbemerkt kleine Mengen an elektrischem Strom von einer in der Nähe verlaufenden Leitung abzuzweigen.

Auf diese Weise hat Nelson einen kleinen Teil des Gebäudes im Winter beheizt.«

Brennan spürte sein Handy in seiner Hosentasche vibrieren. Er ignorierte den Anruf, klickte zu einem Foto von Tara Dawn Mae weiter und fasste ihren fünfzehn Jahre alten Fall aus Brooks, Alberta, Kanada, zusammen.

»Unter den Beweisen am Tatort – diese Botschaft, eingeritzt in einen Holzbalken.« Brennan klickte auf eine Vergrößerung der Inschrift. »Und dieser Gegenstand.« Er klickte auf die Halskette. »Ein paar Sachen. Eine ist, dass die Halskette zur Analyse weitergegeben wurde. Wir wissen, dass es vor einigen Jahren wahrscheinlich unzählige dieser Anhänger gegeben hat. Wir arbeiten mit dem FBI und dem Hersteller zusammen, um weitere Informationen über die Identität eines der Besitzer herauszubekommen. Sie wurde am Tatort aufgefunden, beim Brand beschädigt. Vielleicht haben wir eine Spur, aber die Inschrift ist unleserlich.«

Brennan sprach weiter.

»Zweitens arbeiten wir bei diesem Aspekt der Ermittlung auch mit der kanadischen Polizei zusammen. Wenn Nelson Tara Dawn Mae entführte, bedeutet das, dass er sie vielleicht seit über fünfzehn Jahren gefangen hält. Andere Fallgeschichten zeigen, dass Täter ihre Opfer sogar noch länger gefangen gehalten hatten, also wissen wir nicht, womit wir es hier zu tun haben, aber was sich da zeigt, ist unheimlich.«

Die Ermittler hatten viel Arbeit vor sich. Unter anderem mussten sie den Tatort genau untersuchen und tiefer in Carl Nelsons Hintergrund blicken.

»Nachdem wir die Genehmigungen dazu erhalten haben, gehen wir jetzt Nelsons Kreditkarten, Konten, Telefon, Internet und sämtliche anderen Aufzeichnungen durch. Bislang sind keine Spuren aufgetaucht«, sagte Brennan. »Jetzt bitten wir um Fragen und Rückmeldungen.«

»Ed, für mich hört sich das an, dass …« Vern Schilling, ein Veteran von der New York State Police, legendär, weil er eine der höchsten Zahlen an Ermittlungserfolgen bei der NYSP hatte und ein ziemliches Arschloch anderen Beamten gegenüber war, rückte seine Brille zurecht. »… dass Nelson angesichts seiner professionellen Fachkenntnis jemand ist, der euch austricksen und verschwinden kann.«

»Nur dass wir wissen, was er getan hat, und ich gehe nicht davon aus, dass das seine Absicht war.«

»Was haben Nelsons Freunde und Nachbarn über ihn zu berichten?«

»Nicht viel. Wir haben mit seinem Arbeitgeber gesprochen. Wir wissen, dass Nelson etwa zehn Jahre in der Stadt gelebt hat und dass er ein stiller Mensch war, praktisch sozial isoliert.«

»Ist nicht leicht in einer Kleinstadt«, meinte Schilling. »Jemand muss mehr über ihn wissen. Ihr müsst den Leuten heftiger zusetzen.«

Brennan fing einen Blick des Unbehagens von seinem Lieutenant auf.

»Haben Sie sich die Geschichte des Friedhofs und des alten Irrenhauses angesehen?«, fragte einer der Teilnehmer vom Riverview County. »Vielleicht hat Nelson eine Verbindung damit?«

»Steht auf unserer Liste.«

»Was ist mit dem Internet? Vielleicht ist Nelson Teil eines Netzwerks von Pornoproduzenten?«

»Da hilft uns das FBI.«

»Ed, warum hat er das Mädchen, Bethany, nicht einfach erschossen? Warum würde er das Risiko eingehen, dass sie flieht und seine Aktivitäten preisgibt?«, fragte ein Beamter aus Rampart.

»Vielleicht hat er's versucht und denebengeschossen, vielleicht hat er voll darauf vertraut, dass das Feuer sie umbringen würde? Darauf wissen wir keine Antwort.«

Wiederum vibrierte Brennans Handy, und wiederum ignorierte er es und beantwortete weitere Fragen, bevor Vern Schilling von seinen Notizen aufschaute.

»Sagen Sie mir etwas«, meinte er. »Wenn Nelson diese Sache inszeniert hat und dann verschwunden ist, wie ist er hin- und wieder weggekommen? Hatte er ein anderes Fahrzeug? Hatte er Helfer, weil das nämlich ein langer Weg zu Fuß ist?«

»Eine gute Frage. Wir überprüfen auf weitere Zufahrtswege und auf Beweise für weitere Fahrzeuge.«

Brennan ging für letzte Fragen um den Tisch.

»Ihre Zusammenfassung hier erwähnt einen Gang an die Öffentlichkeit in einer Pressekonferenz, um an Informationen zu kommen. Wann wollen Sie die abhalten?«, fragte Wade Banner, der FBI-Agent aus Plattsburgh.

»Innerhalb des nächsten Tages oder so«, erwiderte Brennan. »Okay, vielen Dank Ihnen allen.«

»Einen Moment noch«, sagte Schilling. »Ich bin neugierig, warum Sie sich nicht eher um Durchsuchungsbeschlüsse für Nelsons Wohnung und Arbeitsplatz bemüht haben.«

»Wir mussten zunächst die Identität des männlichen Opfers bestätigen.«

»Sie machen Witze. Bei all den Umständen und Beweisen – sein Truck, der Abschiedsbrief und die Ballistik, die den Gebrauch der Waffe bestätigte. Kommen Sie schon, Ed. Dadurch ist so viel Zeit verloren gegangen, dass Leute in Nelsons Wohnung rein und wieder rauskonnten und vielleicht Beweise entfernt oder vernichtet haben.«

»Das Haus stand unter Überwachung, Vern.«

»Wie bei Ihrem Tatort? Ich habe gehört, dass eine Frau da überall herumgelaufen ist und Fotos gemacht hat.«

»Das war nur kurz. Wir haben uns darum gekümmert und glauben, dass am Tatort kein Schaden entstanden ist.«

»Kehren wir zu Nelson zurück. Wenn er Techniker bei MRKT DataFlow ist und Zugriff zu Konten hat, besteht da nicht die Möglichkeit, dass er das Opfer über ihre Konten ausgewählt hat?«

»Das ist möglich, aber sie hatte kein Konto, das MRKT bearbeitet hat.«

»Nun ja, eine weitere Perspektive – wenn er Zugang hatte, hätte er leicht Identitäten stehlen können, nicht wahr?«

»Daran arbeiten wir gerade.«

»Und angesichts seiner Fachkenntnis besteht eine große Chance, dass er Beweise aus der Ferne vernichten kann. Haben Sie daran gedacht?«

»Vern.« Brennan holte tief Luft und stieß sie langsam wieder aus, wobei er sich den Nacken rieb. »Wir haben daran gedacht. Aber ich möchte Ihnen bei allem Respekt etwas sagen – das weiß niemand besser als Sie –, dass nämlich jeder Fall seine speziellen Herausforderungen hat. Aber im Nachhinein herumkritteln bringt uns nicht weiter.«

»Hui!« Vern hielt die Handflächen hoch. »Ich gebe bloß meine Rückmeldung, wie gefordert.«

Brennan fing die Reaktion seines Vorgesetzten auf, der ihm untergründig mitteilte, er solle es gut sein lassen. Er tat es.

»Vielen Dank, Vern.«

In diesem Augenblick, als die Versammlung aufbrach, klopfte Beverly, die Sekretärin der Ermittlungsabteilung, an die Tür.

»Ed, tut mir leid, dass ich unterbrechen muss, aber Mitch Komerick hat versucht, dich zu erreichen. Er ist am Tatort und sagt, es sei wichtig.«

»Danke, Bev.« Brennan holte sein Handy aus der Hosentasche und sah, dass Komerick mehrmals vergebens versucht hatte, ihn anzurufen. Er rief zurück, ohne sich die Nachrichten vorher anzuhören.

»Mitch, Brennan hier. Entschuldigung, ich war gerade in einer Besprechung. Was gibt's?«

»Ed, wir haben etwas gefunden.« Komericks Stimme klang einen Hauch drängend. »Du kommst besser raus.«

20

Rampart, New York

Am Tatort beobachtete Dan Larco von der New York State Police seine hündische Partnerin Sheba, wie sie in einiger Entfernung den Boden beschnüffelte.

In der Zeit, die sie zum Tatort abkommandiert waren, um menschliche Überreste in den Ruinen der Scheune zu finden, war Larco gründlich vorgegangen.

Nachdem Sheba die verbrannten Überreste durchstöbert hatte, ließ Larco sie die Felder und Büsche der Umgebung in einem immer weiteren Umkreis absuchen. Sie hatten im Norden angefangen, waren nach Westen gezogen, dann nach Süden, dann nach Osten. Jetzt war Sheba im nördlichsten Abschnitt, etwa siebzig bis achtzig Meter entfernt.

Wenn da draußen irgendetwas ist, wird sie's finden.

Sheba konnte einen kleinen Zahn in einem Footballstadion riechen, was ziemlich gut für einen Hund war, der gleich zu Beginn seines Lebens dazu bestimmt gewesen war, getötet zu werden.

Jemand hatte sie ausgesetzt, dann war sie aufgefunden worden, wie sie sich vom Abfall in den Gassen in Queens ernährte. Man hatte sie ins Tierheim gebracht, eine Tierschutzorganisation hatte sie gerettet und der staatlichen Polizeihundestaffel zur Ausbildung in Cooperstown angeboten. Jetzt war die dreijährige Hündin einer der besten Leichenhunde im Staat. Sie hatte auch schon bei mehreren Suchaktionen eine Schlüsselrolle beim Auffinden von Menschen gespielt.

An diesem Tatort hatte sie bislang nur die männliche Leiche in der Scheune aufgestöbert.

Ein paar der anderen Leute von der Spurensicherung hatten

im Stillen angedeutet, dass sie so weit wären, die Sache abzuhaken. Aber sollte es hier weitere menschliche Überreste geben, war Larco zuversichtlich, dass Sheba diese aufstöbern würde.

Die Hündin war in der Lage, menschlichen Duft in jedem Stadium der Verwesung zu entdecken, selbst wenn die Überreste einen Meter unter der Oberfläche vergraben waren. Der Duft strahlte aus, und Wetterbedingungen wie Wind, Feuchtigkeit und Temperatur beeinflussten ihn. Sheba war dazu ausgebildet, Larco dadurch aufmerksam zu machen, dass sie eine menschliche Leiche in jeglichem Stadium der Verwesung entdeckt hatte, dass sie sich an dem betreffenden Ort niedersetzte. Sie war ebenfalls ausgebildet, einen Fundort nicht aufzuwühlen, um keine Beweise zu verwischen.

Aber Larco wusste, dass ihr Eifer, unbedingt gefallen zu wollen, manchmal mit ihr durchging. Er beobachtete sie aus der Ferne, wie sie, die Schnauze am Boden, mit wedelndem Schwanz wühlte, ganz in ihre Tätigkeit versunken.

Sie beendet die Suche abrupt, setzte sich sogleich und bellte.

Hatte sie etwas gefunden?

Larco glaubte es nicht, weil Hinsetzen manchmal auch falschen Alarm bedeutete – Shebas Art und Weise zu sagen, dass sie frustriert war.

Verärgert mochte der Wahrheit näher kommen.

Wiederum bellte sie, diesmal drängend.

»Na gut, ich komme, ich komme.«

Larco war noch etwa fünfundzwanzig Meter entfernt, als Sheba das Warten aufgab und die Erde unter einem Dornenbusch aufwühlte.

»He! Lass sein!«

Larco schimpfte mit ihr, weil sie wusste, dass sie das nicht tun sollte.

Weshalb ist sie so aufgeregt?

Zuerst dachte er, sie würde Äste und Stöcke hervorziehen, um an das zu gelangen, was sie so erregte. Dann kam sie zu ihm, wie um zu beweisen, dass das, was sie zwischen den Zähnen festhielt, kein Unterholz war.

Es war ein Beinknochen mit einem verwesten menschlichen Fuß daran.

»Verdammt!«

Larco griff nach seinem Funkgerät.

21

Banff, Alberta

Die Fahrt durch den Banff-Nationalpark inmitten der hoch aufragenden, schneebedeckten Berge der Rocky Mountains erfüllte Kate mit einem überwältigenden Schmerz.

Sie vermisste ihre Tochter.

An einem Parkplatz fuhr sie ab und rief zuhause an.

In den Bergen gab es nur sporadisch Empfang, aber sie kam tatsächlich zu Nancys Mailbox durch. Kate hinterließ eine Nachricht für Grace, dann suchte sie Trost im Foto ihrer Tochter auf dem Bildschirm.

Sie fuhr auf die Straße zurück, und angesichts der majestätischen Landschaft vor sich wurde Kate klar, dass sie ihr ganzes Leben lang auf der Suche nach der Wahrheit Berge bestiegen hatte. Wie passend, dass ihre Suche sie auf denselben Highway zurückführte, den sie vor zwanzig Jahren gefahren war, als sich alles verändert hatte und sie die einzige Überlebende ihrer Familie gewesen war, verfolgt vom Unwissen darüber, was ihrer Schwester wirklich zugestoßen war.

Die neuen Informationen, die sie in den letzten paar Tagen ausgegraben hatte, waren so überraschend, dass sie allmählich an sich selbst zweifelte. Dennoch drängte sie eine Stimme, eine unnachgiebige emotionale Kraft tief im Innern, sich an die schwache Hoffnung zu klammern, dass Vanessa tatsächlich in all diesen Jahren am Leben gewesen war.

Nicht loslassen. Du kannst nicht loslassen.

Sie kam am Lake Louise vorbei und fuhr dann nach British Columbia hinein. Die dichten Wälder und jadegrünen Flüsse zogen sie zurück durch ihr Leben, und die Erinnerungen eilten an ihr vorüber.

Kates Mutter war Kassiererin in einem Supermarkt gewesen, und Kates Vater hatte in einer Fabrik gearbeitet, die Teile von Militärlastwagen hergestellt hatte. Sie erinnerte sich, dass ihre Mutter nach Rosen geduftet hatte, dass sie sich in den großen, starken Händen ihres Vaters geborgen gefühlt hatte, wann immer er sie in die Luft gehoben und gesagt hatte: *Wie geht's meiner Katie?* Sie erinnerte sich, dass Vanessas Augen gefunkelt hatten, wenn sie gelacht hatte, und wie glücklich sie in ihrem kleinen Haus in Washington, DC, gewesen waren.

Dann kam die Nacht, als Kate und Vanessa mit ihrer Babysitterin Mrs Kawolski zuhause gewesen waren und die Polizei an die Tür gekommen war. Kates Eltern waren auf einer Hochzeit in Boston gewesen. Angst hatte Mrs Kawolskis Gesicht umwölkt, als die Beamten sich in die Küche gedrängt hatten, wobei ihre ledernen Koppeln gequietscht hatten. Sie hatten sich geräuspert, und die Polizistin hatte Kate und Vanessa kleine Teddybären gegeben. »Es hat ein schreckliches Feuer im Hotel gegeben. Tut mir sehr, sehr leid. Eure Mama und euer Papa werden nicht mehr nach Hause kommen. Sie sind jetzt bei den Engeln.«

Kate war sieben gewesen und Vanessa vier.

Im Monat vor ihrem Tod hatte Kates Mutter ihr und Vanessa je ein Halskettchen mit einem winzigen Schutzengel geschenkt, in den ihre Namen eingraviert waren. Vanessa wollte ihres tauschen, so dass sie dasjenige mit dem Namen ihrer großen Schwester trug und Kate den Engel mit Vanessas Namen.

Sie hüteten diese Halsketten.

Nach dem Tod ihrer Eltern flogen Kate und Vanessa von einem Zuhause zum nächsten, bei immer weiter entfernten Verwandten. Am Ende lebten sie bei Fremden. Alles, woran Kate sich aus dieser Zeit erinnerte, war, dass sie beide immerzu umzogen, von Stadt zu Stadt, von Bundesstaat zu Bundesstaat, zum Glück jedoch zusammenbleiben konnten. Sie waren bei neuen Pflegeeltern in Chicago, als der Unfall geschah.

Nicht viele Kilometer von hier.

Kate warf einen Blick auf ihr Navigationsgerät, dann auf die Karte, die zusammengefaltet auf dem Beifahrersitz lag, und packte das Lenkrad fester, während die Bilder heraufzogen ... *der versinkende Wagen ... alles bewegt sich in Zeitlupe ... Sie hatten niemals Vanessas Leichnam gefunden ...*

Nein.

Daran konnte sie jetzt nicht denken.

Nach dem Unfall lebte Kate in einer nie enden wollenden Kette von Pflegefamilien. Einige waren gut, andere nicht. Sobald sie alt genug war, lief sie weg und überlebte auf den Straßen. Sie bettelte, log über ihr Alter und nahm jeden Job an, den sie bekommen konnte, aber sie stahl nie, nahm niemals Drogen und trank auch nicht. Sie prostituierte sich nicht.

Irgendwie brachte Kate es fertig, einem inneren moralischen Kompass zu folgen, den sie, wie sie glaubte – nein, wusste –, von ihren Eltern geerbt hatte.

In dieser Zeit konnte Kate nichts gegen den Traum tun, dass Vanessa vielleicht irgendwo am Leben war. Sie las Zeitungsberichte von Menschen, die längst verschollen geglaubte Verwandte nach endlosen Jahren des Schmerzes wiederfanden. Diese Berichte und die Reporter, die sie verfassten, schenkten Kate Hoffnung und ein Ziel.

Sie würde Journalistin werden. Sie würde die Wahrheit suchen.

Mit siebzehn Jahren lebte Kate in einer Wohngruppe für junge Erwachsene in Chicago und besuchte Abendschulen. Sie schrieb einen Essay über ihre Sehnsucht zu erfahren, was wirklich in der Nacht geschehen war – *damit ihr vergeben werden könnte* –, als ihr Vanessas kleine Hand entglitt. Ihre Lehrerin zeigte ihn einem befreundeten Redakteur bei der *Chicago Tribune.* Der Redakteur war so beeindruckt, dass er ihr eine Teilzeitstelle als Reporterin verschaffte. Von da an ging Kate zu einer Berufsschule, dann erhielt sie mehrere Jobs als Reporterin im ganzen Land.

Die ganze Zeit über suchte sie im Stillen nach Vanessa. Sie

hatte ein Foto, das eine älter gewordene Vanessa zeigte, an Gruppen verschickt, die sich um Vermisste kümmerten, und war Fällen unbekannter Toter nachgegangen, jedoch immer vergebens.

Sie arbeitete beim *San Francisco Star*, als sie sich in einen Polizisten verliebte. Nachdem sie schwanger geworden war, erfuhr sie, dass er sie mit seiner Behauptung, er sei geschieden, angelogen hatte. Er war verheiratet und hatte zwei Söhne. Sie verließ Kalifornien und fand einen Job beim *Repository* in Canton, Ohio, wo sie im Alter von dreiundzwanzig Jahren ihre Grace bekam.

Kate blühte bei der Zeitung auf. Nach endlosem Wühlen fand sie einen flüchtigen Mörder. Während ihr Artikel vom Pulitzer-Preis ausgeschlossen blieb, gewann sie einen staatlichen Preis für hervorragende Arbeit. Aber nach mehreren Jahren wurde sie Opfer des Stellenabbaus und erhielt die Kündigung. Alles wurde furchtbar. Kate jonglierte mit Rechnungen, dann wurde sie für einen kurzen, jedoch bezahlten Jobwettbewerb im Büro von Newslead in Dallas ausgewählt, der weltweiten Nachrichtenagentur. Sie hatte Berichte über einen gewaltigen Tornado abgeliefert und einen national beachteten Bericht über ein verloren gegangenes Baby verfasst. Der Wettbewerb war brutal gewesen, hatte jedoch Chuck Laneer, einen Chefredakteur, dazu veranlasst, sie im vergangenen Jahr als Reporterin auf nationaler Ebene im Welthauptquartier von Newslead in Manhattan anzuwerben. Seitdem hatte sie oft über größere Kriminalfälle und Katastrophen im ganzen Land oder auf der ganzen Welt berichtet.

Die ganze Zeit über hatte Kate akzeptiert, dass ihr Leben eine immerwährende Suche nach der Wahrheit über ihre Schwester und nach Vergebung sein würde.

Ein Schild mit Entfernungsangabe blitzte vorüber.

Kate war jetzt keine fünfundvierzig Minuten mehr von der Unfallstelle entfernt.

Je näher sie dieser Stelle kam, desto stärker wurden die Erinnerungen an jenen Tag vor zwanzig Jahren, und ... Stimmen, die ein Lied sangen, hallten durch ihren Kopf.

Old MacDonald had a farm, E-I-E-I-O ...

Kate und Vanessa saßen auf dem Rücksitz. Beide trugen ihre Halskettchen. Es war eine glückliche Zeit. Ihr Pflegevater, Ned, ein Busfahrer, saß am Steuer, neben ihm Norma, seine Frau, eine Sekretärin. Sie waren in den Ferien, sie sangen und staunten darüber, wie nahe die Berge der Straße waren. Man konnte sie fast berühren, und sie bildeten schiere Felswände, die so weit senkrecht in die Höhe schossen, dass man die Gipfel nicht erkennen konnte.

In den Schatten der Berge wurde es dunkler und kühler. Kate erinnerte sich, dass Norma jedes Mal, wenn sie an einem Schild ›Achtung, Steinschlag‹ vorüberkamen, zu Ned gesagt hatte, er solle langsamer fahren. Sie erinnerte sich, dass das Auto komische Geräusche von sich gegeben hatte, als sie ein großes Tal erreicht hatten. Ned sagte, dass sie im nächsten Ort anhalten würden, damit er einen Blick darauf werfen konnte.

Sie waren etwa fünfzehn Kilometer östlich von Golden, British Columbia, wo der Kicking Horse River auf den Trans-Canada-Highway stößt.

And on his farm he had a duck ...

Plötzlich flucht Ned, dreht das Lenkrad hin und her ... Bamm! ... *Norma kreischt ... sie fliegen – wie kann das sein – fliegen, herumwirbeln ... von der Straße herunter ... die Welt kehrt sich um ... der Wagen kracht in den Fluss ... versinkt ... alles in Zeitlupe ... die Fenster zerbrechen ... kaltes Wasser strömt herein ... Atem anhalten ... Ned und Norma kreischen, kämpfen unter Wasser ... dunkel ... die Innenbeleuchtung wirft Licht ... der Wagen liegt auf dem Dach ... das Dach knallt gegen das felsige Flussbett ... die starke Strömung schiebt den Wagen weiter ... Kate löst ihren Sicherheitsgurt .. löst Vanessas Gurt ... packt Vanessas Hand ... die Lungen bersten ... sie zieht ihre Schwester heraus ... sie sind aus dem Wagen und schwimmen ... kommen an die Oberfläche ... die Strömung reißt sie flussabwärts weiter ... betäubt sie ... ihre Finger lösen sich ...*

Vanessa gleitet davon ... ihre Hand hebt sich aus dem Wasser, verschwindet dann ... VANESSA!

Alles ist hier passiert, genau hier.

Kate hatte ihren Wagen am Straßenrand angehalten, stand daneben, starrte in den Fluss und horchte auf das Rauschen des Wassers. Es war hier. Sie betrachtete die Fotos in den von der Zeit abgenutzten Zeitungsausschnitten, betrachtete die Kurve des Highways, die Felsformationen nahe am Fluss – AUTO STÜRZT IN FLUSS – DREI AMERIKANISCHE TOURISTEN GETÖTET ...

An die Zeit danach hatte Kate kaum Erinnerungen. Verschwommene Bilder von Polizei, Rettern, den Flug zurück nach Chicago mit einer jungen Sozialarbeiterin, die mit ihr zusammen geweint hatte, der Gedenkgottesdienst für Ned, Norma und Vanessa, ein Trauerberater und weitere Pflegefamilien.

Und die Albträume.

Vanessas Hand.

Sie suchten den Fluss überall ab, wo es möglich war. Sie setzten Taucher und Hundeteams ein, Suchtrupps und einen Hubschrauber, um die Ufer zu durchforsten, fanden jedoch nach fünf Tagen Suche nichts. Vanessas Leichnam hatte sich vielleicht in den Felsen verkeilt, sagten sie. Vielleicht war er irgendwo an Land gespült und von Wölfen, Berglöwen oder einem Bären in die Wildnis geschleppt worden. Alles möglich.

Kate war die einzige Überlebende.

Warum habe ich überlebt? Warum ich?

Sie umklammerte fest die Blumenstengel, als sie vorsichtig zum Flussufer hinabstieg. Eine nach der anderen warf sie die Blumen in das fließende Wasser und sah jeder einzelnen nach, wie sie stromabwärts davonwirbelte.

Vergib mir bitte, Vanessa. Es tut mir so leid, dass ich dich davongleiten ließ. Warum konnten sie dich nicht finden? Ich muss wissen, was geschehen ist. Ich kann so nicht weitermachen. Bist du tot? Bist du hier, irgendwo? Oder hast du irgendwie überlebt? Wo bist du, Vanessa? Was ist passiert?

Kate studierte den Fluss, und ihr Blick schweifte über die ausgedehnten Wälder und prächtigen Berge. Sie saß am Ufer. Es war wunderschön, friedlich und spirituell. Sie wusste nicht, wie lange sie dort gesessen hatte, als ihr Telefon läutete.

Überrascht, dass sie hier Empfang hatte, sah sie darauf, weil sie dachte, dass es Nancy sein müsse, die mit Grace zurückrufen würde.

Die Nummer stammte von Newslead in Manhattan. Sie meldete sich.

»Kate, Reeka vom Büro. Können Sie reden?«

»Um was geht's?«

»Die Associated Press hat gerade eine Meldung aus Rampart herausgegeben und ungenannte Quellen zitiert, nach denen weitere menschliche Überreste auf dem Gelände einer abgelegenen Scheune gefunden worden sind. Die Polizei vermutet mehrfache Morde. Kate, warum haben Sie uns nicht darauf aufmerksam gemacht?«

»Wie bitte?«

Kates Gedanken rasten. *Reeka hat vielleicht Nerven! Weitere Opfer! War Vanessa eines davon?*

»Warum haben Sie mich nicht darauf hingewiesen, Kate, wo Sie doch so engagiert in diesem Fall sind?«

»Sie wollten mich wegen meines Engagements feuern, Reeka!«

»Aber Sie sind immer noch Angestellte von Newslead.«

»Aber Sie wollten mich feuern. Sie haben gesagt, da wäre nichts mit einer Story.«

»Offensichtlich haben sich die Dinge geändert.«

»Was wollen Sie von mir?«

»Das könnte eine gewaltige Geschichte werden, und wir können nicht zulassen, dass unsere Konkurrenten uns schlagen. Ich möchte, dass Sie mir alles sagen, was Sie wissen, damit ich es an unsere Leute von den Büros in Rochester und Syracuse weitergeben kann.«

»Nein.«

»Was haben Sie gesagt?«

Kate schaltete ab und starrte in den Fluss.

22

Calgary, Alberta

Es war ein Fehler, bei Reeka Beck einfach aufzulegen.

Wahrscheinlich ein fataler angesichts der Absicht von Newslead, Personal abzubauen, dachte Kate auf der Fahrt zurück nach Calgary, immer noch schmerzlich getroffen von dem Anruf.

Verdammt, Reeka spuckt jede Menge Gift und Galle. Aber das ist nicht überraschend. Sie kann mich nicht leiden.

Vielleicht war es Reekas Alphaweibchen-Syndrom. Kate hatte es schon früher bei Frauen in anderen Redaktionen erlebt. Oder es lag vielleicht daran, dass Reeka in ihr eine Schlampe aus der Gosse sah, die bloß die Berufsschule absolviert hatte.

Nun, zum Teufel mit ihr. Sie hat mich bloß angerufen, um mir eins überzubraten. Sie hat es verdient, und ich bin zu müde, um mich gerade jetzt mit ihr zu beschäftigen.

Es war spät.

Kate war an einem Tag quer durch Alberta und halb zurück gefahren. Sie hatte mehr über Vanessas Fall entdeckt und einen Albtraum erneut durchlebt. Sie war erschöpft, verärgert und hatte jetzt, da noch weitere menschliche Überreste in Rampart gefunden worden waren, noch mehr Angst, dass die Wälder rund um die Scheune Vanessas Grab geworden waren.

Beim Fahren schob Kate den Gedanken beiseite. Sie bemerkte, wie rasch der Himmel sich abgedunkelt hatte, nachdem die Sonne in den Bergen untergegangen war. Ihre Einsamkeit wuchs in der Dämmerung, verließ sie jedoch, als sie an einem Restaurant in Banff anhielt. Es gelang ihr, Grace zu erreichen, bevor Nancy sie zu Bett brachte. Die Stimme ihrer Tochter zu hören, die ihr alles über ihren Tagesablauf erzählte, beschwichtigte Kate.

»Hoffentlich kannst du mir aus Kanada ein Geschenk mitbringen, Mom.«

Als Kate etwas später gerade das Restaurant verlassen wollte, erhielt sie eine SMS von Chuck, die einen knappen Austausch zur Folge hatte.

Wir müssen am Abend telefonieren.

OK. Wann?, erwiderte sie.

Acht. Wir rufen dich an.

Wir?

Reeka und Ben sind mit dabei.

Das war ernst. Ben Sussman war ein Chefredakteur.

Ich bin in Alberta. Ich schicke dir die Nummer meines Hotels.

Alberta?

Ja.

Schön. Das ist 6.00 Uhr deiner Zeit.

Den Rest des Wegs nach Calgary fuhr Kate unter der Last von jeder Menge Sorgen. *Du bist müde. Du denkst nicht klar.*

Abgesehen davon war ihr so viel aus den Händen geglitten.

Im Hotel bestellte sie einen Weckruf, dann ging sie zu Bett und wurde von entsetzlichen Träumen von einer Frau geplagt, die bei lebendigem Leib in einer Scheune verbrannte. Von einer Hand, die aus dem Fluss stieg. Und alles zur Melodie von *E-I-E-I-O,* bis ein Telefon unerbittlich klingelte.

Jemand sollte rangehen. Warum geht denn niemand ran?

In einem Nebel aus Benommenheit öffnete Kate die Augen und nahm ihren Weckruf entgegen.

Sie duschte, machte einen starken Kaffee, zog sich an, ging ins Internet und durchsuchte Nachrichtenseiten auf die neuesten Informationen aus Rampart. Der Fall erregte nationales Aufsehen. Bloomberg, Reuters und die Associated Press hatten neue Artikel über die Geheimnisse um die Entdeckung in Rampart veröffentlicht und spekulierten, ob es weitere Opfer gab.

Kate hatte gerade den Status ihres morgendlichen Rückflugs überprüft, da klingelte ihr Zimmertelefon.

Es war Chuck, mit Ben und Reeka.

Sie kamen gleich zur Sache.

»Heute Morgen ist eine größere Pressekonferenz in Rampart angesetzt«, sagte Chuck. »Wir geraten bei dieser Story ins Hintertreffen. Wir müssen sie haben. Wir hätten gern, dass du uns alles schickst, was du über den Fall weißt, und zwar so bald wie möglich. Wir brauchen einen exklusiven Aufhänger. Ray Stone wird heute den Eröffnungsbeitrag schreiben, und Michelle Martin von unserem Büro in Syracuse wird nach Rampart fahren und die Konferenz übernehmen.«

»Nein.«

»Nein?« Chuck brummte etwas und fragte dann: »Weigerst du dich.«

»Ja.«

»Insubordination angesichts deiner Situation, da bewegst du dich auf dünnem Eis, Kate.«

»Kate, Ben Sussman hier. Warum weigern Sie sich?«

»Ich möchte die Story.«

»Ich habe Verständnis für Ihr persönliches Interesse«, sagte Sussman, »da es die Tragödie Ihrer Schwester betrifft, und wir fühlen alle mit Ihnen. Wie Sie jedoch wissen, ist es ein Verstoß gegen unsere Politik, Sie auf diese Story anzusetzen. Sie haben Ihre Stellung zum persönlichen Nutzen verwendet, und das hat Sie ursprünglich ja in Schwierigkeiten gebracht.«

»Welcher persönliche Nutzen? Unser Job als Journalist besteht darin, die Wahrheit zu suchen. Soweit es meine Schwester betrifft, ist es das, was ich tue: Ich suche die Wahrheit über sie. Ich würde die Leser bedienen.«

»Kate, so einfach ist das nicht«, warf Chuck ein.

»Hört mich bis zum Ende an. Ihr wisst alle, dass wir Angestellte hatten, die gute Arbeit geleistet und dabei ihre Position zur persönlichen Bereicherung genutzt haben. Unsere Feature-Autorin in Atlanta hat über die tödliche Krankheit ihrer Tochter und die Lücken im Versicherungssystem geschrieben. Einer unserer Wirtschaftsautoren hat eine Serie in der Ich-Form darüber verfasst, dass seine Verwandten Opfer von Subprime-

Hypotheken geworden sind. Ich könnte euch weitere Beispiele liefern.«

»Da haben Sie ein schlagendes Argument vorgebracht«, sagte Sussman. »Aber Ihr Fall ist etwas komplizierter.«

»Das stimmt«, ergänzte Reeka. »Kate, der Unterschied in Ihrem Fall besteht darin, dass Sie das Gesetz gebrochen haben und immer noch dafür zur Rechenschaft gezogen werden können, dass sie einen Tatort betreten haben.«

Sie hatten ihr die Wahrheit an den Kopf geworfen und sie dadurch in die Enge getrieben.

Sie wusste nicht, was sie sagen sollte.

Ein langes Schweigen verstrich, bis Chuck fragte: »Kate?«

»Ist schon komisch«, sagte sie. »Ich wäre fast gefeuert worden, weil ich meine Position für etwas eingesetzt habe, was euch als ›persönlicher Nutzen‹ erschien, und dann tritt Newslead an mich heran, um meine Position zum eigenen Nutzen zu verwenden. Erkennt ihr die Ironie, die darin liegt?«

»Tatsache ist, Kate«, sagte Reeka, »dass die Polizei diese Anklage jederzeit wieder hochholen könnte.«

Kate schloss die Augen und spürte, wie Vanessas Hand der ihren entglitt, sah sie aus dem Fluss hervorschießen, sah sie verschwinden.

»Ja«, sagte sie, »ich bin schuldig, einen Tatort betreten und Fotos gemacht zu haben, aber ich sage Ihnen etwas zu den Gründen dafür. Zwanzig Jahre lang habe ich mit dem Gefühl gelebt, Schuld am Tod meiner Schwester zu sein. Zwanzig Jahre habe ich mit der Tatsache gelebt, dass ihr Leichnam nie gefunden worden ist. Dann hat mich die Polizei von Rampart angerufen und mir gesagt, dass sie ein Halskettchen an einem Tatort gefunden haben und dass es identisch mit dem meiner Schwester war. Können Sie sich eine Sekunde lang vorstellen, was mir da durch den Kopf gegangen ist? Ja, ich war überwältigt, ja, ich habe das Gesetz gebrochen. Ich bin ein Mensch, und das war mein Fehler, aber mich von dieser Story fernzuhalten, insbesondere jetzt, wird Ihr Fehler sein, weil niemand sonst sich mehr dafür engagieren wird als ich. Ich stürze mich mit allem, was ich habe, für Sie darauf. Sie können mich also von dieser Story fernhalten, Sie können mich wegen Insubordination feuern. Dann gehe ich zu AP, Bloomberg und Reuters. Vielleicht sind die interessiert an dem, was ich auf eigene Faust hier oben herausgefunden habe. Sie sind doch Journalisten, und da bin ich doch überrascht, dass Sie nicht nachgefragt haben.«

Jetzt waren es die Redakteure, die einen langen Augenblick schwiegen.

»Bleib in der Nähe deines Telefons«, sagte Chuck. »Wir sind gleich wieder da.«

Kate legte auf, barg das Gesicht in den Händen und machte sich dann ans Werk. Sie ging ins Internet und schickte Grace eine E-Mail mit dem Foto eines Dickhornschafs, das sie in den Bergen gesehen hatte. Wiederum überprüfte sie die Flüge. Nachdem sie angefangen hatte zu packen, klingelte ihr Zimmertelefon.

Chuck war dran.

»Du hast die Geschichte. Fahre heute Abend nach Syracuse, nimm Kontakt zum Büro auf und gehe am Morgen mit dem Bürofotografen nach Rampart zu der Pressekonferenz.«

»Okay.«

»Was kannst du uns an Exklusivnachrichten bieten?«

»Dass meine Schwester anscheinend den Unfall überlebt hat, aus Kanada entführt worden und ein Opfer in Rampart geworden ist. Ich habe Hinweise, die auf dieses Szenario deuten.«

Chuck benötigte eine Sekunde, um das zu verarbeiten.

»Na gut. Dann schreibe einen Eröffnungsartikel, der diesen exklusiven Blickwinkel mit einschließt.«

»Soll ich in der ersten Person schreiben?«

»Nein, im Nachrichtenstil, und wir fügen dem Artikel einen Hinweis bei, der deine Beziehung zum Fall eindeutig klarstellt. Das tun wir mit sämtlichen deiner Artikel, die für den Fall relevant sind.«

»Na gut.«

»Ich möchte ihn um 17.00 Uhr New Yorker Zeit, heute. Wie es aussieht, kannst du von Calgary nach Chicago fliegen und eine Verbindung nach Syracuse bekommen. Du kannst im Flugzeug schreiben und ihn von O'Hare aus schicken, wenn du in der Maschine kein WLAN hast. Wir übernehmen sämtliche Kosten, da du jetzt einen offiziellen Auftrag hast.«

»Vielen Dank, Chuck.«

»Wenn du das vermasselst, Kate, war's das mit deinem Job.«

»Ich weiß.«

»Und meinem.«

23

Rampart, New York

»Ich habe gerade deinen Artikel gelesen, Kate. Ist ja unglaublich!«

Jay Raney, Cheffotograf im Büro von Newslead in Syracuse, steckte sein Handy ein und stellte sich Kate in der Lobby ihres Motels vor. Er war ein Mann der leisen Töne, Ende dreißig und mit einem Dreitagebart. Während er ihr bei ihren Taschen half und sie zu seinem Ford Escape führte, rang sie mit ihrer überwältigenden Angst um ihre Schwester.

Waren die frisch entdeckten menschliche Überreste die von Vanessa?

War heute der Tag, an dem sie die Wahrheit herausfand?

Sie fuhren auf der Interstate 81 Richtung Norden nach Rampart zu der Pressekonferenz am heutigen Morgen. Nach etwas Smalltalk – sie hatten entdeckt, dass sie beide Freunde bei den Zeitungen in Ohio und Kalifornien hatten –, schwiegen sie, und Kate arbeitete, während die Kilometer unter ihnen dahinrasten.

Ihr Rückflug war glatt verlaufen. Sie hatte gut geschlafen und war vor Raneys Ankunft voller Energie, nachdem sie mit Grace zuvor am Telefon gesprochen hatte. Jetzt huschte Farmland an ihrem Fenster vorüber, und sie konzentrierte sich auf ihren Laptop und fing mit einer SMS von Chuck an.

Der Anfang deiner Geschichte war sehr stark, hatte er gesagt. *Sorge dafür, dass wir die Nasenspitze vorn haben.*

Kate scrollte durch die restlichen Mails und stieß auf eine neue von Elliott Searle, dem pensionierten Mountie.

Was das Autokennzeichen betrifft – suchen Sie einen Artikel in einer der Zeitungen von Denver, der im Monat nach dem Verschwinden von TDM erschienen ist. Darin wird es erwähnt.

Kate machte sich auf die Suche in den Datenbanken der *Denver Post* und der *Rocky Mountains News*. Die *Rocky* war 2009 eingestellt worden, aber ihre Artikel waren archiviert. Jede Zeitung hatte kleine Online-Artikel über Tara Dawn Mae und die Suche nach einem verschwundenen kanadischen Mädchen, aber keiner erwähnte das Kennzeichen.

Sie antwortete Searle: *Finde ihn nicht. Vielleicht sind Ihre Angaben unklar. Warum geben Sie mir ihn nicht einfach, wenn Sie ihn haben?*

Diese Information ist damals durch ein Leck bei den US-Sicherheitsbehörden gesickert, was für einigen Aufruhr gesorgt hat. Der Artikel ist vorhanden. Suchen Sie weiter. Sie müssen ihn finden.

Es war frustrierend, dass einige Polizisten sich in dieser Hinsicht so seltsam benahmen. Kate wusste, sie wollten nicht beschuldigt werden, irgendetwas herauszugeben, das in Fallakten stand, daher würden sie einen immer an die öffentlich zugänglichen Informationen verweisen. Sie setzte die Suche fort, bevor sie die Nachrichtenbibliothek von Newslead um Hilfe bat. Genau in diesem Augenblick klingelte ihr Handy, und eine SMS von Reeka traf ein. *Wir benötigen Ihre Story eine Stunde nach Ende der Pressekonferenz. Je eher, desto besser.*

Kate verdrehte die Augen und antwortete: *Okay. Danke.*

Nachdem sie in Rampart eingetroffen waren, fuhr Raney sie zum Rathaus, wo die Pressekonferenz stattfinden sollte.

Sie waren zwanzig Minuten zu früh dort. Der Parkplatz und die Straße waren voller TV-Übertragungsfahrzeuge und Autos aus Watertown, Rochester und Syracuse, Rundfunkstationen aus Plattsburgh und Potsdam, Zeitungen aus Ogdensburg und Massena.

»Ich wette, AP, Reuters und Bloomberg haben ihre Leute hier, vielleicht sogar auch die *Post* und *Daily News.*« Raney griff sich seine Ausrüstung vom Rücksitz.

Im Gebäude zeigten sie ihre Presseausweise einem Mann am Empfangsschalter vor. Er reichte ihnen ein Klemmbrett.

»Schreiben Sie sich ein, dann gehen sie rechts bis zum Ende des Flurs.«

In einem großen Saal saßen etwa zwei Dutzend Nachrichtenleute sowie etwa ein Dutzend Leute von der Polizei. Fernsehkameras auf Stativen reihten sich an der Rückwand auf wie ein Erschießungskommando, während die Kameramänner ihre Einstellungen vornahmen. Lokalreporter auf Klappstühlen tratschten miteinander. Andere sprachen in Handys oder machten sich Notizen.

Vorn im Saal nahmen vier ernst dreinblickende Männer an einem Tisch Platz, der mit Aufzeichnungsgeräten und mit den Logos der Sender bestückten Mikrofonen vollgestellt war. Rechts stand eine Pinnwand mit vergrößerten Fotos von Carl Nelson, John Charles Pollard, Bethany Ann Wynn und Tara Dawn Mae aus der Zeit ihres Verschwindens.

Beim Anblick von Tara Dawn fuhr Kate ruckartig auf.

Das da oben ist Vanessa. Nach dem, was ich jetzt erfahren habe, glaube ich aus tiefstem Herzen, dass sie es ist. All diese Jahre ... Stopp ... du weißt nicht, ob sie hier gestorben ist ...

Während Kate mit ihrem Kummer und Ärger kämpfte, entdeckte sie Ed Brennan, der mit seinem Partner an der Wand lehnte. Brennan nickte ihr leicht zu, und sie packte ihren Stift fester.

»Alles bereit?«, fragte einer der Männer am Tisch und gestattete mehreren Reportern, heranzutreten und ihre Aufzeichnungsgeräte einzuschalten.

»Vielen Dank, dass Sie sich herbemüht haben, insbesondere diejenigen von außerhalb. Ich bin Captain Dan Kennedy von der Polizei Rampart. Wir leiten diese Ermittlung, und wir werden von einer Anzahl Behörden unterstützt, von denen einige hier anwesend sind. Ganz rechts sitzen Lorne Baker vom Büro des Sheriffs des Riverview County, daneben Max Insley von der Polizei des Staates New York und links von mir Emmett Lang vom FBI Syracuse. Ich verlese Ihnen eine Zusammenfassung des Falls, dann werden wir einige Fragen beantworten.

Zum gegenwärtigen Zeitpunkt führen unsere Ermittlungen anlässlich der Toten auf dem staatlichen Grundstück, das als der alte Friedhof bekannt ist, zu dem Schluss, dass das Individuum Carl Nelson nicht beim Feuer in einer verlassenen Scheune umgekommen ist, wie zunächst angenommen. Wir glauben, dass Nelson Bethany Ann Wynn ermordet hat, nachdem er sie drei Jahre lang gefangen gehalten hatte. Nelson hat auch John Charles Pollard ermordet und die Szene so arrangiert, dass es so aussah, als hätte er sich das Leben genommen.

Weitere menschliche Überreste, die in nächster Nähe der Scheune gefunden wurden, führen uns zu der Annahme, dass Nelson vielleicht weitere Menschen umgebracht hat. Wir arbeiten gerade daran, die Identitäten dieser Überreste zu klären, und wir erweitern den Tatort und holen weitere Leute für eine ausgedehnte Durchsuchung des Gebiets hinzu. Wir werden jeden Quadratzentimeter des Grundstücks unter die Lupe nehmen. Basierend auf Beweisen, die am Tatort gefunden wurden, haben wir jetzt Grund zu der Annahme, dass der Fall mit dem Verschwinden von Tara Dawn Mae in Zusammenhang steht, die aus Brooks, Alberta, Kanada stammt und seit über fünfzehn Jahren vermisst wird.«

Ein leises Raunen durchlief die Reporter, zugleich wurden eilig Seiten in Notizbüchern umgeblättert. Kate warf einen Blick auf Tara Dawns Gesicht, dann auf Brennan. Es war realer, denn jetzt waren sie näher daran, offiziell von einer Verbindung zu Vanessa zu sprechen. Kate konzentrierte sich wieder, als Kennedy weitersprach.

»In diesem Teil der Ermittlung arbeiten wir mit der kanadischen Polizei zusammen. Schließlich glauben wir, dass Carl Nelson am Leben und flüchtig ist und einen falschen Namen angenommen hat. Ein Haftbefehl für ihn wegen der Morde an John Charles Pollard und Bethany Ann Wynn ist ausgestellt. Heute wird ihn das FBI auf seine Liste der meistgesuchten Personen setzen. Nelson ist als gefährlich einzustufen. Zivilpersonen sollten sich ihm nicht nähern. Wir appellieren auch an jeden, der über irgendeine Information in diesem Fall verfügt, unsere Nummer oder die örtliche Polizeidienststelle anzurufen. Okay, jetzt zu Ihren Fragen.«

Hände gingen in die Höhe.

»Ja«, sagte Kennedy, »Marissa, vom *Rampart Examiner.*«

»Wollen Sie uns sagen, dass Nelson eines seiner Opfer fünfzehn Jahre in dieser Scheune festgehalten hat?«

»Wir wissen, dass im kanadischen Fall Tara Dawn Mae seit dieser Zeit als vermisst gilt. Wir wissen, dass Nelson seit zehn Jahren in Rampart ist.«

Kates Hand schoss hoch, aber sie wurde zugunsten eines Zeitungsreporters aus Rochester übergangen.

»Wo hielt sich Nelson vor dieser Zeit auf?«

»Diese Ermittlungen laufen noch.«

Kate hob die Hand, aber Kennedy wandte sich einem Reporter aus Plattsburgh zu.

»Hat der Fall Verbindungen zu der verlassenen Nervenheilanstalt?«

»Das sehen wir uns an. Ich sehe viele Hände – der Nächste.«

Wiederum versuchte es Kate, verlor aber gegen einen Fernsehreporter aus Syracuse.

»Captain, wie kann es sein, dass Nelson, ein Computertechniker und Einsiedler, in der Lage war, Gefangene ein ganzes Jahrzehnt in dieser Scheune zu halten, ohne dass es jemandem auffiel?«

»Das Grundstück lag abgeschieden. Wir haben Beweise für Zellen in einer unteren Ebene gefunden. Er hatte unbemerkt kleine Mengen Elektrizität aus dem Netz gestohlen. Wenige Menschen sind so tief in das Waldgebiet eingedrungen – unserer Kenntnis nach tatsächlich niemand vor der Entdeckung des Feuers. Der Nächste.«

Wieder ging Kates Hand hoch, aber der Reporter von Bloomberg durfte seine Frage stellen.

»Sie haben gesagt, Sie hätten Zellen gefunden. Was ging darin vor?«

»Das wissen wir nicht.«

»Es geht das Gerücht, es wäre Bondage gewesen, vielleicht sogar Folter?«

»Das wissen wir nicht. Wir können lediglich spekulieren, dass es entsetzlich gewesen sein muss. Der Nächste.«

Kennedy sah Kate direkt an, und sie setzte zum Sprechen an, aber er wandte sich ab und ließ die Frage eines anderen Reporters zu. Sie wusste, was hier los war, und war versucht, den Mittelfinger zu heben.

»Nelson hat beim MRKT DataFlow Call Center gearbeitet. Da müssten Sie doch Bethany Ann Wynns finanzielle Transaktionen dort gefunden haben?«, fragte ein Rundfunkreporter aus Ogdensburg. »Und hatte Nelson Zugriff darauf? Hat er so seine Opfer ausgewählt?«

»Wir untersuchen diesen Aspekt.«

Kate wedelte mit ihrem Notizbuch, versuchte, eine Frage zu stellen, aber Moore sprach weiter.

»Und ist es angesichts von Nelsons Stelle nicht möglich, dass er eine beliebige Identität annehmen oder stehlen konnte?«

»Es scheint so, aber wir befinden uns noch im frühen Stadium der Ermittlungen.«

Wiederum hob Kate die Hand, und wiederum sah ihr Kennedy direkt ins Gesicht, während er gleichzeitig die Frage des Reporters hinter ihr zuließ, der von Reuters kam.

»Um noch einmal eindeutig hinsichtlich der Opfer zu sein – wir haben Bethany Ann Wynn und John Charles Pollard. Gegenwärtig also zwei bestätigte Opfer, aber Sie gehen fest davon aus, dass die Zahl steigen wird?«

»Korrekt.«

»Eine weitere Frage«, sagte der Typ von Reuters. »Haben Sie eine Ahnung, wo Nelson sich aufhält?«

»Ihn zu finden hat oberste Priorität, Jim.« Kennedy wechselte das Thema. »Sie alle wissen, dass der Tatort abgesperrt bleibt, aber weil die meisten von Ihnen um Fotos vom Tatort gebeten haben, arrangieren wir eine gemeinschaftliche Tour dorthin. Die Namen werden aus der Anwesenheitsliste gezogen. Okay, vielen Dank an Sie alle, ich glaube, wir können ...«

»Entschuldigen Sie bitte!« Kate stand auf. »Kate Page, Newslead. Captain, ich glaube, wir brauchen hier mehr als fünf Minuten.«

Kennedys Gesicht spannte sich an.

»Wie lautet Ihre Frage?«

»Captain, wie nahe sind Sie an der Feststellung der Identität der kürzlich aufgefundenen Überreste?«

»Wie zu Beginn gesagt befinden sie sich in der Gerichtsmedizin. So etwas braucht seine Zeit.«

»Sir«, fuhr Kate fort. »Welche Faktoren haben Sie dazu geführt, diesen Fall mit dem ungelösten Fall von Tara Dawn Mae in Kanada in Verbindung zu bringen?«

»Zum gegenwärtigen Zeitpunkt sind wir nicht darauf vorbereitet, das zu besprechen.«

»Haben Sie Beweise am Tatort gefunden, um diese Verbindung zu ziehen?«

»Wir sprechen nicht über Beweise.« Kennedy starrte Kate an.

»Was ist mit Nelson? Können Sie sagen, ob er sich zur Zeit von Tara Dawns Verschwinden in Kanada aufhielt?«

»Über diesen Teil unserer Ermittlungen werden wir nicht sprechen. Das wär's für heute, vielen Dank an alle.«

Als Kennedy aufstand, um zu gehen, hob Kate die Stimme über den allgemeinen Lärm zum Ende der Pressekonferenz, und neue Kameras wurden auf sie gerichtet.

»Captain Kennedy, können Sie genauer ausführen, wie Tara Dawn Maes Fall mit dem von Vanessa Page aus Chicago zusammenhängt, die vor zwanzig Jahren nach einem Autounfall in Kanada verschwunden ist?«

Kennedy und die anderen hielten inne. Er ließ den Blick prüfend über die anderen Ermittler gleiten, bevor er Antwort gab.

»Ms Page, uns sind Ihr Interesse und Ihre Geschichte genau bekannt. Ich stelle fest, und das mit dem allergrößten Respekt und Verständnis, dass wir gegenwärtig nicht in einer Position sind, sämtliche Aspekte unserer Ermittlung zu besprechen. Vielen Dank.«

Reporter versuchten, letzte Fragen anzubringen, aber Kennedy winkte sie weg, während Mitarbeiter der Polizei Ordner einsammelten und den Raum verließen. Sie versammelten sich in einem angrenzenden kleineren Büro mit Glaswänden. Sogleich umringten die Reporter Kate und bombardierten sie unter den Augen der Fernsehkameras mit Fragen, und die Fotografen schossen eine Aufnahme nach der anderen von ihr.

»Wir haben Ihren Artikel gelesen, Kate. Möchten Sie unseren Zuhörern sagen, warum Sie davon überzeugt sind, dass Ihre Schwester hier ein Opfer ist?«

»Woher haben Sie erfahren, dass der Fall Ihrer Schwester mit diesem hier in Verbindung steht?«

»Was haben Sie in Kanada über den ungelösten Fall Ihrer Schwester und diesen hier erfahren? In Ihrem Artikel hat nicht gestanden, was die kanadischen Behörden Ihnen gesagt haben.«

»Wie sind die letzten zwanzig Jahre für Sie gewesen, Kate?«

Sie sah Anita Moore an, die Reporterin, die die letzte Frage gestellt hatte.

»Sie sind schwer gewesen, und ich würde alles geben, um meine Schwester wiederzusehen.«

In diesem Augenblick sah Kate, wie Brennan ihr von der Schwelle zu dem anderen Büro mit den Glaswänden zunickte. Mit dem Mund formte er das Wort *Sofort.* Sie löste sich aus dem Rudel Pressevertreter. Einige Reporter erhoben Einspruch, dass Kate allein zu den Polizisten in dem Büro ging, denn es sah so aus, als würde sie bevorzugt.

»Was geht hier vor, Ed?«, fragte der Reporter für den *Examiner.*

Brennan ließ sie stehen und schloss die Tür, nachdem er und Kate das Büro betreten hatten, wo Kennedy, der die Krawatte gelockert hatte, mit den anderen wartete.

»Wir fühlen wirklich mit Ihnen, Kate«, sagte Kennedy. »Wir

wissen um Ihre Situation. Wir wissen auch zu schätzen, dass Sie uns geholfen haben, aber uns sind die Hände gebunden.«

Kate schwieg und ließ ihren Ärger brodeln, und Kennedy fuhr fort: »Sie müssen uns unseren Job erledigen lassen.«

»Ich hindere Sie nicht daran.«

»Kate, wir wissen …« Kennedy hielt inne, weil er sah, dass Kameras sie von der anderen Seite der Scheibe beobachteten. »Könnte jemand bitte die Jalousien runterziehen? Nun, Kate, wir wissen, wo Sie gewesen sind, mit wem Sie gesprochen haben und was Sie getan haben.«

»Sie stellen das Offensichtliche fest. Schließlich habe ich für Newslead darüber berichtet.«

»Ja, und ich bin Ihnen dankbar, dass Sie die auf Beweismitteln beruhenden Einzelheiten aus Ihrem Artikel herausgehalten haben. Das war wichtig.«

»Ich bin nicht dumm, Captain.«

»Das habe ich auch nicht sagen wollen, Kate. Wir haben nur Sorge, dass der mutmaßliche Täter alles erfährt, was wir wissen. Unser Fokus liegt darauf, Nelson zu finden und hinter Gitter zu bringen, während wir das Ausmaß seiner Verbrechen untersuchen und die Opfer identifizieren.«

»Und alles deutet darauf hin, dass meine Schwester eines davon ist.«

»Ja, ich fürchte, das ist möglich. Wir haben die Überreste noch nicht identifiziert. Kate, Sie müssen sich auf die Möglichkeit einstellen, dass sie ein Opfer ist.«

»Das habe ich mein ganzes Leben lang getan, Captain. Aber wenn Sie etwas wissen, das ich nicht weiß, wenn das Vanessas sterbliche Überreste sind, die Sie gefunden haben, dann sagen Sie es mir hier auf der Stelle!«

»Zu diesem Zeitpunkt wissen wir nicht, wer die Verstorbene ist. Aber wenn der Gerichtsmediziner die Identität bestätigt, werden wir die Information herausgeben.« Kennedy hielt inne. »Kate, wir bitten Sie dringend, nicht dazwischenzufunken. Halten Sie sich zurück.«

»Nein. Ich werde nicht das fügsame, trauernde Familienmitglied am Spielfeldrand sein. Ich habe das verfassungsmäßige Recht, Fragen zu stellen. Ich habe mein ganzes Leben damit gelebt. Ich habe als Blutsverwandte alles Recht, die Wahrheit zu erfahren. Ich werde mich nie zurückhalten.«

»Wir bitten Sie, hier etwas Vernunft walten zu lassen.«

»Kate.« Kennedy rieb sich das Kinn. »Nur um Sie daran zu erinnern: Diese Anklage gegen Sie kann zu jeder Zeit wieder erhoben werden.«

»Wollen Sie mir drohen?«

»Nein, aber Sie sollten die Implikationen berücksichtigen. Kate, es ist gefährlich, einem Fall zu nahe zu kommen, insbesondere, wenn es um einen gefährlichen Flüchtigen geht.«

»Er hat Recht, Kate«, sagte Brennan. »Nelson ist auf der Flucht, und Sie sind in die Sache verstrickt. Sie sollten etwas kürzer treten.«

»Nein, ich halte mich nicht zurück.«

»Na gut«, sagte Kennedy. »Ich glaube, wir sind hier fertig.«

Kate verließ das Rathaus mit Jay und wurde von Reportern aufgehalten, die auf weiteren Aussagen bestanden. Kate fasste sich kurz und machte sich dann mit Raney zu seinem SUV auf.

»AP macht Fotos für die Allgemeinheit«, sagte er. »Bloomberg schickt eine Kopie. Wir sollten mit den anderen zu Nelsons Haus fahren und sehen, was wir dort finden.«

»Gewiss, aber ich muss zuerst etwas aufschreiben. Trinken wir doch irgendwo einen Kaffee, und ich schreibe dabei.«

In diesem Augenblick klingelte ihr Handy.

»Kate, Nicky Green von der Bibliothek hier. Ich habe den Artikel aus Denver gefunden, den Sie haben wollten, den über ein Nummernschild und ein vermisstes Mädchen in Kanada.«

»Großartig. Können Sie ihn mir schicken?«

»Gerade erledigt.«

24

Rampart, New York

Drei Ecken vom Rathaus entfernt saßen Kate und Raney an einem Tisch in Sally's Diner.

Kate war wild darauf, den alten Ausschnitt aus Denver zu lesen, aber ihre Deadline drohte. Sie musste ihren Artikel senden, und sie hatte Hunger.

Während sie auf ihr Essen warteten, stellten sie ihre Laptops auf. Raney wählte Fotos von der Pressekonferenz aus und formatierte sie. Kate steckte sich einen Stöpsel ins Ohr und suchte wichtige Zitate aus ihrer Tonaufzeichnung, zog ihre Notizen zurate und schrieb, und die Tasten klickten leise, wobei sie sich vom Lärm ringsumher abschottete.

Als die Bedienung ihre Burger abstellte – »Meine Güte, Sie sind ja emsige Bienen!« –, war Kate mit ihrem Artikel gut vorangekommen und hielt bei jedem Absatz inne, um einen Happen zu essen. Am Schluss hatte sie siebenhundert saubere, klare Worte an Newslead geschickt, knapp vor der Deadline.

Raney telefonierte mit dem Fototisch in New York. Während des Gesprächs wandte sich Kate ihrer E-Mail und dem Artikel aus Colorado zu. Er stammte aus der *Denver Star-Times,* einer Wochenzeitung, die ihr Erscheinen vor fast zehn Jahren eingestellt hatte. Es war ein kurzer Artikel:

Polizei untersucht mögliche Verbindung zu vermisstem Mädchen aus Kanada

Will Goodsill

Kriminalbeamte aus Denver untersuchen eine mögliche Verbindung zu einer Zehnjährigen aus Kanada, die vor kurzem von einer Raststätte in Alberta, Kanada, verschwunden ist.

Tara Dawn Mae verschwand letzte Woche aus dem Grand Horizon Plaza am Trans-Canada-Highway in Brooks, Alberta, circa 150 Kilometer östlich von Calgary.

Kanadische Behörden haben der Polizei in Colorado eine Liste möglicher Autokennzeichen und Beschreibungen von Fahrzeugen übergeben, die zu der Zeit in diesem Gebiet unterwegs waren. Sie bitten darum, sie hinsichtlich des Falls in Kanada zu überprüfen.

»Wir stöbern sie auf, wo wir können, um Möglichkeiten auszuschließen. Ein paar vielversprechende Spuren sind darunter, aber es ist wie die Suche nach der Nadel im Heuhaufen«, sagte eine polizeiliche Quelle der Star-Times.

Ein briefmarkengroßes Foto von Tara Dawn war dem Artikel angefügt.

Kate las ihn nochmals und wurde vom Zitat *»Ein paar vielversprechende Spuren sind darunter«* angezogen. *Welche paar? Was ist damit passiert? Wer war die Quelle? Hat Carl Nelson jemals in Denver gelebt?*

Ich muss dem nachgehen, aber das wird Zeit brauchen.

Raney beendete seinen Anruf und schloss dann seinen Laptop.

»Können wir los, Kate?« Er winkte die Kellnerin für die Rechnung herbei.

Wenige Minuten später lenkte Raney auf die Knox Lane und fuhr an Nelsons bescheidenem Bungalow im Ranchstil mit seinem wie geleckten Hof vorüber.

Kate war schon einmal hier gewesen, aber die Situation war jetzt eine andere. Das gesamte Grundstück war mit gelbem Polizeiband abgesperrt, und Polizisten aus Rampart waren auf Posten, um Leute fernzuhalten. Die Straße war mit Nachrichtenfahrzeugen übersät. Nelsons Nachbarn, auf deren Gesichtern die Sorge stand, wurden in Türrahmen und auf Bürgersteigen interviewt. Einige hielten ihre Kinder fest an sich gedrückt.

Kate und Raney traten an einen Mann und eine Frau heran,

beide Mitte dreißig, die gerade mit einem Fernsehteam auf dem Bürgersteig gesprochen hatten. Das Paar, Neil und Belinda Wilcox, war einverstanden, sich fotografieren zu lassen und über ihren verschwundenen Nachbarn zu sprechen.

»Das trifft einen bis ins Mark.« Belinda legte sich die Hand an die Wange und starrte zu Nelsons Haus hinüber. »Es ist erschreckend. Wir hatten ihn einmal bei uns zuhause.«

»Wirklich?« Kate holte das Notizbuch hervor. »Erzählen Sie mir davon?«

»Na ja, hört sich klischeehaft an«, fing Neil an, »aber Nelson hat sehr für sich gelebt. Er war ein Einsiedler.«

»Ja«, fügte Belinda hinzu. »Mit seinen langen Haaren und dem Bart sah er wie einer aus.«

»Ja, nun, eines Tages im Winter«, fuhr Neil fort, »räumte er gerade seine Zufahrt, und mir war das Benzin für meine Schneefräse ausgegangen. Ich habe ihn gefragt, ob er mir etwas borgen könnte. Na ja, ich habe ihm gesagt, dass es mein Computer nicht täte, und er hat sich bereit erklärt, ihn zu reparieren. Er hat etwa zwei Minuten gebraucht. Der Bursche ist ein Genie.«

»Ein anderes Mal«, erinnerte sich Belinda, »habe ich gesehen, dass er jede Menge Lebensmittel im Kofferraum seines Trucks hatte. Ich habe ihn gefragt, ob er eine Armee durchfüttern wollte, weil wir gewusst haben, dass er allein lebte. Er war wohl überrascht und hat gesagt, er würde viel davon einer Suppenküche in Ogdensburg spenden.«

Sonst fiel den Wilcox' wenig Erwähnenswertes ein. Raney zeigte auf einen älteren Mann und eine ältere Frau, die auf der anderen Straßenseite einen Golden Retriever Gassi führten, und sie gingen zu ihnen.

Doris Stitz war eine pensionierte Lehrerin und ihr Mann Harvey ein Mechaniker im Ruhestand. Sie wohnten an der Straßenecke.

»Wir sind hergekommen, weil wir sehen wollten, was heute hier los ist«, sagte Harvey.

»Wir haben die Geschichte in den Nachrichten verfolgt«,

sagte Doris. »Und es wird ja immer schlimmer. Es ist so furchtbar. So etwas hätte man in unserer ruhigen kleinen Stadt ja nie erwartet.«

»Sind Sie Nelson je begegnet?«

»Einmal«, erwiderte Harvey. »Er wirkte recht freundlich, aber man hatte das Gefühl, die Freundlichkeit wäre aufgesetzt. Man bekam den Eindruck, dass man ihn in Ruhe lassen sollte.«

»Weswegen?«

»Er verbreitete so etwas um sich. Es war letztes Jahr. Boone hier ist von der Leine und hat ein Eichhörnchen in Nelsons Hinterhof gejagt. Ich habe bei ihm geklingelt und gefragt, ob ich meinen Hund holen könnte. Nelson verbreitete bloß diese eisige Aura um sich, als ob er um Himmels willen nicht belästigt werden wollte oder als ob er niemanden auf seinem Besitz haben wollte. Dann hat er gesagt, ich könnte Boone holen gehen. Da hinten ist mir nichts weiter aufgefallen. Es war alles sehr gut in Schuss, sehr sauber. Auf meinem Weg nach draußen mit Boone hat Nelson meine Baseballkappe gesehen und gefragt, ob ich ein Fan der Broncos wäre. Ich habe gesagt, klar, verdammt, das bin ich, und dann hat Nelson gelächelt, und das ist's gewesen.«

»Die Denver Broncos, das NFL Footballteam?« Kate machte sich eine rasche Notiz.

»Ja.«

»Hat Nelson je erwähnt, ob er in Denver gelebt hat?«

»Teufel, nein, über mehr haben wir nicht gesprochen«, erwiderte Harvey. »Ich glaube, der Typ hat nie mit irgendwem geredet.«

Auf der Fahrt zum Flughafen von Syracuse brachte Kate ihren Artikel auf den neuesten Stand. Unterwegs rief sie Grace an, die glücklich war, dass sie spät am Abend heimkehren würde.

»Hast du ein Geschenk für mich?«

»Aber sicher.«

»Was denn?«

»Eine Überraschung.«

Daraufhin nutzte Kate die Zeit für weitere Blicke in den Artikel aus der *Denver Star-Times.* Sie musste mit Will Goodsill sprechen, dem Reporter. Vielleicht konnte Goodsill mit seiner Quelle in Verbindung treten, nachhören, was aus den »vielversprechenden Spuren« geworden war.

Im Internet fand sie jede Menge Goodsills im ganzen Land, ein paar in Denver und keinen Will Goodsill. Sie machte sich daran, Anrufe zu tätigen und Nachrichten zu hinterlassen, wobei sie wusste, dass es eine langwierige Sache würde. Der Artikel war fünfzehn Jahre alt. Erinnerungen verblassen, Menschen ziehen um, und Menschen sterben.

Nachdem Raney Kate am Flughafen abgesetzt hatte, gab sie ihre Tasche auf, ging durch die Sicherheitsschleuse und weiter in den Wartebereich. An ihrem Gate hingen überall Bildschirme von der Decke, die auf die Nachrichtensender mit ihren Fotos von Carl Nelson eingestellt waren.

Aus dem Fall in Rampart war schlagartig eine nationenweite Sache geworden.

Wiederum hatte Kate die kalten Augen vor sich, die sie aus dem Gesicht eines vollbärtigen Mannes von etwa Mitte vierzig mit wilder Haarmähne anfunkelten.

Carl Nelson.

Ist dies das letzte Gesicht, das meine Schwester sah?

Dies war ihr Feind.

Wenn du meine Schwester umgebracht hast, dann werde ich dich finden. Ich schwöre bei Gott, ich werde dich finden.

Vor dem Einsteigen ins Flugzeug lud Kate sämtliche neuen Artikel herunter, die sie finden konnte, so dass sie diese während des Flugs durchgehen konnte.

Im Flugzeug studierte Kate die neuen Nachrichten. Die Fernsehberichte zeigten Fotos von Nelson, dazu die allgemeinen Fotos der abgebrannten Scheune und der Ermittler in ihren weißen Overalls, die in einer entfernten Ecke des abgesperrten Grundstücks die Erde auf menschliche Überreste durchsuchten.

Die Schlagzeilen der Netzwerke schrien heraus:

Horror in Upstate NY

NY Leichenfarm

Jagd nach einem Monster

Den ganzen Tag über hatte Kate sich bemüht, ihre allergrößte Angst beiseitezuschieben, aber jetzt traf sie sie mit voller Wucht, und die alte Qual zerriss sie mit frischer Wildheit. Sie wandte sich vom Laptop ab und blickte aus dem Fenster. Irgendwo dort unten waren entweder die Asche des Gefängnisses ihrer Schwester oder die Überreste ihres Grabs.

Oh, mein Gott, ich weiß nicht, ob ich das schaffe.

Kate wandte sich wieder ihrem Bildschirm zu und sah, wie ihn erneut das Gesicht Carl Nelsons füllte, der sie über einer neuen Schlagzeile anfunkelte:

Das Gesicht des Bösen: Wer ist Carl Nelson?

25

Gary, Indiana

Die Toilettenspülung lief ununterbrochen, die Matratze war durchgelegen, und bräunliche Flecken überzogen die gesprungenen Wände des Motelzimmers am Stadtrand nahe der Interstate.

Dem Gast in Einheit 14 machte das nichts aus.

Die Gäste des Slumber Breeze Inn waren größtenteils Süchtige, Nutten und Perverse. Aber Einheit 14 sah sich weit über dieser Schicht. Was zählte, war, dass das Motel Bargeld akzeptierte und gleichzeitig Anonymität und Gleichgültigkeit gewährte.

Am Tisch des Zimmers arbeitete an zwei Laptops Sorin Zurrn. Aber niemand – *niemand Lebender* – kannte ihn unter diesem Namen, einem Namen, der einen unsterblichen Schmerz in ihm hervorrief. In diesem Augenblick war er Donald W.R. Fulmert, zweiunddreißig, ein Fahrer aus Philadelphia, Pennsylvania.

In der Dunkelheit glänzten sein glatt rasiertes Gesicht und der kahle Schädel im bläulichen Schimmer seiner Computerbildschirme. Er erhaschte einen Blick auf sich selbst im zerbrochenen Spiegel seines Zimmers und war zufrieden, dass er keinerlei Ähnlichkeit mit Carl Nelson aufwies.

Dieser Mann hatte niemals wirklich existiert.

Zurrn hatte sich in Nelsons Haut allmählich sehr wohlgefühlt und sich still und leise über die Jahre hinweg um seine Sammlung gekümmert. Aber er hatte nie vorgehabt, auf immer darin zu bleiben. Er war zunehmend unruhig und stolz auf das geworden, was er erreicht hatte.

Aber Rampart war eine so kleine Bühne.

Er verdiente Bewunderung für das, was er erreicht hatte.

Obwohl es gefährlich war, sehnte er sich danach, dass die Welt von seiner Macht wusste, sehnte er sich schmerzlich danach, dass sein Leben größer wurde, etwas Grandioses und Prächtiges. Er musste das nächste Stadium seiner Entwicklung erreichen.

Über die letzten paar Jahre hinweg hatte er geplant und dabei, wie er glaubte, penibel auf jedes Detail geachtet, während er die Fotos seines neuen Eigentums bewunderte. Das wäre sein Asgard, sein Walhalla, sein Palast der überlegenen Perfektion. Es war in greifbare Nähe gerückt, jedoch nach wie vor über anderthalb Tausend Kilometer und mehrere Bundesstaaten entfernt, eine weite Strecke abgeschiedenen Landes.

Die Kosten spielten keine Rolle.

Der Erwerb der nötigen Mittel war für ihn ein Kinderspiel.

Er kannte die elektronischen Sicherheitslücken bei Händlern und Banken. Vor drei Monaten hatte er mehr als neunhunderttausend Dollar in ungekennzeichneten, nicht rückverfolgbaren Banknoten von Bargeldautomaten in Kasinos von Las Vegas und Atlantic City abgezweigt. Er hatte Zugriff auf endlos viele Kreditkarten und Identitäten, was ihm ermöglichte, jeder zu sein, der er sein musste, und Zugriff auf fast alles zu haben.

Und das ging, ohne dabei eine Spur zu hinterlassen.

Während er noch die Bilder seines neuen Eigentums betrachtete und dabei vor sich sah, wie prächtig sein neues Königreich wäre, klingelte einer seiner Laptops und zeigte eine Nachricht von Ashley an.

Er ist so heiß. Bin total in ihn verknallt! IDK! Hilfe!

Die hübsche Vierzehnjährige aus Minnesota war absolut hingerissen von einem Jungen namens Nick. Zurrn hatte sie sich in den letzten sechs Monaten herangezüchtet und sie davon überzeugt, dass er Jenn war, eine Sechzehnjährige aus Milwaukee. Er war tief in Ashleys Leben eingedrungen. Er wusste alles von ihr und ihrer Familie – er verfügte über ihre richtige Anschrift, über sämtliche Informationen zu Bank und Kreditkarten, ihre ärztlichen Behandlungen, er kannte Ashleys Noten, ihre Gewohnheiten und Alltagsroutine. Er hatte etwas investiert, um ihr Handy und ihren Laptop anzuzapfen, so dass er sie unentdeckt aus der Ferne überwachen konnte.

Er antwortete auf ihre flehentliche Bitte: *Sag's ihm, Ash!*

GTG! BFF!

BFF!

Best Friends Forever, Beste Freundinnen auf ewig. Die arme kleine Ashley würde vielleicht noch herausfinden, was auf ewig wirklich bedeutete, denn Zurrn hatte ihr vorgegaukelt, dass Jenns Eltern sie bald zur Mall of America mitnehmen würden.

Jetzt wollte Ashley natürlich unbedingt ihre BFF kennenlernen.

Warte mal, was ist das denn?

In der Ecke des Zimmers war ein Fernsehseher stumm auf einen Nachrichtenkanal eingestellt. Bilder des Tatorts an einer Farm in Rampart, New York, erschienen und veranlassten Zurrn, nach der Fernbedienung zu greifen.

Carl Nelsons Gesicht füllte den Bildschirm, darunter stand: »Gesucht vom FBI«. Zurrn hörte zu, ging ins Internet und überprüfte die größeren Nachrichtenwebseiten und genoss die Titelstory.

Was zum Teufel ist das?

In den vergangenen paar Tagen hatte er die ersten Berichte über die Sache in Rampart mitverfolgt. Wie erwartet stellten die Reportagen sie erst als eine lokale Mord-Selbstmord-Geschichte dar. Die Berichterstattung beschränkte sich auf die Region. So hatte er das angelegt und durchgeführt, damit Zurrn verschwinden konnte, weil »Carl Nelson« und die Frau tot waren.

Ein perfektes Verbrechen.

Was ist passiert?

Jetzt berichtete eine Frau namens Kate Page Reportern von

der Suche nach ihrer Schwester. Eine Reihe von Fotos vom ungelösten Fall eines zehnjährigen Mädchens aus Alberta, Kanada, das seit fünfzehn Jahren vermisst wurde, erschien.

»Im Herzen fühle ich, dass zwischen dem Fall meiner Schwester und dem Fall in Alberta ebenso wie diesen Ereignissen in Rampart eine Verbindung besteht. Ich möchte den Mann finden, der das getan hat. Ich möchte wissen, was geschehen ist. Ich würde alles geben, sie wiederzusehen.«

Zurrn konzentrierte sich auf Kate Page, und sein Gesicht brannte vor Verachtung.

Noch lange, nachdem die Nachrichtensendung vorbei war, saß Zurrn reglos in der Fast-Dunkelheit, und seine Halsmuskeln pulsierten, während er die Nachricht über das leise Summen des Verkehrs auf der Interstate hinweg verarbeitete. Dann dröhnte ein paar Zimmer weiter laute Musik, und ein Trommelwirbel hämmerte durch das Motel, wie um einen Krieg anzukündigen.

Er kehrte zu einer der Internet-Nachrichten zurück und musterte das beigefügte Foto von Kate Page.

Wer zum Teufel bist du? Meinst du, du könntest mich aufhalten? Mich?

Zurrn legte die Fingerspitzen aneinander, legte sie an seine Lippen, und seine Nasenflügel blähten sich. Dann schaltete er seine Computer ab, nahm sie mit, bestieg seinen Van und fuhr hinaus in die Nacht. Er kam an einer Anzahl von Striplokalen, Autowaschanlagen und Lagerhallen vorüber und erreichte einen Burger King, der rund um die Uhr geöffnet hatte.

Nachdem er seine Bestellung entgegengenommen hatte, erfüllte der Duft nach Zwiebeln und Pommes Frites das Innere seines Wagens. Er wand sich seinen Weg durch ein Niemandsland mit Leichtindustrie und bedachte dabei seine gegenwärtige Situation.

Wo hatte er Mist gebaut? Er war vorsichtig gewesen. Ja, er hatte vor langer Zeit Fehler begangen, als er noch jung gewesen war, aber die lagen unter der Zeit begraben. Er hatte seine Technik perfektioniert.

Immer mit der Ruhe! Also war mein perfektes Verbrechen in Rampart nicht ganz so perfekt. Es spielt keine Rolle, was die Polizei zu wissen glaubt. Ich werd's richten. Sie kommen nicht an mich heran, weil ich immer die Oberhand habe. Ich habe immer die Kontrolle.

Er hielt am Tor von JBD 24-7 Mini-Storage, schob seine Chipkarte hinein und tippte dann seine PIN ein. Das Tor öffnete sich. Er fuhr langsam durch die ordentlichen Reihen garagengroßer Einheiten. Es war spät, das Gelände war verlassen. An Nummer 84 fuhr er sorgfältig sein Fahrzeug rückwärts an die Tür heran, so dass er den Überwachungskameras mehr oder weniger den Blick versperrte.

Er gab das Passwort der Einheit ein, dann schob er den Schlüssel ins Schloss. Knirschend hob er die Stahltür der Einheit an und schaltete das Licht ein. Im Innern war es sauber und trocken.

Er schloss die Tür.

In der Mitte der Einheit stand etwas Großes, Rechteckiges, das von einer schallschluckenden Plane bedeckt war. Er zog sie zurück, so dass sich zwei gleiche längliche Holzkisten zeigten, beide groß genug, um einen Sarg aufzunehmen. Jede Kiste verfügte über ein kleines Klapptürchen zur Überwachung, etwa so groß wie ein Buch. Seine Schlüssel klirrten, als er das Stahlschloss öffnete und das erste Türchen zurückklappte.

Er ließ das Fast Food hineinfallen und verschloss das Türchen wieder.

Dann schloss er das zweite auf, öffnete es und zögerte.

»Bitte! Ich werde gut sein, bitte! Bitte!« Eine leise Stimme kam aus der Dunkelheit.

Er ignorierte sie, warf das Essen hinein und verschloss das Türchen.

Dann setzte er sich in die Ecke, und während er auf die leisen Lebenszeichen lauschte, die aus den Kästen kamen, starrte er sie an und überlegte.

Überlegte lange, was er nun tun würde.

26

Utica, New York

Lori Koller, Angestellte im Essential Office Supply, stellte ihre Tasse mit frischem Orangentee auf den Schreibtisch und warf einen Blick auf ihren Kalender.

Tag für Tag. Sie seufzte.

Seit dem Tod ihres Mannes vor zehn Monaten hatte sie sich abgemüht, mit ihren beiden kleinen Mädchen weiterzumachen, wie er es gewollt hätte. Seine Familie war sein ein und alles gewesen.

Sie sah zum Fenster des Gebäudes in der Genesee Street hinaus.

Luke war Bauarbeiter gewesen. Er war gestorben, nachdem er zehn Stockwerke auf dem Bauplatz eines neuen Apartement-Komplexes abgestürzt war. Aber Lori hatte nicht viel Entschädigung erhalten, weil die Untersuchungen ergeben hatten, dass Luke fahrlässig seinen Sicherheitsgurt gelöst hatte. Das machte alles komplizierter. Lukes Lebensversicherung war nicht hoch gewesen. Sie hatten vorgehabt, die Summe zu erhöhen, aber da war er bereits tot.

Nach den Kosten für das Begräbnis und dem Verlust von Lukes Einkommen häuften sich die Schulden an. Freunde halfen, indem sie ein kleines Begräbnisessen veranstalteten, aber Lori hatte eine schlimme Zeit: Mit ihrer Trauer fertig werden und sich um die Mädchen kümmern, die nach ihrem Vater schrien. Sie hatte die Familienberatung für sich und ihre Töchter in Anspruch genommen, hatte ihren SUV verkauft, ihren Van, Lukes Werkzeuge, sein Boot und den Trailer, hatte einen kleineren Wagen erworben und einige Schulden beglichen.

Alles war nicht einfach, und der Schmerz wollte nicht

weichen, aber es ging ihnen täglich besser, dachte Lori, an ihrem Tee nippend. Sie war gerade damit beschäftigt, die Monatsberichte auf den neuesten Stand zu bringen, da klingelte ihr Telefon.

»Hey, ich bin's. Hast du heute schon Zeitung gelesen?«

Ihr jüngerer Bruder Dylan war Busfahrer, und den Hintergrundgeräuschen nach zu urteilen rief er vom Bushof an. Warum sollte er sie fragen, ob sie die heutige Ausgabe des *Observer-Dispatch* gelesen hatte?

»Nein. Warum?«

»Geh mal ins Netz und suche die Story über Rampart.«

»Ich habe zu tun.«

»Du musst es tun, jetzt gleich.«

»Dylan.«

»Jetzt gleich, es dauert nur einen Moment. Ich bleibe in der Leitung, damit du sie auch wirklich findest.«

»Na schön.« Ihre Tastatur klickte. »Du bist ein solcher Plagegeist.« Sie ging auf die Webseite der Zeitung, fand den Artikel und fing an zu lesen.

»Hast du ihn gefunden?« Ihr Bruder war besorgt.

»Pscht!«

Lori las rasch, und ihre Aufmerksamkeit ging vom Text zu den Fotos, insbesondere dem Foto von Carl Nelson.

»Siehst du das Foto von dem Typen, den sie suchen?«

»Oh, mein Gott!«

»Das ist er! Das ist der Typ, der deinen Van gekauft hat.«

»Aber er hat gesagt, er würde aus Cleveland kommen, und ich glaube, das war auch nicht sein Name. Ich muss in den Verkaufsunterlagen nachsehen.«

»Lori, ich war dabei. Das ist er! Du musst die Polizei anrufen und ihnen das sagen.«

»Ich weiß nicht, Dylan, das ist alles so unheimlich. Es ist alles zu viel.«

»Du musst, Lori. Tu's jetzt gleich!«

Nachdem Dylan aufgelegt hatte, sah sie sich den Artikel an.

Unten war eine gebührenfreie Rufnummer der Polizei angegeben. Lori holte mehrmals tief Luft und las den Bericht dann nochmals durch. Was da in Rampart passiert war, war etwas so Schreckliches. Dann kam ihr der Gedanke, dass die Polizei nicht auf die Idee kommen sollte, sie wäre irgendwie in die Sache verwickelt. Okay, okay, sie würde tun, was jeder gute Bürger tun sollte. Bevor es ihr richtig klar geworden war, hatte sie die Nummer gewählt.

Während es läutete, starrte sie den Artikel und die Fotos von der Suche nach menschlichen Überresten an, dann in die Augen des Mannes, der ihr Familienfahrzeug gekauft hatte.

27

New York City

Kate scrollte auf ihrem Smartphone durch die Artikel, während sie auf dem gepolsterten Stuhl im Wartezimmer des Zahnarztes ihrer Tochter saß.

Immer noch keine Bestätigung aus Rampart über die Identität der Überreste.

Kate biss sich auf die Lippe, um ihre Angst nicht an sich herankommen zu lassen.

Es war jetzt ein Tag seit ihrer Rückkehr vergangen, und in dieser Zeit hatte sie sich, zwischen der Verfolgung von Spuren, wieder in ihr häusliches Leben eingerichtet. Zwar war sie nur ein paar Nächte weggewesen, aber es fühlte sich doch länger an. Grace zu ihrem Termin heute zu bringen gab ihr wieder das Gefühl, eine Mutter zu sein.

Sie hatte Grace' Jacke auf dem Schoß und folgte mit den Fingern den kleinen Herzen auf den Ärmelaufschlägen, wobei sie überlegte, wie glücklich sie war, sie zu haben. Grace war ihr Fels in der Brandung, ihr Anker. Sie hatte Kate über die Jahre hinweg geistig gesund gehalten, einfach nur deshalb, weil sie ein Kind war.

Grace war praktisch im selben Alter wie Vanessa, als der Unfall passierte. Sie sah ihr sogar etwas ähnlich. Kate lächelte und hob das Gesicht zur gegenüberliegenden Wand, die mit Schnappschüssen von Kindern gepflastert war, die ein größtenteils lückenhaftes Grinsen zeigten.

Die Ausstellung trug den Titel »Lächelnde Engel«, und Kate fühlte sich in folgende Situation zurückgeworfen: *Ihre Mutter setzte ein Tablett mit frisch gebackenen Cookies mit Schokostückchen ab, und in der Küche roch es so lecker. »Ihr könnt euch jede einen nehmen, Mädchen. Ich möchte nicht, dass ihr schlechte Zähne bekommt.« Sie und Vanessa nahmen sich jede einen, zerbrachen jedoch ein zweites Plätzchen, als Mom nicht hinsah ... Vanessa, die so laut lachte.*

Plötzlich dachte Kate an Zahnschemata und menschliche Überreste.

»Hey, Mom!« Grace erschien und hielt ihre neue Zahnbürste, Zahnseide und Zahnpasta umklammert. »Keine Löcher!«

»Das ist toll, Süße.«

»Mom, hast du geweint?« Grace zerrte an ihrer Jacke, während Kate ihr beim Anziehen half.

»Nein, bin bloß ein wenig müde vom Fliegen.« Sie blinzelte. »Bringen wir dich zurück in die Schule.«

Nachdem sie Grace zur Schule gebracht hatte, nahm Kate die U-Bahn zur Station Penn, dann ging sie zu Fuß zu Newslead. Wieder an ihrem Schreibtisch durchsuchte sie die letzten Artikel aus Rampart und sah nach, ob ihre Konkurrenz etwas über Carl Nelson herausgefunden hatte.

Nichts war aufgetaucht.

Die erste Nachricht, die sie las, kam von Chuck.

Finde heute etwas, um die Story voranzutreiben. Halt uns vorn.

Ich arbeite daran, Chuck.

Kate las noch immer ihre Nachrichten, da traf eine neue von Reeka ein.

Könnten Sie bitte in mein Büro kommen?

Reeka hatte die Nase im Smartphone stecken und schrieb SMS, als Kate leise an ihrer offenen Tür klopfte. Ihr war aufgefallen, wie klein Reeka hinter ihrem Schreibtisch wirkte, als wäre er, oder ihre Position, ihr eine Nummer zu groß.

»Setzen Sie sich, bitte.« Reeka hielt die Nase weiterhin im Smartphone. Kate sah, dass der Flachbildschirm des Fernsehgeräts in der Ecke auf dem Bericht über den Fall in Rampart festgehalten war. »Also …« Reeka stieß die Luft aus und legte das Handy hin. »Wie läuft's so für Sie?«

»Okay.« Kate war auf der Hut. »Alles in allem betrachtet.«

»Und wie halten Sie sich, alles in allem betrachtet?«

»Mir geht's gut.«

»Ihre Artikel sind solide.«

»Danke.« Kate blieb wachsam, wie ein Mungo vor einer Kobra.

»Aber Sie sind im Vorteil.«

»Wie bitte?«

»Ich möchte Ihnen etwas zeigen.« Reeka spielte den Bericht von Kate ab, die in Rampart interviewt wurde, dann hielt sie das Bild wieder fest. »Sie wissen, welche Politik Newslead verfolgt, wenn es um Interviews geht, die Reporter anderen Presseorganen geben?«

»Ja.«

»Reporter kommentieren die Nachrichten nicht ohne vorherige Erlaubnis eines Chefredakteurs. Das wird je nach Fall entschieden. Sie hätten eine vorherige Erlaubnis benötigt.«

»Reeka, was soll das? Sie wissen, worum es in dieser Story geht? Sie kennen die Vereinbarungen zwischen Chuck, Morris und Ben Sussman, dass ich den Fall übernehme? Sie waren daran beteiligt. Ich habe mir den Arsch abrecherchiert. Sie wissen, was ich hier durchmache und dass mein ›Nutzen‹, wie Sie es nennen, mein persönlicher Schmerz, von Newslead ausgebeutet wird?«

»Natürlich. Und ich kann mir nicht einmal annähernd den Schmerz vorstellen, den Sie erleiden, aber ich muss im Hinterkopf behalten, was in London passiert ist. Diese Sache hat unsere Glaubwürdigkeit und Integrität untergraben. Ich muss sicherstellen, dass wir nach Lehrbuch vorgehen, Kate.«

»Das ist nicht dasselbe wie das, was in London passiert ist, Reeka, und das wissen Sie.«

Von der Tür ertönte ein Klopfen, und beide Frauen wandten sich um und sahen Sussman dort stehen.

»Da sind Sie, Kate. Ich wollte gerade sagen, dass die Anklickraten für diese Story in schwindelerregenden Höhen liegen. Wir verstehen, wie schwer das alles für Sie persönlich sein muss, Kate. Wir beten alle für Sie. Also, sagen Sie uns Bescheid, wenn Sie etwas brauchen.«

»Danke, Ben.«

»Seien Sie sicher, Newslead steht hinter Ihnen. Übrigens, mir ist zu Ohren gekommen, dass *Good Morning America* und *Today* Interesse daran zeigen, Sie bald bei sich zu haben. Also sehen wir mal, wie es weiterläuft.«

Nachdem Sussman gegangen war, wandte sich Kate wieder Reeka zu.

»Ich würde gern zurück an die Arbeit.«

Kate nahm einen Umweg über die Toilette, um ihr Gesicht zu überprüfen und sich hinsichtlich der Verlogenheit der Agentur zu beruhigen. *Wir beten alle für Sie. Vor wenigen Tagen haben sie mich alle feuern wollen. Wenn ich den Job hier nicht lieben würde – wenn mir Chuck nicht den Rücken stärken würde –, würde ich … beruhige dich. Beruhige dich einfach und denke nicht immer nur an dich.*

Zurück in der Redaktion kam Kate eine Idee.

Sie ging in die Wirtschaftsredaktion und zum Schreibtisch von Hugh Davidson, der über Computertechnologie berichtete. Hugh war ansonsten als Newsleads Nerd-Kaiser bekannt. Er hatte einen Hang zu Fliegen und pastellfarbenen Hemden.

»Hey, Hugh, hast du einen Moment? Ich brauche deine Hilfe.«

Er drehte sich in seinem Stuhl herum und verschränkte die Arme.

»Schieß los, Kate. Ich muss in fünf Minuten mit ein paar Bossen von Apple reden.«

»Du hast doch über Hacker geschrieben und die Besten der Besten da draußen.«

»Das stimmt. Schön, dass dir meine Arbeit bekannt ist.«

»Du hast doch Kontakte in die Hackerszene, oder wie das heißt.«

»Genau.«

»Dir ist auch meine Situation bekannt?«

»Ja, ich lese deine Arbeit ebenfalls.«

»Meinst du, du könntest mich mit einigen deiner Hackerfreunde in Verbindung bringen? Ich möchte eine Bio über Carl Nelson schreiben.«

Hugh legte einen Finger an seine Lippen.

»Mir sind ein paar Wesen im Cyberdunst bekannt, die bemerkenswert fähig sind und die Herausforderung gern annehmen würden.«

Kates Handy klingelte.

»Großartig. Ich muss den annehmen, Hugh.«

»Ich strecke einige Fühler aus und komme wieder auf dich zurück.«

Kates Handy klingelte ein zweites Mal.

»Danke Hugh. Kate Page«, sagte sie in ihr Handy.

»Hallo. Will Goodsill aus Denver hier. Ich habe einen Anruf von meiner Kusine erhalten, die gesagt hat, dass Sie versucht haben, mich zu erreichen.«

»Ja. Will, vielen Dank, dass Sie anrufen. Es geht um einen Artikel, den Sie vor fünfzehn Jahren für die *Denver Star-Times* über ein vermisstes kanadisches Mädchen geschrieben haben.«

»Das haben Sie in Ihrer Nachricht gesagt, ja. Ich habe mir Ihre laufende Arbeit mal angesehen. Sie suchen nach einer Verbindung zwischen Alberta, Denver und New York?«

»Exakt, ja.« Kate war beeindruckt. »Können Sie mir da helfen?«

»Ich bin ein Sammler von Ordnern und Notebooks, aber vor einigen Jahren hat es hier eine Überschwemmung gegeben, also kann ich nicht sagen, ob wir noch alles aus dieser Zeit haben. Ich erinnere mich an diesen Artikel, und ich habe damals etwas auf eigene Faust gewühlt. Ich muss nachsehen, ob er überlebt hat, und melde mich wieder bei Ihnen, Kate.«

28

Rampart, New York

Lori Koller, der Frau am Telefon, die aus Utica anrief, war nicht wohl.

»Sie haben Ihren Van ganz bestimmt an den Mann auf dem Foto verkauft, Carl Nelson?«, fragte Ed.

»Ja. Nur dass er gesagt hat, sein Name wäre John Feeney aus Rochester. Aber ich schwöre, dass er der Mann auf dem Foto ist. Sagen Sie bitte unseren Namen nicht weiter.«

»Nein, Ma'am. Nun, Sie haben ihren Van auf einer Verkaufsseite angeboten. Er hat geantwortet, bar bezahlt, und das war vor vier Monaten?«

»Ja.«

»Wie hat er den Van weggefahren? Hatte er einen Freund dabei?«

»Nein, er hatte einen Pickup mit Anhänger.«

»Okay, gut. Also, ich habe Ihre Kontaktinformationen. Jemand wird sich sehr bald mit Ihnen in Verbindung setzen.«

»Wer?«

»Wahrscheinlich jemand von der Polizei in Utica, der staatlichen Polizei oder dem FBI. Sie werden eine Zeugenaussage von Ihnen aufnehmen, und wir werden die FIN benötigen ...«

»Die was?«

»Die Fahrzeugidentifikationsnummer. Sie steht in Ihren Papieren. Wir benötigen Ihre Dokumente, um die Registrierungshistorie für das Fahrzeug nachzuverfolgen. Wir möchten auch ihre sämtlichen Reparaturrechnungen haben und wissen, welche Reifen Sie am Fahrzeug hatten. Haben Sie noch die Papiere oder den Namen der Werkstatt, wo Sie den Wagen zur Inspektion hingebracht haben?«

»Ja.«

»Haben Sie ein neues Foto des Vans?«

»Das auf der Seite.«

»Können Sie es mir schicken?«

»Ja.«

»Okay, jemand wird sich bald mit Ihnen in Verbindung setzen.«

»Bitte geben Sie meinen Namen nicht an die Öffentlichkeit weiter. Ich habe ein wenig Angst.«

»Nein, Ma'am.«

Brennan legte auf und rief die Polizei in Utica an, die State Police, das FBI, und er alarmierte seinen Lieutenant.

»Das ist brauchbar«, sagte Brennan, bevor er Details des Hinweises in die Fallakte eingab.

Seit der Pressekonferenz mit dem Appell an die Öffentlichkeit hatten die Ermittler über einhundert Tipps erhalten, aber die meisten Anrufer blieben vage: *»Ich glaube, es ist mein Nachbar. Er ist umheimlich.«* Oder: *»Ich habe da diesen Typen in der Bar getroffen, der gesagt hat, er würde einen Typen kennen, der glaubt, er weiß, wo Carl Nelson ist. Aber ich kann mich nicht an die Bar erinnern – ich war ziemlich zu.«*

Die Utica-Spur war anders. Sie war tragfähig und ließ sich durch behördliche Aufzeichnungen stützen. Sie barg die Möglichkeit eines physischen Beweises, der vor Gericht Bestand haben würde. Er passte ebenfalls zur Theorie, dass Nelson das Gebiet mit einem zweiten Fahrzeug verlassen hatte. Am Tatort hatten sie Reifenabdrücke gefunden, die nicht von seinem Pickup oder dem Wagen stammten, der den Teenagern gehörte, die das Feuer entdeckt hatten.

Es wäre ein größerer Durchbruch, wenn wir die Abdrücke dem Van aus Utica zuordnen könnten. Sobald die Information einmal bestätigt war, würde sie an die regionalen, bundesstaatlichen und nationalen Kriminaldatenbanken weitergegeben werden, wie dem National Crime Information Center und dem Violent Criminal Apprehension Program. Unterlagen über den Van würden an sämtliche Polizeidienststellen im ganzen Land herausgehen.

Von Lori Keller traf eine E-Mail mit den Fotos des Vans ein. Brennan erhielt sie gerade, als Dickson ins Büro zurückkehrte, nachdem er eine Durchsuchung im MRKT DataFlow Call Center abgeschlossen hatte.

»Nicht viel zu holen da. Ich habe mit einem der Mitarbeiter gesprochen, Mark Rupp, der schwört, er habe Nelson im Internet auf Webseiten mit Grundstücken und Immobilien stöbern sehen. Er habe sich dabei Notizen gemacht. Aber die vorherige Durchsuchung von Nelsons Computer hat nichts ergeben, also war das eine Sackgasse.«

Die Durchsuchungsanordnung umfasste ebenfalls Nelsons persönlichen Account, den Dickson gerade nachverfolgt hatte.

»Wir haben seinen Lebenslauf ausgegraben, und der ist genau das, was wir uns gedacht haben«, sagte er. »Als sie ihn vor zehn Jahren angeheuert haben, waren sie in der Firma nach der Überprüfung seines Hintergrunds zum Schluss gekommen, Nelson sei sauber. Nelson hat gesagt, er käme aus Houston. Es stellte sich heraus, dass er nie unter der angegebenen Adresse gewohnt hat, und wir haben jetzt den Verdacht, dass die Referenzen, die er vorlegte, gefälscht waren. Wahrscheinlich hat er die Nachfragen selbst beantwortet. Hinsichtlich der Bewegungen auf seinem Kreditkartenkonto, dem Bankkonto und der Telefondaten haben wir nach wie vor nichts. Ed, dieser Typ ist unsichtbar.«

»Vielleicht nicht mehr lange – wirf mal einen Blick hier drauf. Eine Frau aus Utica hat gerade angerufen. Sie ist sich sicher, dass sie ihren Van vor einigen Monaten an Nelson verkauft hat.«

Die Beamten studierten die Fotos auf Brennans Monitor. Mehrere Ansichten eines silberfarbenen Chevy 2013 Class B Campingvans.

»Stückchen für Stückchen holen wir ihm gegenüber auf, Paul. Stückchen für Stückchen.«

29

Rampart, New York

Vergrößerte Abbilder des Todes spiegelten sich auf Mortens Brille.

Der Gerichtsmediziner blickte auf seinen 24-Zoll-Monitor und war dankbar, dass er die Stadt und das County davon überzeugt hatte, das Rasterelektronenmikroskop anzuschaffen. Das Gerät nahm eine Ecke seines kleinen Labors auf der gegenüberliegenden Seite des Kühlraums und des Autopsieraums im General Hospital von Rampart ein. Er benutzte es für die Suche nach mikroskopisch kleinen Hinweisen im Fall und der Todesursache des dritten Opfers, dessen Überreste am Tatort gefunden worden waren.

Die Leiche war weiblich.

Ihre Identität war nach wie vor unbekannt, aber da der Fall einen größeren Umfang angenommen hatte – *Feld der Schreie,* wie es eine Zeitung aus New York City genannt hatte –, war Compton zuversichtlich, dass es nur eine Frage der Zeit wäre, bis sie die Bestätigung bekämen, weil er jetzt mehr Unterstützung hatte.

Röntgenbilder der Zähne waren auf elektronischem Weg zum Chef-Odontologen der Forensik im Labor der New York State Police in Albany geschickt worden. Das FBI machte ebenfalls Druck, dass die DNA beschleunigt analysiert wurde, damit sie durch ihr CODIS-System zum Vergleich mit forensischer DNA geschickt werden konnte, die aus anderen kriminologischen Untersuchungen im ganzen Land und in der ganzen Welt stammte. Das FBI verglich die DNA der Leiche ebenfalls mit Proben, die Kate Page zur Verfügung gestellt hatte.

Während er auf eine Nachricht hinsichtlich der Identifikation wartete, setzte Compton seine Untersuchung mit dem

Rasterelektronenmikroskop fort. Es war ungewöhnlich, dass eine so kleine Justizbehörde wie Rampart über ein derartiges Gerät verfügte. Der Preis für ein neues, in der Schweiz gefertigtes Modell lag bei einer Viertelmillion Dollar, aber Compton hatte über einen Kontakt am MIT eine gebrauchte Version so gut wie umsonst bekommen.

Das grüne Licht für den Ankauf war Teil der Vereinbarung zwischen den örtlichen Behörden und Compton, dass er das Jobangebot aus Arizona ausschlug. Er hatte ebenfalls einen Kurs belegt, wie das Gerät zu bedienen war. Und vor kurzem hatte er an einer Konferenz in Chicago teilgenommen, auf der es einen Workshop zu dem Thema gegeben hatte, wie die Technologie einzusetzen war, um Zeichnungen auf Knochen zu analysieren, die an Tatorten gefunden worden waren.

Die Vergrößerung des Geräts war verblüffend. Das Bild der Knochen auf dem Schirm sah außerweltlich aus, aber für Compton hatte es Beweiskraft. Er hatte bereits den Schluss gezogen, dass die Verstorbene etwa einen Meter zweiundsechzig oder dreiundsechzig groß gewesen war. Dreiundzwanzig Jahre alt. Todesursache und –zeitpunkt stellten wegen des Zustands der Überreste nach wie vor eine Herausforderung dar.

Nachdem die Spurensicherung die Überreste entfernt hatte, durchsiebte sie die Erde und untersuchte mittels Metalldetektoren, ob Kugeln in den Leichnam geschossen worden waren oder ob ein Messer, ein Schmuckstück oder irgendein anderes Beweisstück vorhanden war.

Der Leichnam war in einem improvisierten Grab in einem Brombeerstrauch gefunden worden. Ein guter Teil war der Luft ausgesetzt gewesen, was Einfluss auf die Geschwindigkeit der Verwesung hatte. Wenig Haut war verblieben, und der größte Teil war wie Leder. Einige der Knochen hatten kein Fleisch mehr an sich und waren auch nicht mehr durch Gelenkbänder miteinander verbunden, was bedeutete, dass sie nicht mehr an den richtigen Stellen lagen. Compton hatte zunächst die Theorie aufgestellt, dass eine Kombination aus Verwesung und Einfluss durch Tiere dafür verantwortlich war, aber das Rasterelektronenmikroskop wies auf etwas Schaurigeres hin.

Weitere Analysen zeigten, dass der Leichnam tatsächlich post mortem zergliedert worden war.

Er hatte Spuren auf den Knochen entdeckt, Spuren, die auf ein Zerschneiden hindeuteten.

Mit der höheren Vergrößerung war er imstande, die Riefung zu studieren, die durch den Sägezahn hervorgerufen worden war. Die Spuren von Stoßen und Schieben waren einzigartig, und das konnte auf den Gebrauch einer bestimmten Säge hindeuten. Compton machte sich Notizen für den Bericht, den er an die Abteilung für Spuren von Waffen und Werkzeugen des FBI schicken würde, die Firearms/Toolmarks Unit FTU. Die Analysten dort konnten die Spuren vergleichen und mittels ihrer Expertise und ihrer Datenbanken einen Hinweis auf Modell und Hersteller der benutzten Säge geben.

Es wäre eine Spur.

Compton setzte die Brille ab, rieb sich die müden Augen und dachte über den Fall nach. Der Killer hatte das Opfer nach dem Tod zergliedert und die Überreste in ein flaches Grab gelegt, wie Stücke eines Puzzles, die darauf warteten, wieder zusammengesetzt zu werden.

Feld der Schreie *ist nicht allzu weit von der Wahrheit entfernt.*

Hier ist etwas Böses am Werk.

Comptons Telefon klingelte.

»Morton, Colin Hawkley aus Albany.«

»Hallo, Colin.«

»Kann Ihrer weiblichen Leiche eine Identität zuordnen. Haben Sie etwas zum Schreiben?«

Als Compton nach seinem Stift griff, starrte er seinen Monitor an. Die vergrößerten Bilder würden gleich zu etwas mehr als Knochen werden. Bald hätten sie einen Namen, bald wären sie jemandes Tochter oder jemandes Ehefrau oder jemandes Schwester.

Sie wären ein Leben, um das getrauert würde.

30

New York City

Ein durchdringender Schrei.

Gefolgt von einem entzückten Quietschen, das aus der Menge im Streichelzoo des Central Parks stieg, wohin Kate ihre Tochter Grace mitgenommen hatte.

Es war einer ihrer Lieblingsorte. Kate war sogar anlässlich des Geburtstags ihrer Tochter vor einigen Monaten hierher gekommen.

Jetzt war die Schule aus, und Kate hatte bei Newslead Feierabend gemacht, aber sie wartete ungeduldig darauf, etwas von ihren Quellen zu hören, und blickte oft aufs Handy. Nichts Neues von Goodsill in Denver oder einer Verbindung nach Alberta und nichts von Davidson, der die Fühler nach den Hackern ausstrecken wollte. Mehr als auf das alles wartete Kate jedoch erregt darauf, dass das dritte Opfer aus Rampart identifiziert wurde.

Die Angst, es könne Vanessa sein, nagte an ihr. Das Gefühl war ein gnadenloser Kontrast zu der stillen Schönheit des Parks, in dem die Bäume sich hoch über Portraitzeichner und Straßenverkäufer neigten und die jungen Straßenkünstler riesige schillernde Seifenblasen erschufen. Und da war Graces Lieblingsteil, der Uhrenturm am Nordeingang mit seiner Tierband, die alle halbe Stunde im Kreis ging und dabei ein klassisches Stück spielte.

Manchmal richteten sich die Stücke nach der Jahreszeit, wie »April Showers« im Frühjahr oder »Jingle Bells« im Dezember.

»Guck mal, Mom, es geht los!« Grace zeigte hin.

Es erklang »Three Blind Mice«, voraus das Nashorn mit der Geige, dem der Elefant, die Ziege und die anderen folgten. Während die Tiere tanzten und Grace mitsang, klingelte Kates

Handy. Sie nahm den Anruf entgegen, wobei sie ein Auge auf ihre Tochter gerichtet hielt.

»Kate, Ed Brennan aus Rampart hier.«

»Ja.«

»Wir haben die Identität des dritten Opfers bestätigt.«

Im Augenblick, bevor Brennan ein weiteres Wort aussprach, packte Kate ihr Handy fester und hielt den Atem an. Ihre Welt bewegte sich in Zeitlupe – der Pinguin schlug die Trommel, der Bär schlug das Tambourin. Auf einmal erstarb jegliches Geräusch, als wäre sie unter Wasser und würde erneut nach Luft ringen.

»Kate, hören Sie mich?«, wiederholte Brennan. »Es ist nicht Ihre Schwester.«

»Ja.« Sie holte Luft, setzte sich auf die nächste Bank, grub ihren Stift hervor und sah sich dabei nach Grace um, während die Uhr weiterspielte. »Ja, können Sie mir Namen und Details nennen?«

»Wir geben in der nächsten Stunde eine Pressemitteilung heraus.«

»Können Sie mir nicht jetzt schon etwas sagen?«

»Wir fahren ziemlich auf Kante.«

»Sind Sie Nelson dichter auf der Spur?«

»Kate.«

»Aber Sie suchen nach wie vor nach weiteren Opfern, ja?«

»Ich kann nichts weiter sagen. Warten sie auf die Mitteilung.«

Der Anruf endete, und Kate blieb wie vor den Kopf gestoßen zurück.

Jetzt wird eine weitere Familie vernichtet sein. Wer ist es dann, wenn es nicht Vanessa ist? Wie viele Leichen werden sie noch finden?

Kate saß da und überlegte. Und während das Lied aus dem Uhrenturm spielte, fielen ihr seine unheimlichen Zeilen ein:

They all ran after the farmer's wife, who cut off their tails with a carving knife. Did you ever see such a sight in your life?

Alle rannten hinter der Bauersfrau her, die ihnen die Schwänze mit einem Messer abgeschnitten hatte. Hast du je im Leben so etwas gesehen?

Grace kam auf sie zugelaufen.

»Mom, hast du etwas zu trinken?«

»Natürlich. Gehen wir nach Hause.«

Im Taxi gab Kate bei Newslead Bescheid, dass sie bald einen Artikel über das dritte Opfer bringen würde. Keine Minute später rief Reeka zurück.

»Wir werden etwas mit einem exklusiven Dreh brauchen, Kate.«

»Ich weiß ja noch nicht einmal einen Namen, Reeka. Ich tue, was ich kann.«

Kate stieß den Atem aus und schüttelte langsam den Kopf. Nachdem das Taxi in ihrer Nachbarschaft eingetroffen war, besorgten sich Kate und Grace Suppe, Salat und Sandwiches aus einem Imbiss an der Ecke zum Abendessen. In ihrer Wohnung eingetroffen stand die Pressemitteilung bereits auf der Webseite der Polizei von Rampart. Beim Essen blickte Kate in das hübsche, lächelnde Gesicht des Opfers und las dann die Informationen.

Es war Mandy Marie Bryce, sechsundzwanzig, aus Charlotte, North Carolina, Zahnarzthelferin, die seit vier Jahren vermisst wurde. Zuletzt war sie in Virginia Beach, Virginia, gesehen worden, wie sie von einem Restaurant zu ihrem Hotel gegangen war, wo sie an einer Konferenz teilgenommen hatte.

In der Pressemitteilung standen nur wenige weitere Details, also ging Kate ins Internet, suchte ältere Artikel der Zeitungen aus Virginia und Charlotte heraus und sammelte Daten zusammen. Sie erfuhr bald, dass Mandy einen kleinen Bruder mit Downsyndrom hatte und dass sie sich bei vielen Gruppierungen engagiert hatte. Sie war mit einem Zimmermann zusammen, der als Tatverdächtiger ausgeschlossen worden war und mehrmals eine Suche nach Mandy in Virginia organisiert hatte.

Zur Unterstützung hatte die Polizei Mandys letzte bekannte Aufenthaltsorte ermittelt und ihre letzte SMS an ihren Freund veröffentlicht:

Wahrscheinlich bilde ich es mir nur ein, aber ich glaube, ich werde verfolgt.

Geh in das erstbeste Geschäft oder in die nächste Bar und rufe dir ein Taxi.

Mandy hatte nicht geantwortet, und ihr Freund hatte die Polizei von Virginia angerufen.

Die Ermittler hatten bald herausbekommen, dass Mandys Hotelzimmerschlüssel nie benutzt worden war, nachdem sie die SMS an ihren Freund geschrieben hatte. Die Aufzeichnungen zeigten zu keinem Zeitpunkt danach irgendeine Aktivität auf ihrem Handy, ihrem Bankkonto oder ihren Kreditkarten. Mandy hatte sich in Luft aufgelöst. *Und ihre Überreste waren erst vier Jahre später in einem flachen Grab nahe einer Scheune in New York aufgefunden worden.*

Sie verglich Mandys Fall mit dem, was dem ersten Opfer zugestoßen war, Bethany Ann Wynn, neunzehn Jahre alt bei ihrem Verschwinden. Bethany war zuletzt bei ihrer Teilzeitstelle in einer Mall gesehen worden. Sie hatte auf den Bus nach Hause gewartet, im vorstädtischen Hartford, Connecticut. Beide Fälle lagen meilenweit auseinander, passten anscheinend jedoch zu einem Muster: Junge Frauen, die allein an kritischen Orten gewesen waren.

Kates Herz setzte einen Schlag aus, als sie eine Hand auf ihrem Schoß spürte.

»Mom, kann ich ein paar Cookies haben?«

Sie lächelte Grace an.

»Nur einen. Dann putz dir die Zähne, natürlich auch die hinten, wie der Zahnarzt gesagt hat.«

Seufzend kehrte Kate zu ihrer Lektüre zurück.

Anscheinend waren sowohl Bethany als auch Mandy verfolgt worden. Gab es eine Verbindung zwischen den Aufzeichnungen über ihre finanziellen Angelegenheiten und dem Datencenter, wo Nelson arbeitete? Wie hieß er wirklich? Hatte er einen Bezug zu Denver, oder war alles bloß zufällig? Kate musste wesentlich tiefer graben, aber das hatte zu warten, weil sie just im Augenblick einen Artikel zusammenschreiben musste.

In den alten Zeitungsartikeln sah sie, dass Mandys Mutter, Judy Bryce, hin und wieder mit dem *Charlotte Observer* gesprochen hatte.

Die Tasten auf Kates Tastatur klickten, und binnen einer Minute hatte sie eine Nummer aus Charlotte und rief sie in der Hoffnung an, dass Brennan der Familie bereits Bescheid gesagt hatte. Es klingelte fünf Mal, bevor ein Mann sich meldete.

»Hallo, hier Kate Page. Ich bin Mitarbeiterin von Newslead, dem Nachrichtendienst in New York.«

»Ja.« Sein Tonfall war neutral.

»Wäre es möglich, mit einem Verwandten von Mandy Marie Bryce zu sprechen? Es geht um die Pressemitteilung, die vor kurzem von der Polizei in Rampart, New York, herausgegeben wurde. Ich gehe davon aus, dass Sie Bescheid wissen?«

»Ja, wir wissen Bescheid.«

»Sind Sie ein Verwandter, Sir?«

»Ich? Nein. Sie möchten mit Judy sprechen. Ich bin ein Freund der Familie. Bleiben Sie dran.«

Sie hörte, wie er die Hand über den Hörer legte, und dann folgten gedämpfte Worte über eine Reporterin aus New York.

»Hier Judy Bryce, Mandys Mutter.«

»Mein aufrichtiges Beileid, Mrs Bryce«, sagte Kate, wiederholte ihre Vorstellung und erklärte, weshalb sie anrief, bevor sie Mrs Bryce bat, etwas über ihre Tochter für ihren Artikel zu berichten.

»Meine Mandy war ein selbstloser Engel, die ihre Bedürfnisse stets hinten angestellt hat.«

Kate unterstrich diese Worte in ihren Notizen. Während sie

weiter mit Judy sprach, erklärte die ältere Frau, dass ihr der Glaube geholfen habe, mit der Tragödie ihrer Tochter zurechtzukommen.

»Es mag sich komisch anhören, sogar kalt, aber als sie damals verschwand, habe ich im Herzen gewusst, dass ich sie nie mehr wiedersehen würde.«

»Woher haben Sie das gewusst?«

»Ich kann's nicht erklären, aber eine Mutter weiß das einfach, oder Gott hat es mich vielleicht wissen lassen. Mit zehn war Mandy schwer die Treppe hinuntergefallen. Als ich sie im Krankenhaus in ihrem Bett hatte liegen sehen, überkam mich dieses mächtige, kristallklare Gefühl, dass ich sie überleben würde. Ich hab's einfach gewusst. Ich ... ich ... entschuldigen Sie bitte.« Judy hielt inne und schluckte einen Schluchzer herunter. Kate bekam mit, wie sie etwas dahingehend zu dem Mann neben ihr sagte, dass sie so weit in Ordnung sei und weiterreden könne. Dann kehrte sie zu Kate zurück. »Tief im Herzen habe ich einfach gewusst, dass ich Mandy, nachdem sie verschwunden war, auf immer verloren hatte. Der Schmerz wird nie weichen, aber ich habe jetzt meinen Frieden damit gemacht. Wir treffen Vorbereitungen, sie nach Hause zu holen.«

Mit ihren eigenen Gefühlen kämpfend eröffnete Kate Judy ihre persönliche Verbindung zu der Geschichte, berichtete ihr von Vanessa und dass sie irgendwie das Gefühl nicht loswerden könne, sie sei immer noch am Leben. Nachdem sie zugehört hatte, erteilte Judy ihr einen Rat:

»Vertrauen Sie Ihrem Herzen. Es sagt Ihnen, dass es Hoffnung gibt. Halten Sie sich daran.«

Das unerwartete Mitgefühl der Frau für Kate, wo sie doch diejenige war, die in ihren Schmerz eingedrungen war, wirkte irgendwie therapeutisch. Daraufhin fragte Kate, ob Mandy irgendwelche Verbindungen zu Bethany Ann Wynn in Hartford oder Carl Nelson oder Vanessa hatte oder zu Alberta oder Denver?

Es gab keine Verbindungen, erwiderte Judy.

Nachdem sie aufgelegt hatte, saß Kate allein in der Küche, die Ellbogen auf den Tisch gestützt und das Gesicht in den Händen begraben, wie um die Gefühle einzudämmen, die aus ihr hinauswollten. Anrufe bei den Hinterbliebenen waren niemals leicht. Sie kosteten Kate stets ein Stück ihrer Seele.

An die Arbeit!

Kate konzentrierte sich nach besten Kräften und machte sich daran, den Artikel so rasch niederzuschreiben, wie es gehen wollte. Sie überlegte, dass nicht viel daran exklusiv wäre, aber das war ihr gleichgültig. Er holte Mandy Marie Bryce ins Leben zurück und ließ die Leser wissen, was die Welt verloren hatte. Kate blickte auf Mandys Foto und erwiderte einen kurzen Augenblick lang das Lächeln.

Sie drückte auf »Senden« und schickte ihren Artikel los.

Dann ging sie zu Grace, die auf dem Sofa saß und sich einen Film über Welpen anschaute. Kate legte einen Arm um sie und bemühte sich, einen Moment lang nicht an vermisste Frauen, flache Gräber und Monster zu denken.

»Aua, Mom, du drückst mich zu fest.«

»Entschuldige, Schatz.«

Als Kates Gedanken zurückrasten zu ... *den Bergen, dem Fluss, Vanessas Hand ... loslassen ...*, vibrierte ihr Handy. Im Glauben, es sei wahrscheinlich Reeka, die irgendwelche Probleme mit ihrem Artikel hatte, war sie versucht, den Anruf zu ignorieren. Aber die Vorwahl zeigte Colorado an, und sie nahm ihn entgegen.

»Hey, Kate. Will Goodsill aus Denver.«

»Ja, hallo, Will.«

»Ich habe etwas in meinen Notizen gefunden, das Ihnen weiterhelfen könnte.«

31

Lost River State Forest, Minnesota

»Sie kommen wegen der Vögel hier rauf?«

Zurrn hatte nicht erwartet, dass der Tankwart, der Benzin in seinen Van füllte, ein Gespräch anfangen würde. Er war in Pine Mills, einem Dorf am Rand des Staatsforsts nahe der kanadischen Grenze.

Der Wald war dafür bekannt, dass man dort Vögel beobachten konnte.

Es war in der Abenddämmerung. Bishop's General Store and Gas, wo er angehalten hatte, war das einzige Lebenszeichen. Der Tankwart, »Ferg«, dem Aufnäher an seinem Hemd zufolge, war zum Reden aufgelegt.

»Stimmt«, erwiderte Zurrn in seinen Seitenspiegel.

»Hab ich mir gedacht.« Ferg biss auf seinen Zahnstocher, und der Geruch nach Benzin waberte umher, während die Pumpe summte. »Ich hab an Ihrem Nummernschild gesehen, dass Sie aus Delaware kommen. Leute, die von so weit weg kommen, wollen gewöhnlich ...«

Ein jähes, gedämpftes Geräusch aus dem Innern des Vans erregte Fergs Aufmerksamkeit. Er legte die freie Hand an die Schläfe und drückte das Gesicht an die getönte Scheibe.

»Haben Sie einen Hund oder so etwas da drin?«

Zurrn beäugte ihn und sah dann ein Blinklicht aufblitzen. Ein Wagen mit einem Leuchtbalken auf dem Dach fuhr vom Highway auf die Tankstelle. Polizei.

»Nein.« Er hielt die Stimme gedämpft. »Meine Frau versucht, etwas zu schlafen.«

Oh, formte Ferg mit dem Mund. »Okay.« Nachdem der Tank voll war, hängte er den Einfüllstutzen sorgfältig zurück und machte sich daran, den Tankdeckel zu schließen.

»Das wären fünfundvierzig«, flüsterte Ferg. »Soll ich den Ölstand überprüfen?«

Zurrn hielt drei Zwanziger aus dem Fenster.

»Nicht nötig. Behalten Sie das Wechselgeld.« Er startete den Motor.

»Danke sehr, Sir! Möchten Sie eine Quittung?«

»Nicht nötig.«

Als der weiße Streifenwagen des Sheriffs vom Klassen County an die Tanksäule heranfuhr, legte Zurrn den Gang ein und machte sich davon.

Das war knapp gewesen.

Zurrn sah, wie Bishop's General Store and Gas im Rückspiegel zusammenschrumpfte, warf dann einen Blick über die Schulter und richtete seine Aufmerksamkeit auf den vergrößerten Kofferraum, den er unter dem Boden des Vans eingebaut hatte. Die Schlaftabletten verloren ihre Wirkung. Aber keine Sorge, es war nicht mehr weit.

Die kleine Szene dahinten unterstrich die Notwendigkeit, wachsam zu bleiben.

Da er sich jetzt im Krieg befand, da sein Kampf nun eine nationale Nachricht wert war, durfte er sich keine Fehler erlauben. Er warf einen Blick auf die Zeitung auf dem Beifahrersitz, die er so gefaltet hatte, dass der neueste Artikel über Rampart zu sehen war. Er zeigte Fotos der Farm, der Opfer und dieser Reporterin, Kate Page, diejenige, die darum gebettelt hatte, mehr über ihre Schwester zu erfahren.

In einem Kasten daneben stand eine Geschichte über Page und ihre schmerzliche, unergiebige Suche nach ihrer Schwester. Der Bericht lobte sie als »heldenhaft, tapfer, mutig und clever«.

Eure Verehrung gilt dem falschen Objekt.

Zurrn nahm sich die Zeitung und sah der Frau geringschätzig ins Gesicht, bevor er das Blatt beiseite warf. Sie war eine Motte, die hirnlos um sein strahlendes Licht kreiste. Er stand am Rand der Unsterblichkeit, kurz davor, etwas Monumentales zu erreichen.

Du hast keine Ahnung, wer ich bin.

Oder was ich bin.

Als die Dämmerung der Dunkelheit wich, durchsuchte er die dichten Wälder und holte dabei die Einzelteile seines Lebens herauf. Seine Mutter war als Schülerin aus Bulgarien oder Rumänien oder Serbien nach Amerika gekommen, um bei Verwandten zu leben. Er hatte nie genau gewusst, aus welchem Land. Sie trank viel und erzählte ihm die unterschiedlichsten Geschichten. Vielleicht war sie eine Zigeunerin gewesen. Sie war US-Bürgerin geworden und hatte als Krankenschwester gearbeitet, bis sie den Drogen verfallen war und ihren Job verloren hatte. Ihr Leben war weit entfernt vom amerikanischen Traum verlaufen. Als Frank, der Sanitäter, den sie geheiratet hatte, begriff, dass Zurrn nicht sein Sohn war, sondern der Bastard einer ihrer vielen Affären, hatte er sie verlassen.

Zurrn starrte hinaus in die Dunkelheit und gestand sich ein, was er war.

Ich bin das Ergebnis eines Handels, den eine Hure abgeschlossen hat: Sex gegen Drogen.

Er hatte keine Ahnung, wer sein Vater war. Zurrn war arm, ohne Freunde und mit einer Beziehung zu seiner Mutter aufgewachsen, die zwischen Liebe und Hass pendelte. Als Kind litt er an einem unbeholfenen Humpeln, das er als Erwachsener chirurgisch hatte beheben lassen. Seine Mutter behütete ihn während ihrer Phasen des klaren Verstands, nährte ihn mit dem Versprechen eines besseren Lebens und sagte ihm, er sei etwas Außergewöhnliches.

»Du bist nicht wie andere Kinder, Sorin. Du bist zu Großem bestimmt.«

Seine Lehrer hatten herausgefunden, dass sein IQ der höchste aller Schüler war, die sie je im Unterricht gehabt hatten, und dass er über ein eidetisches Gedächtnis verfügte. Aber Zurrn wurde in der Schule ausgegrenzt und gemobbt. Nach dem Unterricht verkroch er sich allein in einem der Labore und baute neue Computer aus den ausgemusterten.

Seine Mutter kämpfte darum, die Miete für ihre kalte, verwahrloste Wohnung zu bezahlen, war jedoch zwischen Jobs als Putzfrau in Hotels oder Bedienung in Fast-Food-Restaurants Geisel ihrer Sucht. Sie gab die Jobs auf, so dass sie beide nun von Sozialhilfe abhängig waren. Eines Tages verspottete ein Junge Zurrn wegen seines Hemds.

Hey, warum trägst du den Fetzen, Humpelstilzchen? Meine Mom hat ihn der Kirche gespendet. Woher hast du den? Hast ihn gestohlen?

Es dauerte nicht lange, bis sich andere einfanden und Zurrn ebenfalls piesackten.

Weißt du, was ich gehört habe? Ein größerer Junge grinste. *Ich habe gehört, dass deine Alte Blowjobs für Dope gibt, überall und jederzeit.*

Zurrns Gesicht brannte vor Scham.

Er humpelte davon, riss sich das Hemd herab und warf es in eine Mülltonne, bevor er nach Hause zurückkehrte und Zuflucht bei seiner Sammlung suchte. Seit einem Klassenausflug in den botanischen Garten Chicagos hatte er sich eine Sammlung Schmetterlinge zugelegt. Er begann, indem er ein paar exotische Exemplare aus den Gärten stahl, sie sich unters Hemd schob und dabei spürte, wie seine Gefangenen an seine Brust nahe seinem Herzen schlugen. Er war fasziniert von ihrer Schönheit und später vom gesamten Prozess der Jagd nach den Exemplaren in den Parks.

Bald wurde er Experte in der Handhabung seines Tötungsglases, wo er jeden Fang einsperrte. Er sah zu, wie seine Schönheiten umherflatterten, bis sie starben oder langsam in Gefangenschaft zu Tode kamen. Manchmal durchstach er den Unterleib, um sie zu betäuben. Nach ihrem Tod spreizte er sorgfältig ihre Flügel, steckte sie fest, montierte sie und sog ihre Poesie in sich auf.

Meine hübschen toten Dinger.

Sie verließen einen nicht, um Drogen zu besorgen und sich im Bad vollzukiffen. Sie brachten keine fremden Männer mit nach Hause, die nach Alkohol stanken.

Sie demütigten einen nicht.

Sie gehörten ihm, waren sein Besitz, seiner Kontrolle unterworfen.

Bei ihnen hatte er die Macht über Leben und Tod.

Er war nie allein, wenn er mit seiner Sammlung zusammen war. Sie waren individuelle Kunstwerke, so wunderschön. Anders als die Hässlichkeit, die er in jedem Augenblick erleiden musste. An jedem Tag, mit jeder Entwürdigung, die er erlitt, wuchs sein Zorn und entwickelte sich zu einer stillen Wut.

Er erinnerte sich an einen Nachmittag, als er auf dem Heimweg seine Mutter gesehen hatte, wie sie die Mülltonnen in ihrer Straße absuchte, umschwärmt von einer Bande Teenagermädchen aus der Nachbarschaft. Sie machten sich über sie lustig, schlugen sie, rissen ihre Plastiktüten entzwei und verstreuten ihre Limo- und Bierdosen. Beschämt hielt Zurrn sich versteckt. Dann rannte er davon, und seine Tränen und seine Wut machten ihn fast blind vor Scham, weil er seine Mutter nicht verteidigt hatte.

Und vor Scham über sie.

Tonya Plesivsky war das Mädchen, dass den Überfall angeführt hatte. Er wusste, wo sie wohnte und dass sie einen Hund hatte, den sie sehr liebte, Pepper. In jener Nacht lag Zurrn wach da und kochte vor Wut. Eine Woche später hingen Zettel in der Nachbarschaft aus, auf denen stand, dass Tonyas Hund vermisst wurde. Tierfreunde verspürten Mitleid. Eines Tages hielt Tonya sogar Zurrn auf der Straße in der Nähe des Ben Bailey Parks an.

Hast du Pepper gesehen, Sorin? Das meine ich ernst. Ich mach mir Sorgen.

Sie hatte schon Nerven, nach dem, was sie seiner Mutter angetan hatte.

Nein, hatte er sie angelogen.

Natürlich wusste er, wo Pepper war, und er zog in Betracht, ihr den Kopf des Köters zusammen mit einer Notiz zu schicken – »Ich vermisse dich in der Hölle« –, bevor er den Plan verwarf. Es machte ihn glücklich, dass sie ihren kostbaren Pepper nie wiedersehen würde. Zur gleichen Zeit sah er, wie die Angst von Tonya Besitz ergriff und wie schön sie in ihrer Qual war, so sehr er sie ja auch verachtete. Seine Macht über sie versetzte ihn in Entzücken, und er fantasierte darüber, was er ihr antun würde. Er stellte sich einen Zettel mit Tonyas Gesicht vor, auf dem sie als vermisst gemeldet würde.

Zurrn bog auf einen verlassenen Waldweg ab. Die Scheinwerfer des Vans erhellten den Wald, und Kies flog unter den Reifen davon. Er kannte dieses Gebiet, denn er war früher schon hier gewesen. Während der Wagen über den alten, zerfurchten Pfad rumpelte, kamen leises Schluchzen und leise Schreie von hinten.

»Keine Sorge. Dauert nicht mehr lange«, sagte er laut.

Der Vorfall mit Tonya war der Auslöser gewesen, der ihn auf den Weg dessen gebracht hatte, was sein wahres Lebenswerk als Sammler war. Zunächst hatte er ein Stipendium fürs College gewonnen und Computerdesign studiert. Das hatte nicht lange gedauert, und danach war er durchs Land gestreift und hatte dies und das ausprobiert, bevor er von einem Computerjob zum nächsten gewechselt hatte. Während dieser Zeit hatte er mit seiner Feindseligkeit gegenüber seiner Mutter zu kämpfen gehabt und sich immer weiter von ihr entfernt und den Kontakt zu ihr mehr oder minder verloren. Zwar wusste sie, sie allein, wo er war – so viel hatte er zugelassen –, aber er reagierte selten auf ihre Briefe oder Anrufe.

Vielleicht aus einem Gefühl der Schuld heraus, mehr jedoch aus einem der Neugier hatte er die Onlineausgaben der Zeitungen Chicagos im Blick behalten. Er lebte in Denver, als er die Todesanzeige seiner Mutter im *Chicago Tribune* sah.

Die Kirche seiner Mutter hatte inseriert.

Er kontaktierte die Kirche, kehrte dann nach Chicago zurück und arrangierte still und leise ihr Begräbnis. Aber er ertrug es nicht, daran teilzunehmen. Stattdessen sah er aus der Ferne zu, wie man sie begrub, zusammen mit seiner Vergangenheit.

Nach ihrem Tod kehrte er nach Colorado zurück und machte sich daran, sämtliche Verbindungen zu seiner Mutter und dem Familiennamen zu kappen. Sie hatte kein Eigentum. Sie hatte nichts. Sämtliche Aufzeichnungen oder Korrespondenz, die ihn mit Chicago und dem Namen Zurrn verbanden, ignorierte er oder warf sie in den Mülleimer.

In dieser Zeit nahm er Dank seiner Fachkenntnis eine neue Identität an.

Er erlebte eine Wiedergeburt und fing ein neues Leben an, abseits von allem.

Er war unsichtbar.

Dennoch verlangte es ihn nach der einzigen Freude, die er durch seine Sammlung erfahren hatte. Und er rief sich ins Gedächtnis zurück, wie sehr er Tonyas Qual genossen hatte. Da geschah seine Verwandlung. Er war unterwegs, als ihn der Drang packte, sich eine neue Sammlung zuzulegen, eine besondere, die alles übertraf, was die Welt je gekannt hatte.

In den frühen Tagen war er nervös und beging winzige Fehler, als er sein erstes Exemplar einfing.

Aber es war ein Erfolg.

Ein Kunstwerk.

Er hegte und pflegte es, weil er es besaß.

Über die Jahre hinweg erwarb er weitere hübsche Exemplare und erweiterte seine Sammlung. Er wurde Experte darin, sie zu finden, sie zu jagen und sie so lange zu halten, wie es ihm gefiel. Jeder neue Fang versetzte ihn so sehr in Entzücken, dass er sich fest gegen ihre Zelle drücken wollte, um zu spüren, wie ihre Herzen voller Panik schlugen. Oh, wie sehr er das liebte!

Das Herumflattern im Tötungsglas.

Die meisten Exemplare waren kooperativ und loyal, aber einige wurden krank, taten sich selbst etwas an oder versuchten zu fliehen. *Flucht war Verrat – sie bedeutete Illoyalität. Sie war der Wunsch, ihn im Stich zu lassen, wie sein Vater ihn im Stich gelassen hatte. Es war der Bruch eines Versprechens und ein Sich-Entziehen von der elterlichen Verantwortung.*

Es bedeutete, dass es über die Jahre hinweg nötig wurde, sie wegzuwerfen und zu ersetzen. Es brach ihm das Herz, aber so war es nun einmal. Die Vermisstenanzeigen im Internet mit den Ausdrücken wie »zuletzt gesehen« und »spurlos verschwunden« gaben Zeugnis von seinem gesteigerten Geschick als Sammler.

Mein Ruhm.

Und niemand hat es je gewusst.

Ja, in den Nachrichten tauchten gelegentlich andere Enthusiasten auf, aber nur, weil sie Fehler begangen hatten. Einige im Land und auf der ganzen Welt waren ebenfalls jahrelang am Werk gewesen, aber sie hatten wegen ihrer Fehler eine Niederlage erlitten.

Lass nie ein Exemplar entkommen.

Es stimmte, in Rampart war nicht alles nach Zurrns Plan verlaufen. Er hatte vorgehabt, den Fall mit dem Tod von »Carl Nelson« abzuschließen. Gewiss, er hätte alles im Haus statt in der Scheune zum Ende bringen können. Aber das Feuer und die Inszenierung der Exemplare waren stilistische Feinheiten gewesen, denen er nicht hatte widerstehen können. Dennoch war die Entdeckung durch die Polizei kein Rückschlag.

Sondern eine Herausforderung.

Vielleicht gehe ich an die Öffentlichkeit, wie der Zodiac-Killer und der Ripper.

Zurrn würde weiter an der Erschaffung seines neuen Paradieses arbeiten. Aber er würde unterwegs weitere Einstellungen vornehmen müssen. In diesem Augenblick kämpfte er darum, die Letzten seiner verbliebenen Spezies zu halten. Lange Jahre war sein Plan gewesen, mit neuen Gefangenen von vorn anzufangen. Aber er hatte eine gewisse Zuneigung zu einigen seiner Exemplare gefasst und wollte sie behalten.

Und angesichts der Lage, die sich in Rampart zusammenbraute, und dieser ganzen Sache mit der Reporterin begriff er, dass das Spiel jetzt ein anderes geworden war. Jetzt war die Gelegenheit gekommen, der Welt seine Meisterschaft vorzuführen.

Und die einzige Art und Weise, das zu tun, bestand darin, seine Schätze zu opfern.

Es musste getan werden. Er war im Krieg.

Zeit zu beginnen.

Er brachte den Van an einem Flecken weicher Erde an einem rasch dahinströmenden Fluss zum Stehen. Grillen zirpten, und Sternenlicht flimmerte auf dem Wasser. Isoliert. Niemand im Umkreis von einigen Kilometern.

Niemand, der etwas hören würde. Perfekt. Hier, genau hier wird Geschichte geschrieben.

Er hatte sich ein qualitativ hochwertiges Nachtsichtgerät aufgesetzt. Es stellte ihm bei der Arbeit in der Dunkelheit brillante, scharfe Bilder seiner Umgebung zur Verfügung.

Zunächst manövrierte er die schwere Schubkarre heran, die man zum Transport von Automaten verwendete, holte dann die Holzkisten heraus und legte sie auf den Boden.

Dann legte er seine Werkzeuge bereit.

Als Nächstes stellte er die Stative für die Studioscheinwerfer in einer Reihe auf. Daraufhin stand er da und musste die Frage beantworten:

Welche, und wie?

Ein leiser Schrei kam aus einer der Kisten.

»Bitte!«

32

New York City

Nachdem sie Grace zu Bett gebracht hatte, brühte Kate frischen Kaffee auf und rief Goodsill zurück, damit sie an der Verbindung zwischen der Entführung von Alberta und der Sache in Colorado arbeiten konnten.

Könnte mich das jetzt zu Carl Nelson und zu Informationen über Vanessa führen?

Kate musste der Sache auf den Grund gehen.

»Gute Neuigkeiten. Ich habe meine alten Ordner gefunden«, sagte Goodsill am Telefon. »Fünfzehn Jahre sind eine lange Zeit, aber als ich meine Notizen noch einmal las, ist mir alles wieder eingefallen, und ich habe einige interessante Sachen entdeckt. Ich habe Sie Ihnen gerade geschickt.«

Kate stellte das Telefon auf Lautsprecher, drehte die Lautstärke herab und machte sich dann daran, die Anhänge mit eingescannten Dokumenten herunterzuladen, die gerade eintrafen.

»Merkwürdig ist«, fuhr Goodsill fort, »dass dieser Ausschnitt, den Sie gefunden haben, der einzige Artikel ist, den ich über diesen Fall verfasst habe, aber ich habe sehr viel Zeit darin investiert.«

»Was meinen Sie damit?« Die Dokumente, die auf Kates Bildschirm erschienen, waren zerknitterte, zerrissene und fleckige Kassenbons, Rechnungen und andere Aufzeichnungen. »Ich verstehe nicht, wonach ich hier suchen soll. Erklären Sie mir doch alles!«

Goodsill erläuterte Kate alles von Anfang an. Seine Kusine war mit einem Detective aus Denver verheiratet, Ned Eckles, und die beiden Männer waren bei einem Familientreffen ins Gespräch gekommen. Goodsill hatte erfahren, dass Ned einer Anfrage der kanadischen Polizei nachging, doch bitte ein Nummernschild zu überprüfen, das vielleicht bei einer Entführung eine Rolle spielte.

Neds Vorgesetzte sagten, die Informationen über das Nummernschild seien so vage, dass sie auf fünfundzwanzig weitere Staaten hätten passen können, was bedeutete, dass er nicht zu viel Zeit in die Überprüfung investieren solle, vorausgesetzt, es gäbe keine spezifischeren Angaben. Anhand der Fahrzeugbeschreibung und der Ziffern- und Zeichenabfolge konnte Ned Leute vom Straßenverkehrsamt darauf ansetzen, eine Analyse durchzuführen, und sie fanden fünf mögliche Kandidaten in Denver.

»Ned ging allen nach, besuchte die Leute persönlich und befragte die Fahrzeughalter. Vier ließen sich leicht ausschließen. Und obwohl er beim fünften ebenfalls nichts gefunden hatte, sagte mir Ned, dass er bei diesem Fahrzeughalter ein schlechtes Gefühl gehabt habe.«

»Sie sprechen von diesem Jerome Fell.«

Kate schaute auf ihren Monitor und auf die Angaben über Jerome Fell, 30, wohnhaft 2909 Falstaff Street, Denver. Goodsill hatte Fells Führerschein mit dem Foto eines glatt rasierten Mannes eingescannt, der sie mit unbestimmtem Ausdruck ansah. Sie legte die Finger auf den unteren Teil seines Gesichts, deckte ihn dadurch ab und stellte es sich mit einem Bart vor. Er könnte Carl Nelson ähneln. Allerdings war sie sich nicht sicher. Es bestand schließlich ein zeitlicher Unterschied von mindestens fünfzehn Jahren.

»Ja. Ned hatte gesagt, er habe schon vor seinem Besuch von der amerikanischen Zollbehörde erfahren, dass Fell etwa um die Zeit der Entführung in Kanada gewesen sei und dass er über Eastport, Idaho, wieder eingereist wäre. Aber Fell ist an der Grenze nie angehalten und durchsucht worden.«

»Warum?«

»Die Zollbeamten behaupteten, dass sie in diesem Zeitraum nie einen Warnhinweis bezüglich eines Vans und eines bestimmten Nummernschilds erhalten hätten. Was die Kanadier abstreiten.«

»Aber Ned hat sich mit Fell getroffen?«

»Ja.«

»Und hatte ein schlechtes Gefühl bei ihm und ihn trotzdem ausgeschlossen? Warum?«

»Bei einer inoffiziellen Befragung über seinen Aufenthaltsort zu dieser Zeit hat Fell sofort zugegeben, dass er in Kanada Ferien gemacht habe. Er sagte, er sei in British Columbia gewesen, jedoch nicht in Alberta, und er hat Ned sogar Motelrechnungen zum Beweis vorgelegt.«

»Was dann also?«

»Ned hat ihn ausgeschlossen, aber etwas an Fell hat weiter an ihm genagt. Ned hat mir später erzählt, dass Fell ungewöhnlich gut vorbereitet erschien, fast, als hätte er erwartet, Beweise für seine Touren während dieser Zeit vorlegen zu müssen. Dennoch gaben sich Neds Vorgesetzte damit zufrieden, wobei sie sich auf die Sache mit dem Nummernschild beriefen. Sie zogen Ned ab und beauftragten ihn mit anderen Ermittlungen.«

»Das war das Ende vom Lied?«

»Nicht ganz. Ned hatte nach wie vor ein ungutes Gefühl bei Fell, und nicht lange danach schlug ich vor, selbst etwas im Stillen nachzuforschen.«

»Was haben Sie getan?«

»Ich habe nie mit Fell gesprochen. Ich wollte ihn nicht misstrauisch machen. Ich habe mit seinen Nachbarn geredet, seine Wohnung im Auge behalten. Ich habe erfahren, dass er Computerexperte war, ein Vertragsarbeiter, dass er allein und sehr für sich lebte und seine Wohnung in Schuss hielt. Siehe die Fotos. Er hatte einen sauberen kleinen Bungalow mit einer Garage.«

»Was haben Sie herausgefunden?«

»Nicht viel, aber ich dachte mir, dass es eine gewaltige Story geben müsste, wenn dieser Typ ein kanadisches Mädchen entführt hätte und in Denver lebte, also entschloss ich mich, bevor ich die Sache fallenließ, in seinem Müll zu wühlen.«

»Sie haben seinen Müll vom Straßenrand geklaut?«

»Ja, ich glaube, sechs Mal im Schutz der Nacht. Haben Sie je so etwas getan, Kate?«

»Ein paar Mal.«

»Schmutzige, eklige Arbeit, aber der oberste Gerichtshof sagt, es sei kein Eindringen ins Privatleben, sobald er auf der Straße steht«, sagte Goodsill. »Man kann viel herausfinden, wenn man den Müll der Leute durchwühlt. Zuerst gab es nichts Besonderes in Fells Abfall.«

»Haben Sie einen Hinweis darauf gefunden, dass Jerome Fell ein Deckname war?«

»Nein.«

»Sie haben die Fotos von Carl Nelson gesehen. Halten Sie Nelson und Fell für ein- und dieselbe Person?«

»Nun ja, fünfzehn Jahre sind eine lange Zeit, aber ich habe darüber nachgedacht, als ich die Artikel aus New York gesehen habe, und bin zum Schluss gekommen, dass es gewiss möglich ist.«

»Haben Sie etwas mit dem Namen Carl Nelson gefunden oder etwas, das ihn mit Rampart in Verbindung bringt? Das sehe ich nicht in den Ausschnitten, die Sie mir geschickt haben und die ich bislang geöffnet habe.«

»Ich fürchte, nein. Viele Essensverpackungen, leere Behälter, Pizzakartons, einige Rechnungen für Seile, für Gas- und Wasseranschluss, alle auf Jerome Fell oder J. Fell. Ein paar Postsachen für seine Nachbarn, die an seine Anschrift gegangen sind. Ich habe gesehen, dass er nicht nett zu ihnen war. Statt sie seinen Nachbarn zu geben, hat er sie geöffnet und weggeworfen. Ist alles da. Da ist noch mehr an Sie unterwegs, vielleicht alles in allem vierzig Sachen.«

»Es überrascht mich nicht, dass Sie nichts gefunden haben. Ich weiß, dass ihm vielleicht etwas entgangen ist. Aber ich glaube, er hat sehr darauf geachtet, dass ihm nichts entgeht. Man hätte glauben sollen, dass er einen Schredder verwendet.«

»Das habe ich mir auch überlegt. Vielleicht hat er einige Sachen geschreddert, vielleicht hat er einige Sachen verbrannt, aber alles in allem habe ich nichts Ungewöhnliches entdeckt und die

Sache fallengelassen. Dann hat meine Frau etwas bemerkt, das mir entgangen ist – eigentlich sogar ein paar Sachen.«

»Was?«

»Haben Sie Anhang siebzehn gesehen, die fleckige Quittung für ein Perlenarmband, ein Spirograph, Bügelperlen und einen Satz Buntstifte? Meine Frau meinte, das sind Dinge oder Spielzeuge, die man für ein kleines Mädchen besorgen würde, insbesondere für eines, das sich langweilt.«

Kate konzentrierte sich genau auf diesen Punkt und stimmte ihm zu.

»Dann ist meiner Frau eine weitere Sache aufgefallen. Das ist Nummer zweiundzwanzig, eine kleine, zerrissene Quittung von einer Drogerie für Feuchttücher und diese Dinger da, Entschuldigung, aber sehen Sie?«

Kate führte ihre Maus auf Nummer zweiundzwanzig und öffnete sie.

»Ja.«

»Na ja, ich habe nachgesehen, und die meisten amerikanischen Mädchen bekommen ihre Periode, wenn sie zwölf werden, und dieses kanadische Mädchen, das Ihre Schwester hätte sein können, war etwa zehn, als sie entführt wurde, nicht wahr?«

»Tatsächlich wäre meine Schwester eher elfeinhalb gewesen.«

»Diese beiden Faktoren waren schon beunruhigend, aber ich habe zu meiner Frau gesagt, Fell hätte eine Freundin haben können, die eine Tochter hatte, wissen Sie? Es konnte Erklärungen geben. Abgesehen davon sind das private Dinge, und ich habe überlegt, wie ihn damit konfrontieren? Also habe ich ein paar Wochen lang die Sache in Gedanken hin und her gewälzt und mir gedacht, das Beste wäre, mit Ned zu sprechen.«

»Was ist dann passiert?«

»Ned hat einen Herzschlag erlitten. Das war eine große Aufregung in meiner Familie, und es hat mich eine Weile lang von allem anderen abgelenkt. Als ich mich etwa einen Monat später wieder Fell gewidmet habe, war er weggezogen. Ich konnte keine neue Anschrift bekommen.«

»Was ist mit den Maklern, Nachbarn, seinem Arbeitgeber, der Post?«

»Ich habe alles versucht, Kate, und nichts herausbekommen. Es war, als hätte er sich in Luft aufgelöst.«

Kate saß da und starrte die Sachen auf ihrem Monitor an. Mehrere Augenblicke des Schweigens verstrichen, bevor sie Goodsill dankte und auflegte.

Die nächste Stunde klickte Kate auf sämtliche Anhänge, untersuchte jeden einzelnen auf Hinweise, auf etwas, das Goodsill entgangen war. Aber er war gründlich gewesen. Er hatte alles getan, was sie getan hätte, und während sie die Sachen der Reihe nach durchklickte, betrachtete sie sich als glücklich, dass er ihr geholfen hatte.

Als Kate auf Fotos von Jerome Fells Haus stieß, verdüsterten sich ihre Gedanken.

Ist Vanessa dort gefangen gehalten worden? War Fell tatsächlich Carl Nelson? Oder jagte sie einem weiteren Phantom nach?

Kate holte das Foto des FBI von Nelson herauf und positionierte es direkt neben den Führerschein Jerome Fells. Zwischen den beiden Fotos lagen fünfzehn Jahre. Kate stellte ihr Notebook gegen ihren Monitor, so dass nur Augen und obere Kopfhälfte jedes Fotos zu erkennen waren.

Sind seine Augen dieselben?

In beiden Fälle verbreiteten sie die eisige Fassade eines tief sitzenden Grolls. *Eindeutig ein Typ, der einem die fehlgeleitete Post nicht zurückgeben würde,* dachte Kate, bevor sie die verschiedenen Anhänge erneut durchsah, die Rechnungen, die Quittungen und etwas, das wie eine falsch adressierte Rechnung oder Notiz erschien.

Was ist das?

Etwas aus Chicago über ein Grab für eine Krasimira Zurrn.

Was konnte das sein? Wer ist Krasimira Zurrn?

Das würde sie später überprüfen. Es war Viertel vor vier in der Frühe. Sie musste ins Bett.

33

Rampart, New York

Eine große Weißwandtafel stand an einem Ende des Büros in der Polizeidienststelle von Rampart.

Ed betrachtete sie über den Rand seines Bechers hinweg und nahm einen weiteren Schluck. Er konzentrierte sich jetzt auf das Foto von Carl Nelson.

Zentimeter für Zentimeter rücken wir dir dichter auf die Pelle.

Die am Tatort aufgefundenen Abdrücke gehörten zu Reifen, wie sie auch an dem silberfarbenen Chevy 2013 Class B Camper Van angebracht waren, den Carl Nelson in Utica erworben hatte. *Wir können davon ausgehen, dass dieser Van am Tatort war. Jetzt müssen wir diesen Van bloß noch auffinden.*

Bislang war nichts weiter ans Tageslicht gekommen.

Brennan rieb sich die Augen. Er war den größten Teil der Nacht auf den Beinen gewesen, war durchs Haus gewandert, hatte über seine Frau und seinen Sohn gewacht und mit der Last des Falls gerungen.

Was entgeht uns?

Er trank einen weiteren Schluck Kaffee, während er sich die Tafel wieder betrachtete. Er stand inmitten des halben Dutzends leerer Schreibtische. Sämtliche Kriminalbeamte der Einheit waren dem Fall zugewiesen worden.

Sie waren draußen und folgten Hinweisen.

Rampart leitete die Sonderkommission, die vom Riverside County, der State Police, dem FBI und anderen Behörden unterstützt wurde. Der Fall war in mehrere Bereiche unterteilt. Rampart und das County hatten die eher örtlichen Aspekte übernommen, die Carl Nelson betrafen. Das FBI kümmerte sich um den Flüchtigen. State Police und FBI untersuchten den Tatort, der noch immer bearbeitet wurde. Bei anderen Komponenten gab es Überschneidungen, je nach Expertise und Ressourcen.

Hinsichtlich der Halskette hatte es über das FBI neue Informationen seitens des Herstellers gegeben. Das in Frage kommende Modell wurde nicht mehr hergestellt und verkauft. Während der Zeit der Vermarktung waren sechshunderttausend Exemplare in den USA und weitere siebenhunderttausend weltweit verkauft worden. Der Hersteller sagte, das Eingravieren von Namen auf den Anhängern sei üblich gewesen, und die Untersuchung des beschädigten Stücks und des Vergleichsstücks, das von Kate Page stammte, zeigte, dass beide von dieser Firma herstellt worden waren. Aber ob die beiden Stücke wirklich diejenigen waren, die Kates Mutter erworben hatte, ließ sich anhand der Befunde nicht genau nachweisen.

Brennan betrachtete weiter die Tafel.

Alle Arbeit bis zum heutigen Tag war dort aufgelistet: Die Fotos, die Namen der Opfer, die Fallnummern, farbige Pfeile und die letzten Notizen, die zeigten, ob Genehmigungen ausgestellt worden waren. Es gab Zusammenfassungen von überprüften Gebieten, Hinweise auf Nachbarn, die nochmals befragt und auf Überwachungskameras, die überprüft oder nochmals überprüft werden mussten.

Bislang waren sie dreiundachtzig Hinweisen gefolgt, hatten ihnen Priorität eingeräumt oder sie verworfen.

Und nichts ist je bei dem Mitarbeiter herausgekommen, der behauptet, gesehen zu haben, dass Carl im Internet Grundstücke suchte und sich Notizen machte. Das frisst mich noch auf.

Die Behavioral Science Unit des FBI entwickelte ein Profil des Tatverdächtigen, suchte nach einer Motivation, Methode und der Psychologie seiner Handlungen und Persönlichkeit.

Brennan wandte sich von der Tafel ab. Dickson hatte gerade ein Gespräch mit dem FBI beendet.

»Gut, jetzt ist es offiziell«, sagte Dickson. »Das war das Cyber Crime Team des FBI. Sie haben mit dem Geheimdienst und zwei Ermittlungsteams im DataFlow Call Center gearbeitet.«

»Hat Nelson ihr System verseucht?«

»Große Sache. Er hat eine gewisse Software entwickelt und installiert, die ihm erlaubte, alles aus dem Netzwerk zur Verarbeitung von Bezahlvorgängen der Gesellschaft anzuzapfen. Er hat Sozialversicherungsnummern gestohlen, PINs, Adressen, Telefonnummern, Bank- und Kreditkarteninformationen.«

»Von wie vielen Leuten sprechen wir hier?«

»Vierzig Millionen.«

Brennan fuhr sich mit der Hand übers Gesicht.

»Die Firma arbeitet mit dem FBI zusammen an einer Pressemitteilung«, sagte Dickson. »Sämtliche Einzelhändler und Kartenbesitzer werden alarmiert. Kunden wird geraten, ihre Karten zu vernichten, Händler werden neue ausgeben.«

»Geringer Trost, wenn man weiß, dass Nelson alles hat.«

»Er ist ein cleveres Arschloch, Ed.«

»Vielleicht, aber früher oder später begeht er einen Fehler.«

Brennans Telefon klingelte.

»Ed, Mitch hier. Du kommst besser zum Tatort raus.«

Auf der Fahrt zum alten Friedhof kämpfte Brennan mit seiner Enttäuschung. Dass diese Verbrechen seit Jahren in seinem Hinterhof stattgefunden hatten, machte ihn krank, und er suchte Beistand in einem Mantra für Ermittler.

Der Tatverdächtige muss jedes Mal Glück gehabt haben. Wir müssen nur einmal die Glücklichen sein.

Bislang hatten Nelsons Opfer zum Verderben ihres Killers beigetragen. Wie Pollard, der seine Hundemarke in die Stiefel gesteckt hatte, damit sie ihm niemand bei einem möglichen Überfall vom Hals reißen konnte. Das hatte Nelsons Versuch einen Strich durch die Rechnung gemacht, einen Mord nebst Selbstmord zu inszenieren. Dann die Nachricht, die Tara Dawn Mae zurückgelassen hatte, und da war das Halskettchen mit dem Schutzengel und seine mögliche Verbindung zu Kate Page. Alle bei der Taskforce gaben in diesem Fall ihr Letztes.

Wir benötigen lediglich einen Hinweis, einen stichhaltigen Hinweis.

Der Zugang zum Tatort durch die alte Friedhofsstraße blieb versiegelt, und weitere Streifenbeamte von Riverview waren an anderen Stellen des erweiterten Umkreises postiert worden. Die zunehmende Größenordnung des Falls manifestierte sich im Polizeilager, das neben den Ruinen der Scheune entstanden war.

Ein mobiler Wohnwagen von doppelter Breite, der als Kommandoposten diente, war auf einem Sattelschlepper herangefahren und am Rand des Grundstücks inmitten von Reihen von Lastwagen abgesetzt worden. Eine Ansammlung von Apparaten, Scheinwerfern, Generatoren, Zelten und Planen sprenkelte das weite Grundstück.

Es hatte ausgedehnte Bodenuntersuchungen gegeben. Weitere Hunde waren im Einsatz, außerdem Infrarottechnologie. Weitere Luftaufnahmen waren angefertigt worden. Man hatte Gasdetektoren herangeschafft. Eine mit dem Apparat verbundene Röhre hatte man in den Boden geschoben, um Verwesungsgase aufzuspüren.

Der gesamte Tatort war mit Stricken und Fähnchen unterteilt wie eine archäologische Ausgrabungsstätte. Das FBI hatte forensische Archäologen von den Universitäten in Rochester und Syracuse und Forensikexperten der State Police zur Unterstützung angefordert.

Abschnitt um Abschnitt waren die Teams an der langsamen, systematischen Arbeit, Segmente von Erde in Schichten von zehn bis fünfzehn Zentimetern Dicke abzutragen. Sie wurden methodisch auf Beweise für menschliche Überreste durchsiebt.

Im Kommandoposten trafen Brennan und Dickson mit Mitch Komerick zusammen. Er streifte sich die Kapuze seines weißen Overalls herab, nahm die Maske vom Gesicht und beugte sich über einen großen Tisch mit aufgerollten Karten.

»Was haben wir, Mitch?« Brennan beugte sich zusammen mit ihm über die Karte.

Komerick nahm einen Bleistift und tippte mit dem Radiergummiende auf die Gesamtkarte des Tatorts.

»Weitere Überreste.«
»Ein weiteres Opfer?«
»Nicht eins. Zwölf.«
Brennan zog sich der Magen zusammen.
»Zwölf?«
Komerick tippte auf mehrere Rechtecke auf der Karte.
»Wir haben menschliche Überreste bestätigt – hier, hier, hier und hier. Wir haben gerade erst angefangen. Ed, das könnte einer der größten Fälle werden, die wir je zu Gesicht bekommen haben.«

34

New York City

Kate schob sich durch die dichtgedrängte Menge an der Penn Station.

Sie hatte sich an die U-Bahn gewöhnt, an die nach Urin stinkenden Bahnsteige, den Schwall fauliger Luft, der heranwehte, an die Menge, die an den Türen schubste und drängelte, an die Gerüche nach Parfüm und Körperausdünstungen. Sie war erleichtert, einen Sitzplatz zu bekommen. Binnen Sekunden war ihr Wagen gerammelt voll.

Als ihr Zug aus der Station donnerte, holte sie ihr Handy hervor und las die Artikel über Rampart von Associated Press, Reuters und Bloomberg. Dann las sie den Artikel, den sie hochgeladen hatte, und war zufrieden, dass Newsleads Bericht der umfassendste war.

Wir sind unseren Konkurrenten immer noch eine Nasenlänge voraus.

Anschließend blickte sie aus dem Fenster in die vorbeirauschende Dunkelheit. Während die Tunnelbeleuchtung vorüberblitzte und ihr Wagen schaukelte, kämpfte sie mit dem Aufruhr, der in ihr brodelte.

Zwölf weitere Opfer.

Sie konnte die Fakten und Ängste nicht länger wegschieben, die aus den dunkelsten Ecken herangekrochen kamen und sie zermalmen wollten.

Zwölf weitere Opfer. Gewiss war Vanessa unter den Toten.

Es war vorbei. Carl Nelson, oder wer er auch sein mochte, hatte gewonnen. Das rhythmische Klacken des Zugs hämmerte es ihr in den Kopf. Ihre Hoffnung, wenn sie denn jemals lebendig gewesen war, war gestorben. Der Traum, ihre Schwester wiederzusehen, war ihr entglitten … wie Vanessas Hand ihr vor zwanzig Jahren in dem eisigen Gebirgsfluss entglitten war.

Kate schloss die Augen.

Tränen rollten ihr das Gesicht herab, während die stählernen Räder des Zugs über die stählernen Geleise knirschten und ein schrilles Kreischen hervorriefen.

Auf dem Weg zu ihrer Wohnung besorgte sich Kate eine Pizza, dann holte sie Grace aus Nancys Wohnung ab.

»Ich habe die letzten Nachrichten gesehen.« Nancy hatte die Stimme gesenkt. Grace war unten im Flur, außer Hörweite. »Es ist schrecklich. Wie viel schlimmer kann es noch werden?«

Kate zuckte die Achseln.

Daheim biss Grace in ihre Pizza und erzählte Kate kauend von einem neuen Jungen in der Schule, der sämtliche Mädchen ärgerte. Aber Kate war mit den Gedanken woanders. Da sie jetzt mit ihrer Tochter zusammen war, spürte sie Speere aus Sonnenlicht, die ihr kampfmüdes Herz durchbohrten, und versuchte verzweifelt, sich an den Augenblick zu klammern.

»Mom, hörst du mir überhaupt zu?«

»Entschuldige, Schatz.«

»Ich habe gesagt, er heißt Devon, und alles, was er möchte, ist, dich zu küssen. Bäh!«

Nach dem Abendessen spulte Kate ihre abendliche Routine ab. Sie räumte auf und machte dann mit Grace die Hausaufgaben, bevor es irgendwelche Zeit am PC oder Fernsehen gab. Die ganze Zeit über war Kate außerstande, die Betäubung abzuschütteln, die sie erfasst hatte. Sobald sie Grace zu Bett gebracht hatte, dimmte sie die Lampen, öffnete eine Flasche Wein und schaltete im Fernsehen auf die Nachrichtensender.

Sie hörte die Kommentare und sah sich den Bericht über den Tatort in Rampart immer und immer wieder an, und allmählich hüllten sie das Gefühl des Verlusts und die bittere Erkenntnis ein, dass sie ein Narr gewesen war, von einem Wiedersehen mit Vanessa zu träumen. Eine Zeitlang hatte sie sich einreden können, dass sie nicht bloß auf dem Weg zur Wahrheit darüber war, was Vanessa zugestoßen war, sondern näher daran, sie heil und gesund wiederzufinden.

Ich habe aus ganzem Herzen daran geglaubt, dass ich meine Schwester zurückbekäme. Kate sah weiter den weiß gekleideten Kriminaltechnikern zu, die ihre Arbeit auf etwas taten, das ein Feld des Todes geworden war.

Zwölf weitere Opfer.

Ihr Telefon läutete.

»Kate, Nancy hier.«

»Hallo.«

»Ich habe die Nachrichten gesehen, und ich mache mir Sorgen um dich. Alles in Ordnung mit dir?«

»Ehrlich gesagt, nein, nicht wirklich.«

»Ich komme gleich runter.«

Vielleicht war es ihrer früheren Tätigkeit als Krankenschwester zu verdanken, aber als Nancy eintraf, wusste sie anscheinend, was sie zu tun hatte. Sie schaltete Kates Fernseher ab, drehte die Lampen hoch, stellte den Wein weg und bereitete Tee.

»Deine ganze Kampfkraft hat dich verlassen, Kate.«

Sie bemühte sich, Nancy zu erklären, dass sie sich angesichts der grausamen Wirklichkeit geschlagen fühlte, weil das Monster, das sie verfolgte, fünfzehn Menschen ermordet hatte.

»Es ist, als hätte ich den Boden unter den Füßen verloren.«

Nancy überlegte einen Augenblick, bevor sie Kates Hände in die ihren nahm.

»Du hörst mir jetzt zu.« Nancy sah ihr hart in die Augen. »Du wirst dich nicht klein machen und aufgeben. Du wirst darüber hinwegkommen. Das garantiere ich.«

»Das garantierst du?«

»Sieh dir doch mal dein Leben an! Du hast alles an Härten durchgemacht, was ich mir denken kann, und du hast standgehalten. Du hast ein Anrecht auf die Wahrheit, und du kannst dich unmöglich von diesem Widerling daran hindern lassen.

Das liegt nicht in deiner DNA, Kate. Hast du mich verstanden?«

Nancy drückte fest Kates Hand.

»Hast du mich verstanden?«

Bevor es ihr recht zu Bewusstsein kam, nickte Kate langsam, und sie konzentrierte sich auf einen Aktenordner auf dem Tisch in der Nähe und ein Foto von Nelson.

»Du weißt, dass ich recht habe, Kate.«

Kate nickte immer weiter, mit wesentlich mehr Zuversicht. *Ja. Nancy hat recht.* Kates Blick klebte an Carl Nelson. *Du wirst unmöglich mit dieser Sache davonkommen, du widerliches altes Arschloch! Wenn meine Schwester tot ist oder ich sie nicht finden kann, dann werde ich dich finden.*

35

Lost River State Forest, Minnesota

Da ist er!

Tief in dem dichten Wald aus Lärchen und Fichten blitzten eine graue Kehle, eine graue Brust und ein gelber Bauch auf.

Vorsicht.

Dan Whitmore war ein geduldiger Vogelbeobachter, der wusste, dass man nicht eilig sein Fernglas an die Augen heben oder sein Vogelbuch durchblättern sollte, um sein Objekt zu identifizieren.

Es könnte aus dem Blick geraten.

Die Erfahrung hatte ihn gelehrt, sich auf den Vogel zu konzentrieren, seine Form, seinen Schnabel, seine Färbung und Merkmale zu studieren. Wenn die Situation es erlaubte, würde er sein Fernglas in einer geschmeidigen, gut eingeübten Bewegung hochnehmen, wobei er den Vogel nie aus den Augen lassen würde. Wenn er dann davonflog, würde er das Buch zurate ziehen und ihn identifizieren.

Dan beobachtete mehrere Minuten lang, bevor er schließlich durch sein Fernglas blickte. Er wurde mit einem langen prächtigen Blick belohnt, bevor der Vogel davonflog.

»Das war ein Schnäppertyrann.« Dan wandte sich seiner Partnerin zu, Vivian Chambers, die den Führer durchblätterte und nickte.

»Ja, er hatte wunderschöne Handschwingen.«

»Das sind sechs weitere heute, Viv.«

Dan notierte die Sichtung und war zuversichtlich, dass er bis zum Ende ihres Ausflugs fünfhundert auf seiner Liste stehen hätte.

»Gehen wir da rüber«, sagte Vivian. »Zum Rand des Sumpfs da. Sieht aus wie ein großartiger Ort für Eulen.«

Dan, ein Arzt, hatte seine Praxis in Omaha vor fünfzehn Jahren aufgegeben. Er und Vivian, eine pensionierte Grundschullehrerin, lebten allein in demselben Appartmentkomplex. Beide hatten ihren Ehepartner verloren, und nachdem sie sich über einen von Omahas Vogelclubs kennengelernt hatten, waren sie Partner geworden.

Sie hatten an vielen Gruppenwanderungen teilgenommen, aber nachdem sie entdeckt hatten, wie sehr sie die Gesellschaft des anderen genossen, waren sie in den letzten fünf Jahren allein in verschiedene Teile des Landes gereist, um Vögel zu beobachten. Die Vogelbeobachtung schenkte ihnen einen Sinn für Ordnung, und ihre Beziehung hatte ihnen geholfen, einige der schwersten Zeiten ihres Lebens zu überstehen. Ihr gegenseitiges Verständnis und ihr gegenseitiger Respekt für das, was sie beide durchgemacht hatten, war zu einer fürsorglichen, heilsamen Art von Liebe herangewachsen. In dieser Hinsicht konnten sie wirklich von Glück sagen, ebenso wie hinsichtlich der Zahl der Vögel, die sie beobachteten, während sie zusammen die abseits gelegenen Straßen bereisten.

Dieser Teil des Parks grenzte an Manitoba und war der abgeschiedenste. Er war dicht mit Paternosterbäumen, Strauchkiefern und Espen bewachsen. Es gab Dickichte aus Weiden und Erlen. Die Wanderwege waren uneben, aber Dan und Vivian wagten sich oft hinaus, wann immer ein Vogel sie leitete. Als sie sich dem Rand des Torfs näherten, packte Vivian Dan am Arm und blieb stehen.

»Hör mal!«, sagte sie.

Vogelgesang kam durch die fernen Bäume.

»Tschirp. Tschirp-Tschirp. Tschirp.«

Er wiederholte sich in einer harten, stotternden Weise.

»Das ist ein Königstyrann. Ich erkenne ihn von meinen CDs«, sagte Dan.

»Ost oder West?«

»Entweder – oder, angesichts dessen, wo wir gerade sind.«

Dann durchsuchte er den Wald nach verräterischen Anzeichen,

sagte jedoch nichts. Nachdem er volle fünf Minuten lang gewartet hatte, versuchte er es erneut, diesmal mit dem Fernglas, und konzentrierte seine Suche auf das Gebiet, in dem der Vogel höchstwahrscheinlich zu finden war.

»Siehst du etwas?«, fragte Vivian, die ebenfalls durchs Fernglas schaute.

»Nichts.« Als er das Glas absetzte, erhaschte er einen blassen Blitz, verlor ihn jedoch wieder. »Warte mal.« Er stellte sein Fernglas neu ein.

»Jetzt?«

»Glaube schon.« Dan zögerte, außerstande, es wiederzufinden. »Eigentlich hatte ich geglaubt, wir hätten Gesellschaft bekommen. Ich dachte, jemand würde uns zuwinken. Ich hab's verloren.«

»Gehen wir näher ran, sagen Hallo und vergleichen wir unsere Listen.«

Sie traten vorsichtig durch das dichte Unterholz und suchten sich ihren Weg näher an den Rand des Moors heran zu der Stelle, wo Dans Behauptung zufolge die winkende Person zuletzt zu sehen gewesen war.

»Hier ist nichts. Machen wir eine Pause.«

Eine große, umgestürzte Erle diente als natürliche Sitzbank, groß genug für sie beide. Er griff nach seiner Wasserflasche, und Vivian holte ein kleines Tuch aus ihrem Rucksack. Sie tupfte sich damit das Gesicht ab und erstarrte.

Dan folgte ihrem Blick, der auf eine Lichtung in etwa zehn Metern Entfernung gerichtet war.

Zunächst hielt er das, was sie sahen, für ein falsches Spiel von Licht und Schatten.

Dan konnte es nicht glauben – es konnte nicht wirklich sein.

Ohne es zu bemerken, stand er auf.

Er schloss die Augen, aber das Bild hatte sich ihm eingebrannt und wollte nicht weichen, bis Vivian anfing zu schreien.

36

Lost River State Forest, Minnesota

Die Lehrbücher *Tactical Investigation, Deductive Assessment* und *Scene Work* hüpften im Takt der unebenen Fahrbahn auf dem Beifahrersitz des Streifenwagens von Cal Meckler, Polizist im County Klassen.

Da seine Freundin auf Besuch bei ihrer Schwester in Wisconsin war, hatte er sich entschlossen, ein paar Lernstunden einzuschieben, wenn seine Schicht endete. *Muss weiter an meinem Traum arbeiten.* Er schlürfte beim Fahren seinen Kaffee und dachte nochmals über seinen Lebensplan nach, County Klassen zu verlassen und zur Polizei von Minneapolis zu gehen, dort Detective zu werden und dann am Ende beim FBI zu landen.

Er war dreiundzwanzig, und Polizist im County zu sein, war so weit in Ordnung, zumindest für den Augenblick. Aber wie sein alter Herr jeden Tag nach der Arbeit auf der Farm in Moss Valley zu sagen pflegte: Ein Mann muss die Straße weiter hinabsehen.

Mecklers Schicht war fast vorüber, und er war auf seinem Weg zurück zu Blake Fossoms Wohnung, um einem Anruf wegen Lärmbelästigung nachzugehen. Blake gab gern Partys, ließ seinen Heavy Metal dröhnen und drehte seine Harleys hoch, und zwar alles gleichzeitig, und das war etwas, dem seine Nachbarn nicht gerade herzlich zugeneigt waren.

Als der Dodge-Pickup, der auf Holzpfählen vor sich hinrostete, in Sicht kam, das Hinweisschild auf Fossoms Grundstück, knisterte es in Mecklers Funkgerät, und er erhielt einen Anruf.

»Fünfundsiebzig. Von LR, ein Paar von Vogelbeobachtern meldet einen Zehn-Sechzig-Zwei, den die Parkranger als einen Zehn-Neunzig-Eins identifiziert haben.«

Meckler richtete sich auf, da er die untergründige Emotion in der Stimme der Mitarbeiterin in der Leitstelle vernahm. Die Parkranger hatten eine Leiche im Lost River State Forest gefunden, bei der es sich um ein Mordopfer handelte.

Das hat Priorität über Blake Fossom.

Meckler schaltete seinen Sprechfunk ein.

»Fünfundsiebzig. Verstanden, Julie. Bin fünfzehn vom Tor.«

»Verstanden. Brian wird dich dort erwarten und dich reinbringen, Cal.«

Meckler schaltete seine Sirene und die Warnlichter ein und jagte zum State Park.

Klassen County hatte nicht viele Morde aufzuweisen, und er wollte den hier als erster Beamter, der reagierte, nicht vermasseln. Er ging im Geiste eine Checkliste durch, was er zu tun hatte. Dann wies er die Leitstelle an, Ned Sloan zu alarmieren, den Detective für das Klassen County, und die Agenten in Rennerton vom staatlichen Bureau of Criminal Apprehension. Sie brauchten gleichfalls das Team der Kriminaltechniker, und der Gerichtsmediziner sollte jemanden aus Ramsay herschicken.

»Weil das so nah am Reservat ist, sollten wir auch den FBI-Agenten in Bemidji alarmieren.«

»Bin bereits dabei, Cal.«

Brain Fahey, ein Parkangestellter, verlor keine Zeit, als Meckler am Tor eintraf. Er winkte ihm kurz zu, warf seinen SUV an und fuhr zum Tatort voraus. Meck schaltete seine Sirene ab, ließ jedoch in Befolgung des Protokolls weiter die Blaulichter aufblitzen.

Fahey führte ihn einige Kilometer weit über den unbefestigten Hauptweg, bevor seine Bremslichter aufleuchteten. Er blieb stehen, bog von der Straße ab und lenkte in den dichten Wald. Sie fuhren schwankend über einen alten Holzfällerpfad, der mit Büschen und Unterholz überwuchert war. Der Duft nach Kiefern und Fichten erfüllte Mecklers Wagen. Das Licht war schwächer geworden, weil die Kronen der Bäume einen natürlichen Baldachin bildeten, der die Sonne aussperrte. Mecklers Blaulichter blitzten rot und blau auf den Stämmen und erzeugten eine traumhafte Atmosphäre.

Mehrere Kilometer lang kratzte das Unterholz über den Unterboden, während Äste voller Blätter gegen die Seiten ihrer Fahrzeuge schlugen und dabei ein weithin schallendes Schlappgeräusch erzeugten. Meckler erhaschte einen Blick auf Chrom und erkannte einen zweiten Geländewagen voraus auf einer Lichtung.

Sie blieben dahinter stehen.

Meckler rief die Leitstelle an, dann trug er Datum, Zeit und Details in sein Notizbuch ein, bevor er ausstieg und sich mit Fahey und Ashlee Danser besprach, Faheys Partnerin, die am Tatort gewartet hatte. Die Drei stellten sich außer Hörweite, und Meckler nickte dem Mann und der Frau auf dem Rücksitz von Dansers SUV zu.

»Das sind die Leute, die den Fund gemacht haben?«

»Ja, Vogelbeobachter. Dan Whitmore und Vivian Chamers, zwei Pensionäre aus Omaha.«

Dansers Gesicht war angespannt, als würde sie mit etwas ringen.

»Okay«, sagte Meckler. »Ich bekomme eine Aussage von ihnen. Wo ist der Tatort?«

»Hier entlang, etwa fünfzig Meter weit durch die Bäume.« Danser zeigte hin. »Sie werden ihn nicht verfehlen. Ich habe ihn mit gelbem Absperrband markiert. Ist echt schlimm, Cal, echt, echt schlimm. Ich habe nur einen kurzen Blick drauf geworfen und konnte es kaum ertragen.«

»Also haben Sie den Tatort betreten?« Meckler machte sich Notizen. »Ich sehe kein weiteres Absperrband in dem Bereich.«

»Hier ist sonst niemand, Cal.«

»Wir können nicht das Risiko eingehen, dass andere Wanderer zufällig darauf stoßen. Wir müssen den Tatort absichern. Ich hole mein Band aus dem Kofferraum. Könnt ihr bitte damit den Tatort in einem weiteren Umkreis absperren?«

»Natürlich, Cal«, sagte Fahey.

»Ihr müsst mir den Weg zeigen, den ihr genommen habt, Ashlee, aber zuerst werde ich mit unseren Zeugen reden.« Meckler ging zum SUV.

Die ältliche Frau saß hinten, hatte die Ellbogen auf die Knie gestützt und hielt das Gesicht in den Händen verborgen, während der Mann ihr die Schultern rieb.

»Entschuldigen Sie, Mr Whitmore, Ms Chambers. Ich weiß, das ist jetzt schwierig. Ich bin Cal Meckler vom Sheriffbüro des Klassen County. Könnten Sie mir bitte sagen, wie es zu der Entdeckung gekommen ist?«

»Oh, mein Gott, es ist entsetzlich! Es ist einfach ...« Vivian unterdrückte ein Schluchzen.

»Wir haben bereits der jungen Beamtin da alles erzählt«, sagte Whitmore. »Tut mir leid, ich habe ihren Namen vergessen.«

»Ich weiß, und ich entschuldige mich, aber Sie werden noch mit einer Anzahl weiterer Ermittler sprechen müssen, bevor wir fertig sind. Und wir müssen Ihre Personalien überprüfen. Ist alles Teil der Routine, angesichts der Schwere der Ereignisse hier.«

»Wir haben bloß nach Vögeln Ausschau gehalten!«, sagte Vivian zu niemandem im Besonderen. »Nur nach Eulen und einem Königstyrann Ausschau gehalten, als wir es gefunden haben! Mein Gott!«

»Beruhige dich, Viv. Hier, trink noch etwas.« Whitmore reichte ihr eine Flasche, dann wandte er sich an Meckler. »Mein Sohn, als Arzt habe ich viele schreckliche Dinge zu Gesicht bekommen. Ich war Sanitäter in Vietnam, und ich habe alle Arten von Kampfverletzungen gesehen, die Sie sich vorstellen können, aber was wir dort gesehen haben, ist einfach unbegreiflich. Ich ... ich habe versucht ... ich ... habe versucht ... nachzusehen, ob es noch Lebenszeichen gab ... sogar im Wissen, dass es keine mehr gab. Ich bin immer noch ... entschuldigen Sie.«

Whitmore blickte zum Tatort hinüber, zog den schmutzigen Handrücken über den Mund, gewann die Fassung zurück und berichtete von der Entdeckung.

Anschließend ging Meckler zu seinem Kofferraum. Er streifte Schuhschutz über, zog Latexhandschuhe an, nahm seine Kamera, sein Notizbuch und folgte derselben Richtung, die Ashlee Danser zum Tatort eingeschlagen hatte. Während er einem breiter geschlagenen Pfad in den Wald folgte, herrschte eine angenehme Atmosphäre, und Vogelgesang lag in der Luft. Teile des Unterholzes waren zu Boden gedrückt worden, Hinweis darauf, dass ein Fahrzeug hier durchgekommen war.

Er blieb stehen und machte mehrere Fotos, bevor er weiterging.

Bald schon sah er den halben Meter langen Streifen gelben Bands, der an einem Zweig angebracht war und sich in der Brise hob, wie um ihn zu bitten – oder herauszufordern – weiterzugehen. Er trat hinaus auf die Lichtung und zu dem umgestürzten Baum, wo Vivian Chambers vor kurzem gesessen hatte.

Er durchsuchte das Gebiet, sah jedoch nichts.

Dann hörte er das Summen von Fliegen und blieb wie angewurzelt stehen.

Sie lag dort, in gesprenkeltem Licht.

Das Opfer war eine weiße Frau.

In seiner kurzen Zeit als Polizeibeamter hatte Meckler die Resultate der meisten Tragödien zu sehen bekommen – Menschen, die in Autowracks gestorben waren, bei Bränden, die ertrunken waren, die Selbstmord mit einer Schusswaffe begangen oder sich erhängt hatten.

Er hatte den Tribut und die Nachwirkungen aus nächster Nähe erfahren.

Aber die hier unterschied sich von allen Todesarten, die er jemals gesehen hatte.

Es war, als hätte eine böswillige Gewalt sich ihren Weg aus der Unterwelt in diese Welt gebahnt, um alles niederzureißen, was wir als menschlich kennen.

Während er die Szene anstarrte, bildete sich auf seinen Armen eine Gänsehaut. Die winzigen Härchen im Nacken richteten sich auf, und sein Mund war auf einmal wie ausgedörrt.

Zwei bloße und bleiche menschliche Hände ragten aus der Erde hervor, freigelegt bis hinab zu den Unterarmen. Die Hände standen etwa einen Meter auseinander, als ob der Besitzer sie aus dem Untergrund gehoben und die Oberfläche der Erde zu einem makabren Beifallklatschen durchbrochen hätte.

Die Erde war verzweifelt mit einem Ast um den Kopf herum weggescharrt worden, wie es der Arzt beschrieben hatte.

Der Mund klaffte weit auf.

Im Innern schmausten Haufen von Insekten.

Fliegen überkrusteten das Gesicht.

Die Augen standen weit zu einem erstarrten stummen Schrei offen, als würden sie Meckler immer noch anflehen, sie zu retten.

37

Lost River State Forest, Minnesota

Mehrere Stunden, nachdem die Vogelbeobachter ihre grausige Entdeckung gemacht hatten, schwebte ein Hubschrauber der Minnesota State Patrol dröhnend über dem Tatort.

Lester Pratt beobachtete ihn von seinem Ford aus, während er den Kaffee austrank, den ihm seine Frau zubereitet hatte. Daraufhin studierte er wieder die Bilder auf seinem Laptop. Der Hubschrauber übertrug direkt und bestimmte Größe und Grenzen des Tatorts.

Weil der Tatort im Staatsforst lag und Klassen County nur wenige Ressourcen hatte, wurde entschieden, dass das staatliche Bureau of Criminal Apprehension die Ermittlungen mit Unterstützung seitens der örtlichen Institutionen und des FBI leiten würde.

»Jemals so etwas gesehen?« Ben Koehler, Pratts Partner, konzentrierte sich auf sein Handy und die Fotos des Opfers und die Szene, die sie bei ihrer Ankunft vor sich gehabt hatten.

Pratt war ein erfahrener Polizist, zugeordnet zum Teil Vikings und zum Teil Springsteen. Er stand kurz vor der Pensionierung. Als Agent der BCA war Pratt an der Ermittlung bei fast einhundert Mordfällen beteiligt gewesen oder hatte sie geleitet. Er spähte über seine Brille hinweg auf seinen Laptop und zeichnete eine kleine Skizze in sein Notizbuch.

»Nein«, erwiderte er, ohne wegzusehen. »So etwas nicht.«

In diesem Moment trat Cal Meckler, Polizist beim Klassen County, an Pratts Fahrzeug heran, was bei Koehler ein Lächeln hervorrief.

»Meine Güte, dieser Junge muss einen Bereich von zwanzig

Kilometern im Umfang abgesperrt haben«, sagte Koehler, als Meckler sich neben Pratt stellte.

»Wir haben den Tatort abgesperrt.« Meckler wischte sich die Stirn. »Kann ich Ihnen hier bei sonst irgendetwas behilflich sein?«

»Vielen Dank«, sagte Pratt. »Wir benötigen Hilfe mit der Plane. Aber darum kümmern wir uns nach dem Treffen, nachdem wir mehr darüber von unseren Kriminaltechnikern erfahren haben, wonach wir eigentlich suchen müssen.«

»Und wann und wo wird dieses Treffen stattfinden?«

»Wahrscheinlich morgen früh in Rennerton.«

»Vielen Dank, Sir. Ich werde dort sein. Möchte helfen, selbst wenn ich außer Dienst bin.«

»Das wissen wir zu schätzen, mein Junge.«

»Ich suche die Ränder des Wegs, der zum Tatort führt, nach irgendwelchen weggeworfenen Dingen ab.«

»Die Hundestaffel hat das bereits getan, aber nur zu, wenn Sie möchten.«

Nachdem der Polizist gegangen war, schüttelte Koehler amüsiert den Kopf.

»Er ist ein Übereifriger, Les.«

»Kann nicht schaden.«

Pratt hatte selbst übereifrig sein müssen, insbesondere nach einem Schuss ins Bein, nachdem er einen Wagen, der zu schnell gefahren war, in der Nähe von Duluth angehalten hatte, als er noch ein blutiger Anfänger gewesen war. Während seiner Genesung entschloss er sich, Kriminalkommissar zu werden.

Dann blinzelt man, fünfundzwanzig Jahre sind vorbei, und man wird mit so etwas konfrontiert.

Angesichts der grausigen Fotos von Händen und Kopf des Opfers zog sich Pratt erneut der Magen zusammen.

Nein, so etwas hatte er wirklich noch nie gesehen.

Was allem die Krone aufsetzte: Pratts beide Töchter waren etwa im gleichen Alter wie diese junge Frau.

Wir müssen dieses Tier finden, das das getan hat, dachte er

mit einem Blick auf das Waldgebiet, wo die Kriminaltechniker am Werk waren. Pratt rechnete damit, dass sie etwas finden würden, was ihm weiterhelfen könnte.

Sie waren sehr gut.

Ein wenig tiefer im Wald, von dort aus gesehen, wo Pratts und Koehlers Fahrzeug parkte, warf Staci Anderson, Koordinatorin des BCA-Tatort-Teams, einen Blick zum Himmel und hoffte, dass das Wetter durchhalten würde.

Tatorte im Freien waren eine schwierige Sache – Regen konnte Spuren wegspülen.

Anderson blickte prüfend über ihr Team, das weiße Overalls, Schuhschützer und Latexhandschuhe trug. Es waren Kriminaltechniker, Experten in ihren jeweiligen Disziplinen wie Chemie, Biologie, Fingerabdrücke, Waffen und Spurenanalyse. Sie harmonierten gut mit der Gruppe, die vom Büro des Gerichtsmediziners in Ramsey heraufgekommen war.

Alle Mitglieder verstanden ihr Geschäft. Sie arbeiteten ruhig, effizient.

Anderson und ihr Team hielten sehr viel von der »Austausch-Theorie« der Forensik, dass nämlich an jedem Tatort der Mörder eine Spur von etwas hinterlässt und mit etwas davon verschwindet.

Es war ein langer Tag, dachte Anderson, während sie im Geiste die bereits getane Arbeit und die noch zu erledigende Arbeit durchging. Mit größter Sorgfalt hatten sie sämtlichen Boden rund um den Leichnam abgetragen. Er würde nach Spuren durchsiebt und anderweitig analysiert. Methodisch sammelten sie Proben der Vegetation und des Bodens ein, um sie zu studieren und später zu vergleichen. Die Bäume, die Büsche und das Gestrüpp in der Nähe wurden auf Haare, Fäden, Fasern, andere Materialien oder zerbrochene Zweige untersucht, auf alles, was auf einen Kampf hindeuten würde.

Sie suchten das Gebiet nach Spuren von Schleim, Speichel, Sperma und anderem biologischen Material ab, weil so etwas einer rapiden Zersetzung durch die Elemente unterworfen war. Zusätzlich durchsuchten sie das Gelände nach Patronenhülsen, Messern, nach allem, was vielleicht als Waffe verwendet worden war.

Bald wäre es dunkel. Dann würden sie eine Lösung aus Wasser, Natriumperborat, Natriumcarbonat und Luminol zubereiten und damit das Gebiet besprenkeln. Dadurch erhielt man etwas, das chemische Lumineszenz genannt wurde, und sie diente dazu, Blutspuren sichtbar zu machen. Wenn diese Lösung mit Blut in Berührung kam, würde sie reagieren und unter ultraviolettem Licht blau schimmern.

Sie identifizierten peinlich genau Fuß- und Reifenabdrücke, wobei sie zuerst diejenigen der Zeugen, der örtlichen Polizisten und sämtlicher bekannter Dienstfahrzeuge aussortierten. Zum Glück erwies sich der Tatort in dieser Hinsicht als unverdorben. Sie fotografierten und stellten Abdrücke der gefundenen Spuren für die weitere Analyse und den weiteren Vergleich her.

Alles verlief gut, dachte Anderson, nahm ihr Tablet und verließ den Tatort. Sie folgte dem beflaggten Weg, um Pratt auf den neuesten Stand zu bringen, der seinem Fahrzeug entstieg, als er sie sah.

»Wo stehen wir, Staci?«

»Der Arzt sagt, sie können den Leichnam für eine Autopsie in Ramsey abtransportieren.«

Pratt nickte.

»Dann versprühen wir die Lösung und suchen Blutspuren.«

»Was ist mit dem Todeszeitpunkt? Wie lange hat sie da gelegen?«

»Schwer, genau zu sagen. Wir warten die Untersuchung ab. Aber so, wie es aussieht, mit den ganzen Insekten, dem Zustand der Verwesung et cetera schätze ich, weniger als eine Woche, vielleicht sogar nur drei oder vier Tage. Schwer zu sagen.«

»Na schön.«

»Sobald wir die Reifenabdrücke analysieren können, haben wir vielleicht ein verdächtiges Fahrzeug für Sie.«

»Das wäre gut.«

»Noch etwas.« Anderson rief ein paar Fotos auf ihrem Tablet auf. »Werfen Sie mal einen Blick darauf.«

Es waren Nahaufnahmen von murmelgroßen, kreisrunden Abdrücken in weichem Boden. Die Abdrücke bildeten ein Dreieck.

»Was ist das?«

»Wir sind uns ziemlich sicher, dass das Abdrücke eines Stativs sind. Angesichts dessen, dass hier die Vogelbeobachter herumlaufen, könnten sie von denen stammen.«

»Stimmt.«

»Sie könnten aber auch vom Mörder stammen.«

»Wollen Sie damit sagen, dass er die Sache aufgezeichnet hat?«

Anderson nickte.

38

New York City

Sirenen hallten durch die Nacht, als Kate an der 6th Anvenue in der Nähe des Times Square aus dem Taxi stieg und die West 46th Street hinabging.

Wenige Stunden zuvor hatte Hugh Davidson sie zuhause angerufen und ihr aufgeregt erzählt, dass er ein Treffen mit einem Computerexperten in Netzwerksicherheit arrangiert habe, einem ehemaligen Vertragsarbeiter für die CIA und die NSA.

»Wir müssen uns heute Abend mit ihm treffen«, sagte Hugh. »Wir haben Glück. Diese Leute treten selten aus den Schatten. Unser Typ war an einigen schändlichen Projekten beteiligt.«

Die Bar, wo sie das Treffen vereinbart hatten, lag zwischen dem Café Ocho und Samantha's Hair Salon. Kate traf früh ein und blieb draußen stehen, um sich die Leute genau anzusehen, die auf der Straße kamen und gingen. Es gab nichts Ungewöhnliches, nur eine weitere Nacht in Manhattan, nachdem sie einen frustrierenden, fruchtlosen Tag mit der Verfolgung weiterer Spuren verbracht hatte.

Dieses Treffen mit Hughs Kontaktmann könnte etwas bringen.

Während sie jetzt auf der Straße wartete, sah sich Kate auf ihrem Smartphone die Berichte der Konkurrenz an. Sie las den letzten Artikel von Associated Press über Rampart, eine Lagebeschreibung, die nichts wirklich Neues enthielt. Er betonte die Herausforderung, die zunehmende Anzahl neuer Opfer zu identifizieren. *Es ist bloß eine Sache der Zeit, bevor sie meine Schwester identifizieren.* Kate schob den Gedanken beiseite und hielt die Stellung. Sie klammerte sich an Nancys ermutigende Worte, sie solle den Kampf nie aufgeben, die Wahrheit über Vanessa zu erfahren.

Deshalb war sie heute Abend hergekommen. Außerdem war sie immer noch an der Geschichte dran. Sie folgte ihrer selbst auferlegten Regel, die U-Bahn nach Einbruch der Dunkelheit zu meiden. Da sie einen Großteil ihres Lebens auf sich selbst gestellt gewesen war, wusste sie, wie sie auf sich achtzugeben hatte. Wenn ein Treffen mit neuen Quellen anberaumt war, die ihr fremd waren, insbesondere bei Leuten mit fragwürdigem Hintergrund, war sie immer wachsam.

Mein Name und mein Gesicht sind da draußen, dazu jede Menge seltsamer Gestalten.

Zwanzig Minuten, und immer noch kein Anzeichen von Hugh. Kate schrieb ihm eine SMS. *Vielleicht ist er bereits in der Bar?* Als sie keine Antwort erhielt, ging sie hinein.

Über das Gelächter der Menschen hinweg, die Feierabend hatten, ertönte Live-Klaviermusik, und alles mischte sich mit den Gesprächen der nächtlichen Besucher. Während auf den Fernsehbildschirmen über der Bar Sport- und andere Nachrichten flimmerten, suchte Kate nach Hugh.

Vergebens.

Zum Glück wurde ein Tisch in der Nähe frei, und sie setzte sich rasch, um ihn für sich in Anspruch zu nehmen. Eine Bedienung räumte ab, Kate bestellte eine Cola Light, und dann vibrierte ihr Handy. Es war eine SMS von Hugh.

Bei mir im Gebäude gab's einen Wasserrohrbruch. Stehe unter Wasser. Schaffe es nicht. Sorry.

Verdammt, Hugh. Wie erkenne ich ihn?

Er wird dich erkennen.

Wie heißt er? Wie sieht er aus?

Ich habe ihn noch nie gesehen.

Was?

Er läuft unter Viper.

Ernsthaft?

Ja. Sorry, Kate. Muss los. Viel Glück.

Klasse. Kopfschüttelnd legte sie ihr Handy auf den Tisch.

Ihr Getränk kam, dazu ein Schüsselchen mit Erdnüssen. Sie kaute ein paar, während sie sich umschaute und versuchte, ihre Quelle zu entdecken. Die Bar war gerammelt voll mit Bürotypen aus Manhattan. Sie bemerkte einen Mann in der Nähe, der an der Bar einen Hocker warmhielt. Er hatte die Krawatte gelockert und warf ihr verstohlen Blicke zu, während er so tat, als würde er zum Fernseher über ihm hochsehen.

Was? Jetzt grinste er und winkte Kate leicht zu.

Er konnte nicht Viper sein. Unmöglich.

Sie wandte sich ab, trank einen Schluck und sah auf ihrem Handy nach, wie spät es war.

Viper war eine halbe Stunde zu spät dran.

Allmählich fühlte sich das Ganze wie eine Pleite an.

Na ja, sie hatte den Hinweis aus Denver noch nicht völlig ausgeschöpft. Sie hatte noch Einiges zu tun, um sämtlichen Informationen nachzugehen, die Will Goodsill ihr geschickt hatte. Vielleicht bestand eine Verbindung zu Nelson und dessen wahrer Identität. Sie tröstete sich mit dem Glauben, dass der Colorado-Fall immer noch vielversprechend war. Da erhaschte sie einen Blick auf die Bildschirme, auf denen gerade eine Reportage über Rampart zu sehen war.

Eine jähe Woge der Taurigkeit überrollte sie. Zum ersten Mal wurde ihr klar, dass sie sich Gedanken um ein Begräbnis für Vanessa machen müsste.

Eine Sekunde lang schloss Kate fest die Augen.

Wie viel von dem ganzen Mist ertrage ich noch?

»Kate Page?«

Ein Mann von Mitte zwanzig – Anfang zwanzig – tauchte an ihrem Tisch auf.

»Ja.«

»Ich bin ein Freund von Hugh Davidson. Wir sollten uns hier treffen.«

Der Fremde war knapp zwei Meter groß und normal gebaut. Er hatte schwarzes, kurz geschnittenes und zurückgegeltes Haar, ein Stoppelbärtchen am Kinn und einen Stecker im linken Ohrläppchen. Er trug ein Poloshirt unter seiner Lederjacke.

»Ich sollte Sie vermutlich nach Ihrem Codenamen fragen.«

Er grinste und nickte in sich hinein.

»Viper. Aber Sie können mich Erich nennen.«

»Also gut, setzen Sie sich, Erich.«

Als er die Jacke abstreifte, bemerkte Kate kleine Tätowierungen auf seinen gebräunten Armen.

»Darf ich Ihnen etwas bringen?« Eine Bedienung legte einen Untersetzer hin.

»Tomatensaft mit Eis.«

Nachdem die Bedienung weg war, fragte Kate, warum er den Saft bestellt hatte.

»Sind Sie noch unter einundzwanzig, Erich?«

»Ich bin zweiundzwanzig.« Sein Blick ging zu Kates Handy. »Darf ich?«

Sie schob es ihm zu, und er inspizierte es, ohne es zu berühren.

»Was sollte das?«, fragte Kate.

»Nichts.« Er zuckte die Achseln. »Ich bin daran interessiert, welche Handytypen die Leute benutzen.«

»Sie sind zweiundzwanzig, und Hugh sagt, Sie haben einige Arbeit für die CIA und die NSA erledigt. Stimmt das?«

»Ja.«

»Was für Arbeit?«

»Netzwerksicherheit.«

»Was genau haben Sie getan?«

»Darüber kann ich nicht sprechen.«

»Passt. Oh, Hugh kann nicht kommen, weil ...«

»Ich weiß, warum.«

»Für wen arbeiten Sie jetzt?«

»Freiberuflich hier und da. Ich komme durch.«

Nachdem Erichs Saft eingetroffen war, wartete Kate, bis die Bedienung gegangen war.

»Dann okay«, sagte sie. »Hugh hat Ihnen gesagt, warum ich Ihre Hilfe benötige.«

»Sie versuchen, Carl Nelson zu finden, den Typen, den das FBI sucht.«

»Ja. Wollen Sie mir helfen, vertraulich?«

Erich nickte.

»Hugh hat Ihnen gesagt, dass weder ich noch Newslead Sie dafür bezahlen kann?«

»Kein Problem«, sagte er.

Kate trank einen Schluck. Hilfe zu haben, munterte sie auf.

»Also schön. Was können Sie tun und wie funktioniert das, weil Sie sich gar nicht vorstellen können, wie dringend ich diesen Typen finden will.«

»Es geht um Ihre Schwester.«

»Das auch. Ja. Und um all die anderen Opfer.«

Erich sah unbestimmt vor sich hin. »Ich gebe Ihnen einen Überblick, wie wär's damit?«

»Ja.«

»Zuallererst werde ich Ihnen sagen, wie es steht. Das FBI hat IP-Adressen auf sämtlichen Computern gesichert, auf die Nelson Zugriff hatte.«

»Zuhause und auf der Arbeit?«

»Genau. Smartphones, Laptops. Sie sehen sich seine Internet-Historie an, jede Website, die er besucht hat, jede E-Mail, die er abgeschickt hat, jede Online-Transaktion. Sie werden Vollmachten oder Vorladungen für die Netzwerke haben, die er besucht hat.«

»Klingt umfassend.«

»Wird angesichts von Nelsons Arbeitsweise und angesichts dessen, wie er drauf ist, wahrscheinlich nutzlos sein, und das FBI weiß das.«

»Was meinen Sie damit?«

»Ich habe den Fall verfolgt. Vermutlich ist er ein Experte in Netzwerksicherheit. Er wird einige Branchentricks kennen, und er hat bereits versucht, seine Spuren zu verwischen. Also hat er wahrscheinlich Schritte unternommen, keine digitale Spur zu hinterlassen.«

»Oh.«

»Hinzu kommt, dass er verschwunden ist, wenn er keinen Computer anrührt und das Netz verlässt. Dann wird es zur Suche nach der sprichwörtlichen Nadel im Heuhaufen, denn die Polizei muss sich auf traditionelle Beweismittel wie Fingerabdrücke, Autokennzeichen, DNA und Augenzeugensichtungen verlassen oder sich im Voraus überlegen und abwägen, mit wem er vielleicht physisch Kontakt aufnimmt.«

»Stimmt.« Kates Mut sank.

»Ich glaube jedoch nicht, dass das bei Carl Nelson so sein wird.«

»Wieso nicht?«

»Sehen Sie, er hat Zugriff zu privaten Finanzdaten von etwa vierzig Millionen Leuten gestohlen, was übrigens ein Kinderspiel ist.«

»Für Sie vielleicht.«

»Meine Vermutung lautet, dass Carl diese Daten benutzen wird, während er auf der Flucht ist.«

»Was, wenn er's nicht tut? Was, wenn er dem Netz fernbleibt und Bargeld verwendet?«

»Ist möglich, aber heutzutage gibt es Stellen, die kein Bargeld annehmen, was die Chancen erhöht, dass er eine seiner gestohlenen digitalen Identitäten verwendet.«

»Wenn das stimmt, woher wüssten Sie dann, was oder wann?«

»Es gibt einige Protokolle, die ich ablaufen lassen kann.«

»Verstehe. Okay.«

»Sehen Sie, ich muss los«, sagte Erich. »Ich arbeite daran und bleibe mit Ihnen in Verbindung.«

»Warten Sie, ich gebe Ihnen meine Handynummer und E-Mail ...«

»Brauche ich nicht.« Er lächelte.

»Natürlich«, sagte sie. »Sagen Sie mir jedoch etwas, bevor Sie gehen. Warum wollen Sie mir helfen? Ist das ein Sport für Sie?«

»Sport?«

Er blickte in sein Glas Tomatensaft.

»Nein. Vor ein paar Jahren ist eine Freundin von mir, die ziemliche Probleme hatte und naiv war, von einem Online-Predator verlockt worden, der sie schließlich vergewaltigt hat. Sie hat Selbstmord begangen. Ich war ein Sargträger.«

»Oh, mein Gott!«

»Die Polizei konnte den Verantwortlichen nicht finden, also habe ich alles daran gesetzt, ihn zu finden. In meinem Eifer habe ich ein paar Orte attackiert, bin eingedrungen – ja, Sie können es Hacken nennen. Aber ich habe ihn gefunden.«

Erich nickte und trank seinen Saft aus. Plötzlich bemerkte Kate, dass er beim Trinken die Serviette ums Glas gelegt hatte, damit er keine Fingerabdrücke hinterlassen würde. Er zog sich die Jacke an und wollte gehen.

»Kapiert?«

»Ja. Warten Sie. Erich, was ist passiert? Sie haben den Widerling gefunden. Was ist mit ihm passiert?«

»Er ist tot.«

39

New York City

Am Morgen nach ihrem Treffen mit Erich betrat Kate gegen halb zehn das Redaktionsbüro.

Etwas an diesem »Viper«-Typen beunruhigte sie.

Die Vorstellung, dass er in den Tod von jemandem als Akt der Rache verwickelt war, hatte ein Gefühl des Unbehagens in ihr hervorgerufen. Ebenso, wie er sein Glas genommen hatte, als ob er sorgfältig darauf bedacht wäre, keine Fingerabdrücke zu hinterlassen. Sie fühlte sich dazu gedrängt, schnurstracks die Wirtschaftsredaktion aufzusuchen.

Sie fand Hugh an seinem Schreibtisch. Er trug ein blassblaues Hemd mit Fliege. Als er sie sah, hängte er gerade sein Jackett auf.

»Kate, tut mir leid, dass ich dich letzte Nacht hängengelassen habe. Meine Wohnung ist eine Katastrophe. Wie ist es also mit Viper gelaufen? Hat er sich gezeigt?«

»Ja. Was hat es mit seiner Geschichte auf sich, dass er einen Online-Predator aufgespürt hat, der seine Freundin überfallen hat und dann gestorben ist?«

»Oh, das.«

»Ja, das. Hat Viper etwas mit seinem Tod zu tun?«

»Ja. Ich gebe dir einen Kaffee aus und erkläre es.«

Unten in der Kantine des Gebäudes berichtete Kate von ihrem Treffen. Dann erzählte ihr Hugh, wie er ursprünglich über eine Quelle in der Industrie auf Viper gestoßen war, als er eine Serie über die Netzwerksicherheit in Firmen verfasst hatte.

»Er ist wie ein Geist«, sagte Hugh. »Nach dem Selbstmord seiner Freundin hat er seine Fähigkeiten eingesetzt, um ihren Vergewaltiger aufzuspüren. Wie sich herausstellte, war der böse

Junge ein Computerexperte, der einen Vertrag mit der NSA hatte. Viper hat mehrere Gesetze gebrochen, als er in vermeintlich undurchdringliche Systeme eingebrochen ist, um belastende Beweise gegen den Typen zu finden.«

»Was dann?«

»Viper hat das FBI darauf aufmerksam gemacht und ihnen alles zur Verfügung gestellt. Als sie den Mann verhaften wollten, hat er sich auf eine wilde Jagd mit dem Auto durch Virginia eingelassen, die damit endete, dass sich sein Wagen um einen Baum gewickelt hat. Er war tot.«

»Wow.«

»Später haben die CIA und die NSA ihre Fühler zu Viper ausgestreckt, damit er für sie arbeitete.«

»So gut ist er?«

»Er ist so gut. Will er dir helfen?«

»Ja.«

»Schätze dich glücklich.«

Zurück an ihrem Schreibtisch setzte bei Kate die Wirkung des Kaffees ein.

Viper an ihrer Seite zu haben hatte sie angespornt, ihre eigenen Nachforschungen in puncto Nelson fortzusetzen. Sie widmete sich wieder der Alberta-Colorado-Spur und untersuchte nochmals sämtliche der alten Dokumente, die Goodsill ihr von seiner Durchforstung des Mülls vor fünfzehn Jahren geschickt hatte. Die Umstände des ersten Verdächtigen aus Denver, Jerome Fell, nagten an ihr. Das eine Dokument, das scheinbar ein fehlgelaufenes Schreiben wegen einer Begräbnisstätte für Krasimira Zurrn in Colorado war, gab ihr Rätsel auf. Der Zettel im Anhang, der aus dem Mülleimer stammte, war zerrissen, zerknüllt und schmutzig.

Sie konnte nirgendwo darauf eine Adresse von jemandem in Chicago entdecken.

Kate blätterte ihre Notizen durch, wurde jedoch von einer SMS von Reeka unterbrochen.

Reuters hat das gerade gebracht. Wie konnte uns das entgangen sein? Ich bin am Flughafen auf dem Weg nach Atlanta. Klemmen Sie sich dran und halten Sie uns auf dem Laufenden.

Kate, ist das in Ordnung für dich, wenn du dich daran klemmst?, fragte Chuck, dem Reeka eine Kopie der Nachricht geschickt hatte.

Reuters hatte eine exklusive kurze Meldung über eine Neuigkeit gebracht, in der es hieß, dass die Polizei von Rampart vier der zwölf Identitäten der kürzlich entdeckten Opfer bestätigt habe und dicht davorstehe, ihre Namen zu veröffentlichen.

Kate zog sich der Magen zusammen, und verschwommen tauchte das Gesicht ihrer Schwester vor ihren Augen auf.

Vanessa könnte eines davon sein. Alles könnte hier enden.

Mit zitternden Fingern machte sie sich daran zu antworten. Sie hielt inne, holte tief Luft, gewann die Fassung zurück und tippte dann ihre Antwort an Reeka und Chuck.

Ich komme damit klar. Bin dran.

Bevor sie es recht wusste, rief sie Brennan in Rampart an und schob beiseite, dass er sein Versprechen gebrochen hatte, sie hinsichtlich der Identitäten auf dem Laufenden zu halten.

»Brennan«, meldete er sich.

»Kate Page. Reuters sagt, Sie haben vier weitere Opfer identifiziert.«

Ein langes Schweigen folgte, bis Kate es brach.

»Ed, ist meine Schwester eines davon?« Ihre Stimme zitterte.

»Nein. Ist sie nicht.«

»Sie sagen es mir auf der Stelle. Ich habe jedes Anrecht, es zu wissen.«

»Ist sie nicht, Kate.«

»Ganz bestimmt?«

»Wir haben Ihre DNA. Schon vergessen, dass Sie sie uns freiwillig zur Verfügung gestellt haben?«

Kate schluckte heftig, kurzzeitig erleichtert. Aber ihr brach das Herz beim Gedanken an die Familien der Toten.

»Okay.« Sie riss sich zusammen. »Gibt es neue Entwicklungen in dem Fall?«

»Nein. Arbeiten weiter an der Ermittlung.«

»Ich möchte die vier Namen für einen Artikel.«

»Geben Sie mir zwanzig Minuten. Wir sind dabei, die Familien zu benachrichtigen.«

Eine halbe Stunde später mailte Brennan Kate eine Pressemitteilung zu, die in fünfzehn Minuten an die Öffentlichkeit gehen würde. Sie war kurz und knapp, ohne viele Details und identifizierte die vier Opfer als: Camila Castillo, vierundzwanzig, aus Mesa, Arizona, vermisst seit sechs Jahren; Kathy Shepherd, neunzehn, verschwunden aus Greensboro, North Carolina, vor drei Jahren; Tiffany Osborn, fünfundzwanzig, vor fünf Jahren verschwunden nach einem Kinobesuch in Lexington, Kentucky; Valerie Stride, zwanzig, seit drei Jahren vermisst, wohnhaft in der Vorstadt von Orlando, Florida.

Kate blickte in ihre jungen Gesichter auf den begleitenden Fotos, ihr strahlendes Lächeln und die Augen voller Hoffnung. Der Anblick schmerzte sie zutiefst, wenn sie an den Schrecken dachte, den sie durchlitten haben mussten. Die Größe des Bösen war erdrückend.

Vier weitere Opfer identifiziert.

Noch acht weitere. Acht weitere Chancen, dass Vanessa unter ihnen ist.

Wer weiß, wie viele Opfer sie noch ausgraben?

Ein eisiges Gefühl durchfuhr sie, als sie sich auf ihren Artikel konzentrierte. Die Redaktion wollte ihn so schnell wie möglich. Sie machte sich an die Arbeit. Zuerst sammelte sie Informationen und Einzelheiten zu den Umständen über die hauseigene Bibliothek. Sobald sie das Gefühl hatte, ausreichend Informationen zu haben, suchte sie Telefonnummern von Verwandten der Frauen heraus und stählte sich dann gegen die Qual, die vier trauernden Familien anzurufen.

Die nächste Stunde verstrich mit einer raschen Folge quälender Interviews. Die Mehrzahl der Familien wollte reden, wollte ihre Trauer teilen, angefangen mit Tiffany Osborns Vater in Kentucky. »Wissen Sie, Tiff ist mir letzte Woche im Traum erschienen und hat gesagt: ›Alles wird gut werden, Dad‹.« Daraufhin erreichte Kate Kathy Shepherds Mutter in North Carolina. »Es ist einfach unwirklich«, sagte sie zu Kate. »Es ist immer so gewesen. Ich erwarte immer noch, dass mein kleines Mädchen zur Tür hereinkommt.«

Camila Castillos Bruder war ein LKW-Fahrer, und Kate erreichte ihn auf der Straße nahe Tulsa. »Ich fliege morgen früh nach New York. Wir werden Cammy nach Hause holen, damit sie in Frieden dort ruhen kann, wo sie aufgewachsen ist. Ich hoffe, sie erwischen den Typen, der das getan hat, damit er in der Hölle verrotten kann.« Die letzte Person, die Kate erreichte, war Valerie Strides Vater, ein pensionierter Marine in Orlando. »Wer täte so etwas? Kann mir das jemand sagen?«

Bei jedem Fall hatte Kate die Verwandten gefragt, ob sie von irgendeiner Verbindung zwischen ihren Angehörigen und Carl Nelson oder Rampart oder Tara Dawn Mae oder Kanada oder Denver oder Vanessas Halskettchen wüssten. Bei jedem Fall war die Antwort negativ.

Die Anrufe waren peinigend, und Kate spürte den Schmerz der Familien beim Schreiben in sich. Nachdem sie ihren Artikel abgeschickt hatte, ging sie zur Toilette und spritzte sich Wasser ins Gesicht, während die Worte von Valerie Strides Vater in ihr widerhallten.

Wer täte so etwas?

Seine Frage tönte in ihr, als sie an ihren Schreibtisch zurückkehrte und Carl Nelsons Fahndungsplakat auf der Webseite des FBI anstarrte.

Du. Du hast das getan.

Kate nahm ihre Recherche mit frischem Eifer wieder auf. Wiederum durchsuchte sie das Material aus Colorado und konzentrierte sich auf die Notiz aus Chicago, die mit dem Grab von

Krasimira Zurrn zu tun hatte. Kate wühlte sich in die Datenbanken von Newslead und machte sich Notizen, während sie öffentlich zugängliche Aufzeichnungen für Illinois, Cook County und Chicago durchsuchte. Sie sammelte ihre Ordner und machte sich zu Chucks Büro auf. Sie klopfte an den Türrahmen.

»Komm rein«, sagte er. »Habe gerade deinen Artikel gelesen. Schöne Arbeit.«

»Können wir reden?«

Kate öffnete ihren Aktenordner und machte sich daran, Chuck ihr Bauchgefühl wegen Krasimira Zurrn und der Verbindung zu Jerome Fell in Denver zu erläutern.

»Lass mich einfach ausreden, Chuck. Lass mich die Punkte miteinander verknüpfen.«

Sie wussten, dass Nelson offensichtlich ständig seinen Namen änderte und seinen Tod vorgetäuscht hatte. Die Ermittler gaben zu, seine wahre Identität nicht zu kennen. In Rampart hatte sie einen Nachbarn gefunden, der eine Bemerkung über Nelsons Familie in Denver gemacht hatte. Die Entführung von Tara Dawn Mae in Alberta mit ihrer Verbindung zu ihrer Schwester hatte eine mögliche Verbindung zu Denver und Jerome Fell über ein Autokennzeichen. Ein Detective aus Denver betrachtete Fell als möglichen Verdächtigen bei der Entführung. Fell gab zu, zum Zeitpunkt von Taras Verschwinden in Kanada gewesen zu sein.

»Also. Schau dir das an. Fell hat Ähnlichkeit mit Nelson.« Kate zeigte Chuck das Foto, das sie hatte. »Und Fell war, wie Nelson, Computerexperte, der für sich allein lebte. Laut Interviews mit Nachbarn und Dokumenten, die Goodsill aus dieser Zeit bekam, gibt es jedoch unbewiesene Hinweise, dass Fell vielleicht ein Mädchen auf seinem Grundstück hatte, dessen Alter zu dem von Tara passen würde.«

Dann erklärte sie die Aufzeichnung zu Krasimira Zurrn.

»Wo willst du damit hin, Kate?«

»Nach Chicago.«

40

Saint Paul, Minnesota

Das staatliche Hauptkriminallabor war im Hauptquartier des Bureau of Chriminal Apprehensions beherbergt, einem dreigeschossigen Gebäude auf der Maryland Avenue. Im Atrium war eine große Skulptur aus Stahl und Buntglas mit dem Titel »Exquisite Corpse« ausgestellt.

Das Kunstwerk war ein echter Blickfang, und Staci Anderson sah darin eine wunderschöne Metapher für die Zusammenführung der verschiedenen Arbeitsbereiche zum Lösen von Kriminalfällen in dem Komplex. Heute ließ sie sich bei der Arbeit stark davon inspirieren, denn sie spürte den Druck dieses neuen Falls an allen Fronten.

Vor vierundzwanzig Stunden war ihr Team vom Ort des grausigen Mords im Lost River State Forest zurückgekehrt. Heute hatte sie erfahren, dass er Priorität erhalten hatte. Das Labor des BCA fungierte ebenfalls als eines der regionalen DNA-Labore des FBI, und Anderson war gesagt worden, dass Druck von oben ausgeübt wurde, den Fall angesichts seiner rituellen Natur beschleunigt zu lösen.

Das Labor kämpfte bereits mit einem Rückstand, aber das Team legte sämtliche andere laufende Arbeit beiseite und analysierte die Beweisstücke, die sie am Lost River gesammelt hatten.

Andersons Ehemann, ein selbstständiger Ingenieur, war nicht begeistert, als sie ihn anrief und sagte, dass sie das Abendessen versäumen würde und spät nach Hause käme. Wieder mal.

»Das heißt, du musst Chloe heute Abend zur Mall mitnehmen und ein Geschenk für die Geburtstagsparty ihrer Freundin morgen besorgen«, wies sie ihn an.

»Ich? Aber ich treffe mich heute Abend mit den Jungs, um uns bei Stan's das Spiel anzugucken.«

»Tut mir leid. Frag mal, ob Taylor babysitten kann, wenn du von der Mall zurück bist, und dann kommst du halt nach.«

»Ja, werd ich. Du reißt dieser Tage ziemlich viele Überstunden ab.«

Allerdings.

Aber wenn sie ihr persönliches Schuldgefühl gegenüber der Qual der Opfer und ihrer Familien abwog, fiel es leicht, sich auf den Job zu konzentrieren. Sie war gut darin, und man wandte sich oft an sie, um Untersuchungen zu koordinieren.

Anderson hatte ihren Master in Mikrobiologie an der University of Illinois abgelegt und verschiedene Abschlüsse in Naturwissenschaften und Chemie an der University of Wisconsin erworben. Sie war eine der besten Wissenschaftlerinnen der Abteilung, wenn es um Gerichtsgutachten ging, und wurde für einen leitenden Posten in Betracht gezogen.

Heute hatte sie unermüdlich an der Haarprobe gearbeitet, die vom Opfer genommen worden war, einschließlich der Wurzel. Auf der ersten Ebene, der mikroskopischen Untersuchung, studierte sie Schafteigenschaften, Schuppenmuster, Färbung, Länge und viele andere Aspekte, bevor sie die DNA entnahm, die schlüssig die Identität beweisen konnte.

Die DNA-Analyse erforderte viele zeitintensive Schritte.

Das Extrahieren benötigte gewöhnlich einen Tag. Dann folgte die Massebestimmung und Elongation, gewöhnlich ein weiterer Tag. Darauf kam die Auswertung, die einen halben Tag erforderte. Anschließend musste der ganze Vorgang rigoros von einem weiteren Wissenschaftler der Abteilung gegengecheckt werden, was bis zu einer Woche benötigen konnte. Sobald dieser Vorgang abgeschlossen war, konnten die Ergebnisse zum Vergleich an bundesstaatliche und nationale Datenbanken wie der CODIS-Datenbank des FBI, einer Vielzahl bundesstaatlicher und nationaler Vermisstenstellen und Nachrichtenagenturen weitergegeben werden, in denen die DNA von Opfern bei größeren Verbrechensfällen gespeichert war.

Nachdem Anderson mehrere Stunden inmitten der weißen Arbeitstische und Apparate gearbeitet hatte, nahm sie ihr Tablet und verließ ihren Arbeitsplatz. Sie musste den Stand der Arbeit anderer Wissenschaftler in anderen Abteilungen überprüfen, die Gegenstände aus Lost River untersuchten.

Sie warf einen Blick auf ihren Monitor und vergewisserte sich, dass das Team auf die richtige Sammlung und Disposition der Beweismittel geachtet hatte. Jedes Teil wurde einzeln in geeigneten Behältern aufbewahrt, beschriftet mit seiner Position, dem Fundort, der Beschreibung und dem Namen des Verantwortlichen für die Analyse. Sie überprüfte, ob jeder Gegenstand fotografiert worden war, bevor man ihn vom Tatort entfernt hatte.

Janice Foley, Fachkraft für biologische Flüssigkeiten, beschäftigte sich mit dem, was sie für Blut hielten. Sie hatte ein paar eingetrocknete Spuren zusammengekratzt. Wo sie nichts hatte weggkratzen können, hatte sie einen mit destilliertem Wasser befeuchteten Wattebausch verwendet. Foley analysierte gleichfalls einen weggeworfenen Becher und einen Strohhalm auf Spuren von Speichel. Viel mehr an Substanzen hatte sie nicht am Tatort gefunden.

»Wir haben keinerlei Hinweise auf Urin, Stuhl oder Erbrochenes entdeckt«, sagte Foley.

»Ja, das haben wir bemerkt.«

»Auch keine Samenspuren in der Nähe des Leichnams oder am Tatort.«

»Okay.« Anderson machte sich eine Notiz auf ihrem Tablet. »Wir schicken eine Nachricht an den Mediziner in Ramsey, bei der Autopsie einen Vaginalabstrich vorzunehmen. Ich weiß, dass die das wissen, aber es ist unser Job. Halten Sie mich auf dem Laufenden, Janice.«

Anderson ging weiter zu Heather Wick, die für das Beweismaterial zuständig war. Wick untersuchte die Fasern, Stoffe und das zusätzliche Haar, das sie am Tatort in der Nähe der Abdrücke eingesammelt hatte.

»Ich habe ein paar Hanffasern, ein wenig Baumwolle, Polyester, Späne von behandeltem Holz.« Wick war über ihr Mikroskop gebeugt. »Und ich sehe mir die Fadenzahl und die Faserwindungen an, bevor ich Schlüsse ziehen kann.«

»Wann haben Sie das zusätzliche Haar bearbeitet?«

»Sollte nicht mehr lange dauern, dann können Sie mit dem Extrahieren anfangen.«

»Klingt gut, Heather, danke.«

Travis Shaw war einer der besten Analytiker für Spuren und Fußabdrücke des Landes. Reifenabdrücke füllten seinen großen Computerbildschirm, als Anderson an ihn herantrat, um sich auf den neuesten Stand bringen zu lassen. Er nickte mit dem Kopf im Takt der Musik, die durch seine Ohrstöpsel kam, und er war der jüngste Wissenschaftler im Team. Anderson tippte ihm auf die Schulter. Er zog die Stöpsel heraus, wobei die Musik weiter tickte, nachdem ihm die Stöpsel auf die Schultern gefallen waren.

»Was ist mit der Theorie über das Stativ, Trav?«

»Ich bin zu einhundert Prozent Ihrer Meinung. Die Abdrücke und die Position im Verhältnis zum begrabenen Körper passen zu einer Aufzeichnung – Fotos, Video oder beides.«

»Aber?«

»Wie wir schon gesagt haben, das ist ein Land der Vogelbeobachter. So einer könnte sich da postiert haben. Dennoch passen die Bodenbedingungen zu dem, was wir von den Fuß- und Reifenabdrücken erhalten haben. Sehen Sie mal!«

Shaw klickte eine Anzahl vergrößerter Reifenspuren an.

»Ich habe großartige Bilder und Abdrücke von allem. Ich bin immer noch dabei, die Reifenabdrücke zu analysieren, aber wir haben Polizei- oder Parkfahrzeuge ausgeschlossen. Ich bin mir sicher, dass angesichts des Zustands des Bodens, der die Abdrücke festgehalten hat, und des Bodens, der das Opfer umgab, diese Abdrücke vom Fahrzeug unseres Verdächtigen stammen.

Sie wissen schon, Erosion, Zeit, alles betrifft dieselbe Zeitspanne.«

»Okay.«

Shaw klickte auf die Fotos von Fuß- und Schuhabdrücken. »Genau wie bei den Reifen habe ich alle anderen möglichen Schuhabdrücke ausgeschlossen – unsere Zeugen, die ersten Polizisten, die am Tatort waren.«

»Gut.«

»Habe ein paar Prachtexemplare hier. Der Boden war sehr leicht verformbar – zu unserem Vorteil.«

»Das sehe ich.«

»Das Opfer wurde ohne Schuhe begraben, also sind das hier ihre Fußabdrücke. Jetzt hier ...« Er klickte. »... sieht aus wie ein Herrenschuh Größe 44. Ich arbeite noch daran. Und hier zwei weitere, kleinere Abdrücke von Frauenschuhen. Wiederum muss ich in beiden Fällen noch die charakteristischen Eigenschaften wie Laufflächenabnutzung genauer unter die Lupe nehmen und noch nach Schuhtyp und Modell suchen.«

»Was meinen Sie?«

»Mein erster Eindruck? Ich glaube, an diesem Tatort waren drei Personen. Zwei Frauen und ein Mann.«

»Und wenn wir nur ein Opfer haben, bedeutet das, dass zwei Menschen, die in Verbindung zu diesem Mord stehen, noch auf der Flucht sind, und ich weiß nicht, ob irgendjemandem das Offensichtliche aufgefallen ist.«

»Das wäre?«

»Das ist einer der grauenhaftesten Tatorte, die wir je gehabt haben.«

41

Ramsey, Minnesota

Der nackte Leichnam des unidentifizierten Opfers lag auf einem Tisch aus Edelstahl in einem der Autopsieräume des Midwest Medical Examiner's Office in Ramsey.

Weiblich. Weiß. 1,63 m. 54 Kilo. Alter zwischen vierundzwanzig und achtundzwanzig.

Ihre offenen, leblosen Augen starrten hinauf in das strahlende LED-Licht der Untersuchungslampe.

Welche Träume waren in ihnen enthalten? Hatte sie ein gutes Leben gehabt?, überlegte Gerichtsmediziner Dr. Garry Weaver, bevor er und Monica Ozmek, seine Assistentin, ihre Arbeit wieder aufnahmen.

Über die Jahre hinweg hatten Weaver und Ozmek viele Autopsien durchgeführt.

Sie hatten sich an die Kühle des Autopsieraums mit seinem Geruch nach Ammoniak und Formaldehyd gewöhnt. Sie kannten den Geruch nach faulen Eiern von Organen, ihre fleischigen Schattierungen von Rot und Rosa. Ihnen war das Ploppgeräusch vertraut, wenn das Schädeldach entfernt wurde, der Schädel sich öffnete und das Gehirn und die Dura sich zeigten. Weaver vollzog den üblichen ersten Y-förmigen Schnitt über die Brust, und dann arbeiteten sie sich durch die externe und interne Untersuchung des Körpers.

Sie hatten ihn fotografiert, gewogen, gemessen und geröntgt.

Ihr Job war es, die Weise, die Ursache, den Zeitpunkt und die Klassifikation des Todes zu bestimmen, ebenso die Identität des Opfers eindeutig zu bestätigen. Weaver war sich sicher hinsichtlich der Weise und der Ursache, aber die Identifizierung wäre eine Herausforderung.

»Die Dermis der Fingerspitzen des Opfers ist zerstört worden, wahrscheinlich mit einer ätzenden Substanz«, sagte er.

»Ja, das ist mir aufgefallen, als wir die Hände eingepackt haben, nachdem wir den Leichnam aus dem Boden geholt hatten.«

»Diese Tätowierung könnte helfen.«

Weavers zeigte mit einem Finger, der im Gummihandschuh steckte, auf die linke obere Halspartie und die Tätowierung eines kleinen Herzens mit Flügeln.

»Sollte sie.«

»Hast du das Zahnschema in die Datenbanken eingegeben?«

»Ja.«

»Und wir haben ebenfalls einen Hinweis, falls Andersons Team unten in Saint Paul einen Treffer durch die DNA landet. – Monica? Geht's dir gut?«

Ihr Gesicht hinter der Kunststoffmaske hatte einen traurigen Ausdruck angenommen.

»Ja, machen wir weiter.«

Weaver zögerte, bevor er sich wieder ans Werk machte.

Er wahrte seine klinische, professionelle Distanz, während er die Fakten suchte, die seine Befunde stützen sollten, wobei er im Hinterkopf behielt, dass seine Assistentin anscheinend Mühe hatte, ihre Fassung zu bewahren. Das Opfer war lebendig begraben worden, und aufgrund dessen war es erstickt. Es gab eine Thoraxverdichtung, aber Tod durch Ersticken war Resultat der Okklusion des Atmungstrakts.

Bevor sie ihre Arbeit abschlossen, überlegte Weaver kurz, was das Opfer in den letzten Augenblicken des Lebendig-Begrabenwerdens empfunden haben musste. Den zermalmenden Druck der Erde. Der durch den Druck hervorgerufene Schmerz, auf sie, auf ihre Organe, hätte sie betäubt, aber sie wäre immer noch in der Lage gewesen zu denken, während sie langsam in ihrem Grab versank. Die Erde wäre warm um ihr Gesicht geworden. Reflexhaft hätte sie den Mund fest geschlossen, aber schließlich wäre sie gezwungen gewesen, Erde einzuatmen, was, zusammen mit der Erde, die sie umgab, zum Tode geführt hätte.

Er saß an seinem Computer und schrieb seinen Abschlussbericht, als Ozmek in sein Büro kam und sich in den Stuhl neben ihm setzte.

Sie betrachtete sinnend die eiskalte Dose Soda Light aus dem Automaten, die sie in der Hand hielt.

Weaver hielt inne.

»Möchtest du darüber sprechen?«

Sie starrte tief in das Foto der Sonne, die in der Karibik unterging und das Weaver neben seine Diplomurkunden gehängt hatte.

»Ich weiß nicht, Garry.«

»Was weißt du nicht?«

»Wir kennen uns schon lange, nicht wahr?«

»Natürlich, schon sehr lange. Bevor das Labor des Gerichtsmediziners am Mercy und das Leichenschauhaus im Keller waren, erinnerst du dich?«

»Sicher.« Sie trank einen Schluck Soda. »Aber die Sache ist die, dass wir alles gesehen haben – die Brände, die Autowracks, die Stichwunden, die Schusswunden, die Ertrunkenen, die Erfrorenen, die Selbstmorde, einfach alles, was man sich nur denken kann.«

»Stimmt.«

»Aber das. Ich meine, sie wurde lebendig begraben. Wir beide wissen, was sie durchgemacht hat.«

»Ja, aber es wäre nicht lange gewesen, eine Minute oder zwei, wenn das irgendwie ein Trost ist.«

»Ist keiner. Was ich nicht verstehen kann, ist, warum jemand ihr das Leben mit einer solch niederträchtigen, kalkulierenden Bösartigkeit nehmen will.«

Weaver nickte.

»Das geht mir durch und durch. Es ist einfach …« Sie schüttelte den Kopf.

Weaver tätschelte ihr die Hand.

»Machen wir weiter und bringen wir unsere Befunde zum BCA, stellen alles in jede mögliche Datenbank, damit wir dabei helfen können, den Killer zu erwischen.«

42

Chicago

Der Jet näherte sich O'Hare International Airport. Kates Blick schweifte über Chicago und seine Skyline, und sie wusste, dass die Zeit dem Unausweichlichen immer näher rückte.

Früher oder später würde Vanessa als eines von Nelsons Opfern identifiziert werden, aber Kate konnte sich nicht einfach zurücklehnen und gar nichts tun.

Sie musste ihn finden.

Während ihres Flugs vom JFK hatte sie sich die wesentlichen Aspekte der Geschichte nochmals vor Augen geführt. Es hatte einiger Überzeugungskraft bedurft, aber Chuck, ein hartgesottener Reporter alter Schule, hatte der Reise sein Okay gegeben. Er hatte zugestimmt und gesagt, wenn sie eigene Wege hinsichtlich ihres Bauchgefühls gehen wollte, dass Nelson Verbindungen zu Chicago, Denver und der Entführung in Alberta hatte, dann sollte sie es tun, so oder so.

»So läuft das eben. Diese ganze Geschichte ist ein Würfelspiel«, hatte er gesagt und die Fingerspitzen aneinandergelegt. »Wir rennen uns die Hacken ab und sehen, wohin das führt. Wir gehen nicht das Risiko ein, dass uns ein Konkurrent schlägt. Du kommst damit zurecht, dass du fährst?«

»Sicher, Chuck. Ich muss das tun.«

»Na gut. Ich sage unserem Büro in Chicago Bescheid. Ruf sie an, falls du etwas brauchst, wie zum Beispiel einen Fotografen, wenn du etwas entdeckst.«

»Werd ich.«

»Ich gebe dir ein paar Tage. Viel Glück!«

Bevor sie das Hauptquartier verließ, hatte sie weitere Recherchen in der Zeitungsbibliothek angestellt, dann war sie zu

Davidson gegangen. Viper hatte ihr keine Nummer gegeben. Sie benötigte Hugh, der ihn über seine Quelle erreichen konnte.

»Tu ich, Kate. Aber du weißt, dass er vielleicht nicht reagieren wird.«

Als jetzt die Flaps des Jets ächzten, richtete Kate ihre Gedanken vom Fenster auf ihre Ordner und las erneut das Dokument, in dem es um die Grabstätte für Krasimira Zurrn ging.

Wer war das?

Kate konzentrierte sich auf die neueste Information, die sie entdeckt hatte: Eine Notiz über einen Todesfall, die 1998 in der *Chicago Tribune* gestanden hatte.

Krasimira Anna Zurrn, 53 Jahre alt, ist am 12. Oktober 1998 verstorben. Geliebte Mutter von Sorin Zurrn. Aufgebahrt am Dienstag, ab 10 Uhr, bis zur Messe um 11 Uhr in der Kirche der Märtyrer und Heiligen, Belmont. Beisetzungsgottesdienst um 14 Uhr im Friedhof New Jenny Park, 9200 Kimball.

Nach der Landung tätigte Kate einige Anrufe, während sie in der Schlange auf ihren Mietwagen wartete. Sie hätte sich von jemandem aus dem Büro abholen lassen können, aber die Sache jetzt musste sie auf eigene Faust erledigen.

Das Beerdigungsinstitut, das sich um Zurrns Begräbnis gekümmert hatte, existierte nicht mehr. Kates Anrufe bei der Kirche der Märtyrer und Heiligen, ob man ihr dort beim Auffinden von Sorin Zurrn, dem Sohn der Frau, helfen könne, waren unbeantwortet geblieben. Aber Kates frühere Suche nach archivierten öffentlichen Aufzeichnungen hatte einen Goldklumpen an Information zutage gefördert: Im Jahr 1998 hatte Krasimira Zurrn die Anschrift 6168 Craddick Street gehabt. Kate gab die Daten in das Navigationsgerät ihres gemieteten Nissan Altima ein, bevor sie O'Hare verließ.

Als sie sich unter den Verkehr auf dem Kennedy Expressway mischte, erlebte Kate den bekannten Anfall von Selbstzweifel, der sie immer plagte, wenn sie einen schwierigen Auftrag anging.

Dieses Mal zog sich ihr der Magen zusammen.

Oh, mein Gott, was tu ich hier? Das ist wahrscheinlich verschwendete Zeit, meine Art und Weise, der Wahrheit aus dem Wege zu gehen – dass Vanessa tot in Rampart liegt oder vor zwanzig Jahren im Fluss gestorben ist und dass irgendwer irgendwie ihre Halskette gefunden hat und sie so nach New York gekommen ist und ... Hör auf damit! Hör einfach auf damit und mach dich an die Arbeit!

Sie nahm die Abfahrt Kimball Avenue.

Die Craddick Street lag im Nordwesten Chicagos, zwischen den Stadtteilen Avondale und Belmont Gardens in einer Umgebung, die New Jenny Park hieß und in der viele Menschen aus Polen und Osteuropa wohnten. Der Geschichte des Parks zufolge war der Name eine phonetische Bezeichnung für Nee-WOE-Jenny, das polnische Wort für *unkriegerisch*.

Kate fand ihre Rechercheergebnisse bestätigt – dies war ein solides Arbeiterviertel. Fleischereien, Bäcker, Lebensmittelhändler und Cafés waren über das Geschäftsviertel verstreut. Die Straßen säumten bescheidene Bungalows mit kleinen Grundstücken, hier und da gab es einen Spielplatz.

Sie fand das Haus der Zurrns am Rand des Viertels, wo frisch gestrichene Häuser mit sauber gemähtem Rasen gleich neben jenen mit überwucherten Höfen und mit Brettern vernagelten Fenstern standen, auf die Graffiti gesprüht waren.

Kate schloss den Wagen ab.

Der Motor tickte noch eine Weile vor sich hin, während sie das kompakte Holzrahmenhaus betrachtete und heimlich ein paar Fotos mit ihrem Smartphone machte. Der kleine Hof war von Unkraut überwuchert. Einige Paneele der seitlichen Vinylverkleidung waren verbogen und standen von den Wänden ab. Dachziegel waren gleichfalls verbogen oder fehlten, und der Kamin hatte Risse, wo der Mörtel abgebröckelt und davongeweht worden war.

Das Haus erweckte den Eindruck eines verwitterten Grabmals der Hoffnung, dachte sie und klopfte an die Tür. Der

Briefkasten quoll über von Werbung. Niemand reagierte. Ein Hund bellte unermüdlich in der Ferne. Das Jaulen einer Sirene wurde schwächer. Kate klopfte erneut und presste das Ohr an die Tür.

Nichts.

Sie holte eine Visitenkarte hervor, kritzelte eine Bitte an die Bewohner darauf, sie so bald wie möglich auf ihrem Handy anzurufen, klemmte die Karte in den Türrahmen, wandte sich um und klopfte sich mit dem Notizbuch aufs Bein. Natürlich hatten über die Jahre hinweg verschiedene Leute in dem Haus gewohnt, aber sie hatte die Hoffnung, dass sich vielleicht jemand an Krasimira Zurrn und ihren Sohn Sorin erinnerte.

Helle blaue und gelbe Flecken blitzten im Hinterhof des Hauses auf der anderen Straßenseite. Kate würde es bei den Nachbarn versuchen.

Das Haus gegenüber hatte einen üppigen, kurz gestutzten Rasen und einen blühenden Blumengarten. Der Bungalow aus Ziegelsteinen mit seinen glänzenden Fenstern dünstete einen angenehmen Geruch nach Seife aus, als Kate die Fahrbahn überquerte.

»Hallo!«, rief sie und ging nach hinten.

Ein Mann und eine Frau arbeiteten auf den Knien in dem kleinen Dschungel, der ihr Gemüsegarten war. Der Mann trug eine Baseballkappe. Die Frau hatte einen großen Strohhut auf. Sie sammelten Beeren in eine Plastikschüssel.

»Kann ich Ihnen helfen?« Der Mann stand auf und beäugte sie vorsichtig.

»Ich bin Kate Page, Reporterin von Newslead.« Kate fischte ihren Presseausweis mit dem Foto aus der Tasche und zeigte ihn ihm.

»Sie sind von New York hier runtergekommen?«

»Ja, ich recherchiere die Geschichte von Krasimira und Sorin Zurrn, die einmal auf der anderen Straßenseite gewohnt haben. Ich habe überlegt, ob Sie vielleicht mit mir über sie sprechen könnten?«

»Krasimira Zurrn?«, wiederholte der alte Mann. »Warum kommen Sie da von New York her?«

»Na ja, wir sehen uns die Familiengeschichte für einen Artikel an.«

»Was für einen Artikel?«

»Einen über ein Verbrechen.«

Die Frau erhob sich und stieß einen Schwall Worte in einer Sprache aus, die Kate für Polnisch hielt, und der Mann diskutierte mit ihr auf Polnisch, bevor er Kate Antwort gab.

»Krasimira Zurrn ist vor langer Zeit gestorben«, sagte er.

»Das weiß ich. Haben Sie damals schon hier gewohnt? Haben Sie sie gekannt?«

»Ich erinnere mich an sie.« Seine Augen glitzerten.

Wiederum sagte die Frau etwas auf Polnisch, und der alte Mann winkte ab.

»Ja. Diese Zurrn, die hatte Probleme.«

»Was für Probleme?« Kate holte ihr Notizbuch hervor.

»Werden Sie meinen Namen in Ihrem Artikel bringen?«

»Ich kenne Ihren Namen nicht, oder wollen Sie ihn mir sagen?«

»Ist mir egal. Stan Popek, dreiundachtzig, pensionierter Schweißer. Meine Frau ist Magda.«

»Ich möchte meinen Namen nicht in der Zeitung haben.« Magda Popek wedelte mit der Hand.

»Okay«, sagte Kate. »Nur Stan. Wie schreibt man Popek?«

»P-o-p-e-k.«

»Habe ich.«

»Diese Zurrn ...« Popek nickte zum Haus hinüber. »... sie war Krankenschwester, aber dann hat sie Drogen genommen. Die Männer sind bei ihr ein- und ausgegangen. So hat sie ihre Miete bezahlt. Das war sehr schlimm für den Jungen.«

»Was können Sie mir über Sorin sagen, ihren Sohn?«

»Er war seltsam.«

»Inwiefern?«

»Er hat immer für sich allein gespielt. Er hatte keine Freunde.

Er hat schwer gehumpelt. Er war ein trauriger Junge. Ist immer hinter Schmetterlingen hergerannt und hat an elektrischen Sachen in seinem Keller gewerkelt.«

»Haben Sie sich je mit ihm unterhalten?«

»Ein wenig. Ich habe ihm immer alte Werkzeuge geschenkt, weil er mir leidtat. Mit Computern konnte er richtig gut umgehen. Einmal hat er mir in ihrer Garage gezeigt, wie er einen Computer aus Teilen von anderen zusammengebaut hat. Er hat richtig gut funktioniert. Ich glaube, er war sehr intelligent.«

»Wissen Sie, wo Sorin jetzt lebt?«

Popek streckte die Unterlippe hervor, schüttelte den Kopf, wandte sich daraufhin an seine Frau und sagte etwas auf Polnisch, bevor er sich wieder Kate zuwandte.

»Nein, es ist zu lange her.«

»Wissen Sie, ob die Leute, die jetzt im Haus der Zurrns wohnen, es vielleicht wissen?«

»Da wohnt jetzt niemand mehr. Der Besitzer versucht, es zu vermieten. Viele Leute haben seit den Zurrns dort gewohnt.«

»Kennen Sie den Besitzer?«

»Tabor irgendetwas.«

»Lipinski«, sagte Magda Popek. »Tabor Lipinski. Er hat es seit Jahren vermietet.«

»Haben Sie seine Nummer?«

»Nein«, erwiderte Magda. »Er ist ein ekliger, gieriger Mann.«

Kate machte sich ein paar Notizen.

»Hatte Sorin Zurrn irgendwelche Brüder, Schwestern oder sonstige Verwandten?«

Popek schüttelte den Kopf.

»Sie sagen, er hatte keine Freunde. Nicht einmal einen?«

»Habe ihn nie mit anderen Jungs zusammen gesehen.«

»War er bei den Pfadfindern oder in irgendwelchen Clubs? Hat er nach der Schule gearbeitet?«

»Nein, nichts in dieser Hinsicht.«

»Welche Schule hatte er besucht? Welche High School?«

»Thornwood High School. Ist nicht allzu weit weg. Ich kann es Ihnen aufzeichnen.«

Kate stellte einige weitere Fragen, bevor sie Popek dankte und sie ihre Kontaktinformationen austauschten.

»Wissen Sie, er hatte einen niederträchtigen Zug«, sagte Popek.

»Inwiefern?«

»Er ist nicht zur Begräbnisfeier seiner Mutter gekommen.«

»Sind Sie hingegangen?«

»Ja, wir beide. Sie war unsere Nachbarin. Aber es waren keine zehn Leute da, und Sorin, der ein erwachsener Mann war, war keiner davon.«

»Das ist traurig.«

»Es ist schlimmer als traurig. Seine Mutter hatte Selbstmord begangen, und es heißt, er sei nicht erschienen, als sie den Sarg in die Erde gegeben haben. Das ist kaltblütig.«

43

Chicago

Kate stieg die vordere Treppe der Thornwood High School empor, ein klassischer dreigeschossiger Bau aus rotem und gelbem Ziegelstein.

Sie durchquerte die Eingangshalle und meldete sich am Schalter des Sicherheitsdienstes an, wie es ihr die Sekretärin bei ihrem Anruf gesagt hatte, als sie um Hilfe bei der Kontaktaufnahme zu einem ehemaligen Schüler ersucht hatte.

Seit fast einer Viertelstunde stand Kate hier am Schalter und beobachtete den Angestellten Fred Jenkins, wie er seinem Namensschildchen nach hieß. Er hatte bereits den Mitarbeiter der Schule angerufen, mit dem sie sich treffen sollte, ihre Tasche durchsucht und einen Metalldetektor über sie laufen lassen. Jetzt gab er langsam und methodisch die Nummer ihres Führerscheins in seinen Computer.

Während Jenkins langsam die Zahl nochmals verglich, richtete Kate ihre Aufmerksamkeit auf die Sicherheitsvorschriften, die an einem Brett unter den Flaggen und den Porträtfotos des Präsidenten, des Gouverneurs, des Bürgermeisters und der Schulleitung angeheftet waren. Sie waren in einfacher Sprache gehalten, so dass alle sie lesen konnten. Keine Schusswaffen, keine Messer, keine Waffen irgendwelcher Art, keine Bandenfarben, keine Bandenkleidung, keine Zweikämpfe, kein Mobben undsoweiter undsofort.

»Hier, bitte, Ma'am.« Jenkins reichte ihr einen Besucherausweis. »Ich bewahre Ihren Führerschein auf und gebe ihn Ihnen zurück, wenn Sie gehen.«

Sie clippte den Ausweis an die Brusttasche ihres Blazers, und da öffnete sich quietschend die Tür.

»Kate Page?«

Ein Frau von Ende vierzig war eingetreten.

»Ja.«

»Ich bin Donna Lee von der Alumni Association. Willkommen in Thornwood. Bitte, hier entlang.«

Sie gingen einen Flur entlang, der von Schließfächern gesäumt war. Die Luft roch nach Bodenpolitur, Parfüm und Rasierwasser mit Spuren der Gerüche nach Turnhalle und Körpern. Sie kamen an einer Glasvitrine mit Trophäen und Bannern vorüber, die von triumphalen im Lauf der Jahre errungenen Meisterschaften kündeten: Basketball, Ringen, Schwimmen, Leichtathletik, Football und andere Sportarten.

»Wenn ich es recht verstanden haben, sind Sie auf der Suche nach Informationen über einen ehemaligen Absolventen?«, fragte Donna im Dahingehen.

»Ja, ich hatte gehofft, dass mir die Alumni Association helfen könnte.«

»Und Sie sind Reporterin?«

»Ja.« Kate reichte ihr eine Visitenkarte. »Ich führe eine biografische Recherche für einen Artikel durch.«

»Verstehe. Hier entlang, nach rechts.«

Sie gingen einen weiteren Flur hinab.

»Wir haben Glück. Nicht jede High School hat eine Alumni Association vor Ort. Wir werden hier sehr gut unterstützt«, sagte Donna. »Thornwood hat etwa siebzehnhundert Schüler. Unter unseren Alumni sind zwei Vizepräsidenten, ein Gouverneur, ein Richter vom Obersten Gerichtshof, eine Anzahl Schauspieler, Schriftsteller, Profi-Sportler und erfolgreiche Geschäftsleute.«

Und wie viele Mörder?, überlegte Kate, während Donna weiter berichtete.

»Die Schule eröffnete im Jahr 1927, also sprechen wir über die Geschichten von einhundertdreißigtausend toten und lebenden Schülern.«

»Sie führen Akten von allen?«

»Vor einer Weile haben wir alle digitalisiert, so dass wir eine ziemlich umfassende Datenbank haben. Unsere Daten sind von Schüler zu Schüler unterschiedlich, und wir achten strikt auf Datenschutz. Wir sind da.«

Das Büro der Alumni verfügte über einen Tisch mit zwei großen Arbeitsplätzen am anderen Ende des Raums. An einer Wand stand eine Reihe Aktenschränke gleich neben Regalen mit Jahrbüchern, die bis in die zwanziger Jahre zurückdatierten. Ein Abschnitt einer Wand war mit Wiedersehensfotos gepflastert, Leute mit Babys und Leute an bestimmten Orten in der ganzen Welt, dazu Postkarten und Dankesschreiben an die Association.

Eine Frau an einem Schreibtisch, die sich einen Pullover über die Schultern gelegt hatte, setzte ihre Brille ab und erhob sich.

»Das ist Yolanda White, unsere Direktorin. Dies ist Kate Page von Newslead in New York.«

»Herzlich willkommen, Kate.« Yolanda streckte die Hand aus. »Das Sekretariat hat gesagt, dass Sie nach einem bestimmten ehemaligen Schüler suchen?«

»Ja.«

Kate legte ihre Tasche auf den Tisch, holte die Todesanzeige für Krasimira Zurrn heraus und tippte auf den Namen Sorin.

»Ich versuche, ihren Sohn aufzuspüren, Sorin. Sie haben in der Craddick Street gewohnt.«

Yolanda setzte ihre Brille wieder auf, musterte die Anzeige und setzte sich dann an die Tastatur ihres Computers.

»Und wissen Sie sein Alter?«

Kate nannte das Alter, das die Polizei für Carl Nelson angegeben hatte.

»Etwa fünfundvierzig.«

»Aha, Abschlussklasse achtundachtzig.« Yolanda tippte, und binnen weniger Sekunden klingelte ihr Computer. »Ja, Sorin Zurrn, Abschluss achtundachtzig.«

Donna wählte ein Jahrbuch aus, blätterte es durch und zeigte Kate Sorin Zurrns High-School-Foto. Kates Puls schlug rascher, als sie es anstarrte. Ihr Bauch sagte ihr, dass es Carl Nelson war, dann dachte sie, nein. Es war Jerome Fell aus Denver. Dann akzeptierte sie, dass es ein jeder sein konnte.

»Ist das der Mann, den Sie suchen?« Donna zeigte auf eine Liste.

»Ja. Hätten Sie eine Kontaktadresse?«

»Ich fürchte, die unterliegt dem Datenschutz«, erwiderte Yolanda.

»Warten Sie«, sagte Donna. »Zunächst müssen wir sehen, ob er registriert ist.«

»Registriert?«

»Wenn er bei der Alumni Association registriert ist, haben wir seine gegenwärtigen Daten, und wir können ihm eine Nachricht schicken und sehen, ob er damit einverstanden ist, sie Ihnen zu überlassen.«

»Nein«, sagte Kate. »Ich muss direkt mit ihm in Kontakt treten. Es ist kompliziert.«

Yolandas Tastatur klickte.

»Spielt keine Rolle, er ist nicht aufgelistet.«

»Verfügen Sie über weitere Informationen zu ihm?«, fragte Kate.

»Das wär's«, entgegnete Donna. »Tut mir leid.«

»Warte mal. Wir könnten uns an unsere Koordinatoren wenden«, schlug Yolanda vor.

»Koordinatoren?«

»Alumni-Mitarbeiter, die speziell über einen Abschlussjahrgang Bescheid wissen.« Erneut klickte Yolandas Tastatur. Dann schaltete sich ein Telefon ein, und es ertönte ein Rufzeichen. »Gewöhnlich haben sie in jenem Jahr ihren Abschluss gemacht und am Jahrbuch mitgearbeitet.« Nach dem dritten Klingeln meldete sich jemand.

»Hallo?« Die Stimme einer Frau.

»Hallo, Cindy, hier ist Yolanda von der Association. Wir haben dich auf Lautsprecher geschaltet.«

»Was gibt's?«

»Haben eine Reporterin hier, Kate Page von Newslead in New York. Sie recherchiert gerade über Sorin Zurrn.«

»Sorin Zurrn, Sorin Zurrn. Ziemlicher Nerd, Geek, hat gehumpelt?«

»Ja«, erwiderte Kate. »Hallo, Cindy, Kate Page hier. Was können Sie mir über ihn sagen?«

»Mein Gott, er war wirklich ein Einzelgänger. Stiller, unheimlicher Bursche, wie ich mich erinnere. Er war in meinem Geschichtskurs. Wir hatten Mr Deacon. Sorin wurde ganz schön rangenommen. Ich glaube, seine Mutter hatte psychische Probleme.«

»Wissen Sie zufällig, wie wir ihm eine Nachricht zukommen lassen können? Ich meine, wissen Sie so im Allgemeinen, wo er gerade lebt?«

»Nein, tut mir leid. Ich glaube, er hat die Stadt verlassen. Ich glaube, seine Mutter ist vor ein paar Jahren gestorben.«

»Hatte er irgendwelche Freunde, Cindy?«, fragte Kate.

»Nein. Er war ein ziemlich trauriger Fall. Warten Sie, ich glaube, da war eine Person, Gwen Garcia, sie war auch eine Achtundachtziger. Sie war gewöhnlich mit Tonya Plesivsky zusammen. Sie haben Sorin ziemlich gequält. Ich glaube, Gwen hat es sich dann anders überlegt und versucht, sich nach dem Vorfall mit ihm anzufreunden. Ich kenne Gwen – sie ist Gwen Vollick, lebt jetzt in Koz Park. Ich rufe sie an und sehe, ob sie mit Ihnen sprechen will.«

Cindy legte auf, bevor Kate die Chance gehabt hätte, sie zu bitten, etwas ausführlicher auf den »Vorfall« einzugehen. Sie fragte Donna und Yolanda, aber keine erinnerte sich. Sie hatten Anfang der achtziger Jahre ihren Abschluss in Thornwood gemacht. Yolanda blätterte durch das Jahrbuch und zeigte Kate Tonya Plesivskys Foto.

Tonya war hübsch, und sie musste, der langen Liste von Clubs und Gesellschaften nach zu urteilen, denen sie angehört hatte, auch beliebt gewesen sein. Während sie warteten, bat Kate Yolanda, die Namen Carl Nelson, Jerome Fell, Tara Mae –

oder Tara Dawn Mae – und Vanessa Page in der Datenbank der Schule nachzuschlagen. Es gab einige Vanessas, Jeromes, Carls, Taras, Nelsons und Pages, aber nichts, das passte. Dann klingelte das Bürotelefon. Es war Cindy, die zurückrief. Yolanda schaltete auf Lautsprecher.

»Hallo, ihr. Ich habe Gwen erreicht, und sie hat gesagt, sie will wirklich nicht über Sorin oder Tonya sprechen. Sie hat gesagt, sie hätte immer ein schlechtes Gewissen gehabt, wenn sie Sorin geneckt hätten, aber sie seien bloß dumme Kinder gewesen. Gwen dachte, Sie würden einen Artikel übers Mobben schreiben und wollte ihren Namen nicht genannt wissen. Sie hat gesagt, für sie ist das alles immer noch eine traurige Angelegenheit.«

»Verstehe, Cindy«, sagte Kate.

»Tut mir leid, ich wünsche, ich könnte Ihnen helfen.«

»Da ist noch eine Sache. Können Sie mir etwas von dem Vorfall berichten und wie er zu Gwens Meinungsänderung geführt hat?«

Ein Schweigen erfüllte die Luft.

»Tonya war eine von Gwens besten Freundinnen, und sie ist gestorben.«

»Das tut mir wirklich leid. Was ist passiert?«

»Sie ist mit fünfzehn gestorben. Sie hat ihren Hund gesucht.«

44

Chicago

Nachdem Kate die Thornwood High School verlassen hatte, saß sie am Steuer ihres Mietwagens, machte sich Notizen und bemühte sich, die Informationen zusammenzustückeln, die sie über Sorin Zurrn erhalten hatte.

Bin ich irgendwie näher an ihn herangekommen?

Die Frauen von der Alumni Association waren freundlich und hilfsbereit gewesen, aber sie wollten ihr keine Anschriften, E-Mail-Adressen oder Telefonnummern geben. Sie hatte ein untergründiges Unbehagen darüber gespürt, dass ein Reporter ihnen Fragen zu ehemaligen Schülern stellte.

Nochmals überflog sie ihre Notizen und versuchte dann erneut, irgendwelche Informationen über die Anschrift von Sorin Zurrn in Chicago zu finden. Wiederum ein Fehlschlag. Anschließend suchte sie nach Tonya Plesivskys Familie und hielt den Atem an.

Ein Ivan Plesivsky auf der Craddick Street tauchte auf.

Zwei Blocks vom Haus der Zurrns entfernt.

Er muss ein Verwandter sein.

Newslead hatte ein Abonnement auf eine Anzahl Online-Informations-Datenbanken, die Reportern eine intensive Suche über jedes Medium erlaubten, das sie verwendeten. Kate ließ Plesivskys Namen durch die Datenbanken der Zeitungen von Chicago laufen, ob es eine Todesanzeige gab oder einen Artikel, irgendetwas über Tonyas Tod.

Ein Bericht aus der *Sun-Times* tauchte auf. Er war kurz und trug keinen Verfassernamen.

Mädchen stirbt nach Sturz im Park

Wie Parkangestellte mitteilten, ist ein fünfzehnjähriges Mädchen aus der Northwest Side am Samstagabend auf der Suche nach ihrem Hund im Ben Bailey Park bei einem Sturz gestorben.

Der Rettungsdienst erhielt gegen 15.30 Uhr am Samstagnachmittag einen Anruf, in dem es hieß, ein Mädchen mit einer Kopfverletzung sei von Joggern am Fuß einer Steintreppe aufgefunden worden. Die Jogger leisteten Erste Hilfe, bis der Rettungsdienst eintraf und das Mädchen, das als Tonya Plesivsky aus der Craddick Street identifiziert wurde, ins Verger Green Memorial brachte, wo sie für tot erklärt wurde.

»Das ist nicht wirklich. Ich kann's nicht glauben«, sagte Ivan Plesivsky, der Vater des Mädchens, zur Sun-Times.

Den Parkangestellten und der Polizei von Chicago zufolge ist das Mädchen offenbar gestolpert, gestürzt und mit dem Kopf auf den Steinstufen aufgeschlagen.

Dem Artikel war ein kleines Foto von Tonya mit ihrem Hund auf dem Arm beigefügt.

Wie traurig! Ein so junges Mädchen. Aber das war das Mädchen, das Sorin »gequält« hatte. Warum hat ihre Freundin ihn danach nicht mehr schikaniert? Vermutlich war das nach Tonyas Tod zu erwarten. Aber wie schlimm war es gewesen, wenn sich Gwen nach all diesen Jahren weigerte, darüber zu sprechen? Und hätte irgendetwas an diesen Vorfällen eine Verbindung zu Jerome Fell in Denver oder Carl Nelson oder Vanessa oder überhaupt etwas? Kate schüttelte den Kopf. *Gewiss ist das ein Schuss ins Blaue, aber deswegen bin ich ja hier. Um einen Schuss ins Blaue abzugeben.*

Dem weißen Holzzaun, der die Inseln aus Erde und braunen Grasbüschel im Vorgarten der Plesivskys umgab, fehlten ein paar Latten. Das Nächste, was Kate auffiel, war, dass am Vordereingang zum Holzhaus eine Rampe für einen Rollstuhl angebracht war. Als sie zum Vordereingang ging und klopfte, erhaschte sie einen Blick auf Laken und Hemden, die an einer Leine im Hinterhof flatterten.

Kate hörte eine Bewegung, dann Stimmen. Einen Augenblick später öffnete sich die Tür einen Spaltbreit, der Geruch nach Zigaretten strömte heraus, und eine Frau, die das Gesicht zu einem Stirnrunzeln verzogen hatte, begrüßte sie.

»Wir nehmen nichts, vielen Dank.« Sie wollte die Tür schon wieder schließen.

»Warten Sie, bitte! Ich bin Reporterin aus New York. Ich brauche Ihre Hilfe.«›

Die Tür blieb stehen.

Kate zeigte ihren Presseausweis. »Kate Page von Newslead.«

»Sie sagt, sie ist Reporterin!«, rief die Frau jemandem im Haus zu, der gedämpft etwas erwiderte, bevor die Frau sich wieder Kate zuwandte. »Was möchten Sie?«

»Ich recherchiere etwas über die Geschichte der Umgebung hier, und da geht es auch um Tonya Plesivsky. Sind Sie Verwandte?«

Eine Wolke des Schmerzes glitt über das Gesicht der Frau.

»Tonya war unsere Tochter.«

Kate ließ einen Moment des Respekts verstreichen.

»Darf ich mich kurz mit Ihnen unterhalten?«

»Warten Sie.«

Die Frau ließ Kate an der Tür stehen. Sie hörte unterdrückte Stimmen, bevor die Frau zurückkehrte und Kate ins Haus einlud. Jetzt vermischte sich der Duft nach Zigaretten mit dem nach Zwiebeln und etwas, das an ein Krankenhaus erinnerte. Sie betraten ein kleines Wohnzimmer, wo ein Mann in einem Rollstuhl sich mit abgeschaltetem Ton das *Glücksrad* ansah.

Er hatte dünnes weißes Haar, trug eine Brille und hatte weiße Bartstoppeln. Gekleidet war er mit einem Flanellhemd und Arbeitshosen, die wie Shorts aussahen. Unterhalb der Knie fehlten ihm die Beine. Er winkte zum Sofa, und Kate nahm Platz.

»Warum schreiben Sie einen Artikel über unsere Tochter?«

Kate zog ihr Notizbuch hervor.

»Tut mir leid. Ich werd's erklären«, sagte sie. »Zunächst einmal sollte ich Ihre Namen notieren. Sie sind Ivan Plesivsky?«

»Ja, und meine Frau, Elena. Haben Sie eine Visitenkarte oder so etwas?«

Kate reichte ihm eine Karte.

»Möchten Sie einen Kaffee oder ein Wasser?«, fragte Elena.

»Ich möchte Ihnen keine Umstände machen.«

»Kein Problem.«

»Schwarzer Kaffee wäre schön.«

»Nun?« Ivan beugte sich in seinem Rollstuhl vor. »Beantworten Sie meine Frage!«

»Ich recherchiere den Hintergrund von Sorin Zurrn für eine Geschichte. Er hat vielleicht eine Verbindung zu einigen Verbrechen. Oder vielleicht auch nicht.«

»Was für Verbrechen?«

»Computerdelikte, Cyberdiebstahl, vielleicht Körperverletzung, aber das wissen wir nicht genau.«

»Überrascht mich nicht«, knurrte Ivan. »Er war seltsam.«

»Es war also so, dass Tonya und Sorin zur Thornwood High gegangen sind und einander gekannt haben. Und da Sie Nachbarn waren, hatte ich gehofft, dass Sie mir sagen würden, was Ihnen von der Familie Zurrn noch in Erinnerung ist.«

Der Mann sah Kate lange und hart an, bevor er sich dem Kaminsims zuwandte, auf dem gerahmte Fotos von Tonya mit Pepper standen. Dann setzte er die Brille ab und strich sich mit der Hand übers Gesicht.

»Sie wissen, was unserer Tochter zugestoßen ist?«, fragte Elena von der Türschwelle her.

»Ja, und es tut mir schrecklich leid.«

»Es ist sehr schmerzlich für uns, an diese Zeit zurückzudenken«, fügte Elena hinzu, als in einem Kessel in der Küche das Wasser kochte.

Ivan setzte sich die Brille wieder auf und richtete sich etwas gerader auf, wie um sich zu stählen.

»Wir haben die Zurrns nicht gekannt«, sagte er. »Wir sind nicht befreundet gewesen. Wir wussten, dass seine Mutter eine Hure war und ihr Junge seltsam. So ein Computerfreak, der den ganzen Tag lang Schmetterlinge gejagt hat oder so etwas. Wir haben uns nicht um sie gekümmert.«

Elena stellte einen Kaffeebecher mit aufgeprägten Welpen auf den Tisch vor Kate.

»War das Verhältnis zwischen Tonya und Sorin nicht etwas schwierig?«

Elena und Ivan wechselten Blicke, wodurch sie Kate signalisierten, dass sie etwas Unangenehmes angesprochen hatte.

»Das ist so lange her«, erwiderte Elena. »Warum die Sache wieder hochholen?«

»Für den Artikel muss ich so viel wie möglich über Sorin erfahren.«

»Wir haben von den Gerüchten gewusst«, sagte Ivan.

»Welche Gerüchte?«

»Dass Tonya und ihre Freundinnen den Zurrn-Jungen manchmal geärgert haben. Und vielleicht ein wenig auch seine Mutter.«

»Seine Mutter?«

»Sehen Sie«, sagte Ivan. »Sie waren Schüler der High School. Teufel, wer wird nicht auf der Schule geärgert?«

»Tonya war auf der Schule sehr beliebt«, ergänzte Elena.

»Das stimmt«, pflichte Ivan bei. »Sie hatte so etwas wie ein Gefolge. War es richtig von ihr, Sorin zu ärgern? Nein, aber so läuft es eben auf der High School. Abgesehen davon ...« Plötzlich fiel sein Gesicht in sich zusammen, und er erstarrte, seufzte schwer auf und wandte sich dem Fotoschrein seiner Tochter zu.

Elena stand auf, legte ihm die Hände auf die Schultern und wandte sich an Kate, als würde sie spüren, was als Nächstes käme.

»Vielleicht sollten Sie gehen.«

Kate war überrascht und wusste nicht, was sie tun sollte. In dem kurzen Moment ihres Zögerns hatte Ivan jedoch seine Fassung wiedergewonnen.

»Nein, bleiben Sie. Ich möchte, dass sie es hört. Alles.«

»Ivan!«, warnte ihn seine Frau.

»Hören Sie.« Ivan starrte Kate an, und seine Kinnmuskeln pulsierten. »Welche Sünden unser kleines Mädchen als Kind auch begangen haben mochte, sie hat dafür bezahlt. Ich habe dafür bezahlt.« Er warf seiner Frau einen Blick zu. »Wir haben dafür bezahlt.«

»Ich glaube, ich verstehe nicht so richtig.«

»Wegen dem, was Tonya zugestoßen ist, sitze ich in diesem Rollstuhl.«

Kate warf Elena einen Blick zu, dann wieder Ivan.

»Pepper war Tonyas Hund«, begann Ivan. »Als er verschwand, war Tonya außer sich. Sie klebte überall Zettel hin, suchte überall. Nach ihrem Sturz im Park hat unsere Welt aufgehört, sich zu drehen. Sie können sich unseren Schmerz über den Verlust unseres Engels nicht vorstellen, unseres einzigen Kinds. Es tat so furchtbar weh. Aber wir mussten weitermachen. Für Tonya. Also bin ich wieder zur Arbeit gegangen und habe geglaubt, ich würde damit zurechtkommen, habe geglaubt, ich wäre stark. Aber so war's nicht. Ich war nur noch eine Hülle.«

»Wo haben Sie gearbeitet?«, fragte Kate.

»Ich war Hochspannungstechniker. Nach Tonyas Tod, die Stille in ihrem Zimmer, ihre Sachen sehen und wissen, dass sie nie zurückkommt ... Mein Gott. Ich habe angefangen zu trinken. Eines Tages habe ich Wartungsarbeiten in einem Umspannwerk erledigt. Es ging schief, und ich habe einen elektrischen Schlag bekommen. Ich habe überlebt, aber ich habe meine Beine unterhalb der Knie verloren. Ich habe versucht zu klagen, aber bei Gericht hieß es, dass es wegen des Alkoholspiegels in meinem Blut zu dieser Zeit meine Schuld gewesen sei. Stellen Sie sich vor, ich trauere um eine Tochter, und ich habe Schuld gehabt. Wie dem auch sei, ich habe eine winzige Abfindung und Rente erhalten. Sie reicht kaum zum Leben.«

»Es tut mir so leid, dass es so schwer für Sie gewesen ist.«

»Jeden Tag fühlt es sich so an, als ob es gestern passiert wäre. Ich vermisse sie so sehr. Sie war so hübsch, nicht wahr, Elena?«

»Allerdings.«

»Ich überlege oft, wie sie jetzt aussehen würde, dass sie Kinder hätte, unsere Enkel, und dass wir sie verwöhnen würden und wie glücklich wir wären ...«

Elena tätschelte Ivan die Schultern, und Kate schwieg.

Ivan holte laut und tief Luft.

»Und dann ist es passiert«, sagte er.

»Wie bitte?« Kate war verwirrt.

»Dann verstrichen die Jahre, eines nach dem anderen, und wir haben uns mit dem Verlust Tonyas allmählich abgefunden. Wir sind stark geblieben, bis dann diese Zurrn, diese Psychopathin ...«

»Was ist passiert?«

»Eines Nachts ist sie zu unserem Haus gekommen und hat lautstark an der Tür geklopft. Sie war schmutzig, betrunken, und sie weinte. Sie hatte seit Jahren allein gelebt. Wir haben gewusst, dass sie die Hure der Nachbarschaft war, denn Männer kamen und gingen, und dass sie Drogen nahm.«

»Was hat sie gewollt?«

»Es war etwa zwei Uhr morgens. Sie war betrunken oder high. Sie hatte kaum ihre Sinne beisammen, aber sie hat uns gesagt, dass die Furcht sie verfolgen würde, ihr Sohn, Sorin, hätte Tonya an jenem Tag im Park die Treppe hinabgestoßen.«

»Was?«

»Wir haben nicht gewusst, was wir mit ihr anfangen sollten. Sie lag da auf unserem Küchenfußboden, ein Haufen Selbstmitleid, und redete unermüdlich davon, dass sie ihren Jungen vermissen würde, der erwachsen geworden und längst verschwunden war. Sie redete weiter von ihrem verpfuschten Leben und dass sie zurück in ihre Heimat müsste, wo das auch immer war.«

»Was halten Sie von ihrer Furcht, dass Sorin Tonya umgebracht hat?«

»Wir schenkten ihrem betrunkenen Gestammel keinen großen Glauben. Später habe ich mit einem Polizisten darüber gesprochen. Er hat gesagt, ohne Beweis, ohne Zeuge oder ein nachweisbares Schuldeingeständnis könnte man nichts machen. Es würde Tonya nicht zurückbringen. Wenige Wochen später hat diese Zurrn dann Selbstmord begangen.«

45

Chicago

Aufgeregt und zugleich ausgelaugt fuhr Kate vom Haus der Plesivskys weg.

Die neuen Informationen, die sie über Sorin Zurrn erhalten hatte, hatten sie aufgeschreckt.

Aber kann ich dem Geschwafel einer betrunkenen, selbstmordgefährdeten Drogensüchtigen Glauben schenken, die ihren fünfzehnjährigen Sohn des Mordes beschuldigt?

Kate hielt an einer roten Ampel, und dabei wirbelten ihr diese Gedanken im Kopf herum, dazu jene über Sorins Kindheit, seine Intelligenz, sein seltsames Verhalten, das Mobben, außerdem die Rechnung, bei der es um Krasimira Zurrns Grabstätte ging.

Es war ein langer, erschöpfender Tag gewesen. Sie hatte den Zeitunterschied vergessen, hatte das Mittagessen versäumt und bekam allmählich Hunger. Sie musste ein Zimmer nehmen, sich wieder aufladen, Zugriff auf Dinge nehmen und ihre nächsten Schritte planen. Die nächstgelegenen Hotels machten einen zwielichtigen Eindruck. Sie fuhr daher weiter bis zu einem Days Inn, das ihr Navigationsgerät ihr vorgeschlagen hatte.

Nach dem Einchecken nahm sie eine heiße Dusche, rief anschließend zuhause an, sprach mit Grace und hörte sich an, was sie an diesem Tag getan hatte.

»Dieser neue Junge, Devon, hat mich gefragt, ob er mich küssen könnte.«

»Ach, du liebe Güte! Was hast du ihm gesagt?«

»Ich habe gesagt, ist nicht! Das ist eklig. Ich könnte seine Bakterien bekommen.«

Kate lachte. Die Stimme ihrer Tochter war tröstlich. Nach dem Anruf ging Kate zu Burger King auf der anderen Straßenseite, um sich etwas zum Abendessen zu besorgen. *Fast Food, billige Hotels, Druck, Deadlines und nur die Angst vor dem Versagen als Begleiter. So ist das Leben einer Reporterin.*

Nachdem sie auf ihrem Zimmer gegessen hatte, stellte Kate ihr Tablet auf und machte sich an die Arbeit. Zuerst sah sie nach, ob es irgendwelche neuen Artikel aus Rampart gab. Ihr Magen krampfte sich etwas bei der Aussicht zusammen, was sie finden mochte. Es gab ein paar Nachrichtenartikel, aber nichts Neues war herausgekommen.

Keine neuen Identifizierungen.

Kate nahm einen Schluck ihres abgekochten Wassers und machte weiter. Sie sah Davidsons Nachricht, die besagte, dass er über seine Kontakte Fühlung mit Viper aufgenommen und ihm mitgeteilt habe, er solle Kate kontaktieren.

Bislang nichts.

Während Kate etwas Schwung durch das erhalten hatte, was sie über Sorin Zurrn herausgefunden hatte, war die Verbindung zwischen den Zurrns und dem Dokument, das sie in Jerome Fells Müll in Denver gefunden und das mit der Entführung in Alberta zu tun gehabt hatte, sowie zu Vanessa und Carl Nelson ziemlich dünn.

Kate schickte Chuck und Reeka eine Mail.

»Ich habe neue, beunruhigende Informationen über Sorin Zurrn erhalten. Ich glaube, wir sind auf der richtigen Spur, aber ich muss weitergraben, um alles zusammenzuknoten.«

Nachdem sie die Mail abgeschickt hatte, machte sie sich Notizen, was sie immer noch zu erledigen hatte: Die Polizei von Chicago nach den Berichten über die Todesfälle Tonya Plesivsky und Krasimira Zurrn fragen. Die Berichte des Leichenbeschauers überprüfen. Den Sachbearbeiter des County aufsuchen und nachfragen, ob Krasimira Zurrn ein Testament verfasst hatte. Vor allem musste sie dem Dokument über die Grabstätte nachgehen, also musste sie überprüfen, ob eine andere Firma die

Geschäfte des ursprünglichen Bestattungsunternehmens übernommen hatte. Sie musste auch zur Friedhofsverwaltung gehen und es bei der Kirche der Ruhmreichen Märtyrer und Heiligen versuchen, das heißt an allen Fronten um weitere Hilfe ersuchen.

Kate war müde und entschied, die Augen etwas ausruhen zu lassen.

Früher oder später rüttele ich da etwas los, dachte sie, während sie schläfrig wurde. Wiederum beschlich sie der Zweifel, als sie überlegte, was sie zu tun versuchte: Carl Nelson mit Alberta, Denver und Chicago in Verbindung zu bringen. Es war wie in dem Vers über die Lady, die eine Fliege verschluckte, dann die Spinne, um die Fliege zu fangen, dann den Vogel, um die Spinne zu fangen, dann die Katze ... wie ging es zu Ende?

Am Ende stirbt sie.

Als ihr Handy klingelte, fuhr Kate ruckartig auf.

In ihrer Erstarrung sah sie erst nur das Hotelzimmer, die Regenstreifen am abendlichen Fenster, bevor ihr wieder einfiel, wo sie war, und sie tastete nach dem Telefon.

»Ist da Kate Page, Reporterin bei Newslead?«

»Ja.« Sie richtete sich auf und rieb sich die Schläfe.

»Ritchie Lipinski hier. Sie haben Ihre Karte in der Tür meines Hauses in der Craddick Street mit der Bitte hinterlassen, Sie anzurufen. Worum geht es?«

»Ich recherchiere einige biographische Hintergründe für einen Artikel über eine Person, die dort vor langer Zeit gewohnt hat.«

»Was für ein Artikel?«

»Ein Nachrichtenartikel. Genau gesagt versuchen wir, den Aufenthaltsort eines ehemaligen Bewohners ausfindig zu machen.«

»Name?«

»Zurrn, Sorin Zurrn.«

Ein Augenblick verstrich. Kate kannte Wohnungsbesitzer, wusste, dass Lipinski das Für und Wider abwägte, mit ihr zu sprechen.

»Der Artikel würde nichts über das Eigentum sagen«, versicherte ihm Kate.

»Würden Sie erwähnen, dass es ein netter Ort ist und dass mein Vater und ich versuchen, ihn zu vermieten?«

»Möglich. Übrigens, ist Ihr Vater Tabor?«

»Ja, er hat sich zurückgezogen. Ich bin sein Sohn und verwalte unsere Besitztümer.«

»Erinnern Sie sich an die Zurrns?«

»Ganz bestimmt.«

»Würden Sie mit mir über sie sprechen?«

»Ich bin jetzt im Haus. Wenn Sie in der nächsten halben Stunde herkommen können, werde ich mit Ihnen reden.«

46

Chicago

Tief gebückt gegen den Regen rannte Kate zu ihrem Auto auf dem schlecht erleuchteten Hotelparkplatz.

Wie lange habe ich geschlafen?

Sie wischte sich das Wasser aus dem Gesicht und tippte die Adresse 6168 Craddick Street in ihr Navigationsgerät. Während sie hinausfuhr, schoss ihr der Gedanke durch den Kopf, das Büro von Newslead in Chicago zu kontaktieren, um einen Fotografen anzufordern, der sich dort mit ihr treffen sollte.

Nein, dazu reicht die Zeit nicht.

Kate schaltete ihre Scheibenwischer auf höchste Stufe. Blitze zuckten, und Donner grummelte, während sie durch New Jenny Park zu der Anschrift fuhr. Dies könnte das Haus eines Killers sein, der Ort, wo seine Mutter Selbstmord begangen hatte, dachte sie.

Und ich gehe allein dorthin und treffe mich mit einem Fremden in einer solchen Nacht.

Kate packte ihr Lenkrad fester.

Vielleicht ist es ein Risiko – aber ich kann mir die Chance nicht entgehen lassen, in das Haus zu kommen.

Sie könnte selbst damit klarkommen. Sie hatte Schießkurse besucht, obwohl sie Waffen verabscheute und nie eine bei sich trug. Sie hatte Selbstverteidigunskurse genommen. Sie hatte Pfefferspray und einen Personalalarm in ihrer Handtasche.

Sie hatte immer Vorsichtsmaßnahmen getroffen.

Sie traf am Haus ein und sah einen Cadillac, neuestes Modell, der auf der Zufahrt parkte.

Kate stellte sich dahinter, machte daraufhin mit ihrem Smartphone ein Foto des Wagens, dann noch eins, mit Zoom auf das Nummernschild. Dann schickte sie beides zusammen mit einer Nachricht an Chuck und Reeka.

Treffe mich mit Ritchie Lipinski, Besitzer des Hauses der Zurrns auf der 6168 Craddick Street. Das sind sein Wagen und sein Nummernschild. Zu eurer Info: Ich bin allein. Wenn ich euch nicht innerhalb der nächsten Stunde ein OK schicke, ruft bitte die Polizei von Chicago an.

Sie streifte sich die Kapuze ihrer Jacke über den Kopf, eilte zur Tür und klopfte. Im Innern brannte das Licht. Donner grollte, dann rührte sich etwas, und die Tür ging auf.

»Sie müssen Kate sein. Ich bin Ritchie.«

Der Mann streckte die Hand aus. Als Kate sie schüttelte, verschwand ihre in der seinen. Er hielt sie fest, eine halbe Sekunde länger, als ihr lieb gewesen wäre. Er war etwa Mitte fünfzig, ungefähr einsachtzig groß und trug einen teuren Anzug. Die Krawatte hatte er gelockert. Das lange blonde Haar hatte er mit Gel zurückgekämmt, was sein glatt rasiertes, pockennarbiges Gesicht hervorhob. Eine Narbe schlängelte sich von der rechten Seite seiner Unterlippe herab und verschwand unter seinem Kinn, das sich rasch bewegte, da er ein Kaugummi kaute. Mit intensivem Blick musterte er Kate von oben bis unten.

»Darf ich Ihnen die nasse Jacke abnehmen?«, fragte er.

»Schon gut.«

Ritchies Augenbrauen gingen eine Spur in die Höhe.

»Sehen Sie sich dort um, Kate.« Er drehte sich um und ließ die Hand über das leere Haus gleiten. Kahle Wände, kahle Holzfußböden. Es roch muffig und sah aus, als ob es eine gründliche Reinigung benötigen könnte, vielleicht auch etwas Farbe. »Ich würde Ihnen etwas zu trinken oder so anbieten, aber ich habe nichts. Ich habe bloß vorbeigeschaut, um einen kurzen Blick auf das Haus zu werfen, die Leitungen und die Wasserrohre zu überprüfen und nachzusehen, in welchem Zustand es ist, bevor wir es wieder vermieten oder verkaufen oder abreißen. Ich weiß es nicht. Hier entlang.«

Die Dielenbretter ächzten, und er hinterließ einen starken Geruch nach Duftwasser, als er sie zur Küche führte, wo ein Tisch mit vier Stühlen stand.

»Zumindest können wir uns hier setzen und reden.«

Er zog ihr einen Stuhl heraus, blieb jedoch stehen, ans Spülbecken gelehnt und mit verschränkten Armen. Bevor Kate ihr Notizbuch hervorholte, richtete sie ihr Pfefferspray so in ihrer Tasche aus, dass es oben lag und leicht zu erreichen war, ohne dass Richie es sah.

»Was können Sie mir über die Zurrns berichten?«

Er blickte kauend zur Decke.

»Das bringt mich ein paar Jahre zurück. Die Frau war durchgeknallt, ebenso wie ihr Junge. Aber sie haben uns nie Probleme gemacht, und sie hat ihre Miete immer pünktlich bezahlt, bis zu dem Tag, an dem sie sich in ihrem Schlafzimmerschrank erhängt hat.«

»Sie hat sich erhängt.«

Ritchie nickte, immer noch kauend.

»Ich habe sie gefunden. Dad hat mich hergeschickt, um nach ihr zu sehen, als die Miete überfällig war. Es war schrecklich … und der Gestank. Ich sage Ihnen, ich hatte Albträume.«

»Hat sie einen Abschiedsbrief hinterlassen?«

Ritchie schüttelte den Kopf.

»Nö, nichts. Sie hat allein gelebt. Ihr Junge war erwachsen und längst weit weg. Sie hat Schals benutzt, Schals aneinander geknotet. Traurig.«

»Irgendein Hinweis, weshalb sie es getan hat?«

»Drogen, Alkohol, wer weiß? Wir haben alle gewusst, dass sie angeschafft hat, aber sonst hat es nie Probleme gegeben. Sie hat Dad gesagt, dass es ihre Freunde seien. Sehen Sie, ich habe die Frau nie kennengelernt, und mein Dad hat sie nicht gekannt. Und keiner von uns beiden war einer ihrer Freier, wenn Sie das denken.«

»Das habe ich nicht gedacht.«

Sein Kaugummi knallte.

»Also, was können Sie mir über ihren Sohn sagen, Sorin?«

»Über ihn?«

Ritchie sah zur Seite auf die Wände, als ob er dort eine Erinnerung ablesen könnte.

»Unheimlich.«

»Was meinen Sie damit?«

»Ich zeig's Ihnen.«

»Zeigen mir was?«

»Im Keller. Kommen Sie schon. Das müssen Sie sich ansehen.«

Er ging zu einer Tür, die gleich neben der Küche hinausführte.

»Folgen Sie mir.« Die Tür klemmte, und er riss sie auf.

Kate zögerte.

»Kommen Sie«, sagte er und zog an der Kette, um das Licht einzuschalten. »Wenn Sie etwas über den Jungen erfahren wollen, sollten Sie sich das ansehen.«

Sie schob ihr Notizbuch in ihre Tasche und nahm sie auf. Als sie die oberste Treppenstufe erreichte, tastete sie in ihrer Tasche herum und schlang die Finger um die Dose. Ein unangenehmer, feuchtkalter Geruch waberte von unten herauf, während sie dem Mann die quietschenden Treppenstufen hinabfolgte.

Es war schummrig, und die Stufen waren unlackiert.

Rohre, Kabel und Leerrohre verliefen in den Spalten des Fußbodens vom Erdgeschoss. Spinnweben schwangen in dem Luftzug hin und her, den Ritchie im Vorbeigehen erzeugte. Leere Kisten und Schachteln stapelten sich in einer Ecke. Irgendwo tröpfelte Wasser. Kate hörte ein Scharren, und ein großer Schatten huschte über den Boden.

War das eine Ratte?

»Hier drüben.« Ritchie stand neben einer schweren Holztür mit einem großen Stahlschloss. »Da drin ist ein Kriechkeller, aber den dürfen Mieter nicht benutzen.«

Schlüssel klirrten, und er steckte einen in das Schloss. Es klickte, und er öffnete es. Er zog an der Tür, und sie schwang auf, wobei sie über den Fußboden kratzte. Die Beleuchtung reichte nicht in den Kriechkeller hinein. Es war schwarz.

Erneut klirrten Schlüssel, und Ritchie suchte eine Stiftlampe an seinem Schüsselbund heraus, duckte sich und kroch hinein. »Hier rein. Sie werden's nicht glauben.«

Kate erstarrte.

Sollte ich ihm da hinein folgen?

Sie packte die Dose Pfefferspray fester und ließ die Finger zwischen ihre Schlüssel gleiten, so dass sie wie Stachel herausragten. Dann folgte sie ihm. Er hatte sich in einer Ecke hingehockt und fuhr mit seiner Stiftlampe über den Kriechkeller.

»Sehen Sie?«

Kate erblickte eine Reihe Schlacksteinblöcke, die einen kleinen Raum bildeten. In der Mauer waren Stahlringe verankert.

»Ich habe das nach ihrem Auszug gefunden. Mein Dad hat gesagt, vor ihrem Einzug wäre das noch nicht hier gewesen. Ihr Junge hat das gebaut. Ich habe geglaubt, es war für einen Hund oder so. Sieht aus wie eine kleine Gefängniszelle – was meinen Sie?«

Kate machte ein Foto, und das Blitzlicht strahlte hell auf.

Sie musste mehrere weitere machen, weil ihre Hände zitterten.

47

Pine Mills, Minnesota

Irgendetwas wird den Durchbruch bringen.

Der Polizist Cal Meckler vom Klassen County hielt an diesem Glauben fest. Er musste es, weil ihn dieser Fall beunruhigte, seitdem er zum ersten Mal den Tatort in Lost River betreten hatte.

Die Bilder des Opfers – die aus dem Boden gereckten Hände – verfolgten ihn. Aber davon erzählte er seiner Freundin bei ihrer Rückkehr nichts.

»Stimmt es, Cal? Ist sie lebendig begraben worden? Hast du sie gesehen?«

Einige der Fernsehsender in den Twin Cities hatten es eines der grausamsten Verbrechen in Northern Minnesota genannt. Das Bureau of Criminal Apprehension hatte mit Unterstützung des FBI die Untersuchung übernommen. Sie hatten auch weitere Ressourcen und Kriminalbeamte aus Rennerton, Tall Wolf River und Haldersly hinzugezogen.

Es war eine große Ermittlung, und Meckler war stolz darauf gewesen, dass die Beamten vom BCA und FBI ihn für seine »gründliche Absperrung des Tatorts wie nach Lehrbuch« gelobt hatten. Anschließend jedoch war er dazu abgeordnet worden, mit den anderen Polizisten bestimmte ländliche Gebiete abzuklappern.

Meckler wollte mehr Hilfe leisten.

Aber um mehr bat das BCA das County nicht.

In den letzten paar Tagen hatte er die Häuser von Leuten aufgesucht, die am südwestlichen Rand des Lost River State Forest wohnten. Einen nach dem anderen fragte er, ob sie etwas gesehen hatten, das hilfreich sein konnte – irgendwelche fremden

Fahrzeuge, irgendetwas, das nicht dorthin gehörte oder außergewöhnlich erschien.

Er kannte diese Menschen. Sie waren von der Sorte, die in einen Schneesturm fahren würden, um gestrandeten Reisenden zu helfen. Sie waren von der Sorte, die ihre Handys in der Kirche ausschalteten. Wenn man sie besuchte, brachten sie einen beim Abschied zum Wagen und bestanden darauf, dass man etwas mit nach Hause nahm, eine Schnitte hausgemachte Pastete oder zumindest das Rezept.

Dass etwas so Grässliches in solcher Nähe geschehen war, erschütterte sie.

Als Meckler es ihnen erzählte, riefen einige der Mütter und Väter ihren Kindern auf dem Hof zu, sie sollten sich näher beim Haus halten. »Ein Mord in den Wäldern, da? Kein Witz? Hoffentlich erwischt ihr den Burschen.« Andere wollten um jeden Preis helfen und kratzten sich den Kopf. »Nein, ich habe nichts gesehen oder gehört, Cal, aber wenn mir etwas einfällt, lasse ich es dich wissen.« Die meisten blickten nachdenklich und auf eine Weise in den Wald, die ihm sagte, dass es der Wahrheit entsprach, wenn sie sagten, sie hätten nichts gesehen.

Und bevor er sie verließ, würden sie auf eine fast respektvolle, trübselige Weise immer das Thema wechseln. »Was werden die Vikes deiner Meinung nach tun, Cal?«, oder: »Wie geht's mit deinem Wagen da, Cal?«

So war es verlaufen.

Er hatte so gut wie jeden von der Liste aufgesucht, die an seinem Armaturenbrett klebte. Die Adressen und Mecklers Berichte darüber würden auf einer digitalen Karte gesammelt, welche die Analysten des BCA als Teil der Ermittlung erstellt hatten. Für den Augenblick entschloss er sich, zu Bishop's General Store and Gas zu fahren, einen Kaffee zu trinken und Hallo zu sagen. Meckler war seit dem Mord nicht mehr da gewesen. Er hätte erwartet, dass Bishop's auf seiner Liste von Orten sein würde, die er abzugrasen hätte, aber es hieß, dass die

Beamten von Rennerton sämtliche Geschäfte in dieser Gegend aufsuchten.

Aber was wussten diese Burschen schon über die Leute hier draußen in Pine Mills? Sie verstanden nicht, mit Fergus Tibble zu reden.

Ferg war nicht mehr so ganz derselbe, seitdem vor fünf Jahren ein Auto, an dem er gearbeitet hatte, vom Wagenheber abgerutscht war und ihn fast zerquetscht hätte.

Natürlich konnte er seinen Job immer noch machen, und die achtzigjährige Agnes Bishop übertrug ihm die Leitung des Geschäfts, nachdem ihr Gatte Wilson gestorben war. Aber manchmal war Ferg langsam darin, sich an etwas zu erinnern, und man musste ihn drängen.

Vielleicht hatten diese Burschen aus Rennerton das getan. Schließlich waren sie Detectives, dachte Meckler, nachdem er seinen Wagen neben dem Geschäft abgestellt hatte.

Die Türklingel ging, als er eintrat und die Gerüche nach Motoröl, Kaffee, Buttertörtchen und frischem Brot in sich aufnahm. Agnes gestattete den örtlichen Kirchen, Gebäck im Geschäft zu verkaufen.

Der Laden wirkte leer. Er warf einen Blick hinab durch die schmalen Gänge mit Müsliflocken, Dosenbohnen, Suppen und Gewürzsoßen. Die Dielenbretter quietschten, als er an den Regalen mit Chips und den Kühlschränken voller Milch und Softdrinks vorüberging.

»Ferg!«

Eine Tür hinten im Geschäft schloss sich, und ein Mann tauchte auf, der sich die Hände an einem Handtuch abwischte. Er trug ein khakifarbenes Arbeitshemd mit »Ferg« auf dem Namensschildchen und schmutzige Jeans. Er hatte salz-und-pfefferfarbene Stoppeln, und Meckler schätzte ihn auf Mitte fünfzig. Er wusste, dass Ferg keine Kinder hatte und allein lebte.

»Hallo, Cal, lange nicht mehr gesehen.«

»Hatte zu tun. Hast du etwas Kaffee da?«

»Allerdings.« Ferg ging hinter die Theke zum Kaffeeautomaten und schenkte etwas in einen Becher ein. »Also, kommst du irgendwie weiter mit diesem Mord, Cal? Werden sie rauskriegen, wer es getan hat?«

»Sie arbeiten daran.«

Ferg stellte den Kaffee auf die Theke. Meckler blies sanft über die Oberfläche, bevor er daran nippte.

»Hast du etwas Zucker?«

Ferg griff in eine Schachtel neben dem Automaten und warf ein paar kleine Päckchen auf die Theke.

»Zwei Polizisten von Rennerton haben gestern mit mir gesprochen, haben mich gefragt, ob ich etwas für die Gemeinde Ungewöhnliches gesehen hätte oder mich daran erinnern würde. So haben sie es ausgedrückt.«

»Und?«

Ferg schüttelte den Kopf.

»Ich habe nichts gesehen. Du weißt, wie das ist. Dasselbe alte, dasselbe alte Hier, dieselben alten regelmäßigen Kunden, ein paar Reisende und die Vogelbeobachter, die hier durchkommen.«

»Also überhaupt nichts?«

Meckler schüttete den Zucker in den Kaffee, während Ferg den Kopf schüttelte.

»Nicht mal ein kleines bisschen, an das du dich erinnerst? Überleg genau, Ferg.«

Ferg kratzte sich den Schnauzbart.

»Wie klein ist das bisschen, von dem wir sprechen, Cal?«

»Klein genug, um eine Erinnerung zu bilden. Glaube nicht, dass es etwas Verrücktes mit Schaum vor dem Mund und einem Schild sein müsste, auf dem steht: Ich bin ein Killer, Ferg, aber jede kleine Sache, an die du dich erinnerst und die nicht ganz gewöhnlich ist. Könnte helfen.«

Ferg verschränkte die Arme, senkte den Kopf und dachte nach.

»Na ja, wenn ich jetzt so überlege, dann war da dieser eine Typ mit einem Kennzeichen von außerhalb. Er hatte einen Van, einen nett aussehenden Van, und er hat ein mächtiges Trinkgeld gegeben.«

»Okay, ist das alles?«

»Na ja, als ich seinen Tank gefüllt habe, habe ich ein Geräusch von hinten gehört.«

Meckler starrte Ferg hart an.

»Du hast ein Geräusch hinten gehört? Was für ein Geräusch?«

»So was wie ein gedämpftes Stöhnen. Ich habe den Fahrer gefragt, ob er einen Hund hätte, und ich habe versucht, durch sein Seitenfenster reinzugucken.«

»Was hast du gesehen?«

»Nichts. Es waren getönte Scheiben.«

»Was hat der Bursche gesagt?«

»Der Fahrer hat gesagt, seine Frau wäre hinten und würde versuchen zu schlafen, und das war's also. Danach habe ich echt den Mund gehalten, und er hat mir fünfzehn Eier Trinkgeld gegeben. Deswegen erinnere ich mich daran.«

»Hatte er weitere Mitfahrer?«

»Nicht, dass ich wüsste.«

»Hast du den Detectives aus Rennerton davon erzählt?«

»Nicht dran gedacht, bis jetzt gerade.«

Meckler zog seinen Notizblock hervor und sah auf die Uhr.

»Woran erinnerst du dich vom Fahrer – kannst du ihn beschreiben?«

»Er war ein Weißer. Ich würde sagen, etwa vierzig, kahl, mit Sonnenbrille.«

»Warte mal. Hat Rennerton sich deine Überwachungskameras angesehen?«

»Sie haben es probiert, aber die sind kaputt. Ich wollte Mrs Bishop schon fragen, ob wir uns nicht ein neues System anschaffen können.«

Meckler verdrehte die Augen.

»Dein System ist nicht kaputt, Ferg. Ich habe dir das Problem vor zwei Wochen gezeigt. Lass mich mal nach hinten.«

Ferg trat beiseite, und Meckler kam um die Theke und sah

sich das untere Regal an, wobei er beim Anblick eines schwarzen Bildschirms frustriert die Luft ausstieß.

»Ferg, ich habe dir gezeigt, wie du das reparieren musst.«

Meckler hockte sich vor das untere Regal, vor den Videorekorder, der wie ein DVD-Spieler aussah. Er zog den Apparat heraus und musterte das Netz aus Drähten und Kabeln, die zwischen dem Videorekorder und dem Monitor verliefen, der alles aufzeichnete, was die Kamera im Geschäft und die Kamera an den Zapfsäulen registrierte. Er befestigte ein Kabel am Eingang zum Monitor. Sogleich erwachte dieser zum Leben und zeigte ein geteiltes Bild: Eines mit den Live-Bildern vom Geschäft, eines mit denen draußen an den Zapfsäulen.

»Siehst du?«, fragte Meckler. »Das Monitorkabel hatte sich gelöst.«

»Oh.«

»Verdammt, Ferg.«

Das Bild von drinnen war verschwommen, und das von draußen zu dunkel.

»Ferg, du musst die Kameralinse von innen säubern. Sie ist viel zu verstaubt. Du musst dort hoch ...«, Meckler nickte zu der Kamera in der Ecke nahe der Decke hin, »... und sie mit einem weichen Tuch säubern.« Dann zeigte Meckler auf die Kontrollknöpfe für die Außenkamera. »Sieh mal, ich habe dir gesagt, dass sich das Licht draußen ändert und dass du die Kamera auf ›automatische Anpassung‹ einstellen musst, hier, damit sie auf die veränderten Helligkeitsbedingungen reagieren kann. Verstanden?«

»Jo. Automatische Anpassung für draußen. Säubern der Linsen drinnen und Kabel überprüfen.«

»Gut. Na gut, sie zeichnet immer noch auf, also sehen wir mal, ob etwas hier ist. Ist das für dich in Ordnung?«

»Oh, ja, alles, wenn's hilft.«

»Jetzt müssen wir wissen, welcher Tag das war, der Tag, an dem du das große Trinkgeld von dem Van bekommen hast.«

»Na ja, ich erinnere mich, dass Molly, kurz bevor er kam, etwas Brot gebracht hat, daher musste es ein Montag gewesen sein, so etwa gegen Mittag.«

»Klingt gut.«

Bilder von Aktivitäten an den Zapfsäulen erschienen. Fahrzeuge kamen und fuhren weg, und Ferg füllte die Tanks, prüfte den Ölstand oder säuberte Windschutzscheiben. Diesmal jedoch waren sie so hell, dass Einzelheiten nur schwer zu unterscheiden waren. Es war, als würde man Silhouetten vor der Sonne beobachten.

»Warte mal, geh ein Stück zurück«, sagte Ferg. »Da! Das ist er! Ich erkenne die Form.«

Ein Van fuhr an die Zapfsäulen heran, aber alles lag im Schatten.

»Ich glaube, da kriegen wir kein Bild raus«, sagte Meckler.

»Spiel noch ein Stück weiter. Ich glaube, nach dem Van ist etwas passiert.«

Bald darauf fuhr aus der entgegengesetzten Richtung die deutlich erkennbare Silhouette eines Streifenwagens an die Zapfsäulen heran, als der Van gerade abfuhr.

»Das bist du, Cal.«

»Verdammt soll ich sein.«

»Und du hast eine Kamera am Armaturenbrett, stimmt's?«

Meckler nickte.

»Wenn du die eingeschaltet hattest«, sagte Ferg, »hättest du ein besseres Bild von dem Burschen.«

48

Edina, Minnesota

Oh, mein Gott, das ist völlig bescheuert!

Ashley Ostermelle knallte ihre Schlafzimmertür zu und fiel aufs Bett. Sie hasste Referate über Bücher – *hatte keinen Bock drauf und verachtete sie! Sie sollten aus dem Universum verbannt werden!*

Ashley wischte die blöden Lehrbücher vom Bett, und sie plumpsten auf den Boden.

»Es geht auch gut ohne das Drama da oben, junge Dame!«

Es sollte ein UN-Gesetz geben, was es für eine grausame Strafe ist, dass Vierzehnjährige Referate über blöde Bücher schreiben müssen, die längst tote englische Typen geschrieben haben!

Warum war ihre Mutter so unvernünftig?

Würde ihr bitte irgendwer den Grund dafür sagen?

Ihr zu sagen, sie müsse ihr Referat überarbeiten, sonst dürfe sie nicht zur Party von Courtney, war *schlicht und einfach gemein.* Sie hatte hart an dieser Sache gearbeitet. Dennoch hatte ihre Mutter gesagt, dass sie das Thema verfehlt habe, dass sie auf die Fragen nach den Figuren des Buchs nicht eingegangen sei, ebenso wenig wie auf die Themen, und dass sie keinen Bezug zum heutigen Leben hergestellt habe.

Das kannst du nicht ernst meinen, Mutter! Ich habe mein Bestes getan! Es ist Charles Dickens! Er ist tot, so etwa seit einer Million Jahren. Warum sollte ich mir also etwas aus Große Erwartungen *machen?*

Große Erwartungen.

Das musste der Schlüssel für das sein, was Eltern bei ihren Kindern haben.

Ihre Mutter war Krankenschwester. Ihr Vater war ein Zimmermann, der Häuser baute. Beide waren sie Perfektionisten, und Ashley hatte das Gefühl, dass sie ebenfalls perfekt sein sollte.

Das perfekte Kind mit den perfekten Noten, um auf die perfekte Schule zu gehen und ein perfektes Leben zu führen.

Na ja, weißt du was, Mutter? Ich bin nicht perfekt. Vielleicht ende ich als verrückte alte Tante wie diese Miss Havisham und lebe wie ein Geist in meinem ekligen alten Haus voller Insekten mit meinem verrottenden Hochzeitskleid. Miss Havisham war plemplem. Man hört nach einer Enttäuschung nicht mit seinem Leben auf. Man muss weitermachen, oder man endet als totes Ding, das in der Vergangenheit stecken geblieben ist.

Warte mal.

Das ist es, das ist ein Thema über eine Figur, die man auf das Leben anwenden kann.

Nein. Nein. Es wird nicht funktionieren. Wie soll ich es schreiben, dass es ganz und gar gelehrt klingt? Ich weiß nicht. Das ist so schwierig.

»Du bleibst vom Handy weg und machst dich an die Arbeit, Ashley!«

»Ich arbeite daran! Hör auf, mich zu quälen.«

Ashleys Handy zwitscherte. Eine SMS war eingetroffen, dann noch eine, dann noch eine.

Etwas war da los. Es fing mit Breen an. Sie hatte etwas Neues über »einen Vorfall« zu berichten, bei dem sie heute in der Schule Zeugin geworden war. Nick Patterson, der Junge, in den Ashley heimlich verliebt war, hatte gerade Shawna Cano nach einem Date gefragt.

Nein! Nein! Nein! Mein Leben ist vorbei!

Breen erzählte jedem, dass es nach der Schule passiert war, während sie auf den Bus gewartet hatten, und Nick war einfach allein zu einer Gruppe gekommen, wo Shawna und Breen waren, und hatte Shawna gefragt, ob sie vielleicht zu McDonald's oder sonst wohin mit ihm gehen wollte oder so, und wenn nicht, war ihm das auch recht, und dass Shawna, die ihn echt mochte, gesagt hatte, natürlich, das würde Spaß machen, und dass Nick weggegangen war und wie immer so träumerisch gelächelt hatte. Alle sagten jetzt, dass das die romantischste, tapferste Sache gewesen war, die Nick getan hatte, direkt vor allen anderen.

Ashley vergrub das Gesicht in ihrem Kissen.

Ihr Leben war bloß noch ein Müllhaufen.

Wie konnte das passieren?

Es musste der Tag gewesen sein, als Nick dicht an ihr vorbeigegangen war. Sie hatte mit Madison vor ihrem Schließfach gestanden, und Madison hatte gesagt: »Nicht rühren!«, weil Nick einen Meter hinter ihr gestanden und mit Brendan gesprochen hatte. Ashley wollte, dass Madison ein Foto von ihm machte, so nahe bei ihr. Er war so heiß. Dann dachte Ashley an diesen schrecklichen Pickel auf ihrer Stirn und durchwühlte ihre Tasche nach ihrem Makeup. In diesem Moment waren ihre Bücher und die anderen Sachen zu Boden gefallen, und als sie sich gebückt hatte, um die Sachen aufzuheben, hatte Nick ihr einfach den Rücken zugekehrt und weiter mit Brendan geredet.

Als würde ich überhaupt nicht existieren!

Oh, mein Gott. Mein Leben ist ruiniert. Ich werde sterben. Jemand muss mir helfen. Jemand muss mir sagen, was ich tun soll. Immer noch das Handy in Händen schrieb Ashley eine SMS an Jenn.

OMFG wo bist du ich brauch dich!

Es war mehrere Tage her, seitdem sie das letzte Mal von ihrer älteren und weiseren Freundin aus Milwaukee gehört hatte. Und jetzt konnte sie wirklich Hilfe von einer welterfahrenen Frau brauchen.

Wie die Antwort auf ein Gebet zwitscherte Ashleys Handy.

Sorry, hatte mega viel zu tun. Bin hier, bin hier, was gibt's?

In einer Reihe verzweifelter SMS erzählte Ashley Jenn alles.

Keine Sorge. Wird alles wieder OK. Ich helf dir da durch.

Danke. Das hab ich hören müssen.

BTW. Erinnerst du dich, dass meine Eltern die Mall of America besuchen wollten?

Ja.

Ich glaube, die werden das bald machen. Wir sollten uns treffen.

Klaro! Ich will dich sooo gern treffen!!!

Wird klasse, nur ich und du!

AH ich kann's nicht erwarten!

Ich auch nicht ahh!!

49

Quantico, Virgina

Carly Salvito setzte sich an ihren Schreibtisch im Violent Criminal Apprehension Program des FBI und bereitete sich auf den neuen Fall vor, den sie zu bearbeiten hatte.

Bei der morgendlichen Besprechung war bekannt gegeben worden, dass ein schlimmer Fall aus der Region 3 aufgetaucht war, dem Midwest.

Sie loggte sich in ihrem Computer ein und stimmte sich dann auf ihre Umgebung ein, auf das leise Gemurmel von Gesprächen und das Klicken von Tastaturen, während etwa vierzig Kriminalisten an der Aufklärung von Verbrechen arbeiteten. Das Programm, das ViCAP hieß, umfasste die größte investigative Datenbank von schwereren Gewaltverbrechen in den USA.

Salvitos Abteilung sammelte und analysierte Informationen über Morde, Sexualverbrechen, verschwundene Personen und unidentifizierte menschliche Überreste und suchte nach Verbindungen zwischen Fällen, die über das ganze Land verstreut waren.

ViCAP hatte sein Hauptquartier innerhalb der Critical Incident Response Group – des CIRG-Gebäudes – bei der FBI-Akademie etwa fünfzig Kilometer südwestlich von Washington, DC, eingebettet in die Wälder Virginias.

Salvito war von weither gekommen, von Queens, wo sie Detective beim NYPD gewesen war, bevor sie Analystin beim ViCAP geworden war.

Wie die meisten Leute hier war sie hingerissen vom Programm und seiner Fähigkeit, Fälle in Verbindung zu bringen und Verbrecher dingfest zu machen. Angesichts ihres Hintergrunds war sie gut darin, Kriminalbeamten zu versichern, dass die Informationen, die sie zur Verfügung stellten, insbesondere die vor der Öffentlichkeit zurückgehaltenen Informationen, die nur sie und ihre Verdächtigen kannten, eifersüchtig von den FBI-Analysten gehütet wurden.

»Ich weiß, was Sie zurückhalten, ist Ihr Fall. Ich war auch mal dabei«, würde Salvito ihnen sagen. »Wir halten uns strikt an Ihre Anweisungen. Keine andere Behörde bekommt die Informationen zu sehen, ehe Sie nicht Ihre Zustimmung geben.«

Bevor Salvito ihre Ordner durchscrollte, öffnete sie ihre Dose Cola-Light. Ihr war Cola am Morgen lieber als Kaffee. Als sie einen Schluck nahm, meldete sich ihr Computer.

Da ist er. Also ran.

Der neue Fall kam über Minnesota vom staatlichen Bureau of Criminal Apprehension in Saint Paul. Salvito tippte ihre Passwörter in den Ordner. Er war vom BCA-Agenten Lester Pratt gekommen. Zuerst ging sie die Einzelheiten der »Discovery Section« durch, die das Datum anzeigten, an dem ein Mordopfer im Lost River State Forest nahe der kanadischen Grenze aufgefunden worden war.

Sie war lebendig begraben worden.

Der Leichnam stammte von einer unidentifizierten Weißen, war 1,63 m groß, 54 kg schwer, zwischen vierundzwanzig und achtundzwanzig Jahren alt. Ihre Fingerspitzen waren verätzt worden, wie mit Säure. Dennoch hatte Minnesota sie der nationalen Datenbank für Fingerabdrücke überstellt.

Gut, die waren ziemlich clever da. Es könnte ein Charakteristikum sein.

Das Opfer zeigte ebenfalls eine Tätowierung in Form eines kleinen Herzens mit Flügeln an der linken oberen Halsseite. Die waren der Datenbank von Vermissten übersandt worden. Sie hatten gleichfalls ein Zahnschema geschickt. DNA vom Tatort war an CODIS und andere Datenbanken gegangen. Angesichts des Rückstaus bei CODIS könnten die Ergebnisse etwas auf sich warten lassen, aber manchmal hatten die Leute Glück.

Kein Hinweis auf ein Sexualdelikt.

Salvito überlegte einen Augenblick, bevor sie fortfuhr. Es mussten viele weitere Einzelheiten berücksichtigt werden, aber wie die meisten Mitarbeiter wandte sie sich dann sogleich den Spuren zu, den entscheidenden Faktoren.

In diesem Fall waren die entscheidenden Spuren die Reifenabdrücke am Tatort, die zum Fahrzeug des Verdächtigen gehörten. Keine anderen Spuren oder Abdrücke waren am Tatort aufgefunden worden, abgesehen von Fußabdrücken, die wahrscheinlich zum Opfer und zum Verdächtigen gehörten. Im Fall des Verdächtigen glaubte man, dass er einen Stiefel Größe 44 trug.

Nicht bekannt gegeben worden war die Vermutung, dass der Verdächtige das Verbrechen aufgezeichnet hatte. Der Verdacht beruhte auf den Abdrücken eines Stativs, die im Boden gefunden worden waren, außerdem passten die Bedingungen zum Zeitrahmen für die Reifen- und Fußabdrücke.

Okay, das legen wir erst mal beiseite.

Die Reifenabdrücke stammten von 10-lagigen Reifen, LT245/75R16, Belastungsbereich E. Dem Ordner lagen Fotos von vergrößerten Gipsabdrücken bei, um Faserabnutzung und andere charakteristische Merkmale zu verdeutlichen.

Das ist gut. Das ist ziemlich einzigartig. Es ist ein belastbares Identifikationsmerkmal.

Salvito holte tief Luft, stieß sie dann langsam wieder aus, nahm sich das Reifenbeweisstück vor und verglich es mit anderen, ähnlichen Fällen, die im System aufgelistet waren. Sie war für die Region 1 und damit für die Bundesstaaten South Carolina, Maryland, New Jersey und New York zuständig.

Sie fing mit South Carolina an und gab Codes und Informationen über Reifen ein. Binnen weniger Sekunden war die Antwort negativ. Dann versuchte sie es in Maryland und fand nichts. New Jersey ergab ebenfalls keine Rückmeldung.

Der letzte, New York.

Sie tippte die Informationen ein. Enter, und in wenigen Sekunden war der Ordner aufgefunden. Sie öffnete ihn.

Mein Gott, der Ordner ist ja riesig, mit zahllosen Opfern und Details.

Sie wandte sich den Schlüsselbeweisen zu.

Da waren eine Halskette mit dem Anhänger eines Schutzengels.

Und Reifenabdrücke.

Die Reifenabdrücke waren dieselben wie in Minnesota.

Bingo! Salvito klatschte in die Händen. *Erwischt!*

Den Ordner hatte Detective Ed Brennan von der Polizei in Rampart geschickt.

Salvito griff zum Telefon.

50

Rampart, New York

Auf der Fahrt vom Krankenhaus zurück nach Hause am Morgen sah Ed im Rückspiegel, dass seine Frau und sein Sohn auf dem Rücksitz schliefen.

Marie hatte den Arm um Cody gelegt.

In der Nacht hatte er einen Anfall gehabt, einen, der fünfzehn Minuten gedauert hatte, was für ihn normal war. Um auf Nummer sicher zu gehen, hatten sie ihn in die Notaufnahme gebracht. Der Vorfall war Teil von Codys Allgemeinzustand und vorüber, hatte der Arzt gesagt. *Bringen Sie ihn nach Hause.*

Brennan blieb an einer roten Ampel stehen und rieb sich die müden Augen.

Er hatte nicht geschlafen. Seine Frustration über den Fall hatte ihn die meisten Nächte wachgehalten, weil sie trotz der angestrengten Arbeit aller nichts Neues herausgefunden hatten, das bei der Suche nach Carl Nelson geholfen hätte.

Nachdem sie Nelson auf die Liste der zehn meistgesuchten Personen des FBI gesetzt hatten, waren im Anschluss an die Nachrichtensendungen jede Menge Hinweise eingegangen, jedoch war nichts Konkretes dabei gewesen. Und bei der Suche nach dem Van hatte sich ebenfalls nichts ergeben.

Das Cyber-Crime-Team des FBI hatte etwas gefunden, was anscheinend eine Spur von Nelsons alten Internetaktivitäten war, aber sie war im Sande verlaufen. Er war gut darin, seine Spuren zu verwischen. Die ausgesetzten Belohnungen hatten nirgendwohin geführt. Die Informationen über die bisher identifizierten Opfer hatten auch keine Treffer bei örtlichen, bundesstaatlichen, nationalen und internationalen Datenbanken ergeben.

Die Mounties in Kanada hatten keinen neuen, soliden Beweis ausgegraben, der die eingeritzte Nachricht von Tara Dawn Mae, die sie in den Ruinen der Scheune gefunden hatten, mit der Entführung in Alberta in Zusammenhang gebracht hätte. Das Element der Halskette war nach wie vor uneindeutig. Ja, es gab Theorien, aber bislang nichts Belastbareres. Sie hätte auf vielerlei Wegen an den Tatort gelangen können. Dennoch blieb die Nachricht von Tara Dawn Mae beunruhigend.

Die Befragung von Nelsons Nachbarn und Mitarbeitern in der Stadt hatte nichts von Bedeutung ergeben.

Kein neuer Beweis war am ersten Tatort entdeckt worden, obwohl die kriminaltechnische Untersuchung dort alles andere als abgeschlossen war. Zum Glück hatten sie keine neuen Gräber entdeckt.

Es waren nach wie vor noch acht Mordopfer zu identifizieren.

Der Zustand der Überreste machte die Identifikation schwierig. Nicht jeder Fall bot charakteristische Eigenschaften wie Fingerabdrücke, verwendbare Zahnschemata, Tätowierungen, Implantate, Kleidung oder Schmuckstücke. Und DNA-Entnahme zum Vergleich war ebenfalls eine zeitraubende Herausforderung. Die Bestätigung der Identitäten der Mordopfer war für die Ermittlung von entscheidender Bedeutung.

Jeder dieser Fälle könnte uns zu Nelson führen. Wir benötigen bloß einen Durchbruch.

Marie lenkte seine Gedanken auf unmittelbar anstehende Dinge.

»Halte am Geschäft an. Wir haben weder Brot noch Milch.«

Millard's Corner Store war vier Straßen von ihrem Haus entfernt. Brennan betrat das Geschäft, nahm eine Literpackung Milch aus dem Kühlschrank und ging dann zum Brotregal. Als er nach einem Laib griff, klingelte sein Handy. Die Nummer war unterdrückt.

»Hallo.«

»Detective Ed Brennan von der Polizei Rampart?«

»Ja, wer spricht da?«

»Carly Salvito vom Violent Criminal Apprehension Program des FBI in Quantico, Virginia.«

Brennan benötigte einen Moment, um sich auf die Bedeutung dieses Anrufs zu konzentrieren.

»ViCAP?«

»Ja, Sir. Sie haben uns vor kurzem einen Fall übermittelt.« Salvito rasselte eine zwölfstellige Zahl herunter.

»Ich habe die Nummer nicht bei mir, aber wir haben dem ViCAP etwas übermittelt.«

»Sir, wir haben eine sehr starke Verbindung von einem Fall zu Ihren Morden in Rampart, New York, und zu einer weiteren Jurisdiktion.«

»Welche andere Jurisdiktion?«

»Minnesota. Ein Mord vor kurzem im Lost River State Forest.«

Brennan setzte sie Milchpackung ab, klemmte sich das Handy mit der Schulter ans Ohr, fischte sein Notizbuch heraus und machte sich ans Schreiben.

»Können Sie mir sagen, worin die starke Verbindung besteht? Wie frisch ist der Fall?«

»Das ist nicht unsere Vorgehensweise. Wie Sie wissen, respektieren wir die Schlüsselbeweise eines jeden Ermittlers. Was ich jetzt tun kann, ist, Ihnen die Kontaktinformationen zu dem Ermittler im Fall Lost River zu geben, so dass Sie miteinander sprechen können. Sagen Sie mir Bescheid, wenn Sie so weit sind.«

»Ich bin so weit.«

Am andere Ende des Landes, in Rennerton, Minnesota, stand BCA-Agent Lester Pratt, ein Frühaufsteher, allein in seiner Küche und bereitete sich ein Rührei zu, als sich sein Handy zum zweiten Mal an diesem Morgen meldete.

Angesichts seiner Frau, die erst in zwei Stunden aufstehen würde, hatte er es auf Vibrationsalarm gesetzt.

»Pratt.«

»Lester Pratt vom Bureau of Criminal Apprehension?«

»Jo.«

»Ed Brennan, Polizeidienststelle Rampart, New York. ViCAP in Quantico hat mir Ihre Nummer gegeben.«

»Sie haben mir gerade Bescheid gesagt, dass sie einen Treffer hatten und dass ich einen Anruf erwarten solle.«

Nach dem Gespräch von fast zwanzig Minuten kamen die beiden Ermittler überein, dass ihre Fälle über die Reifenabdrücke und andere Aspekte in Verbindung miteinander standen. Der nächste Schritt bestünde darin, weitere Beweise auszutauschen, um Gemeinsamkeiten zu entdecken, die sie zu dem Killer führen würden.

Keine Stunde später hatte Brennan geduscht, ein Bagel gegessen und saß an seinem Schreibtisch in der Mordkommission der Polizei von Rampart.

Von Dickson war weit und breit nichts zu sehen. Die meisten Kriminalbeamten waren unterwegs. Brennan warf einen Blick auf die Tafel mit den Ermittlungsergebnissen, die Gesichter der Opfer, die Fakten und die Zahlen: Insgesamt fünfzehn Opfer, davon acht nach wie vor unidentifiziert. Sie verfolgten inzwischen über einhundert Tipps vor Ort.

Aber ViCAP hatte einen Durchbruch erzielt, dachte er, als er zum Büro seines Lieutenants ging und anklopfte. Steve Kilborn telefonierte gerade und hielt einen Finger hoch, bevor er den Anruf beendete.

»Etwas ist passiert, Ed, ich seh's dir am Gesicht an. Gute oder schlechte Nachricht?«

»Gute.«

Nachdem ihn Brennan auf den neuesten Stand gebracht hatte, gingen beide Männer zum Büro des Captains und informierten ihn. Kennedy hörte ihnen zu, legte sich dann die Hand über den Mund und dachte einen Moment nach.

»Also gut. Wir können hierbei keine Zeit verlieren«, sagte

Kennedy. »Ed, du und Dickson, ihr schnappt euch die nächste Maschine nach Minnesota und arbeitet mit dem BCA zusammen. Ich alarmiere den Chief, das County, den Bundesstaat und das FBI. Wir erweitern die Task Force. Nichts davon darf nach außen dringen! Wir dürfen den Verdächtigen nicht wissen lassen, dass wir so nah sind.«

Nachdem Brennan seine Dateien auf einen verschlüsselten Stick geladen hatte, kehrte er zum Packen nach Hause zurück.

Es war ein gewaltiger Durchbruch, aber er hatte einen hohen Preis.

Ein weiteres unidentifiziertes Opfer.

Wer ist sie? Und wird ihr Tod uns dabei helfen, dieses Monster in seinem Tun aufzuhalten?

51

Chicago

Ein Wind, der vom See herüberwehte, drückte abgestorbene Blätter gegen den schwarzen Granitstein auf dem Grab im New Jenny Park Cemetry.

Kate wischte sie weg und las die Inschrift:

Krasimira Anna Zurrn
Geb. 29. Juni 1945, gest. 12. Oktober 1998
Geliebte Mutter von Sorin

Tragödie auf Tragödie, dachte sie. Eine drogensüchtige Prostituierte nimmt sich das Leben, weil sie glaubte, ihr Sohn habe eine Schulkameradin umgebracht. Dieser gilt bei allen, die sich an ihn erinnern, als seltsam und unheimlich, eine Tatsache, die ihre Bestätigung durch das erhielt, was Kate am vorherigen Abend in dem Kriechkeller des Hauses gesehen hatte.

»Er hat eine Holzkiste da drin gebaut, die hat ausgesehen wie ein Sarg«, hatte Ritchie Lipinski, der Vermieter, gesagt. »Ich habe sie rausgezogen, habe sie zur Müllhalde gebracht. Ich weiß nicht, was der verdammte Freak damit vorhatte.«

Ritchie hatte Kate keinerlei Probleme bereitet. Er hatte sie sogar Fotos machen lassen und versprochen, welche herauszusuchen, die er von der Kiste gemacht hatte.

Später, in ihrem Hotelzimmer, wurde sie von den Bildern des Kriechkellers, Sorin Zurrns Geschichte und ihrem wachsenden Glauben gequält, dass alles mit Rampart zu tun hatte.

Und Vanessa.

Kate kam der Wahrheit über Carl Nelson näher. Sie spürte es in ihren Eingeweiden, aber sie brauchte mehr als nur ein Gefühl.

Früher am Morgen hatte ihr Handy geklingelt, und eine Verwaltungskraft von der Kirche der Ruhmreichen Märtyrer und Heiligen hatte angerufen und sich einverstanden erklärt, sich mit ihr zu treffen. Da der Friedhof auf dem Weg lag, hatte Kate angehalten, um sich Krasimira Zurrns Grab anzusehen und Fotos zu machen.

Sie sah auf ihr Handy. Es war Zeit zu gehen.

Die Kirche war nicht weit weg. Ihre Fassade mit den Zwillingstürmen überragte die Nachbarschaft. Sie war über einhundert Jahre alt, erbaut im neoromanischen Stil mit wunderschönen Buntglasfenstern. Nachdem Kate ihr Auto abgestellt hatte, ging sie an den verzierten Holzportalen vorbei, nahm, wie angewiesen, den Bürgersteig, der sie zum Büro auf der Rückseite führte, und drückte den Knopf für die Türklingel.

Eine kleine Frau kam zur Tür. Sie hatte eine kurze Ponyfrisur, und eine Brille mit großem schwarzen Rahmen hing ihr an einer Kette um den Hals.

»Kate Page. Ich möchte zu Joan DiPaulo.«

»Ja, ich bin Joan. Kommen Sie rein.«

Die kleinere Frau führte Kate einen Flur hinab, der nach Kerzenwachs, Leinen und Weihrauch roch. Sie erreichten ein düsteres Büro. Ein Kruzifix auf der einfachen weißen Wand blickte auf den Schreibtisch, einen Computer, ein Handy und einen Aktenschrank hinab. Die Frau zeigte auf einen Holzstuhl.

»Setzen Sie sich und entschuldigen Sie bitte, dass ich Sie nicht zurückgerufen habe«, sagte Joan. »Wir haben keine regulären Bürostunden hier.«

»Schon gut. Verstehe ich.«

»Bei Ihrem Anruf haben Sie gesagt, Sie führen genealogische Forschungen durch?«

»Ich untersuche die Geschichte einer Familie.«

»Ihrer Familie?«

»Nein.«

»Oh, kommen Sie von einem Nachlassverwalter? Haben Sie ein Testament?«

»Nein.« Kate legte ihren Presseausweis von Newslead auf den Tisch.

Die Frau setzte sich die Brille auf und studierte ihn.

»Eine Reporterin?« Die Wärme in ihrer Stimme verdunstete. »Sie hätten sich am Telefon nicht unter falscher Flagge vorstellen sollen.«

»Habe ich nicht getan. Ich habe gesagt, ich wolle über eine Familiengeschichte recherchieren. Und jetzt habe ich mich Ihnen vorgestellt.«

»Tut mir leid.« Sie gab Kate den Ausweis zurück. »Ich kann Ihnen nicht helfen. Die Kirchenpolitik verbietet mir, private Informationen von Gemeindemitgliedern preiszugeben.«

»Verstehe ich, aber lassen Sie mich bitte den Hintergrund erklären.«

»Tut mir leid, Ms Page. Ich bin außerstande, Ihnen zu helfen.«

Kate rührte sich nicht.

Etwas hatte ein Gefühl von Ungerechtigkeit in ihr ausgelöst – einen Ausbruch inneren Ärgers darüber, wie die Kirchenbürokratie, die schon dadurch vom Weg abgekommen war, dass sie kriminelle Priester deckte, ihr jetzt auch noch Steine bei dem Versuch in den Weg legte, einen Mörder und die Wahrheit über ihre Schwester zu finden.

»Ich bin katholisch, Joan.«

»Wie bitte?«

»Vielleicht bin ich keine gute Katholikin, aber unsere Eltern hatten uns taufen lassen.«

»Ich sehe nicht, was das mit dem hier zu tun hat. Also, wie ich gesagt habe …«

»Bitte, lassen Sie mich alle Karten auf den Tisch legen und Ihnen sagen, warum ich Ihre Hilfe brauche.«

»Tut mir leid, dazu habe ich keine Zeit.«

»Das ist äußerst wichtig. Es ist eine Information, die Sie kennen sollten.«

Joan seufzte.

»Bitte, Ma'am.«

»Fassen Sie sich kurz.«

Kate begann mit ihrer eigenen Tragödie, ihrer lebenslangen Suche nach der Wahrheit über Vanessa. Dann ging sie rasch weiter zu der Entdeckung ihrer Halskette in Rampart, den entsetzlichen Geschehnissen dort und die Verbindung zu der Entführung in Alberta, dem Tatverdächtigen aus Denver, der sie hierher nach Chicago und zu ihrer Arbeit über die Zurrns gebracht hatte. Kate entfaltete eine Fotokopie von Krasimira Zurrns Todesanzeige aus der Zeitung. »Ich brauche jede Information, mit der Sie mir hinsichtlich dieser Familie helfen können.«

Joan las kopfschüttelnd den Ausschnitt.

»Tut mir leid, aber ich kann Ihnen nicht helfen.«

Kate kämpfte um die Beherrschung.

»Hat Ihr Computer Internetzugang?«

»Ja, aber ich sehe keinen Grund, das hier fortzusetzen.«

»Bitte, noch eine weitere Sache. Dann verschwinde ich. Gehen Sie auf diese Website.« Kate kritzelte eine Adresse in ihr Notizbuch und drehte es zu ihr um.

»Bitte. Gehen Sie zu dieser Seite. Es ist wichtig, und es wird nicht lange dauern. Bitte.«

Joan rief die Seite auf. Bald ging ihr Atem rascher, als sie die Berichte über den Fall in Rampart anklickte. Die Gesichter der Opfer, die bereits identifiziert waren, starrten ihr entgegen.

»Ich möchte, dass Sie sich an diese Gesichter erinnern«, sagte Kate, »weil Sie dadurch, dass Sie mir nicht helfen, dem Mann helfen, der diese Frauen ermordet hat. Wenn Sie also später heute Abend Ihren Kopf aufs Kissen legen, sollten Sie einfach überlegen, wen wir wirklich beschützen und wem wir wehtun, wenn wir der Bürokratie dienen, ohne nachzufragen. Ich bin mir sicher, dass bald ein neues Gesicht auftaucht, und in diesem Fall schicke ich Ihnen ihr Foto. Wir wissen, dass der Killer einer Kirche besonders dankbar sein wird, die etwas hätte unternehmen können, um ihn aufzuhalten, jedoch lieber davon abgesehen hat. Vielen Dank für Ihre Zeit, Joan.«

Kate erhob sich zum Gehen.

»Warten Sie.«

Kate drehte sich um.

»Mir missfällt, dass Sie darauf bestehen, ich sei eine Vertreterin des Bösen.«

»Das galt der Institution. Tut mir leid, aber ich habe eine emotionale Bindung zu der ganzen Sache und … ich bin …«

»Kate, sagen Sie mir, wonach Sie suchen.«

»Ich versuche bloß, Familienmitglieder aufzufinden, und hatte gedacht, dass die Kirche vielleicht über Aufzeichnungen verfügt.«

»Wir betrachten die Sache vertraulich?«

»Wie das Beichtgeheimnis.«

Joan überlegte noch etwas länger und zog die Todesanzeige zurate, bevor sie auf ihrer Tastatur etwas eintippte. Binnen Sekunden piepte es. Kate konnte nicht erkennen, was sie auf ihrem Monitor las. Ein langer, schwerer Augenblick verstrich, voller Erwartung, bevor Joan einen weiteren Befehl eintippte und der Drucker zum Leben erwachte. Sie griff nach dem einzelnen Blatt, las es und drehte es dann nach unten.

»Krasimira Zurrn war Mitglied dieser Kirchengemeinde, und auf ihrer Karteikarte steht, dass sie ihren Sohn Sorin als nächsten Verwandten angegeben hat. Zum Zeitpunkt ihres Todes hatten wir ihn anscheinend unter dieser Adresse verzeichnet.«

Sie schob Kate das Blatt zu, der das Herz sank, als sie las: »1388, Vista Verde, San Diego«.

»Ist das die einzige Adresse, die Sie von ihm haben? Da steht eine Anmerkung.«

Joan DiPaulo nahm das Blatt zurück, hielt es sich dicht vors Gesicht und schob die Brille hoch. »Ja, allerdings.« Daraufhin tippte Joan erneut. Wiederum erwachte der Drucker zum Leben und druckte eine weitere Seite.

»Hier. Anscheinend hatte Krasimira Zurrn die Information auf den neuesten Stand gebracht. Das war die Adresse, die wir von ihrem Sohn hatten. Weitere Informationen haben wir nicht.«

Plötzlich hämmerte Kate das Herz in der Brust wie nach einem Sieg.

Die Adresse lautete: *2909 Falstaff Street, Denver, Colorado.*

Kate hatte eine vage Erinnerung daran, Joan DiPaulo die Hand geschüttelt und ihr gedankt zu haben, bevor sie auf dem Parkplatz stand und ihre Tasche nach ihrem Handy durchwühlte.

Sie musste einen Flieger bekommen.

Sie schickte Chuck eine SMS, er möge sie anrufen, dann fuhr sie zum Hotel, um auszuchecken. Bevor sie sich nach O'Hare aufmachte, versuchte sie, Chuck telefonisch zu erreichen, bekam jedoch nur seine Mailbox. Mit rasendem Herzen schlängelte sie sich durch den Verkehr des Kennedy Expressways. Nachdem sie den Mietwagen zurückgegeben hatte, stellte sie sich in die Schlange am Check-In-Schalter, um ihre Bordkarte zu bekommen. Während des Wartens scrollte sie durch dutzende von Fotos auf ihrem Smartphone und wurde immer besorgter, weil sie von Chuck noch nichts gehört hatte.

Sie überlegte, Reeka anzurufen, da klingelte ihr Handy.

»Kate Page.«

»Chuck hier ...«

»Gut, Chuck, hör zu. Ich bin am O'Hare auf dem Weg nach Hause. Ich kann große Teile des Puzzles zusammensetzen. Große, unheimliche Teile. Ich glaube, unser Typ hat ein fünfzehnjähriges Mädchen umgebracht, als sie zusammen auf der Schule waren ...«

»Kate ...«

»Chuck, hör zu, seine Mutter hat Selbstmord begangen, weil sie ihn für einen Mörder gehalten hat. Ich kann bestätigen, dass Jerome Fell, ein Hauptverdächtiger bei der Entführung in Alberta, Sorin Zurrn war. Wir müssen bloß noch bestätigen, dass Fell Carl Nelson ist ... ich weiß, wir können ...«

»Kate ...«

»Als Jugendlicher hat er eine Zelle gebaut und einen Sarg darin aufbewahrt ...«

»Kate, er ist in Minnesota.«

»Was?«

»Flieg nicht zurück. Ich möchte, dass du dir den nächsten Flieger nach Minneapolis nimmst und weiter nach Norden zu einem Ort namens Pine Mills in der Nähe des Lost River State Forest fährst. Dort wird sich ein Fotograf mit dir treffen. Du sollst deine Sachen aus Chicago während des Flugs aufschreiben und uns bei unserer Reportage in Minnesota unterstützen.«

»Ich versteh nicht. Was ist da los?«

»Unser Büro in Minneapolis hat einen Tipp erhalten, dass irgendwelche Vogelbeobachter den Leichnam einer Weißen im Wald gefunden haben und dass Ermittler Beweise haben, die den Mord mit Rampart in Verbindung bringen. Wir haben gehört, dass sie eine größere Pressekonferenz dort oben mit den Polizisten aus Rampart und dem FBI planen. Die Story wird immer größer.«

Kate erstarrte.

»Entschuldigen Sie, Miss, benutzen Sie gerade den Apparat hier?«

Kate drehte sich zu einem älteren Mann mit einer Baseballkappe um, trat daraufhin zur Seite, hielt sich das Handy weiter ans Ohr und schluckte.

Sie dachte an Vanessa.

»Chuck, haben sie das Opfer identifiziert?«

»Nein, bislang nichts dahingehend. Tut mir leid, Kate, kannst du dich um die Sache kümmern?«

»Ich nehme die nächste Maschine nach Minneapolis.«

52

Albany, New York

Na gut, dann wieder frisch ans Werk.

Constance Baylick hatte einen weiteren Tag der Suche in den regionalen, bundesstaatlichen und nationalen Datenbanken mit DNA-Profilen vor sich, um zu beurteilen, ob irgendwelche neu hinzugefügten Daten mit ihren übereinstimmten.

Vielleicht diesmal.

Sie hatte die Aufgabe bekommen, die DNA-Analyse von Profilen durchzuführen, die bisher von der Ermittlung in Rampart eingegangen waren, um bei der Identifizierung zu helfen oder Verbindungen zu anderen Verbrechen nachzuweisen.

Constance war neu beim New York State Police Forensic Investigation Center, einem Teil des Polizeilabors von Albany. Sie war eine der Besten unter den Absolventen ihres Jahrgangs an der University of California, Davis, gewesen, wo sie molekulare Zellbiologie studiert hatte. Sie schrieb immer noch an ihrer Doktorarbeit und verstand etwas von der Materie.

Constance setzte ihre Kopfhörer auf und hörte »Born This Way«. Mother Monster half ihr, sich bei der Arbeit zu konzentrieren.

Sie hatte vollen Zugriff auf CODIS, sämtliche angeschlossene Datenbanken und Netzwerke. Sie erhielt sämtliche Newsletter, Alerts und Bulletins und wusste genau, wie sehr sie mit der Arbeit im Rückstand war.

Manchmal betet man, und manchmal hat man Glück.

Sie fing mit den Routineüberprüfungen an, zuerst vor Ort,

dann bei der DNA-Datenbank des New York State, dann bei den regionalen Systemen.

Daraufhin ging sie ins nationale DNA-Index-System, das NDIS, in dem Profile verurteilter Straftäter, Verhafteter oder Inhaftierter, unidentifizierte menschliche Überreste, Vermisster und der Verwandten von Vermissten abgespeichert waren. Für sämtliche Polizeibehörden im ganzen Land war es üblich, regelmäßig die Profile zu durchsuchen und mit neuen im System abzugleichen.

Wie erwartet, bislang nichts Neues.

Constance klickte weiter durch das System. Der Song war fast zu Ende, als sie erstarrte.

Ping. Ping. Zwei Treffer. *Du liebe Güte!*

Sie riss sich die Kopfhörer herunter, und die Musik tickte weiter an ihrem Hals, während sie die Identifikationsnummer der Behörde überprüfte, die die Probe übermittelt hatte: Minnesota Bureau of Criminal Apprehension. Sie gab ihr Passwort ein und lud die Profile herunter.

Es waren zwei forensische Treffer, die das System als mögliche Übereinstimmung mit den Profilen identifiziert hatte, die sie vom Fall in Rampart eingegeben hatte.

Sogleich machte sie sich daran zu verifizieren, ob die beiden Profile aus Minnesota zu den beiden aus Rampart passten. Sie überprüfte und testete die genetischen Marker – Allele – und verglich sie mit dem ersten, bis sie es hatte.

Okay. Sieht nach eindeutigem Treffer aus.

Sie machte sich an das zweite.

Das war kniffliger. Es erforderte einen Abstammungstest, wobei sämtliche Allele übereinstimmen mussten. Aber Constance wusste, dass Zielprofil und zu untersuchendes Profil eine verschiedene Anzahl von Allelen enthalten konnten, wie es hier der Fall war.

Was wir hier haben, ist eine teilweise DNA-Übereinstimmung. Aber sie ist stark genug, um die Identität zu bestätigen. Eine Person im Fall von Minnesota und eine Person im Fall von Rampart gehören der gleichen Familie an.

Constance würde es bei Gericht unter Eid beschwören, wenn es sein musste.

Sie machte sich an die Niederschrift ihres vorläufigen Berichts für ihren Vorgesetzten, der ihn an die Ermittler in Rampart und Minnesota weiterleiten sollte.

53

Pine Mills, Minnesota

Nach der Landung in Minneapolis stieg Kate in einen Regionalflieger nach Grand Forks, North Dakota, um.

Neunzig Minuten später, nach ihrer Ankunft im Terminal von Grand Forks, sah sie einen großen Mann mit weißem Haar und einem freundlichen Gesicht, der einen Pappkarton hochhielt, auf den mit schwarzem Filzstift »Kate Page« gekritzelt war.

Sie ging zu ihm.

»Ich bin Kate Page.«

»Hallo, Kate. Lund Sanner, freier Mitarbeiter von Newslead. Alles klar? Wir haben eine zweistündige Fahrt vor uns.«

Unterwegs arbeitete Kate an ihrem Artikel über die Ereignisse in Chicago. Nachdem sie ihn nach New York geschickt hatte, rief sie daheim bei Nancy an und sprach dann eine Viertelstunde lang mit Grace, bevor sie losgehen musste.

»Ich bin in ein paar Tagen zurück. Ich vermisse dich wie verrückt, Süße«, sagte Kate.

Daraufhin bombardierte Kate den Detective aus Rampart, Ed Brennan, erneut mit Anrufen, SMS und Mails. Wiederum erhielt sie keine Antwort. Sie versuchte es bei seinem Partner, Paul Dickson. Nichts. Es war vergebliche Liebesmüh und hinterließ in ihr ein Gefühl der Enttäuschung und des Unbehagens.

Da ist was bei diesem Mord passiert. Vielleicht hatten sie einen Durchbruch?

Die Sonne ging unter, als sie Pine Mills erreichten, das am Rand des Lost River State Forest nahe der kanadischen Grenze lag. Sanner hatte in weiser Voraussicht zwei Zimmer im Timberline Motel reserviert.

»Sie haben Glück«, sagte der Rezeptionist. »Alle anderen hier sind ausgebucht, zumeist mit Nachrichtenleuten von überallher. Die Leute sagen, es hat etwas mit diesem Mord zu tun. Wissen Sie da irgendetwas?«

»Morgen gibt es eine Pressekonferenz im Rathaussaal. Danach wissen wir alle mehr«, erwiderte Sanner.

Kate war todmüde, jedoch einverstanden, mit Sanner in Greta's Homestyle Restaurant auf der anderen Straßenseite zu Abend zu essen. Bei Clubsandwiches erzählte Sanner, dass er nach dreißig Jahren als Nachrichtenfotograf bei *Pioneer Press* aufgehört habe. Er hatte eine Hütte in der Nähe der Thief River Falls, nicht weit von hier. Kate erzählte ein wenig von sich selbst, dann ergriff Sanner wieder das Wort.

»Kate, als ich den Anruf für diesen Auftrag erhielt, habe ich etwas über den Fall von New York nachgelesen«, sagte er. »Sie sind in die ganze Sache verwickelt.«

Kate nickte und erzählte ihm die Geschichte.

»Ich habe gesehen, dass Sie auf der Fahrt ziemlich angespannt waren«, sagte er. »Und ich wollte Sie nicht stören.«

»Tut mir leid, Lund, das war unhöflich von mir.«

»Nein, nein, keine Entschuldigungen. Verstehe schon. Das war Arbeit. Ich hoffe, morgen läuft für Sie alles gut, Kate, so alles in allem.«

Allein in ihrem Zimmer schaltete Kate das Licht aus, stellte sich ans Fenster und starrte hinaus in die Nacht und auf zu den Sternen.

Was tue ich jetzt? Mein Leben rast mit tausend Kilometern pro Stunde dahin. Ich sollte daheim sein und Grace in den Armen halten. Aber ich bin so nahe dran, so nahe, dass ich es spüren kann.

Sie ging ins Bett, und als sie dabei war einzuschlafen, dachte sie an das Opfer von Lost River.

Hier oben, inmitten der Abgeschiedenheit mit hügeligen Feldern, mit Seen, Flüssen und Wäldern.

Ein so einsamer Ort zum Sterben.

Dann dachte sie an Vanessa und weinte.

Das Rathaus von Pine Mills war ein robustes Gebäude aus Stein und Holz, das Freiwillige in den dreißiger Jahren errichtet hatten.

Streifenwagen und Dutzende von Nachrichtenfahrzeugen, einige aus Minneapolis und Winnipeg, drängelten sich auf dem Parkplatz. Übertragungswagen der größeren Netzwerke hatten ihre Antennen ausgefahren. Wagen von Rundfunkstationen säumten die Straße vor dem Rathaus. Ein Polizist am Eingang überprüfte die Presseausweise und notierte sie.

Im Ratssaal standen Reihen von Klappstühlen vor einem langen Tisch, an dessen beiden Enden Fernsehmonitore auf Ständern angebracht waren. Hinzu kam eine große Tafel mit großen Blättern Papier. Eine Anzahl von Rekordern und Mikrofonen mit den Logos der jeweiligen Sender drängte sich in der Mitte des Tischs, während Reporter sich irgendwo niederließen und dabei Anrufe von ihren Redaktionen entgegennahmen. Kate schätzte, dass über siebzig Nachrichtenleute anwesend waren.

Metall klirrte, als Fernsehteams Stative errichteten und nach Kabeln und Batterien riefen, die von Übertragungswagen herangeschafft werden sollten. Gehetzte Anrufe bei Chefredakteuren wurden getätigt und zu Telefonkabinen und Netzwerken durchgestellt. Daten über Vögel, Gerüchte, Koordinaten, Feeds, Übertragungszeit und Soundchecks wurden ausgetauscht. Geleckt aussehende Fernsehreporter überprüften Haar, Zähne, Ohrhörer, Mikrofone und halfen beim Weißabgleich, indem sie Notizbücher vor Kameras hielten.

»Also, wie viele Mordopfer bislang? Sechzehn?«, wiederholte ein Fernsehreporter, die hohle Hand an ein Ohr gelegt, in die Kamera. »Genau. Fünfzehn in New York. Eins hier, genau. Sechzehn, und wir übertragen live nach New York.«

Während Sanner zu anderen Nachrichtenfotografen ging und mit ihnen in Erinnerungen schwelgte, durchsuchte Kate die Männer in Anzügen und Jacketts, die an der Seite und im Hintergrund die Wand säumten und hoffte, Brennan oder Dickson oder zumindest einen der Leute zu sehen, die sie von Rampart her kannte.

Sie spürte, wie ihr jemand auf die Schulter tippte, bevor sie ihren Namen hörte.

Sie drehte sich um und sah Brennan vor sich.

»Ed, ich habe versucht, Sie zu erreichen.«

»Kommen Sie mit.«

»Aber ...« Sie deutete an, dass die Pressekonferenz gleich anfangen sollte.

»Ihnen wird nichts entgehen. Kommen Sie mit.«

Kate hinterließ in ihrem Kielwasser jede Menge »Wer ist das?« und »Was soll das?« und »Sie kommt mir bekannt vor ...« von den wenigen Reportern, die bemerkt hatten, dass sie vor einer nationalen Pressekonferenz beiseitegenommen wurde.

Brennan brachte sie in ein kleines Büro im Hintergrund, in dem sich mehrere andere Ermittler von FBI, Bundesstaat und County drängelten. Sie sah die grimmigen Gesichter, die sie beobachteten.

»Was ist hier los, Ed?«

»Kate, bitte setzen Sie sich.«

Eine jähe Furcht durchbohrte sie, dass es vorüber war, und sie hielt den Atem an.

»Kate, wir sind dabei, zwei Opfer zu identifizieren, die am Tatort im Wald gefunden wurden.«

»Aber Sie haben nur eines gefunden?«

»Das Mordopfer ist identifiziert, und wir nennen jeden Augenblick diesen Namen. Die Identität einer zweiten Person wurde gleichfalls bestätigt. In beiden Fällen haben wir uns einer Eil-DNA-Analyse bedient.«

Kate starrte ihn an.

»Kate, eines ist Ihre Schwester Vanessa. Daran besteht kein Zweifel. Wir haben es bestätigt, indem wir die DNA, die Sie zur Verfügung gestellt hatten, mit dem biologischen Material verglichen haben, das am Tatort gefunden wurde.«

»Wie bitte?«

»Es ist wahr.«

»Wollen Sie sagen ...« Kate schluckte. »... meine Schwester ist tot?«

»Nein, wir haben bestätigt, dass sie am Tatort anwesend war. Wir wissen nichts über ihren Aufenthaltsort. Wir wissen nicht, ob sie noch am Leben ist oder ob ihr etwas angetan wurde, aber sie war bis vor ganz kurzer Zeit lebend am Tatort.«

Kate legte sich die Hände an den Mund, während sie die Neuigkeit in sich aufnahm. Ihre Gedanken rasten durch die Jahre des Schmerzes.

»Beide Namen werden mit Fotos und Informationen bekanntgegeben«, sagte Brennan. »Kate, hören Sie mich?«

Sie nickte.

»Kate, Emmett Lang vom FBI. Wir sind uns in Rampart begegnet.«

Kate hatte eine vage Erinnerung.

»Wir wissen, dass das viel zu begreifen ist«, sagte Lang. »Die Beweislage deutet stark auf eine Situation als lebende Gefangene hin, obwohl wir eine Tatbeteiligung nicht ausschließen können. Wir erwarten, dass unser Verdächtiger die Nachrichten sieht. Wir bewegen uns auf einem schmalen Grat zwischen öffentlicher Sicherheit und Schutz einer Ermittlung. Wir werden Kritik erfahren, ungeachtet dessen, was wir tun. In diesem Fall, wo es um die Sorge der Sicherheit geht, werden wir viele Informationen als Teil eines Aufrufs an die Öffentlichkeit preisgeben. Wir haben andere, solide Informationen, die wir nicht öffentlich machen können, aber wir gehen ihnen nach. Wir glauben, dass wir Carl Nelson sehr nahe sind.«

Kate starrte Lang, Brennan und die anderen an, und tief in ihr explodierten lebenslang unterdrückte Wut und Ärger. Sie tat alles, um beides unter Kontrolle zu halten, als Waffe einzusetzen, denn sie begriff jetzt mehr denn je, dass sie wirklich um Vanessas Leben kämpfte.

Und sie verloren Zeit.

»Er heißt Sorin Zurrn. Er ist in Chicago aufgewachsen. Seine Mutter hat Selbstmord begangen, weil sie glaubte, er habe eine Klassenkameradin ermordet.«

Die Ermittler wechselten ungläubige Blicke.

»Kate, woher haben Sie das erfahren?«, fragte Brennan.

Sie berichtete rasch von den Ergebnissen ihres Ausflugs nach Chicago und den Verbindungen von Zurrn zu Jerome Fell in Denver, von Fells Verbindung zu der Entführung von Tara Dawn Mae in Alberta mit ihren Verbindungen zu Vanessa und Rampart über eine Botschaft in den Ruinen und die Halskette. Die FBI-Agenten machten sich Notizen.

»Alles über Zurrn wird in dem Artikel stehen, den ich heute hochlade. Das wird meine Zeugenaussage für Sie sein.«

Einige der Ermittler steckten die Köpfe zusammen und verglichen leise Kates Informationen mit ihren eigenen vertraulichen Aspekten des Falls. Ein paar tätigten Anrufe, und da klopfte es an der Tür.

»Entschuldigen Sie mich, aber die Sender möchten anfangen. Hat was mit Satellitenzeit und Liveübertragung zu tun.«

Kate kehrte an ihren Platz im Sitzungssaal zurück.

Die Pressekonferenz wurde von George Varden geleitet, dem zuständigen Special Agent des FBI in Minnesota, der die Vertreter der Behörden des Bundesstaats, des Orts und jene aus New York vorstellte.

Als es losging, glitt Kate in einen surrealen Zustand, und sie kämpfte darum, ihren Job zu erledigen, während die schmerzliche Wahrheit über ihre kleine Schwester vor ihr ausgebreitet wurde.

Vergrößerte Fotos von Carl Nelson, von Vanessa, wie sie gegenwärtig aussehen könnte, und Fotos einer weißen Frau Mitte zwanzig erschienen neben Locatorkarten und Zeitschienen, während Varden die Aspekte der Ermittlung in Minnesota zusammenfasste und anschließend die Verbindungslinien zu Rampart, New York, zog. Er umriss die wesentlichen Punkte des Falls, wie Vogelbeobachter den Tatort einige Kilometer entfernt von hier im Lost River State Forest entdeckt hatten. Er ließ die Chronologie der Ereignisse ablaufen, mit Daten und Orten, ließ jedoch wichtige Kernpunkte unerwähnt.

Er gab zu, dass es in dem Fall jetzt sechzehn Mordopfer gab, von denen viele noch identifiziert werden mussten.

»Die Beweislage führt uns zu der Annahme, dass die Person, die unter dem Namen Carl Nelson firmiert, unser Hauptverdächtiger bei diesen Verbrechen ist. Ich möchte nochmals nachdrücklich betonen, dass diese Ermittlung noch im Gange ist und dass wir beständig einer Vielzahl von Spuren nachgehen«, sagte Varden, bevor er die Namen der Opfer von Lost River bekanntgab.

»Brittany Ellen Sykes, vierundzwanzig, die vor neun Jahren als vermisst gemeldet wurde, während sie auf dem Heimweg in Tulsa, Oklahoma, war, ist als weiteres Mordopfer in diesem Fall identifiziert worden.

Wir haben auch Beweise dafür gefunden, dass Vanessa Page, offenbar ein Entführungsopfer Carl Nelsons, ebenfalls am Tatort anwesend war und vielleicht Gefangene in einer Geiselnahme ist. Aus Gründen der Sorge um ihre Sicherheit geben wir weitere Informationen über unsere Bemühungen bekannt, sie und Carl Nelson aufzuspüren.«

Während Varden den Fall Vanessa umriss, durchlief ein Geflüster die Reihen. Handys vibrierten. Einige Reporter nahmen gedämpfte Anrufe entgegen, während sie Kate Blicke zuwarfen.

Dann flackerten Bilder eines Vans an Bishop's General Store and Gas auf den Monitoren auf.

»Der Van ist ein silberner Chevy 2013 Class B Campervan. Wir haben Ihnen Fotos zur Verfügung gestellt. Wir suchen diesen Van.«

Der Fahrer war wegen der Helligkeit und des Winkels des einfallenden Lichts nur als Silhouette hinter dem Lenkrad zu erkennen.

»Wir halten den Fahrer für Carl Nelson. Wir werden Ihnen dieses Video zusammen mit anderen Fotos zur Verfügung stellen. Der Tatort ist freigegeben. Wir haben Leute vor Ort, und wir bitten Sie um respektvolles Verhalten dort. Jetzt bitten wir jeden, der irgendwelche Informationen zu diesem Fall hat, sich mit uns in Verbindung zu setzen. Wir stehen für Fragen zur Verfügung.«

In den nächsten fünfzig Minuten beantworteten Varden und andere Ermittler eine rasche Folge von Fragen, die nahezu jedes Element des Falls abdeckten. Während dieser Zeit wurden Notizen an Kate weitergereicht, und sie erhielt Mails mit der Bitte um Interviews, darunter solche von größeren Sendeanstalten.

Sie reagierte nicht darauf. Zunächst hatte sie ihre eigene Arbeit zu erledigen.

Zum Ende der Konferenz eilten Kate und Lund zu dessen SUV, und sie fuhren zum Tatort.

»Wie halten Sie sich, Kate?«, fragte Sanner.

»Weiß nicht. Fühle mich wie betäubt. Ich muss mich bloß auf meinen Artikel konzentrieren, ihn auf den neusten Stand bringen und losschicken, nachdem wir den Tatort erreicht haben.«

Es war eine halbstündige Fahrt zum Eingangstor des Staatsforstes. Von dort aus benötigten sie weitere dreißig Minuten und folgten dabei einem Pfad, den die Beamten mit fluoreszierenden Markern versehen hatten, um die Presse zu lotsen.

»Ein großer Teil dieses Gebiets ist unzugänglich«, sagte Sanner, während sie durch den dichten Wald und die ausgedehnten Felder fuhren, durch Torfmoore, Bäche, Dickicht und Feuchtgebiete. »Ein Paradies für Vogelbeobachter.«

Eine Anzahl neuer Trucks war bereits vor ihnen am Tatort eingetroffen. Polizisten vom Klassen County wiesen der Presse den Weg zum Tatort, der nur zu Fuß erreichbar war.

Das Rauschen eines leichten Winds, der durch die Bäume strich und Vogelgesang mit sich trug, verlieh dem Ort etwas Begräbnishaftes. Der Tatort war klein, und in der Erde war ein Loch ausgehoben. Die ausgegrabene und durchsiebte Erde lag in einem sauberen Haufen daneben. Andere Nachrichtenteams arbeiteten leise, respektvoll über den ganzen Tatort verteilt und filmten ihn aus verschiedenen Blickwinkeln.

Sanner machte eine Anzahl Aufnahmen, während sich Kate Notizen machte.

Niemand sagte etwas. Es gab wenig zu sagen, bis Sanner Kate beiseitenahm.

»Ich steige für einen Fernsehsender aus Minneapolis in einen Charter, um Luftaufnahmen zu machen. Ich kann Sie am Hotel rauswerfen oder Sie hier lassen, und Sie müssen für eine Rückfahrt sorgen.«

»Lassen Sie mich hier, Lund. Ich schreibe meinen Artikel hier und stoße im Motel wieder zu Ihnen.«

Bevor Sanner verschwand, zeigte er Kate eine Aufnahme, die er von ihr gemacht hatte. Sie stammte von der Pressekonferenz und umfasste Kopf und Schultern, ein wunderschönes, gestochen scharfe Foto, das die Qual zeigte, die ihr ins Gesicht geschrieben stand, während sie die vergrößerte Aufnahme von Vanessa studierte.

»Sie sind Teil der Geschichte, Kate. New York hat die Liveübertragung mitgesehen und mich gebeten, dieses Foto zu machen. Entschuldigung.«

Kate verstand.

Nachdem Sanner weg war, ging sie weiter in die Wälder hinein, entdeckte ein ruhiges Plätzchen auf üppigem Gras im Schatten eines Baums und holte ihren Laptop hervor. Ihre Finger zitterten, als sie über der Tastatur schwebten. Sie verbiss sich ihre Gefühle und zwang sich in einen Zustand, in dem sie rasch einen Artikel im Reinzustand schreiben konnte.

Sie überflog den Text noch einmal und schickte ihn nach New York. Danach saß sie reglos da, hörte dem Gesang der Vögel zu und gab sich alle Mühe, nicht nachzudenken. Denn wenn sie an alles dächte, würde sie zusammenbrechen, das wusste sie. Sie hatte keine Ahnung, wie viel Zeit verstrichen war, bevor ihr Handy klingelte.

»Wie geht's dir, Kate?«, fragte Chuck.

»So gut es gehen will«, erwiderte sie.

»Ich kann mir nicht vorstellen, wie schwer es für dich sein muss. Wir beten alle für deine Schwester.«

»Vielen Dank, Chuck.«

»Herausragende Arbeit. Jeder Abonnent von Newsland möchte deinen Artikel haben. Jeder Konkurrent möchte dich interviewen. Das Hauptquartier hat sein Einverständnis erklärt, dass du Interviews gibst, wenn dir danach ist.«

»Noch nicht. Ich bin immer noch etwas zittrig.«

»Alles, was du da draußen tun möchtest, ist in Ordnung, insbesondere, wenn du glaubst, es würde helfen, deine Schwester zu finden. Wir haben das Büro in Tulsa veranlasst, mit der Familie von Brittany Ellen Sykes zu sprechen. Ich habe sie angewiesen, nach Verbindungen zu deiner Schwester zu fragen, aber du weißt aus deiner eigenen Erfahrung, wie groß die Chancen sind.«

»Ja, danke, Chuck.«

»Unsere Gedanken sind bei dir. Ich hoffe, dass sie das Schwein bald erwischen. Gute Heimreise.«

Kate stand auf und kehrte zum Tatort zurück.

Bei jedem Schritt akzeptierte sie, dass ihre Schwester hier gewesen war. Über die Zeit hinweg, über den Kontinent hinweg, gegen sämtliche Hoffnung. *Vanessa hatte überlebt und war hier! Und sie war am Leben!*

Die Erkenntnis warf sie zurück in den eiskalten Gebirgsbach, und sie spürte, wie Vanessas kleine Hand der ihren entglitt. Sie spürte jedoch auch, wie sie, Dank der Gnade Gottes, langsam zurückkehrte und Kate eine zweite Chance erhielt, Vanessa zu packen und nie wieder loszulassen.

54

Hennepin County, Minnesota

Das große Grundstück lag allein am Rand einer neuen Trabantenstadt.

Ein rostiger Metallzaun umgab mehrere Dutzend Wracks in einer Ecke. Gleich daneben standen eine übergroße Garage und ein großes Haus. Bäume und Büsche säumten die Fläche. Der nächste Nachbar war fast einen halben Kilometer entfernt.

Vor Zeiten hatte hier einmal ein Autoschrottplatz gelegen. Wenige Jahre nach dem Tod des Besitzers wurde es an ein Unternehmen verkauft, das über ein kompliziertes Netzwerk aus Scheinfirmen von Sorin Zurrn kontrolliert wurde.

Jetzt stieg der Staub hinter Zurrns Pickup auf, als er die unbefestigte Straße entlangfuhr, die sich durch die zerfurchten Felder wand. Die Abgeschiedenheit genießend stellte er den Pickup hinter dem Haus ab und hob zwei Taschen voller Lebensmittel aus dem Führerhaus.

Im Haus nahm er ein verpacktes Hähnchensandwich, einen Beutel Kartoffelchips, einen Apfel und eine Flasche Wasser heraus. Pfeifend trabte er die quietschende Kellertreppe hinab. In dem schwachen Licht ging er zu einem feuchten Raum mit Wänden aus Schlackenbeton von etwa zweieinhalb mal zweieinhalb Metern Größe. Er war mit einer verstärkten Stahlnetztür gesichert, die zusätzlich noch mit einem Schloss versehen war.

Beim Herankommen rührte sich etwas im Innern.

»Gib mir deinen Eimer«, sagte Zurrn.

Er schloss eine kleinere Tür innerhalb der Haupttür auf, und die Frau im Innern reichte ihm einen metallenen Abfalleimer, in dem etwas umherschwappte. Er leerte ihn in den Ausguss im

Fußboden, rollte dann einen Schlauch ab, spülte den Inhalt herunter und wusch den Eimer aus, bevor er ihn in die Zelle zurückreichte.

Er hatte immer noch den Schlauch in der Hand.

»Sieh dich mal an!«, sagte er. »Zieh die Klamotten da aus, Zeit für die Dusche!«

Die Frau zog sich die verschmutzte Kleidung aus. Zurrn schloss die Stahltür auf und öffnete sie. Während er ihren nackten Leib mit dem Schlauch abspritzte, floss das Wasser den schrägen Holzfußboden hinab und verschwand gurgelnd im Abfluss. Er reichte ihr Seife und Shampoo. Sogleich wusch sie sich, als wäre es ein Ritual. Zurrn spülte sie ab, dann warf er ihr ein Handtuch und trockene Kleidung zu. Sie zog sich an, er drückte ihren Fuß ins Innere zurück und warf dann die Tür fest ins Schloss.

Sie klapperte, und die Steine um den Türrahmen bebten.

Er schloss ab, legte den Schlauch zur Seite, lehnte sich gegen die käfiggleiche Vorderseite der Zelle und sah ihr beim Essen zu.

Immer noch ein prächtiges Exemplar.

»Wir bleiben nur eine kleine Weile hier, bevor wir weiterziehen«, sagte er. »Der neue Ort wird dir gefallen. Er ist atemberaubend. Wie du.« Mit den Fingern folgte er dem Stahldraht, und er beobachtete die Frau einen langen Augenblick. »Nun ja«, sagte er, »entschuldige mich. Ich habe etwas zu erledigen.«

Zurrn ging hinaus zu der großen Garage, schloss den Seiteneingang auf und trat ein. In der Luft lag schwer der Geruch nach Gummi, Öl und Benzin. Ein Dutzend Fahrzeuge – Autos, offiziell aussehende Servicefahrzeuge und Vans – waren teilweise mit Planen abgedeckt. Der Van, den er in Utica, New York, gekauft hatte, befand sich darunter. Auf den Vorratsregalen an einer Wand lagen eine Anzahl Werkzeuge, Geräte, neue Computer und IT-Komponenten in ungeöffneten Kartons. In einem weiteren Bereich standen Regale mit Kleidung und Uniformen aller Arten. Es erinnerte an den Fundus einer Filmproduktionsfirma.

Über die Jahre hinweg hatte er im ganzen Land mehrere Grundstücke wie dieses hier erworben. Seine »Depots«, wie er sie nannte. Zufrieden, dass er genügend Ressourcen hatte, um jede Rolle zu spielen oder jede entscheidende Einstellung vorzunehmen, die er brauchte, um die Arbeit an seiner Sammlung fortzusetzen, kehrte er ins Haus zurück.

Er hatte aus dem Esszimmer seine Kommandozentrale gemacht. Dazu hatte er einen großen Tisch in die Mitte gestellt, über den er sich jetzt beugte und die Fotos, Karten und Eigentumsüberschreibung des neuen »Palasts der überlegenen Perfektion« studierte, der ihn in einem entfernten, ausgedehnten Landstrich erwartete. Zurrn bewunderte die Details und die Mühen, die er über die Jahre hinweg investiert hatte, schloss die Augen und inhalierte den Traum, der sich jetzt in Reichweite befand.

Daraufhin ließ er sich auf einem Chaiselong nieder und sinnierte völlig still über seine Situation. Er dachte an die Nachrichten und diese Reporterin, Kate Page, *die unermüdlich plapperte: »Meine Schwester, meine Schwester.« Kate Page ist eine hirnlose Motte, die um mein strahlendes Licht schwirrt, ein Ärgernis ohne Konsequenzen.* Wie die Polizei würde sie nie die Wahrheit erfahren. Niemand würde das, weil sie nicht mehr existierte. *Habe ich nicht meine Überlegenheit bewiesen? Bald nehme ich meinen rechtmäßigen Platz unter den Unsterblichen ein, wie Jack the Ripper und der Zodiac-Killer.*

Sie werden mich durch die Äonen verehren.

Zurrn wandte die Gedanken einem anderen Thema zu.

Vor kurzem hatte er eine schwierige Wahl treffen müssen, welche Exemplare er vernichten und welche er behalten sollte, als er seine Sammlung neu aufgebaut hatte. Schweren Herzens ging er zu einem seiner Laptops und spielte ein Video erneut ab – ein Video, das er mit einer sehr ausgewählten Gruppe geteilt hatte, die seine Kunst zu schätzen wusste.

Oh, diese ausdrucksvollen Augen, das schiere Entsetzen, das an meine Schmetterlinge erinnerte, die sich in meinem Tötungsglas zu

Tode geflattert hatten. Meine hübschen Dinger, da kribbelt es mir am ganzen Leib.

Aber es war alles zum Besten. Er musste frische Exemplare einsammeln.

Zeit für eine Süßigkeit, eine kleine Belohnung.

Zeit für Jenn, Ashley eine SMS zu schicken.

He, meine Beste, was steht an?

Nichts. Was steht bei dir an?

Ich bin in Minnesota.

OMFG ERNSTHAFT?

Mit meinen Eltern. Wir besuchen Verwandte auf dem Land in der Nähe der Twin Cities.

OMG so nah!

Wir müssen uns bald in der Mall treffen!

OMG JA!!!

Okay, die Einzelheiten sage ich dir morgen.

JA BITTE!

Dann können wir richtig reden. Wirst du da sein?

Klar. Ich verdrück mich. OMG OMG JA!!!

55

Bloomington, Minnesota

Ich hab ne komische Frage lol nichts weiter dazu sagen. Hast du je einen Toten geküsst?

Warum fragt sie so etwas?
Am folgenden Morgen war Ashley Ostermelle verwirrt. *Machte Jenn Witze?*

Öh, nein?? Du etwa??

Meine Oma ist vor 4 Tagen gestorben. Ich musste bei der Totenwache ihre Leiche küssen. Eklig.

Au! Tut mir leid.

Sie war krank. Deswegen sind wir nach Minnesota gekommen. Ich wollte es dir sagen.

Aber das ist echt traurig. Ich fühl mich mies.

Danke. Ich habe sie nicht richtig gekannt.

Dennoch traurig.

Mom braucht ein Kleid für die Beerdigung. Wir sind am Mittag in der Mall. Endlich können wir uns persönlich treffen!!

Ja!

Mittags am Apple Store.

Ashley hatte vor, erst zur Schulkrankenschwester zu gehen, sich bei ihr krankzumelden und zu sagen, sie müsse nach Hause. Sie würden ihre Mom anrufen, aber es wäre niemand da, der sich um sie kümmern könnte. Dann würde sie zur Mall fahren. Wenn man sie erwischte, würde sie sagen, dass sie ein Geschenk für Mom besorgen wollte, die nächsten Monat Geburtstag hatte.

Dann wäre die Bestrafung nicht so hart.

Ashley wusste, wie das System funktionierte.

Bis zum Vormittag war alles glatt gelaufen. Nachdem sie die Schule verlassen hatte, nahm sie einen Bus zur Mall.

Auf der Fahrt durch die Stadt wurde sie immer aufgeregter. Sie hatte sich schon ein paar Mal mit Freundinnen zur Mall davongeschlichen, aber das jetzt war etwas anderes. Sie ging auf eigene Faust in dieses Abenteuer, um jemanden zu treffen, mit der sie sich angefreundet hatte.

Jenn wusste viel mehr über Jungs als sie, und Ashley verlangte es dringend nach ihrem Rat wegen Nick und anderer Sachen. Jenn hatte Drogen probiert, war betrunken gewesen und hatte andere Sachen gemacht – *wie eine Tote geküsst* –, während Asley ihr langweiliges vorstädtisches Leben in Edina geführt hatte, Heimat der wandelnden Toten.

Aber sicher.

Etwas über eine Stunde, nachdem sie die Schule verlassen hatte, stand Ashley in der Mall of America vor dem Apple Store.

Es war zehn nach zwölf, und sie schickte Jenn eine SMS.

Bin hier. Wo bist du?

Während die Minuten verstrichen, musterte Ashley die Ströme von Käufern und suchte nach jemandem, der dem Bild ähnelte, das Jenn von sich geschickt hatte.

Sie war so hübsch.

Schlechte Neuigkeiten, kam als Antwort.

Im Glauben, versetzt worden zu sein, sank Ashley das Herz.

Was ist los? Kommst du?

Mom hat gesagt, ich soll im Parkhaus im Auto mit meiner kranken Tante warten.

Okay, ich warte auf dich.

Mom besorgt sich ihr Kleid, und dann fahren wir vielleicht wieder. Sorry.

Oh.

Alle sind immer noch sehr traurig über Omas Tod.

Verstehe.

Könntest du zum Wagen kommen & wir reden dort?

Ashley zögerte.

Parkhäuser waren unheimlich. Während sie noch überlegte, schickte Jenn eine weitere SMS.

Das könnte unsere einzige Chance sein, uns zu treffen, Ash.

Ashley zog die Unterlippe zwischen die Zähne. Erschien sinnig, und da sie bereits den Unterricht schwänzte und hierher gekommen war ...

Okay, wo bist du?

Westparkplatz. P4 Ebene West Arizona. Ich sehe den Haupteingang.

Bis gleich.

Ashley sah auf dem Lageplan der Mall nach und ging durch den gewaltigen Komplex zu den Türen, die zur Ebene West Arizona, P4, führten. Als sie das Parkhaus betrat, traf sie der kühle Geruch nach Zement. Sie wartete an den Türen und schickte Jenn eine SMS. Wenige andere Leute waren zu sehen.

Ok. Bin hier.

Ich glaube, ich sehe dich. Was hast du an?

Ein gelbes Top und eine pinkfarbene Jacke.

Ich hupe und betätige die Lichthupe.

Ashley starrte über den See aus Autos und Vans hinweg.

Eine Hupe ertönte, Scheinwerferlicht blitzte auf und zog sie zu einem weißen SUV.

Ich sehe dich!

Ich lasse die Beifahrertür für dich auf.

Nervös ging sie zu Jenns Wagen. Es gab so viele widerliche Typen, aber sie redete sich ein, dass es okay war. Sie kannte Jenn. Sie hatten viele tiefe Gespräche geführt. Sie waren beste Freundinnen, und Ashley war aufgeregt, sie zu treffen.

Ich muss mit ihr reden!

Als Ashley sich der offenen Tür des SUVs näherte, hoffte sie, dass Jenn aussteigen würde, damit sie nicht gezwungen wäre, vor ihrer Tante zu sprechen. *Das wäre unheimlich.* Ashley sah sich um.

Der SUV parkte zwischen einem Van und einem Pickup. Sie zog die offene Tür vorsichtig weiter auf und schnappte nach Luft, als sie ins Innere blickte.

Eine hässliche alte Frau saß hinter dem Lenkrad. Ihr Arm schoss schnell wie eine Kobra hervor, ergriff Ashley bei der Jacke und riss sie ins Fahrzeug.

Ein feuchtes, kaltes Tuch bedeckte Ashleys Gesicht, dämpfte schwache Schreie, bis sie die Augen nach oben verdrehte und alles schwarz wurde.

56

Hennepin County, Minnesota

Die Frau im Kellergeschoss zitterte unaufhörlich in ihrem kalten, feuchten Gefängnis, zitterte angesichts des Schreckens, bei dem sie Zeugin gewesen war, und angesichts des noch kommenden Schreckens.

Ich habe Brittany sterben sehen. Ich habe sie alle sterben sehen. Ich habe gesehen, was er getan hat.

Tränen strömten ihr das Gesicht herab.

Als Nächste wird er mich töten. Er hat alle anderen getötet. Ich bin die Letzte.

Sie würde den Tod willkommen heißen, denn den größten Teil ihres wachen Daseins kam sie sich bereits wie gestorben vor. Jahre der Gefangenschaft hatten ihre geistige Gesundheit zerrüttet – ihr Leben war ein nie endender Albtraum. Sie konnte nicht weitermachen. Aber an jedem Tag stieg eine kleine Stimme aus einer vergrabenen Ecke ihres Herzens, die sie drängte, nicht aufzugeben. Es war eine positive Kraft, die in ihre Dunkelheit hineingriff, um sie zu retten, die sie anbettelte, weiterzukämpfen. Sie musste weiterkämpfen.

Du bist die Einzige, die übriggeblieben ist. Du musst überleben, um der Welt zu sagen, was er getan hat.

Sie rieb sich die Tränen weg und suchte den Boden ab, bis sie ihren rostigen Nagel fand, aufstand und weiter an der Steinwand kratzte. Er hatte sie seine Hübscheste genannt, seinen Liebling, und ihr versprochen, er würde sie auf immer behalten. Aber sie hatte gelernt, nichts zu glauben, was er je gesagt hatte.

Er war ein Lügner.

Er hatte sie immer Eve genannt, aber tief im Herzen ihres

Seins hatte sie diesen Namen nie akzeptiert. Sie hatte andere Namen.

Sie kratzte und kritzelte.

Ich bin Tara Dawn Mae. Mein Name war einmal ...

Sie hielt inne, um sich ihren anderen Namen ins Gedächtnis zurückzurufen, vor Tara Dawn.

Als Nächstes kratzte sie ein V in die Wand.

Vanessa.

So hatte sie einen jeden Tag überlebt, indem sie sich an die weit zurückliegenden Leben geklammert hatte, die sie einst gelebt hatte. Am Rand ihres Gedächtnisses erinnerte sie sich daran, dass Menschen sie Vanessa genannt hatten. Das waren die glücklichsten Zeiten gewesen. Sie spürte die reinste, stärkste Liebe. Ein Band, das niemals je zerreißen würde, das fühlte sie. Sie erinnerte sich daran, eine Mom gehabt zu haben, einen Dad, eine große Schwester, dann kamen eine jähe Traurigkeit und Besuche bei Verwandten und Fremden.

Diese Erinnerungen waren wie ferne Sterne.

Diese Erinnerungen endeten in heftiger, wässriger Finsternis.

Ihr nächstes Leben begann nach ihrer Rettung an einem Flussufer durch ihre neue Mutter und ihren neuen Vater. Ihre Erinnerungen an diese Zeit waren umwölkt. Sie erinnerte sich, Fragen über ihre Pflegeeltern und ihre Schwester gestellt zu haben, dann an viel, viel Weinen, als die Maes ihr gesagt hatten, dass ihr Leben sich verändert habe, dass es Gottes Wille gewesen sei, dass sie sie gerettet hatten und dass sie ihre neue Mutter und ihr neuer Vater sein sollten.

Sie hatten sie auf ihre Farm mitgenommen, wo sie leben sollte, und sie Tara Dawn genannt. Sie hatte einen Hund gehabt, Kätzchen, und sie hatte mit Pferden gespielt. Sie erinnerte sich an das endlose flache Land und den großen Himmel, daran, dass sie zur Schule gegangen war und gelernt hatte. Ihre neue Mutter und ihr neuer Vater hatten ihr ein neues Leben geschenkt, bevor Carl sie mitgenommen hatte.

Damals hatte er sich Jerome genannt, bevor er seinen Namen

zu Carl geändert hatte. Er hatte sie dazu gebracht, ihm alles über ihr Leben zu berichten. Sie war erst elf Jahre alt gewesen, aber er hatte sie gezwungen, ihm alles zu erzählen, woran sie sich erinnern konnte. Dann hatte er ihr gesagt, dass er von einer geheimen Regierungsbehörde geschickt worden sei, um sie vor bösen Menschen zu retten, die sie umbringen wollten, wie sie ihre Eltern und ihre Schwester bei dem Autounfall umgebracht hatten. Er sagte, dass er um ihrer Sicherheit willen ihren Namen ändern und sie versteckt halten müsse, weil böse Agenten sie beide suchen würden. Dann hatte er ihr eines Tages irgendwelche Papiere gezeigt, die, seiner Behauptung zufolge, offizielle Gerichtsdokumente waren, und gesagt: »Jetzt gehörst du mir.«

Er hatte sie stets im Gefängnis festgehalten. Er hatte sie ernährt, ihr einen Eimer als Toilette gegeben, eine Wanne zum Waschen, Toilettenartikel und saubere Kleidung. Er hatte ihr Bücher und Zeitschriften mitgebracht. Manchmal ließ er sie Radio hören, oder er hatte ihr ein Fernsehgerät gebracht, das nicht viele Kanäle empfangen konnte. Über die Jahre hinweg hatte sie das Gefühl für die Zeit verloren, vergessen, wie alt sie war. Sie hatte versucht, ihr Alter anhand der Daten der Zeitschriften zu kalkulieren.

Es bestand keinerlei Hoffnung auf Flucht.

Das war ihr Leben.

Manchmal saß Carl draußen vor ihrem Gefängnis und beobachtete sie. Manchmal kam er herein, kettete sie an und tat ihr Dinge an. Manchmal sprach er mit ihr darüber, wie schön sie war und das sie sein wertvollstes Exemplar war. Einige wenige, seltene Male brachte er sie für kurze Spaziergänge in den Wäldern nach draußen, wo sie frische Luft schnappen konnte, und sagte ihr, er würde neue Exemplare sammeln. So nannte er sie.

Manchmal musste sie zusehen, was er den neuen antat.

Carl war ein Monster.

Wegen der Dinge, die er ihr antat, und der anderen Mädchen, die er fing.

Ihre Schreie verfolgten sie.

Vanessa kratzte mit erneuter Furcht an der Wand. So viel war kürzlich geschehen. Sie würden die Scheune verlassen. *Warum?* Für ein neues Zuhause, sagte Carl, ein besseres. Sie vertraute ihm nie. Er hatte sie in Kisten gesteckt, die wie Särge aussahen. Er fuhr und fuhr immer weiter.

Jetzt waren sie hier.

Warum hat er mich hierher gebracht? Wird er mich hier töten?

Während sie an der Mauer kratzte, die Buchstaben ihres wirklichen Namens formte, spritzten feine Steinpartikel aus dem Mörtel zwischen den Betonblöcken.

Die Zeit lief ihr davon.

Ich möchte nicht sterben!

Wilde Verzweiflung packte sie, und Vanessa kratzte und kritzelte, bis sie hysterisch wurde und am Rande des Kreischens stand. Sie hämmerte mit den Handflächen gegen die Betonblöcke und erstarrte.

Er bewegte sich. Einer dieser schweren Blöcke bewegte sich!

In ihrer Raserei war es ihr irgendwie gelungen, ihn um den Bruchteil eines Zentimeters zu verschieben. Wie konnte das sein? Sie beugte sich vor und untersuchte den Mörtel. Viel davon war zerbröselt. Sie strich mit den Fingern über die Furchen, wodurch weiterer Mörtel herabfiel. Sie erinnerte sich daran, dass der Türrahmen, der das Stahlnetz ihrer Zelle hielt, geklappert hatte, als Carl ihn verschlossen hatte, und musterte den Mörtel und die Fugen der Blöcke, die den Türrahmen stützten.

Sie stach mit dem rostigen Nagel in den Mörtel und entdeckte, dass er zerbröselte. Schwaches Licht kam durch die Ritzen. Sehr wenig Mörtel verblieb, um die Blöcke an Ort und Stelle zu halten. Sie drückte fest dagegen, und sie verschoben sich.

Wenn ich die Steine rund um die Tür verschieben könnte, würde sie vielleicht nachgeben.

Warte mal.

Ist Carl hier?

Sie war davon überzeugt, dass er weggegangen war. Der Fußboden über ihr hatte seit über einer Stunde nicht mehr gequietscht. Kein Wasserrauschen in den Rohren. Bestimmt war sie allein. Sie machte sich daran, die Blöcke zu verschieben, bewegte sie jedes Mal den Bruchteil eines Zentimeters.

Minuten verstrichen, und ihre Bemühungen wurden schwieriger, dann vergebens, weil sie die Blöcke so verschoben hatte, dass die Tür sich verkeilt hatte.

Jetzt würde sich nichts mehr bewegen.

Carl würde es sehen. *Fluchtversuche sind verboten!* Er würde die Tür verstärken und sie dann bestrafen.

Denk nach!

Vanessa stand auf und rammte ihre Schulter gegen das Stahlgeflecht.

Sie biss die Zähne zusammen und rammte ihre Schulter immer und immer wieder dagegen, bis die Stahltür nach außen fiel und sie darauf stürzte, und ein paar der Betonblöcke brachen mit einem steinernen Krachen und in einer Staubwolke zusammen.

Ich hab's geschafft! Ich bin draußen!

Verblüfft und rasch atmend stand sie auf. Ihr Hosenbein war zerrissen, ihr Oberschenkel blutete. Auch ihre Stirn und ihr Arm bluteten. Aber sie spürte keinen Schmerz, weil das Adrenalin sie durchflutete.

Sie eilte zum ersten Kellerfenster – es war mit Eisenstäben vergittert. Sämtliche Fenster waren vergittert. Sie müsste die Treppe nehmen. Sie schaute sich nach einer Waffe um, ging zu einer Werkbank, entdeckte ein Stück Stahl von der Größe eines Lineals und rannte die Treppe hoch. Oben angekommen, drückte sie den Rücken an die Wand, hielt den Atem an und lauschte.

Nichts.

Sie ging den Korridor hinab. Die Bodendielen quietschten laut und verräterisch, als sie in der Küche ankam. Sie entriegelte die Tür, trat hinaus und fand sich hinter dem Haus wieder.

Ihre Haut belebte sich im Sonnenlicht und in der frischen Luft.

Gottseidank! Gottseidank!

Sie rannte die unbefestigte Zufahrt hinab.

Da sie nicht wusste, wann Carl zurückkehren würde, hielt sie sich dicht am Graben. *Jagt er mich?* Immer wieder warf sie einen Blick zurück über die Schulter und entdeckte nichts. Sie benötigte mehrere Minuten, bis sie die lange Zufahrt zum Haus hinter sich gelassen hatte und den geteerten Streifen einer Landstraße erreichte.

Bei einem Blick nach links entdeckte sie in der Ferne die Dächer einer Vorstadt.

Da gibt's Hilfe! Da ist Leben!

Sie steckte ihre Eisenstange in die Gesäßtasche und rannte die leere Straße hinab, wobei sie zu begreifen versuchte, was gerade geschehen war, und den Horizont nach einem Auto absuchte, einem Truck, nach jemandem, der zu Fuß ging oder auf einem Fahrrad fuhr, nach jemandem, der ihr helfen könnte. Die Leere der Region wurde untermalt vom Geräusch ihrer Schritte auf dem Pflaster, ihrem schweren Atem und dem Gezwitscher von Vögeln, und sie sagte sich immer wieder vor, was sie der Polizei sagen musste.

Ich bin entkommen! Mein Name ist Vanessa! Ich war einmal Tara Dawn aus Alberta! Er hat sie alle umgebracht!

Als sie sich der Vorstadt näherte, glitzerte Chrom auf der Straße vor ihr. In der Ferne tauchte ein einsamer Wagen auf.

Sei vorsichtig. Carl fährt einen Van. Ich weiß, wie er aussieht.

Vanessa versteckte sich in den Büschen, während sie den Wagen musterte.

Kein Van. Ein weißer SUV!

Das Herz schlug ihr bis zum Hals. Sie rannte auf die Straße, stellte sich in die Mitte und winkte mit den Armen, damit das Auto anhielte.

Bitte, bitte, bitte!

Das Fahrzeug wurde langsamer und blieb stehen. Die Frau

am Lenkrad wirkte besorgt und rückte herüber, um die Beifahrertür zu öffnen.

Vanessa rannte hin, fast außerstande zu denken – ihre Jahre des Gefangenseins, das Entsetzliche, das sie in ihrem Leben erfahren hatte, all das blitzte vor ihr auf, als sie ihrer Wiederauferstehung entgegensah.

»Oh, mein Gott, helfen Sie mir! Bitte! Ich bin geflohen. Mein Name ist Vanessa. Er hat sie alle umge…«

Im nächsten Augenblick wurde ihr Gehirn durch die Erkenntnis überlastet, dass die Frau in dem Wagen nicht richtig aussah, weil ihr Körper nicht richtig war, ihre Hände zu groß waren, weil sie Carl war, der als Frau verkleidet war und der jetzt nach ihr griff. Ihr blieb das Herz stehen. Gleichzeitig ertönten gedämpfte Schreie von der Rückbank. Ein junges Mädchen richtete sich auf, ein Tuch um Hände und Mund, während es ihr fast gelungen war, das Band um ihre Beine zu lösen.

Carls große Hand schloss sich um Vanessas Handgelenk.

Instinktiv wich Vanessa zurück, griff mit ihrer freien Hand nach der Eisenstange und kreischte der neuen Gefangenen zu: »Renn um dein Leben! Raus aus dieser Tür!«

Mit der rasenden Geschwindigkeit eines erschreckten Vogels flog das junge Mädchen über den Vordersitz zur offenen Tür, während Vanessa auf Carls Schädel einschlug, wodurch sie dem Teen ermöglichte, hinauszuhuschen.

»Renn weg und suche Hilfe!«

Das erschöpfte Mädchen stolperte und rannte dann los, aber Vanessa war fest in Carls Griff. Sie hieb wiederholt mit der Stange auf ihn ein, aber diese Hiebe landeten mehr auf den Locken seiner grotesken Perücke. Es gelang ihm, sie auf den Beifahrersitz zu ziehen, es gelang ihm während des Kampfs, die Tür zu schließen und zu verriegeln.

Binnen einer Minute hatte er sie überwältigt.

Ihre Schluchzer mischten sich mit seinem wilden Knurren und dem Geräusch, wie er Klebeband abzog und sie damit fesselte und wie ein gefesseltes Rind auf den Rücksitz bugsierte.

Er drehte sich um und funkelte sie an.

Unter der verdrehten Perücke war sein Gesicht ein grässliches Wirrwarr aus verschmiertem Make-up, Schweiß, Schnodder und wilder Wut über Vanessa und das, was sie getan hatte.

Das junge Mädchen war verschwunden. Spurlos.

Vanessa flüsterte ein Gebet für sie.

57

Greater Minneapolis, Minnesota

Fünfundzwanzig Minuten nach der Landung sah Kate Minneapolis am Beifahrerfenster vorüberhuschen, während Pete Driscoll, Reporter vom Newsleadbüro in Minneaplois, seinen Jeep Wrangler über die Höchstgeschwindigkeit hinaus beschleunigte.

Das Büro hatte einen Tipp über die fehlgeschlagene Entführung eines jungen Mädchens erhalten, ein Vorfall, der am frühen Nachmittag stattgefunden hatte. Polizeiquellen vermuteten, dass der Entführer Carl Nelson war.

»Die Informationen, die wir haben, sind unvollständig«, sagte Driscoll. »Das Mädchen ist entkommen, hat Hilfe in einem Haus in Blue Jay Creek gesucht. Ich habe einen Namen und eine Adresse.«

»Dahin fahren wir jetzt?«

»Ja. Sie haben das Mädchen weggebracht. Ich glaube, sie ist vierzehn. Sie geben ihren Namen nicht heraus, aber wir können mit der Person sprechen, die ihr geholfen hat, eine Frau mit Namen Evelyn Hines.«

»Gut, okay.«

»Wir haben auch einen Fotografen hingeschickt. Aber wir müssen rasch handeln. Wenn ich den Namen gekriegt habe, kannst du jede Wette drauf eingehen, dass die Konkurrenz auch nicht schläft.«

Kate hatte gerade ihren Artikel über Pin Mills beendet, als sie den Anruf aus New York über die Neuigkeit in Minneapolis erhielt. Sie hatte Ed Brennan angerufen. Er wollte weder etwas bestätigen noch abstreiten, schlug jedoch vor, sie solle sich so rasch wie möglich nach Minneapolis begeben.

Sie nahm das erste Flugzeug, das sie bekam.

Kate hob sich der Magen, als Driscoll so über die Autobahnen raste. Die ganze Zeit über machte er Anrufe oder schrieb SMS mit seiner Freisprechanlage. Kate rief ihre Quellen beim FBI und anderen Behörden an und versuchte, weitere Informationen herauszuquetschen.

Die Bungalows von Blue Jay Creek bildeten ein neues Vorstadtviertel am Rand des County Hennepin. Evelyn Hines wohnte 104 Apple Blossom Trail. Sie beide waren erleichtert, dass bei ihrer Ankunft keine Nachrichten- oder Polizeifahrzeuge vor dem Haus parkten. Kate läutete, und eine Frau von Anfang siebzig kam an die Tür.

Sie sah erst Kate an, dann Driscoll.

»Ja?«

»Sind Sie Evelyn Hines?«, fragte Kate.

»Ja.«

»Ich bin Kate Page, das ist Pete Driscoll. Wir sind Reporter von Newslead, der Nachrichtenagentur.« Kate hielt ihren Ausweis hoch. »Dürften wir bitte mit Ihnen sprechen? Es geht um ein junges Mädchen. Wie wir erfahren haben, hatten Sie ihr geholfen?«

Besorgnis umwölkte Evelyns Gesicht, während sie überlegte.

»Es ist schrecklich, aber es stimmt«, sagte sie. »Die Sanitäter haben das Mädchen mitgenommen, und die Polizei ist gerade weg. Ich habe etwas in den Fernsehnachrichten gesehen. Es ist vermutlich das, was Sie eine große Story nennen. Kommen Sie rein.«

Driscoll nahm Kate beiseite und tippte auf sein Handy.

»Kate, wir haben gerade erfahren, dass die Polizei hier in der Nähe aktiv ist. Mach du das Interview, ich schau mal nach. Unser Fotograf ist unterwegs hierher.«

Driscoll verschwand, und Kate ging neben Evelyn durch ihr picobello sauberes Haus zum Hinterhof.

»Vielen Dank, dass Sie mit mir sprechen wollen, Mrs Hines.« Kate holte ihr Notizbuch und den Rekorder heraus. »Können Sie mir etwas über sich und die Ereignisse erzählen?«

»Nun ja, wie ich der Polizei gesagt habe, lebe ich seit dem Tod meines Mannes vor drei Jahren allein hier. Meine Tochter und mein Enkel wohnen in Kalifornien. Ich arbeite als Freiwillige im Krankenhaus und kümmere mich um meinen Garten.«

»Er ist wunderschön«, sagte Kate.

»Danke sehr. Die Azaleen, Taglilien und Rosenbüsche entwickeln sich gut. Ich überlege, noch einen Brunnen und eine Pergola hinzuzufügen, damit es etwas friedlicher wirkt, heiterer.«

»Was ist also heute passiert?«

»Ich habe hier draußen gearbeitet, da hörte ich in der Ferne einen schwachen Schrei.« Sie zeigte auf das weite Feld hinter dem Zaun ihres Grundstücks. »Er war schrill. Ich habe geglaubt, es könnte ein Hund oder so etwas sein. Dann sah ich jemanden auf mich zulaufen, der schrie: ›Hilfe! Hilfe!‹«

»Was haben Sie getan?«

»Zuerst wusste ich nicht so recht, was ich tun sollte. Ich sah jemanden laufen und um Hilfe schreien. Ein junges Mädchen, und sie rannte auf merkwürdige Art und Weise, mit den Händen zusammen. Zunächst habe ich das für einen Trick gehalten oder ein Kinderspiel, aber ihre Schreie zeugten von echter Furcht, also habe ich mein Tor geöffnet.«

»Was ist dann geschehen?«

»Das Mädchen schluchzte. Ihre Jacke und ihr T-Shirt waren zerrissen und zeigten Schmutzstreifen. Ihr Haar war zerzaust. Was ich für einen Halsreif gehalten hatte, stellte sich als Klebeband heraus, das sie sich vom Mund herabgerissen hatte. Ihre Hände waren mit dem Klebeband gefesselt. Ich hatte Angst um sie. ›Mein Gott!‹, habe ich gesagt. ›Was ist denn mit dir los?‹ Sie bettelte mich an, die Polizei zu rufen.«

»Woran erinnern Sie sich sonst noch?«

»Ich habe sie ins Haus gebracht. Sie war wie im Delirium, hat sich an mich geklammert, hatte Angst, verfolgt zu werden, aber da war niemand. Ich habe das Band abgeschnitten. Die Polizei hat es mitgenommen.«

»Was hat sie Ihnen erzählt?«

»Sie hat gesagt, sie hieße Ashley. Dass sie vierzehn war. Dass sie in Edina lebte. Dann war sie fast von Sinnen und sagte Dinge wie: ›Sie war meine Freundin, aber er ist ein Mann, völlig durchgeknallt! Er hat versucht, mich zu entführen – dann hat er eine andere Frau mitgenommen, sie hat mich gerettet! Sie heißt Vanessa.‹«

Kate erstarrte.

»Sind Sie sicher, dass sie den Namen Vanessa genannt hat?«

»Oh, ja.«

»Hat sie gesagt, wohin der Mann und Vanessa gegangen sind?«

»Nein, bloß, dass er die Frau, Vanessa, mitgenommen hat, dass sie sie gerettet hat, das hat sie mir gesagt.«

Kate bemühte sich, das gerade Gehörte zu verarbeiten.

Sie wahrte ihre Fassung, ihre Skepsis und stellte Evelyn weitere Fragen, bis Casey Mulvane, der Fotograf, eintraf. Nach einer kurzen Vorstellung übernahm Casey und machte rasch Aufnahmen von Evelyn in ihrem Hinterhof neben dem offenen Tor, wie sie ins Feld hinausblickte. Die ganze Zeit über rang Kate mit dem gewaltigen Aufruhr ihrer Gefühle.

Wir sind nahe, so nahe an Vanessa.

Später jagten sie in Caseys Wagen durch die Nachbarschaft.

»Sieh mal, das sind die Fernsehsender.« Casey zeigte auf wenigstens drei Hubschrauber, die über einem fernen Feld, einem Schrottplatz und einer Ansammlung von Gebäuden kreisten. »Ist wie verrückt, da!«

Nachdem sie einen halben Kilometer über eine leere Landstraße gefahren waren, erreichten sie den Zugang, der durch gelbes Polizeiband und einen Haufen Streifenwagen abgesperrt war. Dutzende von Nachrichtenwagen und Trucks hatten sich dort eingefunden, gefolgt von einem stetigen Strom Neuankömmlinge. Hier war mehr Presse, als Kate in Pine Mills gesehen hatte. Unten auf der langen Zufahrt, in der Nähe des Hauses, standen Fahrzeuge der Kriminaltechniker und Rettungsfahrzeuge. Ermittler und Kriminaltechniker waren in den verschiedenen Gebäuden am Werk. Neue Kameras wurden auf die Aktivität gerichtet, Reporter telefonierten. Andere versuchten vergebens, weitere Informationen aus den Polizisten an der Absperrung herauszuquetschen.

Nachdem Casey den Wagen geparkt hatte, entdeckten sie Pete Driscoll, der sie beiseitenahm.

»Okay, das habe ich von meinen Quellen und von einem Kumpel bei der Mordkommission erfahren, den ich da entdeckt habe.« Driscoll blätterte durch seine Notizen.

»Mordkommission?«, wiederholte Kate.

»Ich glaube, sie haben da drin keine Opfer gefunden, Kate. Nachdem das Mädchen entkommen und der Notruf eingegangen ist, haben sie das Gebiet abgegrast und den Ort hier verlassen aufgefunden. Den Van haben sie in der Garage entdeckt, dieser silberne 2013 Chevy Class B Camper, der wegen der Morde in Rampart, New York, gesucht wurde. Die Fahrzeugnummer passte.«

»Sonst noch etwas?«

»Sie haben eine kleine Zelle im Keller gefunden, die so aussah, als ob jemand dort ausgebrochen wäre.«

Kate stand da und nahm jedes Wort in sich auf, während Driscoll weiter berichtete.

»Im Augenblick gehen sie davon aus, dass die Sache in der Mall of America losgegangen ist, wo das Mädchen eine Online-Freundin treffen wollte, die sich als der Entführer entpuppte. Wir haben Leute von unserem Büro dort. Wie dem auch sei, sie sind sich ziemlich sicher, dass es Nelson ist, der Typ hinter den sechzehn Morden aus New York.«

»Das ist Wahnsinn«, sagte Casey. »Ich brauche mein Teleobjektiv und mein Stativ, um Aufnahmen vom Haus zu machen.«

»Entschuldigen Sie bitte, sind Sie Kate Page von Newslead?«

Sie drehte sich um und nickte.

»Phil Topley, Produzent bei NBC. Würden Sie uns ein paar Minuten für ein Live-Interview erübrigen, wegen der Suche nach Ihrer Schwester?«

»Hallo Kate.« Eine Frau mit einer Karte in der Hand drängte sich durch. »Kelly Vanmeer, FOX. Wir möchten gern mit Ihnen über ein Interview sprechen.«

Binnen Minuten war Kate von nationalen und lokalen Nachrichtenorganisationen umlagert, die alle ein Interview haben wollten. Inmitten des Chaos, des emotionalen Aufruhrs und ihrer Erschöpfung fand sie einen Punkt kristallener Klarheit.

Meine Schwester war hier, in diesem Gebiet, vor wenigen Stunden und hat einem Mädchen das Leben gerettet. Vanessa lebt und kämpft. Ich muss ihr helfen. Ich muss weiter Druck auf Zurrn ausüben. Mein Gott, er wird sie sowieso ermorden. Mein Schweigen würde ihm bloß helfen. Ich muss für Vanessa schreien!

Einem nach dem anderen gewährte Kate Interviews und sagte darin der ganzen Welt, was sie von Vanessa, von Sorin Zurrn, Jerome Fell und Carl Nelson wusste. Sie drückte allen Opfern ihr Mitgefühl aus. Sie fand die Kraft, nicht auseinanderzubrechen, denn es war eine Schlacht, und Vanessas Leben stand auf dem Spiel.

Die eine bekommst du nicht. Wir wissen, wer du bist. Wir wissen, was du bist, und wir werden dich aufhalten!

58

Irgendwo in den Vereinigten Staaten

Nach einer Fahrt von ungefähr fünfhundert Kilometern war Sorin Zurrn immer noch starr vor Wut.

Als er schließlich an einem heruntergekommenen, gottverlassenen Motel mit dem Namen The Slumbering Timbers anhielt, hätte er sich fast mit dem Rezeptionisten angelegt, der zu lange nicht auf die Glocke an der Theke reagiert hatte. Schließlich tauchte er von hinten auf, eine Zigarre im Mundwinkel, und entschuldigte sich damit, dass es etwas mit seinen Ohren zu tun habe. Erfreut darüber, einen Gast zu haben, unternahm er den Versuch, die Sache wiedergutzumachen, nachdem er einen Blick durchs Fenster auf Zurrns Fahrzeug geworfen hatte.

»Wette, bei Ihrer Arbeit beschweren sich nicht so viele Leute.«

Zurrn starrte den Angestellten lange genug an, dass diesem unbehaglich wurde. Dann warf er den Betrag für eine Nacht auf die Theke und schnappte sich den Schlüssel.

Auf seinem Zimmer stellte Zurrn seine Laptops auf und machte sich ans Werk.

Er musste nachdenken, aber es fiel ihm schwer, sich nach den Ereignissen dieses Tages zu konzentrieren. Er setzte die Brille mit dem breiten Rand ab, zog Perücke und falschen Bart herab und duschte dann. Unter den Nadeln heißen Wassers hämmerte er mit den Fäusten gegen seine Schläfen.

Nach der Dusche zog er sich an und ging über den leeren Parkplatz. Er hatte in einem entfernten, schlecht erleuchteten Abschnitt geparkt, der an das Waldgebiet grenzte. Sein Fahrzeug stand allein da, verborgen in den Schatten. Er warf einen Blick zurück zum Motel. Niemand sonst zu sehen. Seine Schlüssel klirrten, als er zur Beifahrerseite des schwarzen Vans mit den getönten Scheiben und den kleinen Silberkreuzen ging, die an beiden Rückfenstern angebracht waren. Auf den vorderen Türen war Bestattungsinstitut Vitalee & Denridder zu lesen.

Ein leises Poltern ertönte, als er die Seitentür aufschob.

Den rückwärtigen Raum füllte schweres Segeltuch. Er warf es zurück, und es zeigte sich ein stählerner Sarg, der mit Kette und Schloss gesichert war. Das Schloss klickte beim Öffnen, und er hob die obere Hälfte des zweiteiligen Deckels ab.

In der Dunkelheit glänzte das Weiß von Vanessas Augen, als sie zu ihm aufschaute.

Ihr Mund war mit Klebeband verschlossen.

Sie war an Händen und Fußknöcheln gefesselt.

»Du weißt, was du getan hast, nicht wahr?«

Sie starrte ihn an.

»Antworte!«

Vanessa blinzelte, Tränen füllten ihr die Augen, und sie nickte.

»Du hast die Grundregel gebrochen! Ich war dabei, eine neue Spezies heranzuzüchten, *und du hast auch das zerstört!«*

Vanessa schluchzte.

»Nach unserer langen gemeinsamen Zeit, nach allem, was ich für dich getan habe, hast du mich verraten!«

Er ließ den Deckel zurückfallen. Sicherte die Kette und kehrte dann auf sein Zimmer zurück.

Voller frischer Energie nach seinem Besuch bei seinem meistgeschätzten Exemplar nahm Zurrn seine Arbeit mit seinen Laptops wieder auf, überprüfte Details, traf Vorbereitungen und aktivierte Stufen, die aktiviert werden mussten.

Neben ihm flackerten auf dem hauseigenen Fernseher die letzten Nachrichten über Minnesota und die Verbindung zu dem Fall in Rampart, New York. Der Fall stand im ganzen Land auf den Titelseiten. Er sah sich einen Sonderbericht mit Vorsicht, Sorge und einem Gefühl von Stolz an.

Carl Nelson war der meistgesuchte Mann in Amerika.

Auf dem Bildschirm erschienen verschiedene Ansichten seines Erscheinungsbilds.

Zurrn hatte keine Sorge. Wenige Menschen gaben Acht, und er wechselte seine Verkleidung ständig.

»Der Gesuchte, mutmaßlich Carl Nelson, wird für den Mord an sechzehn Menschen verantwortlich gemacht, laut FBI vielleicht sogar mehr ...«

Fotos der identifizierten Mordopfer mit Karten und den Zeiten ihres Verschwindens füllten den Bildschirm.

Meine wunderschönen Exemplare. Zurrn bewunderte seine Sammlung.

Der Bericht wechselte von Bildern aus dem Lost River State Forest nach Minneapolis und der Mall of America, dann zum Grundstück in einer Ecke des Hennepin County. Es folgten eine Anzahl von Teleaufnahmen und Luftfotos vom Haus und der Garage in Hennepin.

»... wie es heißt, wurde ein vierzehnjähriges Mädchen aus der Vorstadt von Minneapolis zu einem Treffen mit einer Online-Freundin in der Mall of America gelockt. Diese Freundin stellte sich als der gesuchte Verdächtige heraus, und nachdem er das Mädchen entführt und zu seinem abgelegenen Grundstück gefahren hatte, stießen sie auf ein weiteres weibliches Opfer, das entkommen war. In dem darauffolgenden Durcheinander hat die Frau, wie das Mädchen sagt, ihr bei der Flucht geholfen. Aus Polizeikreisen heißt es jedoch, dass die Frau vom Verdächtigen wieder gefangengenommen wurde und seitdem vermisst wird.«

Für den nächsten Teil des Berichts drehte Zurrn die Lautstärke hoch.

»... diese Geschichte wächst von einer bemerkenswerten Entwicklung zur nächsten heran. Aus Polizeikreisen haben wir erfahren, dass die entflohene Frau vielleicht Vanessa Page ist, auch bekannt als Tara Dawn Mae, ein Mädchen aus Alberta, Kanada, das seit fünfzehn Jahren als vermisst gilt. Nun ist einer der Reporter, die dieser Geschichte nachgehen, Vanessas Schwester, Kate Page von Newslead. Kate hat ihr Leben lang die Wahrheit hinter dem Verschwinden ihrer Schwester gesucht. Es ist eine Geschichte, die zu einem tragischen Autounfall in den kanadischen Rocky Mountains zurückreicht. Die Tragödie, die Kate Page überlebte, führte sie auf eine journalistische Ermittlung, die kürzlich in mehreren verblüffenden Enthüllungen gipfelte …«

Kate Page erschien auf dem Bildschirm.

»… Kate Page berichtet heute für Newslead, dass Carl Nelson in Denver unter dem Namen Jerome Fell wohnte, als er Tara Dawn Mae entführte. Davor war Fell eigentlich Sorin Zurrn, der in Chicago aufwuchs …«

Zurrn erstarrte.

Bilder schwammen über den Bildschirm, Bilder des Lebens, das er begraben hatte, Bilder von Zurrn als Jugendlicher, dann Bilder seiner Mutter, ihres Hauses in Chicago, seiner Schule, des Grabes seiner Mutter und des Parks, wo Tonya Plesivsky gestorben war.

Zurrn starrte Kate Page an.

Wie kann sie es wagen, in meinen Schmerz einzudringen!

Dann folgte etwas vom FBI, dem RCMP und Haftbefehlen. Es folgten Bilder von kriminaltechnischen Untersuchungen an Adressen in Chicago, Denver, Alberta.

Zurrn ächzte vor Wut und Qual, während er Kate Page anfunkelte.

Sie hatte eine uralte Wunde aufgerissen.

Wie konnte sie das wagen?

Der Kamera richtete sich auf die Reporterin, die direkt in die Linse sah.

»Jetzt kennt die Welt die Wahrheit über Sorin Zurrn. Jetzt kenne ich die Wahrheit über meine tapfere, wunderschöne Schwester Vanessa. Allzu lange hat es zu viel Furcht und Schmerz gegeben. Wir lieben dich, Vanessa. Wir kommen dich holen.«

Zurrn schlug mit der Faust auf den Tisch.

»Ich werde dir Schmerz zeigen! Ich werde es der ganzen Welt zeigen!«

59

Rampart, New York

Ashley Ostermelle schreibt eine SMS, während sie vom Apple Store nach Westen durch die Mall of America geht. Sie bleibt stehen, um sich den Lageplan anzusehen, bevor sie die Mall verlässt. Jetzt betritt sie das Parkhaus bei P4 West Arizona, hält inne, schreibt eine SMS, dann wird das Bild verschwommen, und sie verschwindet außer Sicht.

Enttäuscht klickte Ed die Aufzeichnungen der Überwachungskamera an und ließ sie noch einmal in der Hoffnung abspielen, etwas anderes zu entdecken.

Wie viele Male habe ich mir das schon angeschaut?

Das FBI war zum Schluss gekommen, dass Sorin Zurrn in das autarke System der Mall eingedrungen war. Es war ihm gelungen, die Überwachungskameras dort auszuschalten, wo er aktiv gewesen war. Brennan hatte sich die Aufzeichnung und den Rest des Falls immer und immer wieder angesehen und nach irgendetwas gesucht, das ihm vielleicht entgangen war.

Komm schon. Da muss es etwas geben.

Die Zeit spielte gegen sie.

Zurrn hatte Vanessa Page und traf wahrscheinlich Vorbereitungen, sie zu ermorden.

Wenn er es nicht schon getan hat.

Jeder Kriminalbeamte gab in diesem Fall sein Äußerstes, aber nach Minneapolis hatten sie nur wenige Fortschritte dabei erzielt, Zurrns Spur aufzunehmen.

Ich weiß, dass mir etwas entgeht, das mich schon früher gejuckt hat.

Brennan hatte seinen Schreibtisch verlassen, um etwas frischen Kaffee zu holen. Seit dem Durchbruch von Minneapolis waren vier Tage vergangen. Er war spät am gestrigen Abend nach Hause gekommen und am heutigen Morgen noch im Dunkeln aufgestanden. Die Last des Falls wog schwer. Die Sonderermittlungsgruppe wurde jetzt zweimal am Tag zu einer Fallbesprechung einberufen und umfasste inzwischen Ermittler aus Chicago, Minnesota, Colorado und zusätzlich aus Kanada. Sie war immer mehr in den Fokus gerückt – in den letzten paar Tagen hatten die meisten Nachrichtensendungen mit ihr aufgemacht, und die Presse rief praktisch nonstop an.

Brennan kehrte an seinen Schreibtisch zurück und sah sich die bedeutenderen Punkte wiederum durch. Sie hatten keine Spur von Ashleys Handy gefunden. Zurrn musste den Akku entfernt und weggeworfen haben. Das FBI arbeitete mit dem Provider der Familie zusammen und hatte Ashleys SMS-Wechsel aus ihrem Handy und dem Tablet erhalten, weil es hoffte, eine Spur nach Milwaukee zu entdecken, wenn Zurrn tatsächlich von dort aus gearbeitet hatte. Aber diese Ermittlung hatte bald in einer Sackgasse geendet.

Er war gut darin, seine Spuren zu verwischen, aber wir haben ihn in die Flucht gejagt, und wenn wir ihm näherkommen, begeht er Fehler.

Ermittlerteams durchsuchten nach wie vor Zurrns Komplex im Hennepin County, und alle waren optimistisch, dass sich dadurch etwas ergeben würde, das ihnen sagte, wohin er wollte. In der Garage hatten sie zwölf Fahrzeuge gefunden, darunter den SUV, mit dem Ashley entführt worden war, und den Chevy-Van, der im Zusammenhang mit Rampart und dem Lost River State Forest stand. Sie fanden ebenfalls eine Anzahl Firmen- und Dienstfahrzeuge wie Krankenwagen, ein gepanzertes Auto und ein Versorgungsfahrzeug. Das Problem war, sie wussten nicht, welches Fahrzeug fehlte oder ob er andere irgendwo anders im Land abgestellt hatte.

Zurrn war ein brillanter Planer.

Niemand, der das Gebiet und den Autoschrottplatz kannte, hätte Verdacht geschöpft, wenn er einen Abschleppwagen mit einem Auto am Haken gesehen hätte, der auf das Grundstück fuhr.

Die Ermittler hatten Glück, dass sie einige Reste von Fingerabdrücken auf dem Grundstück entdeckten. Sie hatten aus Kate Pages journalistischer Arbeit Kapital geschlagen. Ihre Arbeit zu Zurrns Vergangenheit hatte die meisten Ermittler schwer beeindruckt. Das FBI und die Polizei von Chicago übten jetzt mit Haftbefehlen mächtig Druck auf Zurrn aus. Sie hatten erfahren, dass er vorübergehend Mitglied der Nationalgarde von Illinois gewesen war, weshalb das FBI seine Fingerabdrücke mit den gefundenen Abdrücken vom Grundstück abgleichen konnte.

Hier in Rampart arbeiteten die Kriminaltechniker immer noch am Tatort. Alle waren dankbar, dass sie keine weiteren Opfer gefunden hatten, während sie zugleich ihre Bemühungen fortsetzten, diejenigen zu identifizieren, deren Überreste ausgegraben worden waren.

Brennan betrachtete die Ordner auf seinem Schreibtisch, die den Blick auf die gerahmten Fotografien von seiner Frau und seinem Sohn verdeckten. Er sah zu der Falltafel am Ende des Raums hinüber. Er wusste, was Zurrn getan hatte. Er wusste, wo er gewesen war.

Wir müssen wissen, was er tun wird.

Es musste etwas geben, das ihm entgangen war. Etwas, das er übersehen hatte. Es musste ein Muster geben, ein Puzzleteil.

Brennan sah sich die Karte mit ihren Nadeln an, die Schauplätze, Ereignisse, Opfer und Zeitpunkte markierten, bevor er sich an seinen Computer setzte und die Ordner und Datenbanken durchscrollte.

Warte mal.

Er warf einen Blick auf die Karte, dann auf die Ordner im Computer, und konzentrierte sich auf denjenigen mit den Verhören der Mitarbeiter von Zurrn/Nelson im Datencenter.

Wer war das? Rupp. Mark Rupp.

Brennan klickte auf das Gespräch, das sie geführt hatten, las es rasch durch, suchte nach dem Teil, wo Rupp sich daran erinnert hatte, Carl Nelson am Terminal eines Mitarbeiters gesehen zu haben.

Was hat Rupp da gesehen?

... Carl sah sich die Seite eines Maklers an und machte sich Notizen. Anscheinend war er an Eigentum interessiert ... ernsthaft interessiert ... Er hat geglaubt, niemand habe ihn gesehen, aber ich habe ihn gesehen, und ich habe gesehen, was er sich angesehen hat.

Brennan las weiter, während er Blicke zur Karte hinüberschoss und spürte, wie sich sein Herzschlag beschleunigte.

Es war der Terminal eines Mitarbeiters! Deswegen ist uns das entgangen! Das könnte es sein! Ich glaube, ich weiß, wohin Zurrn will.

60

New York City

In der Redaktion starrte Kate ihren Bildschirm an und bemühte sich, eine klare Vorstellung dessen zu entwickeln, was sie als Nächstes tun sollte.

Seit der Rückkehr gestern aus Minnesota war sie in tausend Richtungen gezogen worden. Reeka und Chuck wollten, dass sie weitere Berichte brachte – Newslead musste an vorderster Front bleiben. Andere Nachrichtenagenturen wollten Interviews. Grace spürte den Stress ebenfalls. Sie hatte die Fernsehberichte gesehen, andere Kinder in der Schule sprachen über den Fall. Sie umarmte Kate öfter, fester und für längere Zeit.

Alles wurde überschattet von Kates Qualen, die sie um Vanessa ausstand.

Sie war am Leben und frei gewesen, nur um erneut von Zurrn gefangen zu werden. Wo ist sie? Jede verstreichende Minute erhöht die Chancen darauf, dass er sie umbringt, wenn er es nicht bereits getan hat.

Kates Telefon klingelte, und im Display zeigte sich eine Nummer, die sie nicht sogleich erkannte.

»Kate Page, Newslead.«

»Hallo, Kate, Sheri Young aus Tilley, Alberta, hier. Wir haben miteinander gesprochen, als Sie hier waren.«

»Ja, hallo, Sheri.«

»Sie haben gesagt, ich solle Sie anrufen, falls sich etwas Neues wegen Taras Fall, nun ja, wegen des Falls Ihrer Schwester ergibt.«

»Ja.«

»Das klingt wahrscheinlich seltsam, aber ein Waschbär hat sich in eines der oberen Zimmer bei Eileen und Norbert eingenistet. Das war einmal ein Nähzimmer.«

»Okay …«

»Als sie sich an die Reparatur machten, entdeckten sie etwas in der Wand, ein kurzes Tagebuch, das Fiona Mae in den Tagen nach Bartons Tod geführt hat. Wir glauben, dass Sie es sehen sollten, bevor wir es an die RCMP weitergeben.«

Binnen einer Stunde hatte Sheri etwa zwei Dutzend Seiten eingescannt und sie Kate geschickt. Fionas Einträge waren sauber mit blauer Tinte niedergeschrieben.

Wir machten Camping beim Kicking Horse River in BC. Die Schönheit des Orts war uns immer eine große Hilfe, damit uns der Schmerz über den Verlust unseres Babys nicht überwältigte. Es war unglaublich, aber in einem Augenblick untergründigen Friedens entdeckte Barton ein Kind, das im Fluss kämpfte – ein kleines Mädchen. Er ging ins Wasser und zog sie heraus.

Sie war am Leben, zu Tode erschrocken und sprach kein Wort. Wir legten sie in unseren Wohnwagen, hielten sie warm, bis sie einschlief. Die ganze Nacht lang blickten wir zu den Sternen auf, betrachteten diesen Engel und glaubten an ein Zeichen Gottes.

Fiona beschrieb im Detail, wie sie am Morgen von dem entsetzlichen Unfall erfuhren, von den Toten und von der kilometerweit entfernten Suche flussaufwärts.

Gott möge mir vergeben, ich weiß, wir hätten die Behörden informieren sollen, dass wir das Kind gefunden hatten, aber unsere Herzen waren im Zwiespalt. Wir hatten aus den Radionachrichten erfahren, dass ihre Eltern tot waren. Wir waren überzeugt, dass sie eine Familie brauchte, und uns hatte es stets schmerzlich nach einem Kind verlangt. Barton und ich glaubten, dass diese Sache von Gott gesegnet war. Plötzlich hatten wir das Gefühl, wieder ganz zu sein, weil wir ein Kind hatten, das wir lieben konnten. Wir entschieden uns, sie zu behalten, und nannten sie Tara Dawn. In den ersten Tagen erzählte sie uns, woran sie sich von ihrer turbulenten, tragischen Geschichte erinnerte. Im Lauf der Zeit hörte sie auf, Fragen wegen ihrer neuen Lage zu stellen, da sie daran gewöhnt war, von Heim zu Heim zu ziehen. Aber ich gestehe, dass es mir das Herz brach, wenn sie um ihre Schwester weinte.

Instinktiv, im Kern unserer Seelen, wussten wir, dass es falsch war, was wir getan hatten. Wir fanden Trost in der Kirche, wo wir in Gottes Segen und Mitgefühl badeten, denn er wusste es, *und* er verstand es, *dass wir mit unendlicher Liebe in unseren Herzen das taten, was wir taten. Wir hatten einen Engel gerettet, der uns gerettet hatte.*

Fiona beschrieb, wie sie und Barton die Idee entwickelt hatten, Tara Dawn als Kind auszugeben, das sie von einer entfernten Verwandten in den USA adoptiert hatten. Fiona beschrieb weiter, wie glücklich Tara Dawn geworden war, weil sie ein gesundes Leben in einem liebevollen Zuhause führen konnte.

Dann kam der Tag, an dem sie verschwand. Als es klar wurde, dass sie wirklich verschwunden war, traf mich ein Blitzstrahl des Entsetzens. Wir wurden für das bestraft, was wir getan hatten. Es war zu spät, um die Wahrheit zu gestehen. Die Last unserer Schuld fügte sich zu unserem Verlust hinzu. Wir schämten uns im Antlitz Gottes. Unser zweites Kind war verschwunden und ließ uns in Qual und Schmerz über unsere Sünde zurück. Ich fürchte, das ist zu viel, um es zu ertragen.

Von da an wurden Fionas Eintragungen sporadisch, beschränkten sich auf kurze Beobachtungen zum Wetter und zu ihrem Zustand. »Sonnig, wolkig. So allein heute. Ich kann nicht mehr.«

Nachdem sie das Tagebuch gelesen hatte, verließ Kate die Redaktion und ging einmal um den Block, um die neuen Informationen zu verarbeiten. Fünfzehn Jahre lang hatte es sie schmerzlich danach verlangt zu wissen, was Vanessa zugestoßen war.

Jetzt weiß ich es.

Kate war wütend auf die Maes, hatte dennoch Verständnis. Sie hatten Vanessa nie etwas angetan. Sie hatten sie geliebt. Aber was sie getan hatten, war falsch gewesen.

Sie kehrte ins Newslead-Gebäude zurück.

Im Aufzug spürte Kate, dass die Wahrheit sie ihrer Schwester irgendwie einen weiteren Schritt nähergebracht hatte. Von ihrem Schreibtisch aus schickte sie Chuck und Reeka eine Nachricht.

Ich habe eine neue Story, eine exklusive – Kate hielt inne und überlegte, was sie als Nächstes tippen sollte. Etwas, das sie normalerweise schreiben würde, wenn es um Fremde ging. Sie schluckte, blinzelte rasch und tippte es dennoch als Ergänzung zu ihrer Notiz: *Und diese Story ist ein echter Herzensbrecher. Die Leute werden sie begierig verschlingen.*

61

New York City

»Nicht nervös werden. Es wird ein Gespräch über die Situation Ihrer Schwester werden. Mir gefällt Ihre Jacke.«

Betty Lynne, die für einen Gastgeber der *Today*-Show einsprang, der in Urlaub war, lächelte, während sie Kate auf ihr Live-Interview vorbereitete, das in knapp einer Minute beginnen würde.

Kates letzter Artikel über Vanessa hatte größeren Widerhall im ganzen Land gefunden. Zwar gab es zu Zurrn keine neuen Entwicklungen, aber sie wusste, dass der Druck auf ihn anhalten würde, solange der Fall im Scheinwerferlicht blieb.

In der Werbeunterbrechung überprüfte Kate rasch ihr Handy auf Nachrichten. Dann erfasste sie die Scheinwerfer, die Kameras, die Sets und die Crew. Die Show wurde in einem Studio im Erdgeschoss des Rockefeller Centers produziert, das zur Straße hin lag. Durch die Glasscheiben sah sie das Publikum auf dem Bürgersteig, das mit Schildern wedelte und johlte, um aufs Bild zu kommen.

Kate ließ den Blick über den Strom fremder Gesichter schweifen und spürte einen Stich der Besorgnis – *Zurrn könnte darunter sein.* Aber sie verwarf den Gedanken als unwahrscheinlich. Abgesehen davon waren sämtliche Zuschauer auf dem Platz durchsucht worden. Kates Aufmerksamkeit kehrte zum Set zurück.

Ich muss mich konzentrieren. Das Leben meiner Schwester steht auf dem Spiel.

Die Titelmusik ertönte. Ein Teammitglied zählte den Countdown.

»Und hier sind wir wieder.« Betty Lynne sah in die Kamera

und las von einem Prompter ab: »Nach den kürzlich entdeckten entsetzlichen Verbrechen in Upstate New York und Minnesota jagt die ganze Nation Sorin Zurrn.

Bislang schreibt die Polizei Zurrn sechzehn Morde zu. Damit wäre er einer der schlimmsten Serienmörder in der Geschichte Amerikas.«

Fotos von Zurrn erschienen auf dem Bildschirm, und sie sprach weiter.

»Das FBI hat bestätigt, dass Zurrn, ein Computerexperte, vor etwa fünfzehn Jahren Vanessa Page entführte und jetzt mit ihr auf der Flucht ist. Die Angst um ihr Wohlergehen ist unvorstellbar groß, insbesondere bei ihrer Schwester Kate Page.

Kate ist Reporterin hier in New York, aber ihre Verbindung zu dem Fall ist bemerkenswert und reicht zurück in die Zeit, als sie und ihre kleine Schwester Vanessa nach einer Tragödie vor zwanzig Jahren zu Waisen wurden.

Kate ist heute bei uns, um uns ihre unglaubliche Geschichte zu erzählen.«

Die Kameras erfassten jetzt sowohl Betty als auch Kate.

»Vielen Dank, dass Sie hergekommen sind. Unsere Gedanken und Gebete gelten der sicheren Rückkehr Ihrer Schwester Vanessa.«

»Vielen Dank. Und ich möchte den Familien und Freunden der anderen Opfer mein Beileid wegen der Qualen aussprechen, die sie erleiden.«

»Selbstverständlich. Wir beten natürlich auch für sie.« Betty Lynne hielt respektvoll inne und warf einen Blick auf ihre Notizen im Schoß. »Kate, erzählen Sie uns von Ihren frühesten Erinnerungen an Ihre Schwester Vanessa!«

Während sie von ihren Erinnerungen an ihre Kindheit berichtete, erschien eine Montage von Fotos auf dem Bildschirm, die sie als kleine Mädchen zeigten.

»Es war unsere glücklichste Zeit – Geburtstage, Weihnachten, Familienausflüge, einfach beisammen sein.« Kate entsann sich an Augenblicke mit Vanessa, ihrer Mutter und ihrem Vater bis zu dem Punkt, als ihre Mutter ihr und Vanessa jeweils ein Halskettchen mit einem Schutzengel geschenkt hatte. Brennan hatte Kate erlaubt, darüber zu sprechen, und das Foto eines Halskettchens erschien auf dem Bildschirm. »Das ist es nicht, aber wir hatten beide ein Ähnliches.«

»Dieses Halskettchen war ein entscheidender Hinweis in diesem Fall, aber wir greifen voraus«, sagte Betty Lynne. »Leider sind Ihre Eltern kurz, nachdem Ihre Mutter Ihnen den Schutzengel geschenkt hatte, bei einem tragischen Hotelbrand ums Leben gekommen, und Sie und Vanessa wurden zu Waisen. Wie alt waren Sie da?«

»Ich war sieben und Vanessa vier.« Kate berührte ihre Augenwinkel. »Es war so schwer für uns. Anschließend haben wir bei Verwandten gelebt, dann bei Pflegeeltern.«

»Und es geschah, während Sie bei Pflegeeltern wohnten, dass Sie auf einer Fahrt in die kanadischen Rocky Mountains Vanessa und Ihre Pflegeeltern bei diesem schrecklichen Unfall verloren haben. Das muss entsetzlich für Sie gewesen sein. Woran erinnern Sie sich aus dieser Zeit?«

Diese tragischen Momente waren Teil von Kates Wesen geworden. Sie erzählte die Details, als würde sie sie bis zu dem Augenblick erleben, da ihr Vanessas Hand entglitt. Sie erzählte, wie sie über Jahre hinweg damit gelebt hatte zu akzeptieren, dass Vanessa ertrunken und auf immer verschwunden war.

»Aber tief im Innern haben Sie es nicht akzeptiert. Sie haben stets geglaubt, dass Ihre Schwester irgendwie, auf irgendeine Weise überlebt hatte«, sagte Betty Lynne. »Und Sie haben die Suche nach ihr niemals aufgegeben.«

»Nein, weil ihr Leichnam nie gefunden wurde. Im Herzen habe ich stets gespürt, dass sie überlebt hat, und ich habe die Suche nach ihr aufgenommen. Das war einer der Gründe, weswegen ich Reporterin wurde. Falls sie überlebt hatte, würde ich sie finden. Ich habe nach ihr in den Gesichtern von Fremden auf den Straßen gesucht. Ich habe alles getan, was ich tun konnte, um sie zu finden.«

Fotos von Vanessa, wie sie jetzt aussehen mochte, erschienen auf dem Bildschirm. Sie stammten von Suchplakaten mit vermissten Personen, Seiten auf sozialen Medien und anderen Internetseiten.

»Wie sich herausstellte, hatten Sie recht, und Ihre Arbeit hat sich ausgezahlt, als das Halskettchen Ihrer Schwester am Tatort in Rampart, New York, aufgetaucht ist, und später hat das FBI Ihre DNA mit derjenigen an einem der Tatorte verglichen und bewiesen, dass Vanessa dort gewesen ist, also nicht im Fluss ertrunken sein konnte.«

»Ja.«

»Okay, wir machen jetzt eine kurze Pause, und wenn wir wiederkommen, wird uns Kate berichten, wie sie die Tür zu diesem Fall weit geöffnet und das FBI auf Sorin Zurrns Spur gebracht hat.«

Die Titelmusik erklang. Ein Teammitglied zählte sie aus, und Betty Lynne berührte Kate an der Schulter.

»Sie machen das großartig, Kate, vielen Dank.«

Als Betty Lynne sich für eine Auffrischung ihres Makeups umdrehte, überprüfte Kate ihr Handy, das sie auf lautlos gestellt hatte. Die Show hatte von ihr gewollt, es abzuschalten, aber sie hatte darauf bestanden, es eingeschaltet zu lassen, falls sich irgendwelche Entwicklungen im Fall ergäben. Kate scrollte durch mehrere unterstützende SMS von ehemaligen Kollegen aus Ohio. Andere kamen von den Leuten bei Newslead. Sie runzelte die Stirn, als sie auf eine stieß, die sie nicht zuordnen konnte.

Ich sehe Ihnen zu. Ich habe Informationen über den Fall. Ich setze mich mit Ihnen in Verbindung.

Etwas unbehaglich holte Kate Luft, als ein Schatten vor ihr auftauchte.

»Ich ordne bloß Ihr Haar, Kate.« Die Maskenbildnerin kämmte mit dem Stiel ihres Kamms ein paar herabgefallene Strähnen hoch. »Da.«

Die Musik ertönte, und die Unterbrechung endete.

Nun berichtete Kate Betty Lynne, wie die Funde in Rampart sie auf die Sache Tara Dawn Mae gebracht hatten, das kleine Mädchen, das von einer Raststätte in Brooks, Alberta, Kanada, verschwunden war.

»Was haben Sie erfahren, als Sie nach Kanada gefahren sind?«

Kate erzählte die Geschichte von Fiona und Barton Mae, und da wurden Fotos von Tara Dawn neben denjenigen von Vanessa eingeblendet, darunter das eine, auf dem beide das Halskettchen trugen, das auf zwei verschiedenen, vergrößerten Abbildungen zu sehen war.

»Unglaublich«, sagte Betty Lynne. »Und ein paar Jahre später schlug das tragische Schicksal erneut zu, als Tara Dawn von der Raststätte in der Nähe der Farm der Maes verschwand?«

»Ja.«

»Und Ihre unermüdliche journalistische Arbeit hat zur Spur geführt, die auf Jerome Fell in Denver verwies, der sich als Sorin Zurrn aus Chicago herausstellte und als Carl Nelson in Rampart, New York, lebte und hinter den Verbrechen dort steckte und auch, dem FBI zufolge, hinter denen in Minnesota.«

»Ja.«

»Können Sie unseren Zuschauern sagen, wie Sie das getan haben?«

Als Kate ihre Vorgehensweise ausführte, sah sie, wie ein Mitglied des Studioteams Betty Lynne ein Zeichen gab, wie viel Zeit noch blieb.

»Kate, bevor wir Schluss machen, möchten Sie noch irgendetwas sagen?«

»Ja. Meine Schwester wird seit mindestens fünfzehn Jahren gefangen gehalten. Während dieser Zeit ist sie vom Mädchen zur Frau geworden. Ich kann mir ihre albtraumhafte Existenz nicht vorstellen. Wir bitten jeden darum, der etwas über diesen Fall weiß, sich bei der Polizei zu melden. Sorin Zurrn, wenn Sie mir jetzt zusehen ...«

Kate verlor etwas die Fassung, und die Kamera rückte etwas näher an sie heran.

»Sorin, wenn Sie zuschauen ... bevor Sie Vanessa begegnet sind, hat sie bereits mehr erlitten, als jedes Kind erleiden sollte. Ich habe einige Dinge über Ihr Leben entdeckt. Ich weiß, dass Sie ebenfalls gelitten haben. Sie haben der Welt bereits durch das, was Sie getan haben, gezeigt, wie schlau Sie sind. Zeigen Sie allen, wie mächtig Sie wirklich sind, indem Sie Vanessa ihr Leben zurückgeben.« Tränen rollten Kate übers Gesicht. »Bitte, ich flehe Sie an, Sorin.«

Dieser Teil der Show endete in Schweigen, und es folgte die Werbung.

»Vielen Dank, Kate.« Betty Lynne blinzelte Tränen zurück, während Teammitglieder an Kate herantraten. Eines löste die Mikrofone, während die Maskenbildnerin ihr ein Tempo reichte.

»Das war äußerst bewegend, Kate. Vielen Dank, dass Sie bei unserer Show mitgewirkt haben«, sagte einer der leitenden Produzenten. »Wir geben Ihnen jemanden zur Begleitung bis zum Wagen mit, wenn Sie möchten.«

Bevor sie das Studio verließ, hielt Kate an einer Toilette inne und spritzte sich Wasser ins Gesicht. Dann holte sie ihr Handy heraus und erwiderte der anonymen SMS:

Wer sind Sie? Welche Informationen haben Sie?

Eine Assistentin brachte Kate zur Straße, wo ein Fahrer die rückwärtige Tür eines glänzenden schwarzen Sedan öffnete. Der Abholdienst wartete darauf, sie zu Newslead zu bringen, wie arrangiert. Kate stieg ein und schnallte sich an.

Als der Wagen sich in den Innenstadtverkehr einfädelte, klingelte Kates Handy. Es war Grace.

»Hallo, meine Süße.«

»Ich habe dich im Fernsehen gesehen, Mom. Das hat mich ganz traurig gemacht.«

»Das hat mich auch ganz traurig gemacht.«

»Aber vielleicht wird es uns dabei helfen, Tante Vanessa zu finden.«

»Darum beten wir. Nun Beeilung. Komm nicht zu spät zur Schule. Wir holen uns heute Abend eine Pizza, wenn du magst, oder wir können Nancy fragen, ob sie mit uns irgendwohin ausgehen möchte, wo es hübsch ist.«

»Okay, ich frage sie. Ich liebe dich. Tschüs.«

»Ich liebe dich auch. Tschüs.«

Nach dem Anruf durchsuchte Kate ihre SMS auf eine Antwort von ihrem anonymen Tippgeber. Es gab viele SMS von Freunden, die sie bei *Today* gesehen hatten. Chuck schrieb: *Großartig gemacht!* Während Reeka sagte: *Hat gut ausgesehen, aber Sie haben nicht einmal erwähnt, dass Sie für Newslead arbeiten.* Kate erhielt ebenfalls Interviewanfragen von *USA Today*, dem *Wall Street Journal* und *ABC News,* aber nichts war von dem anonymen Schreiber dabei.

Sie durchsuchte die Nachrichtenseiten auf Neuigkeiten in dem Fall. Nichts. Während sie Manhattan an sich vorüberrollen sah, legte Kate den Kopf in den Sitz zurück. Diese letzten paar Tage ihres Lebens waren wie ein surreales Gemälde gewesen. Aber sie konnte nicht aufhören. Sie musste sich mit voller Kraft einsetzen, bis sie Vanessa gefunden hatte.

So oder so werde ich dich finden. Das schwöre ich.

»Miss?«

Kate tauchte aus ihren Gedanken in den Lärm der Straße hoch. Sie waren angekommen. Der Wagen stand vor dem Gebäude, in dem Newslead sein Hauptquartier hatte. Der Fahrer hielt ihr die Tür des Wagens auf.

»Ja. Entschuldigung.« Sie griff in ihre Tasche und Brieftasche und drückte dem Fahrer einen Zwanzig-Dollar-Schein in die Hand.

Sie ging zum Eingang, blieb jedoch stehen, weil sie einen Mann sah, der sie anstarrte. Er hatte den Rücken ans Gebäude gelehnt. Er hatte zurückgegeltes schwarzes Haar, einen Stoppelbart, trug eine dunkle Brille und ein Jeanshemd unter seiner Lederjacke, das ihm aus der Hose heraushing.

»Viper? Ich meine, Erich?«

»Sie müssen sich etwas ansehen. Gehen wir.«

62

New York City

»Ja, ich habe Ihnen eine anonyme SMS geschickt, als Sie in der Show waren«, sagte Erich zu Kate, während sie auf einen Tisch warteten.

»Warum so kryptisch? Sie haben mir Angst eingejagt.«

»Ich musste Ihre Aufmerksamkeit gewinnen, und ich musste vorsichtig sein.«

»Warum musste ich Sie treffen, Erich?«

»Warten Sie, bis wir uns hingesetzt haben.«

Sie waren drei Häuserblocks nach Osten zum Wyoming Diner gegangen, einem klassischen Esslokal mit verbeulter Deko in Chromblau. An beiden Enden des Speisesaals hingen Fernseher von der Decke herab, und jeder Tisch und Hocker war belegt. Die vormittäglichen Frühstücksgäste waren immer noch dicht durchsetzt von Pendlern von der Penn Station. Zehn Minuten vergingen, bevor ein Tisch frei wurde. Erich bestellte ein Bioweizentoast und einen Tomatensaft, während Kate ein Bagel und Wasser nahm.

Das Getöse in dem vollen Restaurant war ihnen sehr willkommen. Dadurch fiel es schwer zu lauschen, und es bestand ein gewisses Maß an Privatsphäre. Erich lehnte sich zu Kate herüber.

»Sind Sie vertraut mit Schockseiten?«

»Das sind die, auf denen Freaks und Leute mit Fetischen grässliches Zeugs posten.«

»Der Inhalt ist obszön, vulgär und so eindeutig, dass er oft illegal ist.«

»Da gibt's ein paar berüchtigte«, sagte Kate.

Zwei Frauen an einem Tisch in der Nähe sahen sie an und

sprachen miteinander. Sie waren zu weit entfernt, um durch den Lärm mitzuhören, schienen jedoch an Kate interessiert zu sein.

»Einige dieser Seiten haben ihre eigenen Subkulturen«, sagte Erich. »Und in einigen Fällen sind die Seiten Durchgänge zu anderen, die weitaus schlimmer sind.«

»Worauf wollen Sie hinaus?«

»Ich habe etwas Alarmierendes darauf entdeckt.«

Als Erich nach seinem Handy griff, stand plötzlich eine der Frauen an ihrem Tisch. Sie war wohl Mitte fünfzig.

»Entschuldigen Sie«, sagte sie zu Kate, die, als sie sich zu der Frau umdrehte, versehentlich ihre Tasche von ihrem Sitz zu Boden stieß.

»Ich hole sie schon.« Erich beugte sich vor und griff unter den Tisch, um Kates Tasche aufzuheben.

»Ja?«, fragte Kate die Frau.

»Meine Freundin hat es einfach mitbekommen ...« Die Frau nickte zu einem der Fernseher hinüber. »Aber waren Sie nicht gerade in der *Today*-Show? Sie suchen nach ihrer lange verschollenen Schwester, die in den Fall mit dem großen Serienmörder verwickelt ist?«

»Ja.«

»Wir möchten Sie bloß wissen lassen, dass wir für Sie und Ihre Schwester beten.«

»Danke sehr. Das ist sehr nett von Ihnen.«

»Würde es Ihnen etwas ausmachen ...« Die Frau winkte zu ihrer Freundin hinüber. »Wenn wir ein Foto mit Ihnen machen?«

»Ich glaube, das wäre nicht angem... «

»Bitte, es dauert nur eine Sekunde.« Sie reichte Erich ihr Smartphone. »Dieser nette junge Mann wird es bestimmt für uns aufnehmen?«

Die beiden Frauen rückten eng an Kate heran, und Erich machte das Foto. Die Frauen dankten ihnen und gingen. Als Kate und Erich wieder allein waren, holte Erich sein Smartphone hervor.

»Also, worauf läuft's hinaus?«, fragte Kate. »Was haben Sie gefunden?«

»Da gibt's, verborgen unter Schichten von anderen, eine Seite, die behauptet, Videos echter Amputationen, Enthauptungen, jeder nur vorstellbaren Grausamkeit zu hosten.«

Kate schwieg.

»Vor kurzem gab es einen ziemlichen Hype um eine Reihe von Postings, die ›Szenen aus dem Tötungsglas‹ heißen. Ein Tötungsglas wird beim Sammeln von Insekten wie Schmetterlingen benutzt ...«

»Schmetterlinge?«

»Kate, es sieht so aus, als ob Zurrn Videoaufzeichnungen einiger seiner Morde und Folterungen von Frauen gepostet hat.«

Ihr Essen traf ein. Kate warf einen Blick auf Erichs Glas, das wegen des Tomatensafts fast rot glühte.

»Kate, Sie haben mich um Hilfe gebeten. Ich weiß, dass das einige der grausamsten Bilder sind, die Sie je zu Gesicht bekommen werden, aber möchten Sie sie sehen? Ich habe etwa sechs Minuten. Es lässt sich schwer beurteilen, aber ich glaube, er hat Ihre Schwester dazu gezwungen, ihm bei seinem Werk zuzuschauen.«

Kate zögerte, und ihre Gedanken rasten. Als Journalistin hatte sie schreckliche Dinge gesehen. Und als Journalistin war es ihr Job, sämtliche Fakten für ihre Arbeit zu sammeln und sich anzusehen. Als Vanessas Schwester akzeptierte Kate, dass sie sich die Videos ansehen musste, wenn sie verstehen wollte, was ihre Schwester durchgemacht hatte.

Ich bin mir sicher, dass Zurrn ihr nie die Chance gab, wegzuschauen.

Kate starrte Erichs Smartphone und die Ohrhörer an, die er ihr entgegenhielt.

»Okay.«

Erich rief das Video auf, stellte die Lautstärke ein und reichte Kate sein Smartphone. Die Deutlichkeit, Schärfe und der Sound waren von extrem hoher Qualität. Tränen traten ihr in die Augen, als sie begriff, was sie da sah, hörte und fühlte. Am Ende war sie völlig ausgelaugt und überwältigt von der Gewalt und ihrer Entrüstung.

»Ziemlich schlimm«, sagte Erich.

Kate schluckte und wischte sich die Tränen weg, bevor sie ihr Essen beiseiteschob.

»Ich kann eine Kopie für Sie machen, die Sie für Ihre Recherche verwenden können.«

Kate nickte.

»Kate, ich weiß, das ist beunruhigend, aber es ist eine gute Sache. Es ist eine entscheidende Spur. Ich habe dafür gesorgt, dass Kopien und Informationen an jede Polizeidienststelle geschickt werden, die nach Zurrn sucht. Sie können darauf wetten, dass das FBI auf der Suche nach einer Spur zu Zurrn ist. Und ich kann Protokolle ablaufen lassen, um Zurrn aufzuspüren. Das bringt uns einen Schritt näher zu ihm.«

»Es bringt auch meine Schwester dem Tod näher.«

63

Irgendwo in den Vereinigten Staaten

Vanessa pendelte sachte zwischen bewusst und unbewusst hin und her, verloren im schwarzen Abgrund eines trägen, lethargischen Wachzustands.

Sie lag auf dem Boden eines fahrenden Autos, spürte das Surren der Räder, das rhythmische Schaukeln der Federung. Sie lag unter einer Plane.

Nicht länger in der Kiste – dem Sarg.

Ich bin fertig. Carl hat mich unter Drogen gesetzt. Jedesmal, wenn er mich woanders hingebracht hat – oder etwas Schlimmes vorbereitet hat –, hat er mich unter Drogen gesetzt, damit ich keinen Widerstand leisten kann.

Wo sind wir? Was tut er jetzt?

Das Fahrzeug ruckte, was ein jähes schweres Klirren von Metall zur Folge hatte. Wie Werkzeuge und Ausrüstung.

Oh, mein Gott, das ist es!

In Vanessas Gehirn wirbelten Angst und Emotionen durcheinander. Sie hatte kein Gespür für die Richtung, für die Zeit. Wie viele Tage waren seit ihrer Flucht und Wiederergreifung vergangen? Vielleicht schlief sie, träumte?

Warum hat er mich aus dem Sarg herausgeholt? Wo ist der Sarg?

Die Angst schwoll in ihr an, bis sie sich dazu zwang, ruhig zu werden, sich zu entspannen, ihre liebsten Erinnerungen zu suchen und sich daran festzuklammern.

Ich bin mit meiner großen Schwester in einem Park auf einer Schaukel. Mom und Dad stoßen uns an, und in meinem Bauch kitzelt es, als würde ich fliegen – es fühlt sich so gut an, dass ich schreie.

Das Fahrzeug kroch bloß noch dahin.

Die Straße unter den Rädern war weich, das Fahrtgeräusch leise geworden, wie auf gut gepflegtem Rasen.

Wo sind wir?

Ruhe überspülte sie in Wellen – die Drogen – sie wollte schlafen. *Nein, nicht schlafen. Sei wachsam. Versuche zu fliehen.* Aber ihr Kopf war so schwer.

Sie blieben stehen.

Ein neuer Gang wurde eingelegt, der Motor ging aus.

Ein leichtes Schwanken, und eine Tür öffnete sich, dann fegte Luft herein, als andere Türen geöffnet wurden. Werkzeuge knallten gegeneinander. *Er bewegt Dinge, Gegenstände, er knurrt, wenn er Dinge anhebt, dann summt er, wenn er in der Nähe am Werk ist.*

In der Stille hörte sie Grillen und nichts sonst.

»Okay«, sagte Carl. »Ich glaube, wir sind so weit.«

Gleich darauf wurde die Plane zurückgezogen, und Carls Hände glitten unter sie und hoben sie an, und in einem Augenblick sah sie, was sie erwartete. Ein stählerner Sarg, dessen Deckel gähnend weit klaffte, stand über einem offenen Grab auf einem Apparat, der dazu diente, ihn abzusenken. Während Carl sie hinübertrug, wurden ihre Schreie von dem Klebeband erstickt, das er ihr um den Mund gelegt hatte. Sie kämpfte vergebens, als er sie in den Sarg legte und sie im Innern mit Ketten fesselte. Er verklebte ihre Handgelenke und befestigte Clips an ihren Fingern und etwas anderes an ihrem Leib.

»Hör mir zu – pscht, pscht – hör zu. Ich werde das Klebeband von deinem Mund abziehen, damit du leichter atmen kannst, okay? Kein Lärm mehr, oder das Klebeband kehrt zurück. Nicke, wenn du einverstanden bist.«

Sie nickte. Er entfernte das Klebeband, und sie trank die frische Luft.

»Bitte, Carl«, flüsterte sie. »Tu das nicht, bitte!«

»Pscht. Ich habe das auf dich abgestimmt. Ich habe eine Sauerstoffflasche mit einem Messgerät und einem Ventilator installiert, um deinen Kohlendioxidlevel niedrig zu halten. Du hast eine Lampe und bekommst Anweisungen. Sobald ich alles in Bewegung gesetzt habe, bleiben dir etwas über vier Stunden, wenn du nicht kämpfst und den Sauerstoff rasch verbrauchst. Verstehst du?«

Nein, sie verstand es nicht. Wie konnte sie seine Grausamkeit verstehen?

»Verstehst du?«

Sie nickte ihm schwach und voller Entsetzen zu.

»Gut. Tut mir leid, aber es ist für alle am besten so. Du bist wirklich mein Liebling gewesen.« Er sah sie an, nahm sie in sich auf. »Ich habe diesen besonderen Ort wegen seiner Geschichte ausgesucht. In wenigen Stunden werden du und ich die berühmtesten Menschen auf Erden sein. Du wirst unsterblich geworden sein. Die Leute werden begreifen, wer ich wirklich bin, und sie werden mich verehren.«

Carl schloss den Deckel, und Dunkelheit verschlang Vanessa.

Sie spürte das Kratzen der Ketten, als er sie verschloss. Sie hörte, wie er die Kurbel drehte, die Bremse löste, dann klickten die Zahnkränze des Apparats, und der Sarg sank langsam ins Grab hinab.

Mehrere Augenblicke später setzte er mit einem leichten Stoß auf.

Schließlich ertönte das Geräusch, wie Erde auf den Deckel herabregnete. Ein stetiges Geräusch, bevor es leiser wurde, gedämpfter und dann völlig erstarb.

64

New York City

Ist meine Schwester tot?

Die Frage hämmerte auf Kate ein, während sie duschte.

Seit Minneapolis war eine Woche vergangen, und nichts war über Vanessas Aufenthaltsort aufgetaucht. Keine Spuren, wo sie sein mochte, nichts außer der Qual des Wissens, dass sie für einen brennenden Moment am Leben und frei gewesen war und ein junges Mädchen gerettet hatte, bevor Zurrn sie wieder in den Klauen gehabt und in die Hölle zurückgeholt hatte.

Nachdem Kate sich angezogen hatte, brachte sie Grace zur Schule. Nancy, die während der ganzen Zeit ein Segen gewesen war, würde sie abholen und zu einer Übernachtung bei ihrer Freundin Hayley bringen, weil Kate vorhatte, bis spät in die Nacht zu arbeiten.

In der U-Bahn verfolgten Kate die Bilder aus den Schockvideoseiten. Brennan hatte ihr versichert, dass das FBI und andere Polizeidienststellen der Task Force versuchen würden, sie zurückzuverfolgen, aber bislang hatten sie nichts an der Hand.

Im Büro holte sie sich einen Kaffee, ging zu ihrem Schreibtisch und machte sich an die Arbeit. Es dauerte nicht lange, bis Reeka neben ihr stand. Sie hatte die Nase in ihrem Handy stecken, und die Daumen flitzten über das Gerät, während sie die tägliche Nachrichtenliste erstellte.

»Was haben Sie heute?«

»Nichts Konkretes, folge ein paar Sachen.«

»Wir brauchen etwas Neues für die Geschichte, Kate.«

»Ich weiß.«

»Wir hatten absolut nichts in den letzten paar Tagen. Die Abonnenten sind die Wiederholungen und Lagebeschreibungen allmählich leid. Wir brauchen irgendwie einen Durchbruch.«

»Meinen Sie etwa, das wüsste ich nicht?«

Die Gespräche in der Nähe brachen ab, und Köpfe drehten sich in ihre Richtung.

»Niemand auf diesem Planeten möchte das mehr als ich, Reeka!«

Ein langer Augenblick des Schweigens verstrich, bevor Chuck zu Reeka an Kates Schreibtisch trat.

»Alles in Ordnung hier?«

Chuck sah abwechselnd auf Kate und Reeka.

Kate starrte ihren Bildschirm an und schwieg.

»Kate«, sagte Chuck. »Ich weiß, diese letzten paar Tage waren die Hölle für dich. Ich habe alle Büros veranlasst, sich Vanessas Fall anzunehmen. Das weißt du.«

Kate nickte.

»Und wenn du eine Auszeit brauchst, bekommst du sie. Das weißt du auch.«

Kate legte die Hände vors Gesicht, um die Fassung zu wahren.

»Ich werde das durchstehen«, sagte sie. »Ich bleibe dran.«

Chuck ließ einige Sekunden verstreichen, um die Spannung abzubauen.

»Also gut«, sagte er. »Es ist klar, dass du uns einen Artikel lieferst, wenn du einen hast.« Dann sah er Reeka an und sagte: »Ich glaube, wir müssen dich nicht extra darum bitten.«

Den restlichen Morgen verbrachte Kate mit dem Lesen ihrer Nachrichten. Sie erhielt seit ihrem Auftritt in *Today* immer noch einen stetigen Strom von SMS, mit Dingen wie:

Wir beten für Sie und Ihre Schwester.

Was für eine tragische Geschichte. Gott segne Sie.

Mein Bruder hat einen Jagdhund, der Ihre Schwester aufspüren kann.

Aliens haben Ihre Schwester mitgenommen.

Ich bin Medium, und Ihre Schwester ist jetzt ein Geist.

Habe dich im Fernsehen gesehen. Du bist einfach eine Zicke, die sich mit so etwas wichtigmachen möchte.

Kate blieb an der Arbeit und kontaktierte Leute, mit denen sie in Rampart, in Chicago, in Minnesota, in Denver und in Alberta gesprochen hatte. Sie rief ihre Quellen bei den Vermisstenstellen an, und sie durchsuchte Datenbanken. Als ihr der Magen knurrte, besorgte sie sich ein Sandwich im Supermarkt unten und aß es an ihrem Schreibtisch.

Nichts tauchte auf.

Kommentatoren in den Nachrichtenshows spekulierten, dass Zurrn einen Mord-Selbstmord begangen habe und dass es nur eine Frage der Zeit sei, bevor er aufgefunden würde. Andere glaubten, dass Zurrn es nicht durchhielte, die meistgesuchte flüchtige Person im Land zu sein, und einen Fehler begehen würde. Das waren diejenigen, die davon überzeugt waren, dass Zurrn den Versuch unternehmen würde, auf eine beunruhigende Art und Weise ins Rampenlicht zu treten.

Trotz der Aufmerksamkeit sämtlicher nationaler Medien, trotz der Tipps, die die Task Force erhielt, war nichts Neues zutage getreten, zumindest nichts, über das die Ermittler sprechen wollten. Kate hatte das vage Gefühl, dass etwas geschah, aber wie sehr sie es auch versuchte, sie konnte es nicht festnageln.

Niemand äußerte sich.

Als sie den Kopf vom Schreibtisch hob, war es früher Abend, und der größte Teil der Tagschicht war gegangen. Die kleinere Nachtschicht arbeitete still und leise. Bei Einbruch der Dunkelheit ging Kate zu den Fenstern und musterte die Lichter von Manhattan.

Sie war erschöpft, frustriert und voller Angst, und ein Kloß stieg ihr in die Kehle, zusammen mit einem wachsenden Gefühl, geschlagen zu sein. Sie hatte zu akzeptieren, dass Zurrn Vanessa umbringen würde, wenn er es nicht bereits getan hatte.

So würde diese Sache enden. Kate würde ihre Schwester nie wiedersehen.

Ich hatte sie, und wieder ist sie mir entglitten.

Es verlangte sie schmerzlich, Vanessa zu sehen, sie in den Armen zu halten, sie zu trösten, ihr zu sagen, wie sehr sie sie liebte und dass alles in Ordnung käme. Wahrscheinlich würden sie einander nicht einmal erkennen, aber das würde keine Rolle spielen, weil sie das Band zwischen ihnen kennen würden, das überlebt hatte.

Irgendwo in den schimmernden Lichtern der Skyline entdeckte Kate eine Hoffnung.

Was tue ich da? Ich kann nicht aufgeben. Für nichts gibt es einen Beweis. Nach allem, was sie durchgemacht hat, hat Vanessa nicht aufgegeben. Ich muss weiterkämpfen, um sie zu finden!

Kate kehrte an ihren Schreibtisch zurück. Sie wollte Brennan anrufen und ihn hart bedrängen, mit Informationen herauszurücken.

Als sie nach dem Telefon griff, klingelte es.

Die Nummer war unterdrückt.

»Newslead, Kate Page.«

Kate hörte nichts.

»Hallo«, sagte sie. »Hier Kate Page von Newslead.«

»Ich habe Sie im Fernsehen gesehen.«

Die Stimme des Anrufers war roboterhaft, monoton, als würde sie von einem Stimmverzerrer oder elektronischen Synthesizer erzeugt.

Ihre Gedanken rasten.

War das ein Scherz? War das Erich, der sich wieder mal kryptisch gab?

»Wer ist da?«

»Sind Sie an einem Computer? Überprüfen Sie Ihre E-Mails und den Link, den ich Ihnen geschickt habe.«

Sie klemmte sich das Telefon zwischen Ohr und Schulter, tippte rasch, bewegte ihre Maus, fand eine neue E-Mail und erstarrte beim Lesen des Betreffs: Letzte Szene aus dem Tötungsglas.

»Haben Sie sie gefunden? Öffnen Sie den Link.«

Mit angehaltenem Atem klickte Kate den Link an. Er führte zu einem Livefeed von einer Frau, deren Augen vor Entsetzen weit offen standen.

»Sagen Sie Ihrer Schwester auf Wiedersehen. Ich habe sie in ihr Grab gelegt, damit Sie und die Welt ihr beim Sterben zuschauen können.«

65

New York City

Nein, das kann nicht wirklich sein!

Schockiert stand Kate wie angewurzelt da.

Das Gesicht der Frau – *Vanessas Gesicht* – war vor Entsetzen verzerrt. Ihre Lippen bewegten sich, *als würde sie beten.* Ihr Oberkörper erfüllte Kates Bildschirm. Unten am Bildschirmrand blitzten Anzeigen von Blutwerten und der Pulsfrequenz auf. Von der Konzentration an Kohlendioxid. Der verbleibenden Menge an Sauerstoff. Eine Digitaluhr zählte die Stunden, Minuten und Sekunden herab, die Vanessa zum Leben blieben.

Mit zitternden Händen wählte Kate die Notrufnummer.

»Leitstelle. Was kann ich für sie tun?«

»Ich muss eine Frau melden, die lebendig in einem Sarg begraben ist! Sie hat nicht mehr viel Zeit ...«

»Wie heißen Sie, und wo sind Sie, Ma'am?«

»Kate Page, 470 West 33rd Street, Newslead.«

»Wo ist die Frau begraben?«

»Ich weiß es nicht! Es ist ein Livefeed im Netz!«

»Im Internet? Haben Sie eine Webadresse?«

»Es ist – warten Sie – es ist ›SzenenausdemTötungsglas‹, alles in einem Wort.«

Der Mitarbeiter in der Leitstelle wiederholte es zweimal, während Kate das rasend schnelle Klicken auf einer Tastatur hörte.

»Sie müssen sie rückverfolgen, sie finden!«, sagte Kate. »Ihr läuft die Zeit weg! Ich bin Reporterin bei Newslead. Das ist der Fall Sorin Zurrn. Jemand hat mich vor zwei Minuten angerufen und mir von dem Livevideo erzählt. Ich glaube, es ist Zurrn. Alarmieren Sie Inspektor Ed Brennan von der Polizei in Rampart, das FBI, die Task Force!«

»Bleiben Sie dran.«

»Beeilung, sie hat drei Stunden und fünfundfünfzig Minuten übrig!«

Zwei Nachtreporter wurden zu Kates Schreibtisch gelockt.

»Was ist das, zum Teufel? Ist das echt?« Brad Davis starrte ihren Bildschirm an.

Kate nickte heftig, da sie wusste, dass Davis, der mit Berichten von Reportern an Krisenherden rund um die Welt zu tun hatte, einer der raschesten Denker bei Newslead war. Er wandte sich an Phil Keelor, den stellvertretenden Chefredakteur.

»Ruf unsere IT-Bereitschaft! Wir benötigen alle Hilfe, die wir kriegen können«, sagte Davis. »Ich rufe Chuck an, der die Bosse alarmieren soll. Wir müssen schnell handeln.«

»Okay, Kate?«, sagte der Mitarbeiter von der Leitstelle.

»Ja.«

»Leute sind unterwegs zu Ihnen.«

Innerhalb einer Stunde füllte sich die Redaktion mit uniformierten Polizisten, Detectives, FBI-Agenten und Ermittlern mehrerer anderer bundesstaatlicher Dienststellen. Sie richteten sich rasch in der Redaktion ein. Sie überwachten Kates Telefon, falls Zurrn wieder anrief. Jemand hatte einen Traumaarzt am Sprechfunk. Er studierte die Parameter, die anscheinend mit Vanessa verbunden waren. Kate konnte ihn hören.

»Wenn diese Anzeigen echt sind, liegen ihre Werte sehr hoch. Aufgrund des Stresses verbraucht sie mehr Sauerstoff, was ihre Zeit verringern könnte. Ihr Kohlendioxidlevel liegt bei drei Prozent. Wenn er auf vier oder noch mehr ansteigt, bekommen wir ein Problem. Und man muss darauf hoffen, dass der Behälter nicht unter dem Gewicht und dem Druck dieser ganzen Erde zusammenbricht.«

Chuck und Reeka trafen zusammen mit den Chefredakteuren Rhett Lerner und Dianne Watson ein. Newsleads Chefjurist, Tischa Goldman, war am Telefon und gab ihnen den Rat, der Polizei sämtliche Informationen preiszugeben, die vielleicht nötig wären, um Vanessa aufzuspüren.

Als sich die Nachricht verbreitete, trafen weitere Mitarbeiter ein und boten ihre Hilfe an, aber fast alle versammelten sich in kleinen Grüppchen vor Terminals und starrten wie gebannt auf das, was sich da vor ihren Augen abspielte. Kate konnte nichts gegen ihr Zittern tun oder ihr Beten, während sie zusah, wie die Sekunden vorbeijagten.

Nach einem Blick auf das gerahmte Foto von Grace rief Kate bei Nancy an und sagte ihr, was gerade vor sich ging.

»Ich weiß«, erwiderte Nancy. »Es war im Fernsehen, mit einer Eilmeldung.«

Kate musste wissen, dass mit Grace alles in Ordnung war.

»Ich geh runter und sehe nach«, sagte Nancy. Zehn Minuten später rief sie zurück und sagte, mit Grace sei alles in Ordnung.

Inzwischen zog Kate einen der Polizisten beiseite und forderte, dass angesichts dessen, dass Zurrn sie angerufen hatte, als Vorsichtsmaßnahme jemand zu ihrer Wohnung geschickt werden sollte, damit ihrer Tochter nichts passierte.

Als Kate zu ihrem Schreibtisch zurückkehrte, klingelte ihr Telefon. Sie sah zu einem FBI-Agenten hinüber, der Kopfhörer trug, und wartete, bis er nickte, bevor sie abhob.

»Sie sehen, was da im Netz vor sich geht, Kate?«, fragte der Anrufer.

Es war Erich. Kate bedeutete dem Agenten, dass der Anrufer ein Freund war.

»Ja. Zurrn hat mich angerufen.«

»Er hat angerufen?«

»Wir sind uns sicher, dass er es war. Er will, dass die Welt ihm zusieht, wie er Vanessa ermordet.«

»Er bekommt Aufmerksamkeit.«

»Die New Yorker Polizei, das FBI und ich weiß nicht, wie viele andere sonst noch, versuchen, sie zu lokalisieren. Sagen Sie mir die Wahrheit, Erich, können wir sie finden?«

Er gab keine Antwort.

»Erich, werden wir sie finden?«

»Hängt davon ab.«

»Wovon?«

»Wie gut er wirklich seine Spuren verwischen kann.«

»Das ist nicht das, was ich gerade im Augenblick hören möchte.«

»Sie haben Leute, die daran arbeiten. Ich arbeite daran, und ich werde meine Freunde dazu bringen, daran zu arbeiten. Alle versuchen, die Quelle des Feeds und Vanessas Aufenthaltsort festzumachen.«

»Beeilung!«

Als die erste Stunde in die zweite überging, bekam die Presse die Lage über die sozialen Medien mit. Die *New York Times,* Reuters, NBC, CNN, die Associated Press und andere Nachrichtenagenturen riefen Newslead an und wollten Interviews.

»Unsere sämtlichen Bemühungen sind auf das Wohlergehen von Vanessa Page konzentriert, die wir als Mitglied der Newslead-Familie betrachten«, sagte Diane Watson in einem veröffentlichten Statement.

Angestrengte Stille durchdrang die Redaktion, während die zweite Stunde verstrich und Ermittler mit anderen Experten in der ganzen Stadt und im ganzen Land am Werk waren. Mehrere Blocks südlich in Manhattan, nahe der Brooklyn Bridge, war ein Team von Analysten im Real Time Crime Center der New Yorker Polizei auf Vanessas Fall angesetzt worden. Das Zentrum lag in einem fensterlosen Raum auf einem Zwischengeschoss im Once Police Plaza. Das Team setzte jede High-Tech-Ressource ein, um den Livestream zu Vanessas Aufenthaltsort zurückzuverfolgen.

Das FBI hatte in seinem Hauptquartier im New York Field Office aus Experten im Kampf gegen Cyber-Terrorismus Cyber-Teams zusammengestellt. Sie arbeiteten auch mit anderen föderalen Dienststellen zusammen, darunter dem Verteidigungsministerium und der Homeland Security. Sie fanden bald heraus, dass derjenige, der Kate angerufen hatte, ein Wegwerfhandy verwendet hatte. Der Anruf war aus dem Gebiet von New York City gekommen, aber mehr hatten sie bisher nicht.

In dem dringenden Bemühen, den Videofeed zu Vanessa zurückzuverfolgen – schließlich ging es um Leben und Tod – hatten Analysten mehrere Notfallanfragen nach Daten bei mehreren Dutzend Providern gestellt. Die Gesellschaften verfügten über 24-Stunden-Hotlines mit diensthabenden Anwälten. Alle kooperierten sogleich, ohne Vorladungen oder gerichtliche Verfügungen zu verlangen.

»Die Herausforderung besteht darin«, erklärte ein FBI-Agent, »dass unser Verdächtiger das Signal maskiert und verschlüsselt hat. Es wird von Satelliten und Sendetürmen in ganz Kanada, Mexiko und überall in den USA zurückgeworfen. Er verwendet sogar IP-Adressen, die in Russland oder China basiert sind. Es ist ein komplexes und sich rasch bewegendes Zielobjekt.«

»Was tun Sie also?«, fragte Lerner.

»Wir arbeiten unermüdlich daran und probieren verschiedene Strategien.«

»Uns bleiben nur noch wenig mehr als zwei Stunden.«

In einer entfernten Ecke versuchte Reeka, Dianne und Chuck zu überreden, dass Newslead seinen eigenen Bericht herausbringen sollte.

»Ich weiß nicht«, sagte Watson, »ich bin etwas hin- und hergerissen.«

»Der Fall ist bereits in der Öffentlichkeit«, sagte Reeka. »Wir haben bereits ein Statement veröffentlicht. Es ist eine Nachricht. Wir sind es den Abonnenten schuldig, sie abzudecken.«

Watson wandte sich an Chuck. »Was meinen Sie?«

»Alles berechtigte Punkte. Wir lassen einen anderen als Kate einen schnellen Artikel schreiben.«

An ihrem Schreibtisch starrte Kate auf Vanessas Bild, und wiederum brach ihr das Herz bei jeder verstreichenden Sekunde.

Das kann nicht wirklich sein. Es kann nicht alles erneut geschehen.

Vanessa verschwand ihr aus den Augen, zuerst unter Wasser, jetzt unter der Erde.

Bitte, das soll nicht wieder geschehen.

Unter einigen FBI-Agenten in der Redaktion entstand Unruhe.

»New Jersey! Zentrales New Jersey, nördlich von Trenton!«, rief jemand.

Kate richtete sich auf und durchsuchte die Menge nach der Bedeutung dieser Worte, und ihre Stimmung hob sich.

»Sie haben ihn auf eine Stelle knapp außerhalb von Hopewell, New Jersey, festgenagelt!«, rief jemand anders, und alle jubelten.

Ellie Ridder, eine Reporterin von Newslead, und Sal Perez, ein Fotograf, kamen zu Kate geeilt.

»Das ist eine neunzigminütige Fahrt, Kate«, sagte Sal. »Los geht's!«

66

New Jersey

Dunkelheit.

Absolute Dunkelheit hatte Vanessa verschlungen.

Die Luft war schwer. Die erstickende Stille überwältigte sie. Das einzige Lebenszeichen waren das Rauschen und Pochen des Bluts in den Ohren und ihr Herzschlag.

Lebendig begraben! Ich bin lebendig begraben worden, wie Brittany!

Schluchzer und Schreie explodierten aus ihr heraus.

Lass mich nicht sterben! Bitte, Gott, ich möchte nicht hier sterben.

Sie trat mit den Füßen und hämmerte mit den gebundenen Händen gegen den Sargdeckel, bevor sie es bemerkte und damit aufhörte.

Bleib ruhig! Du verbrauchst die Luft!

Sie benötigte mehrere abgerissene Atemzüge, bevor sie einen Hauch von Selbstbeherrschung aufbrachte. Sie schniefte und wischte sich die Tränen weg. Die Luft war wärmer. Sie schwitzte, während sie nach und nach die Atmung verlangsamte.

Sie wusste nicht, wie viel Zeit verstrichen war, wie lange sie schon begraben war. Sie zuckte zusammen, als eine Lampe aufstrahlte.

Sie blinzelte, bis sich ihre Augen an das Licht gewöhnt hatten, und sie sah, dass eine weiche, blau getönte LED-Lampe hinter ihrem Kopf auf sie gerichtet war. Sie keuchte auf, als die Beleuchtung ihr entsetzliches, klaustrophisch enges Gehäuse bloßlegte.

Auf halbem Weg zu ihrer Taille hinab, auf halbem Weg vom Sargdeckel herab, sah sie eine Reihe kleiner heller Bildschirme mit aktiven Balken und Zahlen. Kabel schlängelten sich von den Bildschirmen zu den Clips, die Carl an ihren Fingern befestigt hatte. Weiter unten, an ihren Füßen, sah sie die Sauerstofftanks. In der Reihe der Monitore war derjenige ganz rechts außen der größte.

Er erwachte zum Leben, und ein Text scrollte langsam nach unten.

»Ich hoffe, du hast es bequem. Die Welt sieht dir zu, Tausende von Menschen, während jede Sekunde herabtickt. Die Zahl wird zu Millionen rund um den Planeten anwachsen, denn dies ist ein globaler Tod, und die Zuschauer werden gefesselt sein. Insbesondere, da ich die Messgeräte installiert habe, die deine Vitalzeichen überwachen, die Menge an verbleibendem Sauerstoff und die Uhr, die anhand meiner präzisen Kalkulation so kalibriert ist, dass sie anzeigt, wie viel Zeit dir noch zum Leben bleibt. Alles ist auf dich eingestellt. Vergiss nicht: Je mehr du in Panik gerätst, kämpfst oder um dich schlägst, desto mehr wirst du deinen Sauerstoffvorrat erschöpfen. Du befindest dich zwei Meter unter der Erde. Der Sarg besteht aus Stahl, aber es ist billiger Stahl, und es ist möglich, dass er unter den Tonnen von Erde über dir nachgibt. Es ist sinnlos, dagegen anzukämpfen. Niemand kann dich hören, und niemand wird dich je finden. Ich hoffe, du vergibst mir, weil ich dich eigentlich zu meiner neuen Operationsbasis mitnehmen wollte, damit du Teil meiner neuen Sammlung wirst. Es wird großartig werden. Aber du bist dazwischen getreten und hast mich verraten und musst die Strafe erleiden. Ich werde dich schrecklich vermissen. Von allen meinen Exemplaren warst du mir das Liebste. Auf Wiedersehen.«

Vanessas Herz hämmerte gegen ihren Brustkorb. Ihr Schrei schickte die Balken auf den Monitoren himmelweit in die Höhe, während ihr alles vor den Augen verschwamm.

Nein, bitte, nicht! Oh, mein Gott, jemand soll mir helfen!

In diesem Augenblick verspürte sie ein leises Gefühl – *etwas bewegte sich* – auf ihrem Rumpf, einen sanften Druck. *Was ist das?*

Sie hob den Kopf, dann die Hände, um ihre Augen vor dem auf sie gerichteten Licht abzuschirmen und besser sehen zu können. Ein Vorhang aus feinem Staub leckte am Saum zwischen oberer und unterer Hälfte des Sargs herein.

Nein! Nein, nein, nein!

Vanessa keuchte und versuchte, das Denken einzustellen, wurde jedoch auf einmal von den Schreien – den Schreien des Entsetzens – sämtlicher Mädchen heimgesucht, die Carl vor ihr ermordet hatte.

Jetzt bin ich dran! Jetzt bin ich dran!

Ihr panikerfülltes Bewusstsein raste, zog sie in ein anderes Leben zurück, zu einem Augenblick reinster Freude, als sie von strahlendem Sonnenschein umgeben war. Sie trieb und trieb dahin. Sie sah das Gesicht ihrer Mutter – ihrer richtigen Mutter, dann das ihres Vaters. Dann hörte sie ihr Gelächter, als sie mit ihrer großen Schwester in den Park rannte – *Kate!*

Ja, sie hieß Kate!

Plötzlich ist das Sonnenlicht verschwunden, ihre Eltern sind verschwunden, und jetzt ist Vanessa unter Wasser, unter kaltem, schwarzem, rauschendem Wasser, und Kates Hand zieht sie ... rettet sie ... bitte, rette mich, Kate!

Ein scharfes, metallisches Knacken erfüllte den Sarg.

Vanessa spürte die Vibration, als eine Ecke nachgab.

Weitere Erde tröpfelte jetzt zu ihren Füßen und an ihrem Rumpf herein.

Die Uhr zeigte, dass ihr noch eine Stunde und fünfzig Minuten zu leben blieben.

67

Hopewell, New Jersey

Die schimmernden weißen Wände des Lincoln Tunnel rasten an Kates Beifahrerfenster vorüber.

Sal Perez lenkte seinen Dodge Journey SUV unter dem Hudson River hindurch nach New Jersey. Nachdem sie die Mautschranke durchfahren hatten und südlich auf der I-95 dahinjagten, warf er Ellie Ridder auf dem Rücksitz ein abgenutztes Notizbuch zu.

Er hatte ihr bereits seine beiden tragbaren Abhörgeräte für den Polizeifunk zugeworfen.

»Ellie, stelle die Frequenzen für die New Jersey State Police für Troop C ein – die sind für das County Mercer zuständig, wo Hopewell liegt.«

»Ich seh's nicht.«

»Drück auf die N-Taste für New Jersey.«

Ellie durchblätterte die Seiten, während Kate im Internet nach Neuigkeiten suchte und die Minuten und Sekunden gegen Vanessa dahinflossen.

»Okay, hab's.«

»Gut. Programmiere sie, wie ich es dir gezeigt habe, dann gehst du online und stellst die Frequenz für County Mercer ein. Du solltest örtliche Rettungskräfte, Feuerwehr und sonst alles hereinbekommen.«

Die Angst hatte Kates Fingerspitzen taub gemacht, während sie nachschaute, ob es Nachrichten über eine Ortung gab. Sie zog etwas Trost daraus, dass sie mit Perez und Ridder zusammen war. Sal und Ellie hatten beide aus dem Irak und Afghanistan berichtet, während sie daheim für Tornados, Hochwasser, Buschfeuer und größere Schießereien zuständig gewesen war.

Wie sie so die Kilometer fraßen, tönten aus den Scannern

knisternd Gespräche zwischen Rettungskräften in und um Hopewell. Sal drückte das Gaspedal seines SUVs bis zum Boden durch, wand sich durch den Verkehr und überholte Nachrichten-Vans aus New York.

»Sieht so aus, als wären alle nach Hopewell unterwegs«, sagte Sal, nachdem er am dritten vorübergekommen war.

»Ist ein Déjà-vu«, meinte Ellie.

»Was meinst du damit?«

»Hopewell. Weißt du nichts über Hopewell, New Jersey, Sal?«

»Da ziehe ich eine Niete.«

»Du erinnerst dich an Charles Lindbergh, den ersten Menschen, der allein über den Atlantik geflogen ist?«

»Ja.«

»Also, im Jahr 1932 ist sein kleiner Junge aus seinem Haus in Hopewell, New Jersey, entführt worden, wegen Lösegeld. Nachdem Lindbergh fünfzigtausend gezahlt hat, wurde der Leichnam des Kleinen in einem bewaldeten Gebiet südlich von Hopewell aufgefunden. Damals war das die größte Story in der Welt.«

»Oh, stimmt. Sie haben den Täter hingerichtet.«

Ellie berührte Kate an der Schulter.

»Tut mir leid, die Geschichte hochzuholen, Kate.«

»Ist Geschichte. Sie ist wahr. Ich weiß das, und ich habe mir überlegt, dass Zurrn vielleicht versucht hat, den Fall Lindbergh nachzuahmen. Aber im Augenblick kommt mir nichts von alledem wirklich vor – tut mir leid. Fahr bitte schneller, Sal.«

Bei den Funksprüchen im Scanner ging es um die Positionierung der Arbeitsmannschaften rings um die Stadt. Als Kate sich dem Fenster zuwandte, um die Nacht zu durchsuchen, ertönte ein lautes Klingeln im SUV, und Sal meldete sich an seiner Freisprechanlage und stellte die Lautstärke hoch.

»Hier Chuck. Wie weit seid ihr von Hopewell entfernt, Sal?«

Er warf einen Blick auf sein Navigationsgerät.

»Zwanzig, fünfundzwanzig Minuten, Chuck. Hast du was erfahren?«

»Hier das Neueste. Sie haben den Ort noch nicht festgenagelt, aber sie glauben, sie sind ganz dicht dran. Sie setzen jedes örtliche Regierungsteam und jeden verfügbaren Baggerführer ein und positionieren sie auf alle Himmelsrichtungen des Kompasses rings um Hopewell. Sie sollen sich bereithalten. Ein Rettungshubschrauber steht ebenfalls auf Abruf bereit, und das Traumateam im Viola Memorial in Newark ist in Alarmbereitschaft. Die medizinischen Experten sagen, dass ihre Vitalzeichen sich verschlechtern, und ihr bleiben bloß noch dreißig Minuten.«

Während die Autobahnschilder und die Kilometer dahinflogen, presste Kate die Augen fest zusammen und flüsterte ein Gebet. Es mochten vielleicht fünf Minuten vergangen sein, vielleicht mehr, bevor Ellie rief: »Sie haben etwas!«

Sie stellte die knisternden Durchsagen lauter.

»Ja«, sagte Chuck, »das FBI hier nickt! Sie haben ein Team dort hinausgebracht, und sie haben mit Graben angefangen!«

»Ist etwa zwei Kilometer weit nördlich auf der Wertsville Road!«, sagte Ellie.

Sal gab die Information in sein Navigationsgerät ein und beschleunigte weiter. Kates Knöchel wurden weiß, als sie die Hände zusammenpresste. Binnen zehn Minuten fuhren sie durch die Stadt. Sal wand sich um andere Arbeitsteams herum, die im Schein von Taschenlampen Ausrüstungsgegenstände abluden. Die Luft über ihren Köpfen vibrierte unter dem Gepolter von Polizei- und Nachrichtenhubschraubern.

»Oh, nein!« Ellie hielt einen Scanner hin. »Hört mal!«

»... sind etwa einen Meter tief gekommen – haben eine offene Metallschachtel gefunden – er hat ein Übertragunggerät darin zurückgelassen, dazu eine Notiz mit den Worten – ›Ha-ha! Versucht's noch mal! Ticktack!«

Kate sank das Herz. *Oh, Gott, nein, oh, Gott, nein!*

In der Leitung zu Chuck und den Scannern ertönte von Knistern durchsetztes düsteres Schweigen. Dann war auf Chucks Seite leise etwas im Hintergrund zu hören.

»Sie sind völlig verblüfft hier. Sie haben gerade einen Anruf von Kommissar Brennan in Rampart erhalten, der den starken Verdacht hat, dass der Ort in Montana liegen könnte.«

»Montana? Was zum … woher weiß Brennan das?« Kate drehte allmählich durch. »Was ist da los, Chuck?«

»Nein, warte, Kate!« Chuck war optimistisch. »Andere hier beharren nach wie vor darauf, dass das Signal aus Hopewell kommt.«

Kates Handy klingelte.

»Erich hier. Meine Freunde verfolgen das online, Kate.«

»Wo ist sie?«

»Hopewell – in Hopewell.«

Zwei Streifenwagen aus New Jersey schossen in entgegengesetzter Richtung an ihrem SUV vorüber. Die Sirenen jaulten, die Blaulichter blitzten.

»Hast du das gesehen?« Sals Kopf fuhr herum. »Da ist was im Gange.«

»Ein weiteres Signal!«, sagte Ellie. »Nach Süden!«

»Ja«, sagte Chuck. »Wir haben es hier! Sie sagen, die Hopewell-Princeton Road.«

Sal wirbelte den SUV herum. Die Hubschrauber über ihnen kippten gleichfalls nach Süden ab. Während der Motor des SUVs brummte, berichtete Ellie, was der Funk gesagt hatte.

»Sie nageln ihn fest, Sal. Das Gebiet liegt einen Kilometer südlich von der Kreuzung mit der 518. Old Mount Rose Road kommt ins Spiel. Ich kann's nicht glauben!«

»Was?« Kate wandte sich zu Ellie um. »Was kannst du nicht glauben?«

»Es ist dieselbe Stelle, wo sie den Lindberg-Jungen gefunden haben.«

Baggerführer »Big Ben« Pickett brachte seinen Case 590 an einem Flecken aufgewühlter Erde in Position, den sie als den Ort in den Wäldern etwa vierzig Meter von der Straße entfernt identifiziert hatten.

Nachdem er vor fast zwei Stunden daheim den Anruf aus der Stadt erhalten hatte, war er rasch hergekommen. Ihn an der Südseite zu positionieren war schlau gewesen. Sie waren praktisch vor Ort, als sie die Stelle bestätigten.

Seit etwa fünfundzwanzig Jahren im Geschäft lebte Pickett mehr oder minder auf seinem Arbeitsgerät. Er konnte dieses Loch in etwa vier Minuten ausheben, »als würde er in Kartoffelbrei graben«, sagte er zu den Polizisten. Sie arbeiteten mit dem FBI-Agenten zusammen, und Feuerwehrleute winkten ihn auf Position, während eine staatliche K-9-Polizeieinheit den Boden abschälte.

Tragbare Scheinwerfer wurden herangerollt, um die Szenerie zu erleuchten.

Während er arbeitete, war Pickett taub gegenüber den Helikoptern über ihm, den Sirenen eintreffender Rettungsfahrzeuge und dem anschwellenden Strom von Medienleuten. Polizisten sicherten den Tatort mit Absperrband gegen die Presse.

Blitzlichter von den Kameras, die auf Pickett gerichtet waren, flammten auf.

Sein Motor brüllte, seine Schaufel grub sich in die weiche Erde und hob über dreißig Zentimeter aus. Feuerwehrleute tasteten mit Sonden und langen Stöcken den Grund nach einem Behälter ab, bevor sie Pickett zuwinkten, eine weitere Schicht abzutragen. Der Prozess wurde immer und immer wiederholt, rasch, effizient, bis die Stöcke in einer Tiefe von fast zwei Metern auf ein festes Objekt trafen.

Die Feuerwehrleute winkten Pickett, er solle aufhören. Leitern wurden herabgesenkt, und Arbeitsteams schaufelten die Erde beiseite, und es zeigte sich ein Sarg, dessen Deckel mit Ketten gesichert war. Bolzenschneider und andere Rettungsgeräte wurden an die Feuerwehrleute weitergereicht, die sogleich den Deckel öffneten und hinabschauten.

Im Innern lag Vanessa Page, kaum noch bei Bewusstsein.

Sie zeigte ihnen ein schwaches Lächeln.

Die Feuerwehrleute verfrachteten sie auf eine Trage, setzten ihr eine Sauerstoffmaske aufs Gesicht und legten ihr einen intravenösen Zugang, bevor sie sie aus dem Grab hoben und eilig zu den offenen Türen des wartenden Rettungshubschraubers brachten.

Kate sprang aus Sals SUV, bevor er ihn richtig zum Stehen gebracht hatte, und flog zu der Reihe von Polizisten, wo die anderen Medienleute versammelt waren und die Ereignisse aufzeichneten, die sich dort abspielten. Kameraleute richteten ihre Geräte direkt auf Vanessas Rettung.

»Sie lebt!«, rief einer von ihnen.

Außerstande, es zu ertragen, hob Kate das Absperrband und rannte zu Vanessa, bevor die Polizisten reagieren konnten.

Kate zersprang beinahe das Herz, als sie über das unebene Gelände zu der Lichtung jagte, wo die Rettungskräfte mit Vanessa fast den Hubschrauber erreicht hatten. Das ohrenbetäubende Dröhnen der Rotoren machte es unmöglich, etwas zu hören, hinderte sie jedoch nicht daran, Vanessas Namen zu schreien.

Die Männer, die Vanessa trugen, waren verblüfft über Kates Erscheinen.

Mit höchster Lautstärke schrie sie: »Ich bin ihre Schwester! Ich bin ihre Familie!« Dann nahm sie Vanessas Hand und rief ihr zu: »Ich bin deine Schwester! Kate! Ich bin deine Familie! Du bist nicht mehr allein!« Kate drückte Vanessas Hand, und dann spürte sie, so heftig, den Gegendruck.

Ihre Augen fanden einander, und inmitten des tobenden Chaos fanden sie ihren Frieden.

Starke Hände packten Kate bei den Schultern, Polizisten zogen sie zurück, und Sanitäter gurteten Vanessa fest, schlossen die Türen des Hubschraubers, und er hob ab. Seine blinkenden Lichter verschwanden in der Nacht.

Während sie Kate zurück zum Absperrband geleiteten, erklärte sie ihnen immer und immer wieder, wer sie war und warum sie getan hatte, was sie getan hatte.

»Ich bin ihre Schwester! Ich muss bei ihr sein!«

»Wir wissen, wer Sie sind, Kate«, sagte einer der Polizisten. »Sie fliegen nach Viola in Newark. Wir bringen Sie jetzt dorthin, so dass Sie bei ihr sein können.«

Am Absperrband versperrten fast fünfzig Reporter und Fotografen den Polizeifahrzeugen den Weg. Sie stießen und drängelten und verlangten ein Statement von Kate.

Sie war einverstanden.

Inmitten des strahlenden Lichts und der gedämpften Verwirrung rang Kate um ihre Fassung, wobei das Adrenalin durch ihre Adern kreiste und ihr Herz raste.

»Ich danke Gott und allen anderen, die geholfen haben, dass wir meine Schwester lebend gefunden haben. Den Familien, die ihre Angehörigen in diesem Albtraum des Schreckens verloren haben, gehören unsere Gebete. Und, Sorin Zurrn, für dich ist es vorüber, weil meine Schwester sich gewehrt und dich aufgehalten hat. Du verlierst. Es ist Zeit, sich zu ergeben.«

68

Newark, New Jersey

Bei Kates Ankunft im Viola Memorial Hospital wollte man sie nicht zu Vanessa lassen.

»Sie ist ruhig gestellt worden«, sagte der Arzt in der Notaufnahme. »Sie schläft.«

»Wie geht es ihr?«

»Sie steht unter Schock, ist unterernährt, dehydriert, aber ihre Vitalzeichen sind gut – sie braucht Ruhe.« Er nahm sich das Stethoskop ab. »Sie hat nach Ihnen gefragt.«

Kates Herz hob sich.

»Ich muss an ihrer Seite sein. Ich möchte sie nicht allein lassen.«

Der Arzt richtete seine Aufmerksamkeit jetzt auf die Menschen, die sich hinter Kate versammelt hatten – FBI-Agenten, bundesstaatliche Polizei, Leiter des Krankenhauses.

»Wir haben eine laufende Ermittlung«, sagte einer der Agenten. »Wir versuchen, den Aufenthaltsort eines gefährlichen Flüchtigen zu bestimmen. Ihre Patientin ist unsere Zeugin, und wir müssen mit ihr sprechen.«

»Ja, das respektiere ich, aber ich glaube, dass es bei diesem Fall die Genesung unterstützen könnte, wenn ein Familienmitglied im Zimmer anwesend ist«, sagte der Arzt.

»Solange einer unserer Leute die ganze Zeit über dabei ist«, erwiderte der Agent. »Und ein Polizeibeamter wird draußen vor der Tür postiert.«

Zuerst brachte man Kate in ein Büro, wo sie Papiere für Vanessa unterschrieb. Dann rief sie zuhause an.

»Ihr habt sie gefunden! Dem Himmel sei Dank! Eine wundervolle Neuigkeit!«, sagte Nancy durch Tränen, nachdem Kate ihr gesagt hatte, dass sie die Nacht im Krankenhaus verbringen würde, und sie gebeten hatte, Grace am Morgen zur Schule zu bringen. Nancy erwiderte, dass sie sich sicher fühle, da zwei Beamte der New Yorker Polizei im Gebäude und weitere auf der Straße anwesend seien. »Selbst wenn dieses Monster noch frei herumläuft.«

Daraufhin rief Kate Chuck an, um ihn auf den neuesten Stand zu bringen und ihm ein Zitat für einen Bericht von Newslead zu überlassen. Nachrichtendienste verlangten nach Interviews, sagte er. Kate übermittelte ihm ein Statement, in dem sie allen dankte, während sie um Zeit für sich bat, damit sie und ihre Schwester ihr Leben wieder zusammenführen konnten.

Eine Krankenschwester brachte Kate zu einem Aufzug.

Auf dem Weg zum Zimmer quietschten die weichen Sohlen der Schuhe der Krankenschwester auf dem polierten Boden. Kate fiel der antiseptische Geruch im Flur auf, dann sah sie den Polizeibeamten von Newark auf einem Stuhl draußen vor Vanessas Zimmer.

Der Beamte nickte.

»Sie können hineingehen, wenn Sie möchten.« Die Krankenschwester lächelte und stieß die Tür auf.

Kate erstarrte.

Ist es wirklich vorüber? Zwanzig verlorene Jahre, zusammengedrückt in diesem Augenblick. Die Schwester, die ich im Herzen zwei Jahrzehnte lang lebend bei mir getragen habe, ist jetzt ein paar Meter von mir entfernt!

Sie holte tief Luft und trat ein, erfasste die sanfte, beruhigende Beleuchtung, das Summen und Ticken der Klimaanlage im Zimmer. Der FBI-Agent auf einem Stuhl am Fuß des Betts zeigte auf den leeren Stuhl gleich neben Vanessa.

Kate betrachtete ihre Schwester wie ein neues Weltwunder.

Ein intravenöser Zugang war an einen Arm gelegt worden. Ein Tubus kam aus ihrer Nase. Auf ihren Wangen und ihrer Stirn gab es ein paar blutige Schrammen, und ihr langes Haar schoss ungekämmt und wirr auf ihr Kissen heraus. Unter allem erkannte Kate eine würdevolle, bleibende Schönheit in der Frau, zu der sie geworden war.

Und während sie ihre Schwester betrachtete, kochte Wut in ihr darüber, dass Zurrn ihrer Schwester Vanessa so vieles geraubt hatte – ihre Wegmarken, überhaupt alles, was ihr entgangen war: ihr erster Kuss, die High School, ihr erster Freund, ihr Abschlussball, das College, Geburtstage, Weihnachten, ihr Gefühl für eine Familie.

Familie.

Jäh blitzten Erinnerungen vor Kate auf, wie eine Silvesterrakete, leuchtende Bilder von ihnen beiden, wie sie als Kinder zusammen waren, bis zu dem schrecklichen Unfall, der sie auseinandergerissen hatte. Sie stieß die Luft aus, schluchzte heftig auf und kämpfte darum, dieses Schluchzen zu unterdrücken, als sie nach der Hand ihrer Schwester griff und langsam, sorgfältig die eigenen Finger mit denen ihrer Schwester verschränkte und sie festhielt.

Kate hielt sich an Vanessa fest, während sie auf dem Stuhl einschlief.

Am Morgen erfüllte Sonnenlicht das Zimmer.

Kate erwachte und sah den FBI-Agenten leise an der Tür mit dem Polizeibeamten reden. Vanessa war wach und starrte zur Decke.

»Hallo.« Kate lächelte.

Vanessa drehte sich schweigend zu ihr um.

»Ich bin deine große Schwester, Kate. Kate Page.«

Vanessa schluckte und sah sie ausdruckslos an, wie voller Furcht. Dann wanderten ihre Augen im Zimmer umher, und ihr Gesicht verzog sich verwirrt.

»Alles okay. Du bist in einem Krankenhaus in Newark, New Jersey. Du bist frei und in Sicherheit. Die Polizei ist hier und bewacht dich. Er kann dir nicht mehr wehtun.«

Vanessas Augen kehrten zu Kates Augen zurück und suchten

in ihnen über Ozeane des Schmerzes hinweg nach einer fernen Zeit.

»Du bist Vanessa Page«, sagte Kate. »Der Name unserer Mutter war Judy. Unser Vater war Raymond, aber alle nannten ihn Ray.«

Vanessa schwieg, hörte jedoch zu.

»Wir waren eine glückliche Familie. Wir haben in einem Haus in einer hübschen Nachbarschaft in der Nähe von Washington, DC, gelebt. Wir hatten Puppen. Du hast deine Molly the Dolly genannt. Wir hatten einen Innenhof und eine Reifenschaukel, wo wir gespielt haben. Du hast gerne Seifenblasen gepustet, erinnerst du dich?«

Vanessa blinzelte ein paar Mal.

»Dann sind Mom und Dad gestorben, und wir waren so traurig. Wir mussten bei Verwandten leben, dann haben wir in Pflegefamilien im ganzen Land gelebt.« Kate griff nach einem Taschentuch. »Dann sind wir in den Ferien einmal in die Berge Kanadas gefahren, und dort hatte unser Auto einen Unfall und ist auf dem Dach in einem Fluss gelandet. Unsere Pflegeeltern waren sofort tot. Ich hatte deine Hand umklammert und habe versucht, dich herauszuziehen, aber du bist mir entglitten, und seit diesem Augenblick habe ich überall nach dir gesucht. Erinnerst du dich an diese Teile deines Lebens, Vanessa?«

Ein langer Moment verstrich, bevor sie langsam nickte.

»Am meisten erinnere ich mich an dich«, sagte Vanessa.

»Oh …« Kates Stimme brach, und während sie die Arme um Vanessa schlang, spürte sie die Arme ihrer Schwester um sich, die sie mit aller Kraft festhielten. In diesem Augenblick überflutete Kate ein bittersüßes Gefühl der Trauer über das, was sie verloren, und des Jubels darüber, was sie gefunden hatten. Dann bemerkte Kate den Agenten und zwei Krankenschwestern, die von der Tür aus zusahen, und sie machte sich daran, Vanessa zu erzählen, was nun passieren würde.

»Die Leute hier werden dir helfen, gesund zu werden. Du bist mit Menschen zusammen, die dich lieben und sich um dich kümmern. Ich werde jede Sekunde hier sein, die ich kann.«

Vanessa nickte.

»Die Polizei muss mit dir über Sorin Zurrn sprechen, den Mann, der dich gefangen gehalten hatte. Wir wissen, dass er viele Namen hatte, aber das ist sein richtiger Name. Die Polizei muss Dinge erfahren, wie zum Beispiel, wie er dir und den anderen wehgetan hat, wen er kannte und ob er darüber gesprochen hat, wohin er vielleicht gehen würde, über alles, was helfen könnte, ihn zu finden.«

»Ihn finden?«

Furcht stieg in ihren Augen hoch.

»Ist okay, Vanessa, du bist in Sicherheit. Die Polizei ist hier.« Kate sah sie an und wiederholte: »Ich weiß, dass das schwer zu verstehen ist, aber du bist in Sicherheit. Du bist jetzt bei mir.«

Vanessa blinzelte mehrmals, dann griff Kate nach ihrem Handy.

»Ich habe ein kleines Mädchen, Grace. Du bist ihre Tante.«

Kate zeigte ihr ein Foto.

»Sie sieht aus wie du«, sagte Vanessa.

»Das ist komisch, weil ich glaube, sie sieht aus wie du.«

Kate lächelte, warf dem FBI-Agenten einen Blick zu und fuhr fort: »Okay, Vanessa, die Polizei braucht jetzt deine Hilfe. Du musst dich an alles erinnern und stark sein, genau wie du es warst, als du diesem Mädchen bei der Flucht geholfen hast.«

Kate fuhr nach Hause, verbrachte jedoch den größten Teil der nächsten Tage im Krankenhaus.

In dieser Zeit sprach Vanessa abgeschieden in ihrem Zimmer mit FBI-Agenten von der Task Force und erzählte ihnen alles, was sie ihnen von ihrer Zeit in Gefangenschaft erzählen konnte.

Kate ihrerseits sprach auf einer Pressekonferenz, die im Field Office des FBI in Manhattan abgehalten wurde, den Familien von Zurrns Opfern zum wiederholten Mal ihr Beileid aus, dankte für die Lawine an Nachrichten, die ihre Schwester unterstützten, und bat die Öffentlichkeit um Hilfe bei der Suche nach Zurrn. Und weil Reeka darauf bestand, sprach Kate ebenfalls mit Reportern von Newslead in einem Exklusiv-Feature über die Rettung.

Die Jagd nach Zurrn, dem »meistgesuchten Mann in Amerika«, blieb eine der schlagzeilenträchtigsten Nachrichten der Nation. Im ganzen Land und in Kanada ging die Presse tief in die Verzweigungen des Falls hinein, die in ihre jeweiligen Gemeinden reichten.

Spekulationen über Zurrns Aufenthaltsort, sein Leben, seine Verbrechen und Motive waren Stoff für Debatten, Theorien und Gerüchte auf den Diskussionsseiten nationaler Netzwerke. Dass Zurrn den Fall der Entführung des Lindbergh-Jungen heraufbeschworen hatte, sein fast erfolgreicher Versuch, einen Mord im Internet zu senden, war schaurig. Seine Fähigkeit, Detectives zu überlisten, und dass er das war, was ein Experte »ein unsichtbares Chamäleon« nannte, machten Sorin Zurrn zu einem der intelligentesten und gefährlichsten Mörder des letzten Jahrhunderts, wie sich ein lautstarker Experte in einer Talkshow eines Nachrichtensenders ausdrückte.

Das FBI, die staatliche Polizei in New Jersey und New York, die Polizei von Newark und das NYPD ergriffen weiterhin jede Vorsichtsmaßnahme. Sie sorgten für eine beständige Polizeipräsenz in Kates Wohngebäude, und Kate wurde routinemäßig von einem Polizisten von Manhattan zu ihren Krankenhausbesuchen gefahren.

Newslead, der Staat von New Jersey und das FBI-Büro für Verbrechensopfer stellten sicher, dass Vanessa die beste medizinische Versorgung im Krankenhaus erhielt. Sie wurde von einem Psychiater betreut, der Experte in der Betreuung von Langzeit-Geiseln oder –Gefangenen war.

In den ersten Tagen waren Vanessas Sitzungen gut verlaufen. Der Arzt hatte darauf bestanden, dass sie keine Nachrichten über ihren Fall zu sehen bekam oder las, damit sie die Ungeheuerlichkeit ihrer Erfahrungen in ihrem eigenen Zeitmaß und ohne zusätzlichen Stress verarbeiten konnte. Der Psychiater sah in Kate eine therapeutische Quelle des Trostes für Vanessa und ermutigte sie zu ihren Krankenhausbesuchen. Kate brachte Fotos ihres frühen gemeinsamen Lebens mit, und bald sprachen sie darüber, wie sie Vanessas neues Leben aufbauen würden.

Nach und nach hatte die Genesung begonnen.

Im Verlauf dieser Tage erhielt Kate eine Nachricht von Erich – *bin froh, dass Sie Ihre Schwester zurückhaben.* Aber sie fand es merkwürdig, dass sie nichts von Ed Brennan gehört hatte.

Dann, am siebten Tag nach Vanessas Rettung, Kate war gerade zu Hause und half Grace bei ihren Hausarbeiten, klingelte ihr Telefon.

»Kate, Brennan hier.«

»Ed, ich habe mich schon gefragt, warum ich nichts von Ihnen gehört habe.«

»Wir haben gearbeitet, und wir haben etwas.«

»Was denn?«

»Niemand außerhalb der Task Force weiß, was ich Ihnen jetzt sagen werde, aber nach allem, was Sie und Ihre Schwester durchgemacht haben, bin ich Ihnen das schuldig.«

»Erzählen Sie!«

»Sie dürfen anderen gegenüber kein Wort davon sagen. Wir haben viel Arbeit in diese Sache gesteckt.«

»Ich schwör's.«

»Wir haben ihn.«

»Was, wann, wo?«

»Auf der anderen Seite des Landes haben wir ihn dingfest gemacht. Es ist alles vorüber, und Sie werden sehr bald davon hören.«

69

In der Nähe von Miles City, Montana

Der Wind fegte in Wellen über das weite Grasland, fuhr in die Senken und riss an dem Pappelhain, wo sich Brennan versteckt hielt.

Die Augen hinter dem aufgesetzten Hochleistungsfernglas zusammengekniffen musterte er die Ranch und die Außengebäude, die in über einem Kilometer Entfernung aus der Ebene ragten.

Hier wird Sorin Zurrn heute sein.

Durch seine Ohrhörer lauschte Brennan auf die geflüsterten verschlüsselten Gespräche, die über Funk geführt wurden.

Nichts rührte sich, nichts bewegte sich.

Das Geiselbefreiungsteam des FBI kontrollierte den inneren Perimeter.

Sie hatten Wachposten aufgestellt, während Scharfschützen und Mitglieder des Überfallkommandos an versteckten Stellen rund ums Haus verborgen lagen. Unterstützt wurden sie von einer FBI-Einheit aus Salt Lake City und taktischen Teams aus ganz Montana. Sie besetzten Positionen im äußeren Kreis, wo Brennan und andere Mitglieder der Task Force warteten.

Über ihnen flog lautlos und unsichtbar eine kleine ferngesteuerte Überwachungsdrohne, die Direktbilder des abgesperrten Gebiets an den Kommandoposten des FBI in fünf Kilometern Entfernung in einem Gebäude übertrug, wo die Verkehrsbetriebe von Montana Schneepflüge untergebracht hatten.

Brennan befand sich jetzt seit zehn Stunden auf dieser Position, zufrieden darüber, dass die Ermittlungen handfeste Ergebnisse erzielt hatten.

Das ist Zurrns Eigentum. Er wird hier sein. Alles passt.

Sie hatten sämtliche Punkte verknüpft, die bis zu Carl Nelsons Mitarbeiter Mark Rupp zurückreichten, der vor über einem Jahr Nelson dabei beobachtet hatte, wie er sich die Seite eines Grundstücksmaklers angesehen und sich Notizen gemacht hatte. Wie sich herausstellte, hatte Nelson den Computer eines abwesenden Mitarbeiters benutzt, der später zusammen mit anderen Gegenständen als Ausschussware an eine Lagerhalle für Büromaterial außerhalb des Bundesstaats verkauft worden war.

Es war eine Herausforderung gewesen, aber das FBI hatte rasch gehandelt und den PC in Beltsville, Maryland, ausfindig gemacht. Es hatte ihn untersucht, dann wieder in Schuss gebracht und die Informationen herausgeholt, wie die Browser-History, was sie zu einer Grundstücksmaklerin in Custer County, Montana, geführt hatte. Das FBI besorgte sich richterliche Verfügungen und entdeckte, dass Zurrn ein Netzwerk aus Falschnamen und Scheinfirmen verwendet hatte, um das Grundstück unter dem Namen Wallace Cordell zu erwerben. Als das FBI der Maklerin das Foto Zurrns zeigte, war diese perplex. »Ja, das sieht ihm ein wenig ähnlich! Aber Wallace Cordell hatte rotes Haar und dicke Koteletten. Mein Gott! Sie wollen mir sagen, dass das der Mann aus den Nachrichten ist?«

Die Maklerin sagte, der Verkauf sei vor einigen Monaten abgeschlossen worden, und alles, was Cordell/Zurrn noch bliebe, war, sehr bald Besitz zu ergreifen. Tatsächlich hatte sie den Schlüssel für ihn in einem verschlossenen Kästchen hinterlassen. Die Maklerin teilte dem FBI das Datum mit, zu dem Cordell herkommen und den Besitz übernehmen sollte.

»Er hat mir versichert, dass er irgendwann im Laufe dieses Tages käme. Ich wollte vorbeischauen, nachdem er mich angerufen hat, um ihn zu beglückwünschen und das Schlüsselkästchen wieder mitzunehmen.«

Der ausgedehnte Besitz lag in einer zugigen Region mit Farmen und Ranchen. Er hatte einer Weltuntergangssekte gehört. Aufzeichnungen und Pläne, die das FBI erhalten hatte, zeigten, dass die Sekte einen gut erhalten Bunker unter der Erde gebaut hatte, »mit einer großen Anzahl von Schlafkammern, die luftdicht abgeschottet werden konnten«, um sich auf einen vorausgesagten Weltuntergang im Jahr 2012 vorzubereiten. Als die Prophezeiung jedoch nicht eintraf, gingen die Jünger, und die Ranch wurde zum Verkauf angeboten.

Sie war ideal für Zurrn.

In den Tagen, bevor Zurrn seinen Besitz in Anspruch nehmen wollte, hatte das FBI das Gebäude auf Grund von richterlichen Genehmigungen durchsucht und bestätigt, dass es leer war, dass keine Opfer oder Gefangenen dort festgehalten wurden. Sie hatten ebenfalls nach versteckten Kameras oder Sicherheitsvorkehrungen gesucht, die Zurrn vielleicht heimlich installiert haben mochte.

Dann hatte das FBI Hub Arness befragt, dem das benachbarte Grundstück gehörte. Hub, der immer ein Auge auf den Ort gehalten hatte, sagte, dass es vor kurzem keinerlei Aktivität gegeben habe. Aber vor ein paar Jahren hatte es regelmäßig Ärger gegeben. »Diese Ex-Sekten-Typen sind nach wie vor dort hingewandert und haben manchmal wie die Vandalen auf dem Grundstück gehaust«, sagte er.

Zurrns Rückkehrdatum und die rasche Ermittlung der Task Force hatten weitere Vollzugsanweisungen zur Folge und ihre Festnahmestrategie bestimmt. Das Geiselbefreiungsteam flog von Quantico, Virginia, ein und landete, um keine Aufmerksamkeit zu erregen, etwa zweihundert Kilometer entfernt am Gillette-Campbell-County-Airport in Gillette, Wyoming.

Dann wurden das Team und die Ausrüstung an einem heimlichen Ort in Montana zu Dienstfahrzeugen von Bundesstaat und County gebracht. Im Schutz der Nacht besetzten sie Schlüsselpositionen auf dem Grundstück, während andere taktische Einheiten, darunter Mitglieder der Task Force, Positionen im äußeren Umkreis bezogen, wo sie seit etlichen Stunden bis zum Einsetzen der Dämmerung gewartet hatten.

Jetzt, kurz vor Sonnenuntergang, ertönte knisternd im Funksprechgerät eine Meldung vom Kommandoposten.

»Aufgepasst. Augen im Himmel entdecken Aktivität.«

Brennan spannte sich an.

»Wir haben einen Van, der sich von Osten nähert.«

In der Ferne erhoben sich Staubwolken, und ein einsames Fahrzeug fuhr über die unbefestigte Straße zum Grundstück. Es nahm Kurs auf das Ranchhaus.

»Position beibehalten!«

Brennan zog sich den Handrücken über den Mund, während er durch sein Fernglas beobachtete.

»Abwarten!«

Der Van wurde langsamer und bremste dann. Nichts geschah. So weit Brennan sehen konnte, saß nur der Fahrer vorn. Der schattenhaften Silhouette nach zu urteilen tat der Fahrer etwas hinter dem Lenkrad.

»Positionen beibehalten!«

Die Fahrertür öffnete sich, und ein Mann kam heraus und ging zur Rückseite des Vans.

»Los! Los! Los! Los!«

Schwer bewaffnete Mitglieder der taktischen Einheit rannten aus der Deckung heraus. Sie hielten ihre Waffen auf den Fahrer gerichtet und warfen ihn sogleich mit dem Gesicht nach unten zu Boden.

»Was zum Teufel ... bringt mich nicht um!«

Während dem Fahrer Handschellen angelegt wurden, fischte ein Mitglied des taktischen Teams in seiner Hose nach einer Brieftasche und einem Ausweis. Seiner Fahrerlaubnis zufolge war der Mann Marshall Chang, zweiunddreißig Jahre alt, aus Billings, wo er für den Big Sky Rapid Courier arbeitete.

»Was tun Sie hier, Mr Chang?«, fragte ein Agent.

»Ich liefere etwas an Wallace Cordell. Das ist meine letzte für heute.«

»Haben Sie heute mit Cordell gesprochen?«

»Nein.«

»Wissen Sie, wo er sich aufhält?«

»Nein. Ich kenne den Typen nicht. Ich bin zum ersten Mal hier.«

»Was für eine Lieferung haben Sie?«

»Weiß ich nicht. Steht ›Teile‹ drauf.«

»Teile für was?« Der Agent wandte sich einem anderen zu. »Werfen wir einen Blick drauf.«

Die Waffen bereitgehalten öffneten Teammitglieder die rückwärtigen Türen des Vans und hatten eine große Holzkiste vor sich. Sie stemmten den Deckel auf und entdecken, dass sie mit Kunststoff gesäumt war. Der erste Agent zog an dem Kunststoff und zuckte dann plötzlich zusammen.

»Boa!«

Der Agent lief im Zurückweichen in den zweiten hinein, der einen Schritt nach vorn tat, um hineinzuschauen.

»Was ist das, zum Teufel?«

Andere scharten sich um sie und blickten auf eine Masse abgetrennter Arme, Beine, Rümpfe und Köpfe mit Sehnenfäden. Ein Agent schnappte sich den Deckel und las das Zustelletikett mit dem aufgestempelten Wort »Expressgut«.

»Seht euch das an.« Er zeigte auf die Anschrift des Absenders. »Attrappen, Körperteile in Studioqualität, Burbank, Kalifornien – die sind falsch! Das ist für uns! Er hat erwartet, dass wir diesen Ort finden und heute auf ihn warten.«

70

New York City

Auf der anderen Seite des Landes klingelte das Telefon in Kates Wohnung. Die angezeigte Nummer war von der NYPD.

»Hallo?«

»Hallo, hier ist Morello vom NYPD. Ist dort Kate Page?«

»Ja.«

»Ms Page, wie Sie wissen, hat die Dienststelle von Newark uns darüber informiert, dass sie Sie heute nicht zum Krankenhaus bringen können. Das soll ich jetzt übernehmen.«

»Ich habe nichts von Newark gehört.«

»Sie haben gesagt, Sie hätten Sie angerufen.«

»Nein, ich habe keinen Anruf erhalten.«

»Muss irgendwie untergegangen sein. Tut mir leid, Ma'am, aber kann ich Sie in zwanzig Minuten abholen?«

Das war früher als üblich. Kate zögerte. Vor einigen Tagen hatten die Polizei von Newark und das FBI-Büro für Opferbeistand Kate gegenüber angedeutet, dass die Aufgabe, sie zum Krankenhaus zu bringen und wieder abzuholen, aus Sicherheitsgründen von verschiedenen Polizeidienststellen übernommen werden könnte.

»Ma'am, tut mir leid für jede Unannehmlichkeit, aber ich muss am Morgen zum Gericht, und ...«

»Nein, schon in Ordnung.«

»Gut. Nur, damit Sie es wissen: Ich bin nicht in Uniform. Mein Vorgesetzter hat gesagt, das ist ein Auftrag, der keine Dienstkleidung benötigt.«

»Ich stehe in zwanzig Minuten vor dem Gebäude.«

Morello dankte Kate und wiederholte ihre Adresse.

»Genau dort.«

Kate gab Nancy Bescheid, dass sie etwas früher gehen würde, und machte sich dann eilig fertig. Fünfzehn Minuten später stand sie unten vor dem Gebäude. Uniformierte Polizisten waren nicht mehr zu sehen. Sie waren nur während der ersten Tage nach Vanessas Rettung auf der Straße postiert worden. Kate machte es nichts aus, weil es Brennans Anruf bestätigte, dass sie Zurrn irgendwo weit entfernt aufgefunden hatten. *War es Colorado?* Kate beobachtete den Verkehr, bis eine glänzende schwarze Chevylimousine vor ihr anhielt. Der Fahrer ließ das Beifahrerfenster herab und beugte sich heraus.

»Entschuldigen Sie, sind Sie Kate Page?«

»Ja.«

»Morello. Ich habe angerufen.«

»Hallo.« Kate trat zu dem ungekennzeichneten Streifenwagen.

Als Morello ausstieg und die hintere Tür öffnete, hörte Kate die Funkdurchsagen. Morello war etwa Mitte vierzig, hatte einen dicken schwarzen Schnauzbart, dickes schwarzes Haar und eine Brille. Er trug ein dunkelblaues Sportjackett mit Hahnentrittmuster, ein hellblaues Hemd und dunkle Hose.

»Vorsicht, Ihr Kopf«, warnte er sie beim Einstieg.

Sie erhaschte einen Blick auf den Griff einer Waffe, der aus seinem Schulterholster hervorlugte, als er die Tür zuschlug und dann nach vorn ging und sich hinters Lenkrad setzte.

Der Wagen war nicht so gut in Schuss wie die Wagen von Newark und vom FBI, die sie in den letzten Wochen abgeholt hatten. Die Luft war stickig, die Sitzpolster waren eingerissen und mit Klebeband versehen. Eine zerkratzte Plexiglasabschirmung trennte die Rück- und Vordersitze voneinander, aber das Schiebefenster stand offen, so dass sie miteinander reden konnten.

»Sie könnten vorn bei mir sitzen, wenn Sie möchten«, sagte Morello in den Rückspiegel. »Aber unsere Vorschriften besagen, dass Sie um Ihrer Sicherheit willen hinten sitzen sollen.«

»Besser, sich an die Vorschriften zu halten.« Kate lächelte. »Danke, dass Sie das tun.«

»Nichts zu danken, Ma'am.«

Als sie losfuhren, stellte Kate die übliche Frage.

»Haben Sie von irgendeinem Durchbruch bei der Suche nach Zurrn gehört?«

»Ich? Nö, kleine Lichter wie ich erfahren nie etwas.«

»Hab nur gedacht, ich frage mal nach.«

»Kein Problem. Machen Sie es sich einfach dort hinten bequem.«

Als er in Manhattans Verkehr lenkte, gingen Kates Gedanken zu Brennans vertraulichem Tipp. Seitdem er ihr gesagt hatte, sie hätten Zurrn gefunden, saß sie auf heißen Kohlen. Sie verfiel in ihre Angewohnheit, ihr Handy auf Neuigkeiten zu überprüfen, und suchte die Konkurrenten und regionalen Sender ab.

Nichts.

Sie rief Brennan an und landete erneut gleich wieder auf seiner Mailbox.

Kate holte Luft und lächelte, als sie an Vanessa dachte. Es war erst eine Woche her, aber der Psychiater hatte gesagt, dass sie bemerkenswerte Fortschritte machen würde und dass Kate bald Grace zu ihr bringen könnte. Während sie an ihre neue Zukunft als Familie dachte, erfasste Kate ihre Umgebung und bemerkte, dass sie auf der 125sten Straße waren und gerade an der Amsterdam Avenue vorbeigekommen waren.

»Entschuldigen Sie.« Kate rückte zum Fahrer vor. »Ich glaube, Sie fahren nach Osten – das ist nicht der richtige Weg. Wir sollten den Weg über den West Side Highway zum Lincoln Tunnel nehmen, so fahren sie alle.«

Morello reagierte nicht.

»Hallo, Sie nehmen den falschen Weg.«

Kate beugte sich weiter vor, bis ihr Gesicht an seiner Schulter war. »Hallo.«

Morello schwieg.

Als Kate noch darüber rätselte, was hier los war, traf sie ein schreckliches Unbehagen wie der Biss einer Kobra. Sie betrachtete genau Morellos Hals und bemerkte zum ersten Mal einen stoppeligen Rand rasierten Haars, das unter dem hervorkam, was eigentlich sein Haaransatz sein sollte.

Er trägt eine Perücke.

Sie überlegte, ob sein Schnauzbart echt war, dann stellte sie die übrigen Teile in Frage – *Morellos Anruf, der Fahrerwechsel, die frühe Ankunft, der falsche Weg* –, und in einem schrecklichen Augenblick explodierte in ihr die Erkenntnis.

Oh, mein Gott, Morello ist Sorin Zurrn!

Kates Puls stieg in schwindelerregende Höhen.

So ist das bei den anderen auch passiert! Er greift einfach in deine Welt und nimmt sie mit in die seine!

Kate hatte in seinen Opfern junge, unerfahrene, verletzliche, leichte Opfer gesehen, wie Vanessa. Jetzt bewies er, dass keine der von Kate auf der Straße erworbenen Kenntnisse oder auch ihr Bauchgefühl etwas zählte.

Überlege! Du musst nachdenken!

Sie hatte nach wie vor ihr Handy, ihre Rettungsleine. Sie zwang sich zur Ruhe.

»Okay«, sagte sie. »Tut mir leid. Vielleicht kennen Sie einen besseren Weg. Vermutlich bin ich heute etwas nervös.«

Mit zitternder Hand griff sie heimlich nach ihrem Handy. Aus Furcht, er könnte den Mitarbeiter in der Notrufzentrale hören, machte sie sich daran, eine SMS an Nancy zu schreiben, sie solle den Notruf wählen. Aber ihr Blut erstarrte zu Eis.

Ihr Handy war tot.

Sie begegnete Zurrns Augen im Rückspiegel.

»Sie flattern, Kate.«

Zurrn hielt sein Handy hoch.

»Als Sammler achte ich auf alles. Ich habe Ihr Telefon schon vor langer Zeit gehackt. Ich hab's gerade getötet.«

Plötzlich war Kates Mund wie ausgedörrt.

»Sie haben allen gesagt, es wäre vorbei für mich, nicht wahr?«, sagte er. »Ich hatte erstaunliche Pläne, aber Sie haben sie zerstört! Sie haben den Namen exhumiert, den ich begraben hatte, und mich beschämt! Jetzt habe ich nichts – *außer Ihnen!*«

Kate probierte den Türgriff.

Er war verschwunden, ebenso der auf der anderen Seite. Es gab kein Entkommen.

Sie versuchte, den anderen Leuten in anderen Autos zu signalisieren, dass sie Hilfe brauchte.

Zurrn stellte die Sirene und die Blaulichter an, damit sie wie eine verwirrte Person unter Arrest wirkte.

»Wir fangen von vorn an, gemeinsam!«, sagte er. »Du bist ein prächtiges Exemplar! Das seltenste, großartigste! Niemand wird dich je finden! Und du kannst dir die Wunder nicht vorstellen, die ich dir zeigen werde – *und was ich dir antun werde!*«

Kate löste ihren Sicherheitsgurt, legte sich auf den Rücken und trat mit den Füßen auf die hintere Scheibe ein.

»Wunderschön«, sagte Zurrn und streckte die Hand nach etwas aus. »Flattere weiter, Kate. Weißt du …« Zurrn richtete sich auf und ergriff jetzt etwas, das wie ein großer elektrischer Rasierapparat aussah »… im Lauf der Zeit wirst du mich lieben lernen.«

Rasch erhob er sich und drückte den Apparat Kate an den Hals. Es knisterte, und sogleich war ihr neuromuskuläres System überwältigt, sie verlor die Orientierung und brach schließlich zusammen.

71

New York City

In diesem Augenblick ertönte in einem Loft in der Umgebung von Hell's Kitchen ein schriller Alarm auf einem von Erichs Computern.

Der Stolperdraht! Kate ist in Schwierigkeiten. Ihr Handy hat plötzlich seinen Geist aufgegeben.

Sogleich eilte er zu seinem Schreibtisch und gab Befehle ein. Damit nahm er Zugriff auf die Überwachungskameras des Geschäfts auf der anderen Straßenseite, die ebenfalls den Eingang zu Kates Wohnhaus im Blick hatten. Erich unterbrach den Feed. Rasch spulte er zurück, hielt das Bild immer wieder an, bis Kate heraustrat und sich in ein Fahrzeug setzte.

Heilige Scheiße, das muss er sein!

Erich machte einen Screenshot des Verdächtigen, dann vom Fahrzeug, einem älteren Chevy Impala, wie ihn die NYPD als ungekennzeichnetes Fahrzeug verwendete.

Ich habe gewusst, dass er etwas probieren würde.

Erich hatte befürchtet, dass Zurrn sich Kate würde holen wollen.

Ihre zunehmende Bekanntheit, ihre öffentlich gezeigte Wut auf Zurrn hatten in Erich Besorgnis ausgelöst. Er hatte heimlich ein Doppel von Kates Handy angefertigt und es unbemerkt ersetzt, als sie ihre Tasche im Restaurant nach ihrem Auftritt in *Today* hatte fallen lassen. Er hatte in Kates Handy die neue, ultra-geheime »Infektions-Software« installiert, die für die NSA und den CIA entwickelt worden war. Diese Software infiltrierte und spürte sogleich jedes Handy auf, das den Versuch unternahm, ein geschütztes Handy zu hacken oder zu zerstören, in diesem Fall: Kates Handy. Die Software bekämpfte zunächst unbemerkt jegliche Sicherheitsmaßnahme, die auf dem Handy des Eindringlings installiert war, dann infizierte sie dieses mit einem geheimen Trackingprogramm. In dem Augenblick, als Zurrn Kates Handy lahmgelegt hatte, hatte er Erichs Alarm ausgelöst und ihm augenblicklich erlaubt, Zurrns Handy festzunageln und seinen Aufenthaltsort zu erkennen, ohne dass er es wusste.

»Hab dich!«, sagte Erich laut zu seinen Computern.

Mit ein paar Tastenanschlägen blickte er auf eine Karte, die Ort, Richtung und Geschwindigkeit von Zurrns Fahrzeug anzeigte.

Erich wählte die Notrufnummer.

Der Mitarbeiter in der Zentrale gab Erichs Anruf an das Real Time Crime Center der NYPD am One Police Plaza in Lower Manhattan weiter.

Sogleich setzten Verbrechensanalysten, die an Reihen von Computern vor einer großen zweistöckigen Wand aus Flachbildschirmen arbeiteten, der Datenwand, jede High-Tech-Ressource ein, die sie hatten. Sie loggten sich in große Displays von detaillierten Stadtplänen und Livefeeds von Überwachungskameras in der ganzen Stadt ein.

Binnen neunzig Sekunden nach Erichs Anruf hatten sie Zurrns Fahrzeug aufgespürt.

»Er verlässt die 125ste und fährt Richtung Süden auf dem FDR Drive«, berichtete einer der Analysten dem Einsatzteam.

»Erwähnt das nicht im Funkverkehr!« Lieutenant Walt Mercer, Leiter vom Dienst im Center, hatte das Kommando übernommen. »Bringt sämtliche ungekennzeichneten Einheiten in Position. Keine Warnleuchten, keine Sirenen!«

Mit Hilfe einer der Geocode-Karten im Center orteten die Analysten die im Dienst befindlichen, ungekennzeichneten Einheiten in den Bezirken entlang der FDR-Süd, der 25sten, der 23sten, der 19ten und der 17ten Straße.

Einsatzleiter machten dringende Handyanrufe und schickten

verschlüsselte Nachrichten an Detectives und Polizisten, deren Einheiten am nächsten lagen. Mehrere ungekennzeichnete Streifenwagen machten sich eilig auf den Weg zum Expressway.

In der Upper East Side hatte Kommissar Vinnie Cerito vom 19ten Bezirk einen Einbruchdiebstahl in ein Kleidungsgeschäft nahe der 63rd Street und 1st Avenue abgeschlossen.

Er arbeitete allein. Ruiz, sein gegenwärtiger Partner, hatte sich wegen Zahnschmerzen abgemeldet. Cerito war das gleichgültig. Es war besser, wenn er allein war, weil er hochkantig nervös war. Erst vor einem Monat war er nach einem Stresserholungsurlaub wieder an die Arbeit zurückgekehrt.

Vielleicht ist es zu früh nach dem, was Quinn zugestoßen ist. Aber ich habe es nicht eine Minute länger ertragen, zuhause vor dem Fernseher herumzusitzen und am Schorf meines Lebens zu kratzen.

Cerito hatte geglaubt, die Arbeit als Kommissar beim NYPD wäre das Beste, was einem Polizisten geschehen könnte. Er und Quinn hatten für die Arbeit gelebt, hatten die Zeit investiert. Sie hatten eine Unzahl Treppen erstiegen, an einer Unzahl Türen geklopft, hatten mit sämtlichen erschrockenen, arroganten, hochnäsigen, idiotischen Einwohnern und Kriminellen zurechtkommen müssen, die hier wohnten, nur um zu sehen, dass die Gerichte die Übeltäter wieder laufen ließen. Nur um zu sehen, dass es allen egal war und dass gute Polizisten so endeten wie Quinn: Mit einem Kopfschuss.

Es war eine Nacht wie diese, vor fünf Monaten. Sie hatten einen SUV zum Anhalten gezwungen, der wegen eines Familiendramas gesucht wurde, und – bamm! – der Fahrer schoss Quinn in den Kopf. Er war auf der Straße in Ceritos Armen gestorben. Der Verdächtige war entkommen, und Cerito hatte seitdem alles in Frage gestellt.

Zum Teufel damit. Cerito musste weitermachen, musste es heute Nacht beiseiteschieben.

Jetzt überlegte er gerade, ob er sich beim Chinesen etwas zu essen besorgen sollte. Da erhielt er auf seinem Handy eine SMS.

Ein gefährlicher Mordverdächtiger hat eine Frau entführt, nachdem er sich als Polizist ausgegeben hat. Er fährt einen schwarzen 2012 Chevy Impala Richtung Süden auf der FDR. Nehmen Sie Position auf der östlichen Zufahrt der 59th Street Bridge ein und warten Sie auf weitere Anweisungen. Keine Sirene, keine Blaulichter.

Cerito fuhr seinen Ford zu der Brücke in drei Blocks Entfernung, und sein Magen brannte etwas, als er seinen hochsteigenden Ärger zurückdrängte. Dieser Anruf riss seine Wunde auf.

Wer dieses Arschloch auch ist, er betet besser, dass er nicht mir über den Weg läuft.

Kate lag auf dem Rücksitz, und jeder Muskel zitterte.

Der erste Schmerz, wie sich ihr Körper versteift hatte, ließ allmählich nach, aber sie zitterte nach wie vor.

Während sie die Lichter vorbeihuschen sah, kämpfte sie darum zu verstehen, was geschehen war ... Detective Morello hatte sie zum Krankenhaus fahren wollen ... nein, nicht Morello ... kein Detective ... Zurrn!

Furcht quoll in ihr hoch.

Er hatte ihr mit einer Betäubungswaffe einen Schock versetzt ... sie erinnerte sich ... sie war jetzt in Zurrns Wagen und spürte, dass sie immer noch in der Stadt waren und über einen Expressway jagten, aber sie wusste nicht, wo.

Oh, mein Gott, denk nach. Denk nach!

Sie zog in Betracht, sich aufzusetzen und nachzuschauen, verwarf jedoch diese Idee.

Besser, still zu bleiben, ihn im Glauben zu lassen, dass sie nach wie vor bewusstlos war.

Es schenkte ihr den Überraschungsvorteil.

Sie betrachtete die Plastiktrennscheibe. Die Lücke war nach wie vor offen.

Mach dich bereit! Warte auf den richtigen Moment und halte dich bereit!

Im Center berichteten Analysten Lieutenant Mercer jetzt, dass der Verdächtige die FDR verlassen hatte und auf die 63ste abgebogen war.

»Wo sind sie alle?« Mercer funkelte die Geocodekarte des Centers an. »Wir müssen Leute auf Position bringen, um ihn einzukreisen.«

Sie verfolgten weiterhin das Fahrzeug des Verdächtigen, der jetzt die Auffahrt der Brücke zur 59ten Straße nach Queens nahm. Aber es waren nicht genügend Einheiten vor Ort, um die Rampe für eine richtige Festnahme zu verstopfen, nicht mit einer Geisel.

»Was ist mit dem da?« Mercer zeigte auf eine Einheit auf der Karte. »Bringt ihn ins Spiel!«

In diesem Augenblick klingelte Ceritos Handy. Es war ein Einsatzleiter aus dem Real Time Crime Center, der bestätigte, dass er jetzt mitten in der heißen Zone saß.

»Zielfahrzeug passiert Sie in wenigen Sekunden, fünf ... vier ... drei ...«

Cerito hatte in einer Parkbucht im Leerlauf gestanden. Als Zurrns dunkler Chevy Impala ihn passierte, legte er den Gang ein.

»Habe Sichtkontakt! Ich bin an ihm dran!«

»Sie folgen ihm unbemerkt und erwarten weitere Anweisungen!«

Mercer war zufrieden. Jetzt konnten sie eine richtige Festnahme vornehmen.

Das Center hatte die 114ten und 108ten Bezirke in Queens alarmiert. Mercer wies sie an, die Abfahrt von der Brücke mit sämtlichen verfügbaren Einheiten, gekennzeichnet, ungekennzeichnet, zu versperren, so dass der Verdächtige nirgendwohin ausweichen könnte. Die ungekennzeichnete Einheit, die ihm folgte, würde dazu beitragen, ihn zu umzingeln. Mit genügend Männern konnten sie über das Zielfahrzeug herfallen und das Risiko für die Geisel und den Verkehr minimieren.

So können wir es von der Brücke fernhalten.
In drei Minuten wäre alles vorbei.

Ein Wagen war zwischen Zurrn und Cerito, während sie die Zufahrt zur oberen Ebene hinauffuhren. Zwei schmale Spuren, die nach Osten führten, waren von Betonbarrieren begrenzt und führten unter dem komplizierten Netz aus geschwungenen Stahlträgern dahin. Sie waren auf der rechten Spur.

Cerito packte sein Lenkrad fester.

Dieser Typ würde keinesfalls hier rauskommen!

Kate in Zurrns Wagen erkannte an den vorbeihuschenden Stahlträgern, dass sie sich auf einer der größeren Brücken befanden.

Zurrn würde sich aufs Fahren konzentrieren.

Das ist meine Chance!

Sie flüsterte ein Gebet, holte tief Luft, sprang hoch, fuhr mit den Händen durch den offenen Spalt in der Trennscheibe und krallte nach Zurrns Gesicht. Überrascht verzog er das Lenkrad und scharrte über die Fahrbahnabtrennung, während er mit ihr kämpfte. Hupen ertönten, der Wagen hinter Zurrn schwenkte um ihn herum auf die linke Spur.

Cerito war jetzt unmittelbar hinter ihm.

Er beobachtete den Kampf und beschleunigte, bis er neben Zurrn fuhr. Er schaltete Lichter und Sirene ein und zeigte Zurrn an, er solle anhalten. Zurrns Reaktion bestand darin, das Lenkrad nach links zu reißen, seinen Chevy gegen die Seite von Ceritos Ford zu knallen und ihn zu rammen, was die Wut des Polizisten so richtig entfachte.

»Du verdammtes Arschloch!«

Etwas in Cerito explodierte – wegen Quinn, wegen Ceritos Verbitterung und seiner angestauten Wut. Adrenalin kreiste in ihm. Er trat das Gaspedal bis zum Boden durch, schob den Ford eine halbe Länge vor Zurrn, schnitt ihm dann den Weg ab und zwang den Chevy in die Betonmauer hinein.

Kate fiel auf den Sitz zurück.

Metall knirschte, Funken flogen, als Ceritos Wut und der Schwung des Fords den Chevy gewaltsam die Betonmauer hochdrückten.

Kate schrie.

Der Himmel, die Lichter der Stadt und der East River blitzten in einer surrealen Montage vorüber, und der Chevy segelte über die Mauer. Ihr hob sich der Magen, sie wälzte sich herum, und der Wagen hing für eine übelkeiterregende Sekunde in der Luft, bevor er sieben Meter herabfiel und auf der einspurigen äußeren Fahrbahn des unteren Decks auf dem Dach landete, unmittelbar vor einem VW Jetta.

Der Aufprall schleuderte Kate gegen das Dach, und sie sah mit wildem Blick, wie der herannahende Jetta bremste, ins Schleudern geriet und in das Heck des Chevy knallte, so dass der Wagen durch den Stahldraht pflügte und über die Kante kippte, bis seine vordere Hälfte in der Luft über dem East River schwebte, vierzig Meter darunter.

Metall zerknitterte, und der Wagen wippte über dem Abgrund.

Beim Zusammenstoß bekam Kate einen Schlag auf den Kopf, und ihre Zähne knallten aufeinander. Blut floss aus ihren Verletzungen. Benommen versuchte sie zu entkommen, war jedoch im Innern eingeschlossen.

Zurrn war bewusstlos, sein blutiges Gesicht war in einem ausgelösten Airbag begraben.

Hupen ertönten, Menschen schrien und riefen nach Kate.

»Nicht rühren!«, dröhnte die Stimme eines Mannes. »Wir holen Sie raus!«

Eine Menge hatte sich versammelt. Cerito war auf die untere Ebene gestiegen und rief über Funk um Hilfe. Inmitten des Chaos tauchten Bauarbeiter mit Werkzeug und einem Seil auf. Sie machten sich rasch an die Arbeit, während andere halfen, den Wagen festzuhalten. Ein Mann mit einem Spezialhammer zertrümmerte die Heckscheibe. Sie schlangen Kate ein Seil unter den Armen durch.

»Klettern Sie raus!«

Während sie sich abmühte, packte sie etwas am Fußknöchel. Es war Zurrn. Metall quietschte laut, weil seine jähen Bewegungen den Wagen aus dem Gleichgewicht gebracht hatten und er begann abzurutschen.

»Wir können ihn nicht halten!« Die Männer spürten, wie sich die hintere Hälfte des Wagens hob.

»Kommen Sie! Er fällt gleich runter!«

Kate trat Zurrn in den Kopf, schüttelte sich frei und krabbelte durch die zerbrochene Heckscheibe, und da fiel der Chevy, Zurrn im Innern, mit der Nase voran in den East River.

Die Bauarbeiter zogen Kate auf die Brücke und in Sicherheit. Dort trat sie zu den anderen, die ungläubig auf Zurrns Wagen hinabstarrten, auf dessen Frontscheinwerfer, die im Wasser leuchteten und dann immer schwächer wurden, während er versank.

Inmitten des Lärms und der allgemeinen Verwirrung stand Kate zitternd und blutend da, und die Tränen strömten ihr Gesicht herab, als sie die Lichter der Polizeiautos, der Hubschrauber der Medien und der Rettungsboote sah. Auf der Brücke teilten Zeugen Fotos und Videos, die sie von dem Unfall und dem Absturz gemacht hatten.

Sirenen jaulten. Der Verkehr war zum Erliegen gekommen. Die Polizei hatte die Brücke abgesperrt.

Jemand hatte Kate eine Decke umgelegt und sprach mit ihr, aber sie hörte ihn nicht. In ihren Ohren klingelte lediglich ein Gedanke:

Es ist vorbei, es ist vorbei, es ist vorbei.

Epilog

Sanfte Winde trugen die riesige schimmernde Seifenblase in den Himmel und über die Baumkronen des Central Park, bevor sie zerbarst.

Eine warme Erinnerung überflutete Kate, während sie, Grace und Vanessa dem Straßenkünstler zusahen, der eine weitere wirbelnde Blase erzeugte.

Es ist wie damals, als Vanessa Seifenblasen in unserem Hinterhof gemacht hat. Jetzt haben wir eine weitere, neue Erinnerung.

Sechs Wochen waren es seit Vanessas Rettung, und sie hatten ihre Genesung Tag für Tag mitverfolgt. Kate war immer noch zittrig, nachdem sie Zurrn so knapp entkommen war, und hatte sich bei Newslead freigenommen. Gemeinsam arbeiteten sie am Genesungsprozess, während sie mit ihrem neuen Leben voranschritten.

Die neue Blase hob ab, Kates Handy klingelte, und sie meldete sich.

»Kate, Ed Brennan hier.«

Seitdem die Suche nach Zurrn abgeschlossen war, hatte sie nur ein paar Mal von ihm gehört.

»Hallo, Ed.«

»Wie geht's Ihnen beiden?«

»Schritt für Schritt voran, wie Sie wissen.«

»Hören Sie, ich bin in Manhattan und habe ein Treffen mit dem FBI. Ich würde Sie und Vanessa gern besuchen und Sie auf den neuesten Stand bringen. Wäre das in Ordnung?«

»Natürlich. Sagen wir, um drei bei mir in der Wohnung?«

»Bis dann.«

Später, in der U-Bahn nach Hause, überlegte Kate, was es wohl Neues gäbe. Nach Zurrns Tod hatte Brennan unentwegt mit der Task Force gearbeitet und versucht, lose Enden in den Fällen Rampart, New Jersey, Chicago, Minnesota, Colorado und Alberta zu verknüpfen.

Sorin Zurrn war ganz bestimmt tot.

Dessen war Kate sich gewiss. Taucher hatten seinen Leichnam aus dem Wagen geborgen, und sie hatte darauf bestanden, seine Autopsiefotos zu sehen. Er hatte keine Familie, also kümmerte sich die Stadt um das Begräbnis. Sein Leichnam wurde in einen Sarg aus Kiefernholz gelegt und von Insassen des Gefängnisses in Rikers Island verscharrt, die mit einer solchen Arbeit betraut waren. Es gab keinen Grabstein, der irre Fans zum Grab eines der berüchtigtsten Mörder der Nation hätte anlocken können.

Auf dem Gelände der Scheune nahe Rampart hatte man weitere Überreste gefunden, daher betrug die bekannte Zahl von Menschen, die Zurrn ermordet hatte, einundzwanzig, mit eingerechnet die Schülerin aus Chicago, die seine Mutter geärgert hatte. Die Identitäten von zwanzig Opfern waren bestätigt. Im ganzen Land hielten die Menschen in den Städten und Orten, wo seine Opfer gewohnt hatten, Gedenkfeiern bei Kerzenschein ab, gründeten Stiftungen, Wohltätigkeitseinrichtungen und schrieben Stipendien aus.

Angefangen in Minnesota mit der dortigen Polizei planten verschiedene Gruppen auch in anderen Bundesstaaten, Vanessa und Kate als Helden zu ehren, weil sie Menschenleben dadurch gerettet hatten, dass sie durch ihre Taten dabei geholfen hatten, Sorin Zurrn aufzuspüren und zur Strecke zu bringen. Vanessa und Kate erklärten sich einverstanden, in drei Monaten an einer Ehrung in Minnesota teilzunehmen, wo Ashley Ostermelle, das Mädchen, das Vanessa befreit hatte, anwesend wäre, um ihren Dank auszusprechen.

Sämtliche der Ereignisse waren wertvolle, positive Schritte auf Vanessas Weg zur Genesung. Aber der bedeutendste Aspekt ihrer Genesung war Grace, ihre Nichte, hatte Vanessas Psychiater gesagt.

Zwei Wochen nach ihrer Rettung hatte Vanessa Kate gebeten, Grace für eine allererste Begegnung ins Krankenhaus mitzubringen, was der Psychiater befürwortete. Einen Tag davor sprach der Psychiater mit Grace, um ihr zu sagen, dass es okay war, nervös zu sein, sogar etwas Angst zu haben, aber es käme alles in Ordnung.

Bei ihrer ersten Begegnung gab es jede Menge Umarmungen und Freudentränen.

Hinterher sagte der Psychiater zu Vanessa und Kate, dass Grace so etwas wie ein therapeutischer Anker für sie werden würde, weil sie etwa in dem Alter sei, als sich die Tragödie in ihren jungen Jahren abgespielt hatte. Sie wäre ein starker Fokus für ihre Genesung und ein Spiegelbild des unzertrennbaren Bands ihrer Liebe. Das zu verstehen wäre eine große Hilfe für sie, in ihrem Leben weiterzumachen, durch die schlimmsten Augenblicke ihres Lebens hindurchzugreifen und sich mit den besten zu verbinden und sich daran festzuhalten.

Nach drei Wochen im Krankenhaus war Vanessa entlassen worden und wohnte jetzt bei Kate und Grace.

Kate hatte ihrer Schwester ein eigenes Zimmer zur Verfügung gestellt. Anfangs gab es schlimme Augenblicke mit Albträumen, Angstattacken, Furcht vor Vertrauensverlust, Furcht, dass nichts sicher sei. Nach und nach wurden diese Episoden seltener. Der Psychiater hatte gesagt, dass Vanessa emotionale Narben habe und dass die Heilung bei einigen davon länger dauern würde als bei anderen.

Nancy war mit ihrem Hintergrund als Krankenschwester für Vanessa ein Gottesgeschenk und half ihr bei der Eingewöhnung. An einigen Tagen saßen Kate und Vanessa über alten Fotos. Schließlich engagierte Kate einen Lehrer, der Vanessa als erstem Schritt dabei helfen sollte, ihr Leben neu aufzubauen, und Vanessa sprach davon, vielleicht irgendwo einen Job zu finden.

Seit Zurrns Tod hatten Kate und Vanessa sämtliche der vielen Interviewanfragen abgelehnt, waren jedoch einverstanden, sich von einer Agentur vertreten zu lassen, die sie bei der Überlegung unterstützte, welche der zahllosen Anfragen von Verlagen und Filmproduzenten die beste Methode wäre, um ihre Geschichte zu erzählen.

Und es war während dieser ersten Wochen, dass Erich anrief, um nachzuhören, wie sie sich erholten. Kate lud ihn zu sich ein, und er kam mit zwei in Geschenkpapier verpackten Schachteln an, die mit hübschen Schleifen verziert waren. Im Innern lagen neue Handys für Kate und Vanessa.

»Das sind die allerbesten auf dem Markt«, sagte er.

»Ohne installierte Spionprogramme?«, fragte Kate.

»Sie sind so sauber wie nur möglich.« Er zwinkerte.

»Vielen Dank, Erich.« Kate nahm ihn in die Arme. »Für alles, was Sie getan haben.«

»Sie haben meine Telefonnummer, also zieren Sie sich nicht, Kate.«

Um Viertel vor drei kamen sie zurück nach Hause.

Etwa zwanzig Minuten später traf Brennan dort ein.

»Ich bin beim FBI aufgehalten worden«, sagte er an der Tür.

Nancy hatte Grace in ihre Wohnung mitgenommen. Kate führte ihn zum Sofa, wo ihn Vanessa mit einer Umarmung begrüßte. Sie waren sich schon früher begegnet, als Brennan sie im Krankenhaus befragt hatte, und sie mochte ihn.

»Also, was gibt's Neues zu vermelden, Ed?«, fragte Kate und bot ihm einen Kaffee an, den er ablehnte.

»Da ich der Erste war, der mit Ihnen gesprochen hat, nachdem der Fall eröffnet worden ist, wollte ich der Erste sein, der Ihnen mitteilt, dass er abgeschlossen ist.«

»Gott sei Dank!«, sagte Kate.

»Der Grund, weshalb es so lange gedauert hat, ist der, dass wir mit dem Bundesanwalt daran arbeiten mussten, uns zu vergewissern, dass keine andere Person auf verbrecherische Weise mit Zurrn in Verbindung stand, dass er allein gearbeitet hat, als er seine Verbrechen beging. Das hat Zeit benötigt.«

»Was ist, wenn andere Opfer gefunden werden?«

»Dann wird natürlich in diesen Fällen einzeln ermittelt. Die Durchsuchung des Tatorts in Rampart ist abgeschlossen. Wie es aussieht, gab es in Minnesota nichts weiter, und in Montana hat er nie angefangen. Also ist der Fall für unsere Zwecke abgeschlossen.«

Vanessa nickte, lächelte jedoch nicht. Sie hatte die Hände so fest ineinander verschränkt, dass die Knöchel weiß geworden waren.

»Das ist nicht der einzige Grund, weshalb ich hier bin.«

»Was gibt's denn sonst noch?«, fragte Kate.

»Das hier.« Brennan griff in seine Tasche, holte eine kleine Schachtel heraus und reichte sie Kate. »Die gehören Ihnen, und ich bin glücklich darüber, sie Ihnen zurückzugeben.«

Kate öffnete die Schachtel und sah zwei winzige Halsketten mit einem Anhänger in Form eines Schutzengels, auf den ihre Namen eingraviert waren.

Einer der Anhänger war beschädigt und angekohlt, der andere glänzte.

Danksagung

Im Lauf der Geschichte haben wir schreckliche Fälle von echten Entführungen in der ganzen Welt erlebt, bei denen Menschen gefangen gehalten wurden, bevor sie gerettet werden oder fliehen konnten.

Jene, die ihr Martyrium überlebt haben, sind wahre Helden.

Jene, die nicht überlebt haben, dürfen nie vergessen werden.

Full Tilt ist ein Roman über zwei Schwestern, die durch Tragödien voneinander getrennt wurden. Bei der Erzählung ihrer Geschichte habe ich mir Freiheiten hinsichtlich Geografie, Vorgehensweisen der Polizei, Gerichtsbarkeit und Technologie erlaubt, was Sie also bitte im Hinterkopf behalten sollten. Ebenfalls im Hinterkopf behalten sollten Sie dies: Wenn Sie die Geschichte für eine gute Geschichte halten, dann ist es deshalb so, weil ich von der Hilfe vieler Menschen profitiert habe. Ich möchte den folgenden Menschen für ihre harte Arbeit und Unterstützung meinen Dank aussprechen:

Mein Dank geht an Amy Moore-Behson, Emily Ohanjanians und die unglaublichen Lektorats-, Marketing-, Verkaufs- und Werbeteams bei Harlequin und MIRA Books in Toronto, New York und rund um die Welt.

Wendy Dudley hat, wie immer, diese Geschichte verbessert.

Ein besonderer Dank an Barbara, Laura und Michael.

Es ist wichtig, dass Sie wissen, dass ich, wenn ich dieses Buch zu ihnen bringe, auf die Großzügigkeit allzu vieler Menschen angewiesen war, um ihnen hier einzeln zu danken. Ich bin allen in sämtlichen Stadien der Produktion, den Verlagsvertretern, den Bibliothekaren und Buchhändlern etwas dafür schuldig, dass sie mein Werk in Ihre Hände gegeben haben.

Das bringt mich auf das, was ich als den wichtigsten Teil des gesamten Unternehmens erachte: Sie, die Leser. Dieser Aspekt ist so etwas wie ein Credo für mich geworden, eines, das ich in jedem Buch wiederholen muss.

Vielen Dank für Ihre Zeit, denn ohne Sie bliebe ein Buch eine unerzählte Geschichte. Vielen Dank, dass Sie in Ihrem Leben eine Pause eingelegt und die Reise unternommen haben. Ich schätze mein Publikum auf der ganzen Welt zutiefst, darunter auch diejenigen, die von Anfang an mit dabei gewesen und immer in Kontakt geblieben sind. Vielen Dank für alle Ihre freundlichen Worte. Ich hoffe, Sie haben die Fahrt genossen und sehen einmal nach, was ich zuvor geschrieben habe, und warten auf die nächste Reise. Ihre Rückmeldung ist mir sehr willkommen. Schauen Sie einmal bei www.rickmofina.com vorbei und abonnieren Sie meinen Newsletter und schicken mir eine Nachricht.

Rick Mofina
http://www.facebook.com/rickmofina
http://twitter.com/RickMofina